OUTCASTS UNITED

A REFUGEE TEAM, AN AMERICAN TOWN

WARREN ST. JOHN

ウォーレン・セント・ジョン　北田絵里子［訳］
（ニューヨークタイムズ記者）

フージーズ

難民の少年サッカーチームと小さな町の物語

英治出版

OUTCASTS UNITED

A Refugee Team, an American Town

by

Warren St. John

Japanese translation published by arrangement with
R J Y H Corporation c/o Intercontinental Literary Agency
through The English Agency (Japan) Ltd.

ニコールに

〈フージーズ〉メンバー

後列左から右へ：イドワール・ディコリ（スーダン）、ルーマ・マフラ（コーチ）、グラース・バレガミール（コンゴ）、クィンドラム・ブシ（コソボ）、マフォデイ・ジャウネ（ガンビア）、ビアンヴニュ・ントワリ（コンゴ）、シャヒル・アンワル（アフガニスタン）、ジョサイア・セイディー（リベリア）、エルディン・スバシッチ（ボスニア）、トレーシー・エディガー（マネージャー）、ターレグ・カブスーン（スーダン）。

前列左から右へ：サンティノ・ジャーク（スーダン）、ロビン・ディコリ（スーダン）、プリンス・タールー（リベリア）、ムハンマド・ムハンマド（イラク）、ジェレマイア・ジアティー（リベリア）。

フージーズ◈目次

フージーズ

はじめに

さわやかな春の午後、ジョージア州北部のあるサッカー場で、ティーンエイジャーの少年たちが試合前のウォームアップをはじめたころ、空が震えはじめた。

フィールドには、サッカーボールが足に当たって弾む音と、ナイロン製のゴールネットをボールが擦る音だけが響いている。しかし、轟音が迫るにつれ、あらゆる動きが止まり、両チームの少年たちは何事かと空を見あげた。ほどなく、地平線上の松林と、上空に浮かぶ綿毛のような雲の塊とのあいだに、一群の矢が現れた。数マイル先のアトランタで開催中の航空ショーで、精密飛行を披露している戦闘機の一隊だった。編隊は、密集隊形をとって傾きながらグラウンドのほうへ迫ってきたので、機体の両翼に記された識別標識やコックピットにいるパイロットの白いヘルメットが少年たちにも見えた。そして、ポケットのなかの小銭が躍るほどのすさまじい地響きとともに、ジェット機は炸裂する花火のごとく別々の方向へ散っていき、飛行機雲が空に巨大なくさびを刻んだ。

下方のフィールドでは、二つのチームの少年たちが首を伸ばしてそのショーを見つめていたが、見方はそれぞれにちがっていた。ホームチームの選手――アトランタ近郊のノースアトランタ・サッカー協会に所属する十三歳から十四歳の少年たち――は、空を指して畏敬の表情を浮かべていた。

フィールドの反対側にいるのは、フージーズという、難民の少年たちばかりで構成されるサッカーチームだ。実際の戦闘のさなかにその機体を目にした者も多く、みな、その恐るべき威力をじかに体感していた。このチームには、スーダン空軍の操る古いロシア製のアントノフ爆撃機に故郷の村を爆撃されたスーダン人選手もいれば、家々の屋根に穴をあけて隣人たちを皆殺しにした迫撃砲の雨のなかを、命からがら逃げ延びたリベリア人選手もいた。ジェット機がフィールドの上空をかすめると、何人かのメンバーが身をすくめた。

「みんな、ぼんやりしない!」ジェット機が彼方へ飛び去ると、一喝が飛んだ。「集中して!」

声の主はルーマ・マフラ——フージーズの創設者であり、無償でコーチをつとめる三十一歳の女性だ。選手たちはシュート練習を再開したものの、いまや気もそぞろだった。シュートはむなしくゴールの上を越えていく。

「そんなシュートをしてたんじゃ、勝てないよ」ルーマは言った。

そう発破をかけられたのは、クリスチャン・ジャクソンというリベリア人のフォワードだった。フージーズのメンバーはほぼ全員、なんらかの苦難を経験してきているが、クリスチャンはだれよりも生々しい傷を抱えていた。ひと月前、アトランタ東部のクラークストンにある自宅アパートメントが火事になり、彼は兄弟三人と幼いいとこを亡くしたばかりだった。クリスチャンは開いた窓から飛びおりて無事脱出した。いちばん小さい弟の遺体は黒焦げのマットレスの下で見つかったが、これには捜査官たちは首をひねった。しかし、火事のあと一家に援助の手を差し伸べたアトランタ在住のリベリア人牧師、ウィリアム・B・J・K・ハリス師によると、十四年にわたる内戦のあいだ、リベリアの子供たちは、戦闘がはじまったらベッドの下にもぐって弾丸や砲弾の破片から身を守るようにと教えられていたそうだ。アメリカの子供にとって〝ベッドの下〟は普通、幽霊や怪物の潜む怖い場所だが、紛争地域にいた子供にとっては、どこよりも安全な場所なのだ。

火事のしばらく前に、ルーマは、練習中に汚い言葉を使ったクリスチャン・ジャクソンを退部させていた。卑語を使うことはフージーズのルールに反する。一度目は注意するにとどめたが、同じ反則を繰り返したとき、チームを去るよう言い渡した。それがチームを運営するうえでのルーマの方針だった。火事のしばらくあと、クリスチャンはフージーズが使っているクラークストン公民館内のグラウンドに現れ、周りを囲む金網フェンスの後ろからじっと練習を見ていた。普通の状況なら、ルーマは無視したかもしれない――二度目ならともかく、三度目のチャンスを与えることはまずしなかった。けれどもルーマはクリスチャンに声をかけ、仮入部という形でいいならチームに復帰させると告げた。もし練習中や試合中にまた卑語を使うことがあれば、こんどこそやめてもらう。特例はもう認めない、と。クリスチャンは承知した。この日は復帰後初めての試合だった。

ルーマは選手たちを集合させて各自のポジション――クリスチャンはストライカーを命じられた――を指示し、選手たちはフィールドへ散った。ホームチーム側のサイドラインには、わが子を応援する四十人ほどの親が集まっており、息子たちを手拍子でピッチへ送り出した。フージーズ側のサイドラインにはだれもいない。二親とも揃っている家庭は珍しく、その親――たいていは母親――も、週末には家でほかの子供たちの面倒を見ているか、賃金のいい週末シフトで働いていた。いずれにせよ、ほとんどの親は車を持っていないため、試合会場へ足を運ぶのもままならない。ホームゲームのときでさえ、フージーズに応援団がいることは稀だった。

審判が、メンバー表との照合と、スパイクと選手番号の確認をするべくフージーズを整列させた。ルーマの手渡したメンバー表を見て、審判は眉を寄せる。

「名前の読み方をまちがえたら、すまない」審判は自信なさげに、しかし丁重に名前をチェックしていった。発音に詰まると、メンバーは礼儀正しく名乗り、前へ進み出てジャージの番号を告げた。

数分後、ホイッスルが鳴り、試合がはじまった。

ノース・アトランタのコーチはがなり屋だった。しょっぱなから、サイドラインをせわしなく往復し、選手たちにしわがれた怒鳴り声を浴びせつづけている。「気をつけろ！　敵が来てる！」「ゴールしろ！　いまだ！」「ターンだ！　ターン！　ターン！」その声は拡声装置を通したように静かなフィールドに響き渡った。ルーマは無言でサイドラインを歩きながら、時折いらついた表情で反対側のコーチに目をやっていた。指示を与えることに文句はないが、それは練習中や休憩中におこなうのがルーマのやり方だった。いったんホイッスルが鳴ったら、しくじるのも、チャンスをつかむのも作り出すのも、選手たちにまかせる。敵とはいえ、これだけわめかれると、癇に障ってしかたがない。

ノース・アトランタがフリーキックで先制点をあげると、コーチはサイドラインで小躍りし、応援席の親たちも折りたたみ椅子から跳びあがって喜んだ。ますます癇に障る騒音だ。ルーマは不機嫌そうに軽く唇をすぼめ、黙々と歩きつづけている。ディフェンダーを一人交代させたときを除いては、ずっと沈黙したままだった。

しばらくして、右サイドへ抜け出したクリスチャン・ジャクソンが、ドリブルで突き進み、ゴールの右上隅にライナーシュートを蹴りこんだ。ゴール。ルーマはスミス・カレッジのぼろぼろの白い野球帽をかぶりなおしたが、あとはなんの反応も見せずに歩きつづけている。フージーズはたちまち落ち着きを取りもどした。切れのいいパスでボールを運び、ゴール際に攻め寄る。フォワードの一人が敵の間隙を突いてシュートを打つも、ボールはクロスバーのたっぷり二十フィート上を越え、フィールドの裏の駐車場まで飛んでいった。その直後に放ったシュートも、同じくらい大きく脇へそれた。ルーマは歩いていた。そのあいだにも、ノース・アトランタのコーチは自チームがシュートを試みるたび、いっそう強気に声を張りあげ、さらなる指令を浴びせていた。見るからにいらだってきている。彼の指示どおりに選手たちが動いていたなら、マンチェスター・ユナイテッドが相手でも得点を奪えただろう。だが現実には、3－1でフージーズを追う形で前半を終えた。

ハーフタイムの時点で3－1のリードという状況なら、たいていのコーチは上機嫌になるだろう。しかしルーマの表情は険しかった。うつむき加減にむっつりとフィールドの隅まで歩いていき、メンバーは沈んだ顔でそのあとをついていく。コーチが満足していないのがわかっているのだ。このあとに待っている厳しい言葉を覚悟していた。ルーマはみなにすわるよう命じた。

「うちは9回シュートして3回成功した——相手は2回シュートして1回ね」ルーマは鋭くきつい声で言い含めた。「きみたちはあの子たちより走れるし、動けるし、技術もある——なのになぜ、3回に1回しかゴールできないの？」

「クリスチャン」芝生の上で膝を抱え、目を伏せている少年を見ながらルーマは言った。「今日のきみのプレーはこれまでで最悪よ。最高のプレーを期待してたのに。わたしはゆったりすわって、いい試合を観たいの——わかる？」

そのとき、ノース・アトランタのコーチの声——なおも選手に怒鳴り散らす声——が、フージーズの集まっている場所まで聞こえてきた。ルーマは話を中断し、耳障りな音の出所を険しい目でにらんだ。

「あのコーチを見て」ルーマはがなり屋のほうを顎で示して言った。「わたしはあの人をすわらせておとなしくさせたいの。そうなったらうちの勝ちよ――あのコーチがすわりこんで口を閉じたときがね。わかった？」

「はい、コーチ」選手たちは答えた。

後半戦に臨んだとたん、フージーズは変身した。彼らは立てつづけに3ゴールを決めた――アタックというスーダン人フォワードが、的確なクロスを胸で受け、ファインプレー集で採用されそうな鮮やかさでボレーシュート、つづいてクリスチャンが十ヤードの距離から大砲のようなシュートを放った。さらに間を置かず、ドリブルでペナルティーエリアへ切りこんだクリスチャンは、左へフェイントをかけてキーパーの脚をもつれさせ、右へシュートした。また1点。相手チームのコーチはなおも叫んでいる――「来てる！　来てる！」――フージーズのシュート攻勢は止まらなかった。ゴールに次ぐゴール。いらついたノース・アトランタの選手たちは、向こうずねや足首でハッキングをはじめ、フージーズはそれを振り払ってまたも得点をあげた。

8－2となったところで、いまやほとんど声を枯らしたノース・アトランタのコーチは、手の甲で額の汗を拭い、無言でベンチのほうへもどっていくと、がっくりと力なくすわりこんだ。フージーズの面々はこみあげる笑みを抑えた。ルーマはといえば、多少なりとも満足していたとしても、それを見分けるのは難しかった。顔にはなんの表情も浮かんでいない。審判がホイッスルを三度鳴らし、試合終了を合図した。最終スコアは9－2でフージーズの勝利。クリスチャン・ジャクソンは5ゴールを決めた。

両チームで握手を交わすと、フージーズは急いでベンチへ駆けもどり、白いビニール袋二つに入った水とオレンジにありついた。ほどなく、審判が近づいてきた。白髪交じりの口ひげを生やした、五十代後半とおぼしき白人男性だ。彼は選手たちに話をしてもいいかとルーマに尋ねた。ルーマはためらった。自分以外に、それもよく知らない人間にチームの注意を向けさせるのは気が進まなかった。少し警戒しながらも、ルーマはベンチの十ヤードほど先にいる審判の前にメンバーを呼び集めた。

「諸君」審判は言った。「きみたちに礼を言いたい。きみたちは最後まで真っ当に戦い、卑劣なラフプレーをいっさいしなかった。相手が焦ってハッキングをはじめても、やり返さなかった。だから、きみたちのスポーツマンシップをたたえたい」そこで間を置き、大きく息を吸う。「今日の試合は、わたしがこれまで観てきたなかで最もすばらしいものに数えられる」

これが、わたしの初めて目にしたフージーズのプレーだった。このチームに関して事前に知っていたのは、選手が難民の少年たちでコーチは女性であること、クラークストンという市を拠点にしていることぐらいだった。難民の再定住が進められるなか、クラークストンはわずか十年余りのうちに、ありふれた南部の町からアメリカで最も多様なコミュニティの一つへと変貌した。とはいえ、外の世界はもちろんアトランタでも、その変化に気づいていた人は少なかった。〝クラークストンの難民〟と聞けば、アトランタ市民の多くはまず、ハリケーン・カトリーナのあとニューオーリンズから移住してきた人たちのことか、と尋ねる。つづく質問はおそらくこうだ。「クラークストンってどこ?」

わたしは大いに興味をそそられて、その最初の試合をあとにした。戦禍をこうむった十余りの国々からやってきた少年たちが一丸となって、サッカーのピッチで信じがたい美を創造するのを、たったいまこの目で見たのだ。どうしてこんなことが可能なのか? スミス・カレッジの野球帽のつばの下に隠れ、強烈なひらめきや知恵の片鱗を分け与えるためだけに出てくる、真摯で物静かなコーチの存在も、もう一つの謎だった。選手とコーチとのあいだには、信頼と仲間意識がはっきり見てとれるものの、それに劣らぬ脆さが、漂う緊張と長い沈黙のなかに感じられた。

実際、フージーズを取り巻く状況は、その日わたしが認識したよりもはるかに脆かった。難民という新来者の存在を脅威と見なす地方行政官の狭量のせいで、チームはホームグラウンドを持てずにいた。選手たちの保護者は日々、生活苦にあえいでいた。暴力と混沌から逃れてきた難民の家族は、価値観も期待されるものもまったくちがう社会に身を置く羽目になっていた。

コーチ自身も、チームをまとめるのに四苦八苦していた。ルーマは無償で——ばか正直に、と本人は言うが——フィールドのなかでも外でも選手たちの力になっていたけれど、彼らの抱える問題の根深さや扱いにくさをわかっていなかった。心理的外傷後のストレス、貧困、親による育児放棄、悲しみ、自信喪失、さらに、そんな生き方を強いられることに単純に反発している例も少なくなかった。あとで知ったことだが、ルーマはソーシャルワークや人権運動に携わった経験があるわけではなかった。自分なりの方法で世の中をよくしたいと願い、その使命を果たすためならどんな労苦も惜しまない(行動でそれは証明された)、ごく平凡な女性だった。選手たちとその家族の期待に応えよう、それが無理でもできるだけのことはしようとルーマは誓った。その努力がかならずしも実を結ばなかったとしても。

しかしその日、何よりもわたしの心をつかみ、この実話を自分の言葉で伝えたいという気にさせたのは、文化も宗教も生い立ちも異なる子供たちの驚くべき結束だった。ことに心を揺さぶられたのが、試合中のある一幕だ。


フージーズには、チームメイトよりも明らかにサッカーの才能に乏しい選手が一人いた。ズバイドという、アフガニスタン出身の小柄なディフェンダーだ。いま思えば、彼はひどい遠視だったのかもしれない。ボールが自分のほうへ転がってくると、足を後ろへ引いて力いっぱい蹴ろうとするものの、たいてい空振りする。ホームランを狙ってやみくもにフルスイングするバッターさながらの不器用さだ。三度も四度もそんなことがつづいたので、わたしはルーマにその少年のことを尋ねてみた。それほど下手な選手をあえて出場させる意図を知りたかったからだ。ルーマは不躾な問いに気色ばむふうでもなく、ズバイドを試合に出すことを誇らしく思っているようだった。なんでも、彼はサッカーの練習も、選手たちに義務づけている午後の補習も、一度も休んだことがないらしい。ズバイドは、ルーマが設けた基準を満たしているから、試合に出られるわけだ。

事情はそれでわかったが、その日わたしの心に刻みつけられたのはこんな光景だった。ズバイドのほうへボールが転がっても、彼より俊足で機敏なチームメイトたちは決して、横から割りこんだり、こっそり近づいたりしてボールを奪うことはしない。その代わりに、二、三人のメンバーが五ヤードほど後方の目立たない位置で、ズバイドとゴールとのあいだに警戒線を張る。ズバイドがボールをぶざまに蹴り損ねたときのカバー要員としてそこに控えるのだが、彼らの動きはつねにさりげなく、ズバイドとその頑張りに対する気遣いを感じさせた。

　そうして迎えた試合の終盤、フージーズ陣地でノース・アトランタのフォワードの一人がボールをこぼし、ズバイドがそれを拾いに走った。ズバイドの伸ばした足先と、相手の足の甲とのあいだに、大きな摩擦音を立ててボールがはさまる。その瞬間、くだんのフォワードは前のめりに芝の上に転倒、タックル成功となった。ズバイドは自分でも驚いた顔をして、立ったままキープしていたボールを、中盤にいたチームメイトにすばやくパスした。そのあと、ボールがラインを割ってゲームが途切れたとき、ズバイドはまるでゴールを決めたかのようにチームメイトたちから小突かれていた。


　その最初の試合のあとすぐ、わたしはニューヨークを一時離れる決意を固め、フージーズの物語を書くためアトランタへやってきた。

　それから数カ月にわたってかなりの頻度でサッカーを観たが、最も感動した瞬間──そして最もためになり、目を開かされた瞬間──が訪れたのは、サイドラインにいたときではなく、クラークストンの難民家庭のソファや床の上で、砂糖たっぷりの熱い紅茶や、キャッサバや豆のシチューや、湯気の立つアフガン風餃子《マントゥ》を前にしているときだった。その一方で、この共通点に乏しい集団がいかにして団結していったかを理解するうえで、サッカーというスポーツが格好の枠組みとなることにも気づいた。バスケットボールや野球やアメリカンフットボールのようにプレーごとにリセットされるスポーツとちがい、サッカーは流動し継続して展開する。どのようにして点が入ったのかを把握するには、そこまでの行為──パスと決断の流れや、離れた位置から空いたスペースに飛びこんできてチャンスをものにしたり無駄にしたりする選手たちの動き――を、最初の接触にさかのぼって振り返らなくてはならない。たとえば、ブルンジ人かイラク系クルド人からパスを受けたスーダン南部出身の少年のアシストで、リベリア人少年がゴールを決めたとする。それがジョージア州のフィールドでの一場面だとしても、その本質を理解するには、最初のホイッスルのはるか以前から彼ら難民たちがたどってきた道筋を知る必要がある。

割合早い段階で、フージーズの物語が地域の物語でもあり、その地域が少年たちとコーチに劣らず多くの興味深い謎を秘めていることが判明した。

アトランタ市街の十三マイルほど東の、一・一平方マイルに及ぶジョージア州の粘土質の土地に位置するクラークストンは、ごく最近になるまで、住民全員が白人という南部の町だった。町のモットーが、その謙虚な土地柄を物語っている――〝小さな町……大きな心〟。ところが、普通なら一世紀かかるところをざっと十年に短縮したような、詰めこみ型の難民再定住が進んだせいで、そのモットーの裏に潜む感情が洗い出されることになった。

状況を複雑にしている要因はほかにもある。メイン州ルイストンに集団移住し、その田舎町の様相を一変させたソマリア難民などとはちがい、クラークストンの新しい住民たちは、言語も文化も異なる多数の国々と民族から抽出された、世界市民の寄せ集めだった。かつて白人の生徒しかいなかったハイスクールには、いまや五十のさまざまな国から来た生徒がいる。いくつもの文化がぶつかり合うクラークストンでは、和合の道はなかなか開けず、その試みは過度の緊張を生むばかりだった。

フージーズについて書こうと決意した当初は、クラークストン再生の物語と難民サッカーチームの物語にはっきりと重なり合う部分があるのか、あるとすればどう重なるのか、自分でもよくわかっていなかった。けれども、フージーズの長期取材のためニューヨークを発つ一カ月ほど前、二つの物語が思ったよりも複雑にからみあっていることを確信させる出来事があった。退職した暖房・配管業者で現クラークストン市長のリー・スワニーと、市民公園の多目的グラウンドでサッカーを楽しんでいたスーダン難民の青年たちとのあいだで、争議が持ちあがったのだ。その噂を聞きつけた地元新聞アトランタ・ジャーナル・コンスティチューションは、市長に事情説明を求めた。「サッカー用に作られたグラウンドはあの公園にはありません」

「わたしが市長でいるあいだは、あそこを野球以外には使用させません」と市長は語った。

市長のその発言により、地元の公民館とのいざこざでホームグラウンドを失ったばかりのフージーズも、直接の打撃をこうむった。スワニー市長がサッカーを禁じたその公園が、フージーズの新たな練習拠点の候補地だったからだ。そういうわけで、ルーマは数週間後のトライアウトを目前に、チームの練習場探しに奔走する羽目になった。

市長の命令は、芝生管理の問題を越えた緊張関係をほのめかしていた。クラークストンでは、サッカーというものが、ほかの土地とは少しちがった意味合いを持っているようだった。異文化の影響を多大にこうむってきた町においては、サッカーとは異文化を象徴するスポーツなのだ。和合の試みは、わたしにはずいぶん進展しているように見えたし、その成果はクラークストンにとどまらず多くの地域で役立つだろう。文化的、民族的、宗教的相違とどのように向き合うかという問題——その課題の多いテーマ——には、火急の対処が求められている。心理学者で作家のメアリー・パイファーは、ネブラスカ州に再定住した難民を主題とする著書『世界を受け入れた町』

(*The Middle of Everywhere*)に、このように記している。

「慣れ親しんだ土地と文化から切り離され、混乱と絶えざる変化のなかに身を置く――そんな難民たちの経験を、遠からずわれわれみなが経験することになるだろう。国と国との壁が取り払われつつあるいま、だれもが安住の地を探し求めるようになっていくはずだ」

クラークストンについて考えるとき、わたしはときにその町を、あらゆる階層の乗客を乗せた巨船からおろされる一隻の救命ボートとして思い描く。好きこのんでそのボートに乗った者はいない。乗るように指示されたのだ――難民は会ったこともない再定住管理官によって、町の住人は遠く離れたお役所組織によって。こうして、地元住民が自分たち専用だと思っていた大きくはないそのボートに、ほぼでたらめに選び出された世界各国の難民たちが乗りこんできた。まもなくボートは荒れた海へと漕ぎ出し、乗り合わせた者たちは共存を余儀なくされる。同乗者たちが望むものはただ一つ――安全だけだ。しかし安全を得るためにはまず、なんとか方法を見つけて互いに意思疎通し、知恵を出し合い、物を分け合い、どちらへ漕いでいくべきか見きわめなくてはならない。旅がはじまり、強風で荒れる海の波間で彼らの頭が浮き沈みするさまを、わたしは想像する。そしてこう考える――彼らはこれからどうするのか。同じ立場にあったら自分はどうするか。果たして、彼らは無事に旅を終えるのか。

いったいどこから、フージーズの物語をはじめればいいだろう。グラース・バレガミール少年をコンゴからクラークストンへ導くことになった、二十一世紀初頭の暴動はどうか。この暴動のはじまりは、ベルギー王レオポルド二世がコンゴ自由国を建設した一八七〇年代にさかのぼる。コンゴ川流域から天然資源を奪い、人々を弾圧支配したその法人型国家は、民族間の緊張により分断された政情不安定な小国群へと徐々に変わっていった。それとも、フージーズのリベリア人選手ジェレマイアとマンデラの母、ベアトリス・ジアティーをモンロビアからクラークストンへと追いやった部族紛争はどうだろう。激化した紛争の発端は、突き詰めれば、十九世紀半ばに一部のアメリカ人が解放奴隷たちを国外へ移そうと決定したことにある。その過程で、先住民族とはほぼ完全にルーツの異なる特権的支配層が出現し、国民の不満を募らせた。または、スロボダン・ミロシェヴィッチがユーゴスラビア軍を解き放ち、コソボの村々で蛮行の限りを尽くさせた一九九八年を物語の幕開けにしてもいいかもしれない。そうした村の一つ、カカニでクィンドラム・ブシの一家が営んでいた小さな食料品店に、セルビア人兵士たちは火を放った――この紛争もまた、その地域で長年つづいている政治的・民族的緊張に起因するものだ。あるいは、人種差別撤廃により南部が変わるかなり前の一九三九年、のちにクラークストン市長となるリー・スワニーが生を受けたサウスカロライナ州クレムソン近郊からはじめる手もある。

だが、ここはやはり、ヨルダンの古代都市アンマンにある十九の丘から物語をはじめることにしよう。そこはルーマ・マフラが生まれ育ち、あるスポーツに親しむようになった場所だ。そのスポーツが数年後、地球の裏側にあるジョージアの田舎町で、多くの喜びを生み出し、また多くの問題を引き起こすことになる。

第一部　変化

Changes

1 ルーマ

Luma

ルーマという名は〝色の濃い唇〟を意味する。もっとも、ハッサンとサウサンのアル＝マフラ夫妻が初子をそう名づけたのは、赤ん坊の唇の色合いにちなんでというよりは、アラビア語と英語のどちらの感覚でも、短くて愛らしく楽しげな印象を与える、その名前の響きが気に入ったからだった。アル＝マフラ家は、ヨルダンのアンマン――砂漠の乾いたつむじ風が涼をもたらす、十九の丘からなる人口二〇〇万人の賑やかな街――に暮らす、西洋文化に傾倒した富裕な一族だ。一族は主に、コンクリート補強に使われる鉄筋の製造と国内販売によって財を成した。ハッサンはレバノンにあるクエーカー教徒の学校を経て、アメリカのニューヨーク州立大学オスウィーゴ校へ進み、「コメディアンのジェリー・サインフェルドと同じ大学なんだ」とよく自慢していた。

ルーマの母サウサンは、感情豊かで率直な、気分をはっきり表に出す人間だった。けれどもルーマは、揺るぎない頑固さと旺盛な独立心――内面の弱さが露呈しないよう感情を押し隠すのに都合のいい組み合わせ――を併せ持つ、父のハッサンの気質を受け継いでいた。

「姉と父は、人に穿鑿《せんさく》されたり、馴れなれしくされるのが嫌いでした」ルーマの十一歳下の妹で、現在アンマンでヨルダン陸軍の調査員をつとめるイナム・アル＝マフラは言う。「ルーマはとても感じやすい人間ですが、そんなことはおくびにも出しません。自分の弱点を知られるのがいやなんです」

子供時代のルーマは、ときに過剰なほど家族から溺愛されていた。三歳のルーマがなんの気なしに、祖母の新車のメルセデス450SLを〝すてき〟だと褒めたところ、次の日、祖母の運転手がアル＝マフラ夫妻の自宅に現れ、彼らの三歳の娘への贈り物だと言って、メルセデスのキーを差し出した。

ハッサンも、長女のルーマを猫可愛がりしていた。大いに期待をかけ、ヨルダンの名家の令嬢にふさわしい人生を歩んでくれることを願っていた。結婚をして、生家のそばに住み、家族を敬ってくれれば言うことはない。

ルーマがまだ年端もいかないころから、周りの大人たちは内に秘めたその自信に気づきはじめた。あまりにもそうした風評が広まっていて、親としてはとまどうこともあった。

「夫婦でPTAの会合に行くと、よくこう言われたものです。『なぜルーマのことを心配なさるんです？　あの子は一人で立派にやっていますよ』と」

ときどき、ハッサンとサウサンは、自信に満ちたわが子の機嫌を二人して伺っている気分になることがあった。普通は子供のほうがそうするものだ。ルーマが十歳か十一歳のころ、家族でスペインに旅行した折の出来事をハッサンは思い起こす。そのときハッサンは、イスラム教の飲酒の禁忌を破って、夕食時にサングリアを一杯注文した。飲み物が運ばれてくると、ルーマはこらえきれずにすすり泣きはじめた。

「泣きながら言うんです。『お父さんのこと大好きなのに――地獄に堕ちたらいやだ』とね」

ハッサンはウエイトレスを呼んでサングリアをさげさせたという。

「それ以来、酒は断っています」

ルーマは、妹のイナムに自信を植えつけようとつとめた――というより、イナムがしばしばお節介に感じているのもかえりみず、強引にそう仕向けた。

「ルーマは厳しい姉で――愛の鞭そのものでした」とイナムは言う。「わたしのやりたくないことをさせようとするんです。安易な道に逃げるのをよしとせず、泣くことも許しませんでした」

ルーマがふるった愛の鞭で、とりわけ鮮明に記憶しているものがあるという。アル＝マフラ家は、週末よくそうしていたように、アンマンから一時間ほどのマヘスという農村地域にある自営農場にいとこ一同で集まった。当時まだ七歳か八歳だったイナムが言うには、ルーマは妹と幼いいとこたちを鍛えるべく山道に連れ出した。みなが走りはじめると、ルーマは自家用のレンジローヴァーで追走した。暑くて乾燥した日で、道は険しく、一人また一人と、泣き言を漏らしはじめた。けれどもルーマは聞く耳を持たず、叱咤して走りつづけさせた。

「姉は車に乗っていて、わたしたちは必死に走っていた」とイナムは回想する。「みんな悲鳴をあげていました。つられて泣き叫ぼうものなら、姉は無言でわたしをにらむんです」

ルーマが数年かけて熟達した、人を縮みあがらせる目つきには、馬を打つ鞭のような強烈な効き目があった。苦しさをこらえて、幼いイナムは走りつづけた。

マヘスでの鬼軍曹さながらの教練は、一族のあいだで伝説と化し、ルーマの外面の厳しさをからかう語りぐさとなった。だが家族は、他人にはめったに見せることのないルーマのもう一つの顔を知っていた――自分より弱く無防備な者たちを深く気遣う、感じやすく、感傷的でさえある若い娘の顔だ。ルーマはだれといてもよく笑った。冗談好きで、自分が笑いぐさになることさえも楽しんだ。ただ、冗談はさておき、ルーマの愛の鞭にはそれなりの狙いがあった。

「やればできるんだと、わたしはむきになって姉に証明しました」とイナムは言う。「自分の能力を見出せたのは、姉が追いこんでくれたおかげだといつも思っています」


アル＝マフラ夫妻は、自分たちのような国際感覚を持った子供を育てたいと考え、ルーマをアンマンにあるアメリカン《A》・コミュニティ《C》・スクール《S》に通わせた。そこは、外交官や実業家などのアメリカ人駐在者と、ヨルダン人上流家庭の子女のための学校で、生徒にはフセイン王とヌール王妃の子供たちもいた。ルーマは訛りのない英語――いまでは中西部訛りで話すが――を習得し、アメリカやヨーロッパから来た子供や、世界各国の外交官の子供と机を並べた。

ルーマの子供時代は、おおかたの基準に照らしても、そしてヨルダンの大半の子供たちとくらべればまちがいなく、安穏としていた。アンマンの名門校に通い、街へパレスチナ人やイラク難民が流入したことで生じた貧困や緊張なども、あまり目にせずにすむ環境で暮らしていた。けれども母方の祖母のムナワールは、貧しい人々の存在を認め、いつでも惜しまず手を差し伸べていた。物乞いたちはたびたび祖母の家のドアを叩いた。その家の主が主義としてかならず施しをするのを知っているからだ。気前のよさにつけこまれているのだと身内の者に言われても、ムナワールは相手にしなかった。

「わたしたちは特別に恵まれているのだからそうする義務があるのだ、と祖母は言ったものです」とルーマは回想する。「こうも言いました。『判断なさるのは神なの。わたしたち人間ではなく』」

アンマンのムナワールの家の隣には空き地があり、午後にはいつも青年たちがサッカーに興じていた。子供だったルーマは、家の裏のコンクリート塀をブドウの蔓をつたってよじのぼり、青年たちのプレーに見入っていた。そのうち勇気を出して仲間に入れてもらったが、祖母に見つかって庭に連れもどされ、小さな女の子が知らない男の人たちに混じって遊んだりするものではない、とたしなめられた。

「わたしが男の子たちとサッカーをしているのを見て、祖母は卒倒しそうになったでしょうね」とルーマは言う。「そのあとこう言いました。『このことはお父さんには内緒よ』って」

アメリカン《A》・コミュニティ《C》・スクール《S》では、保守的なイスラム社会の拘束から解放され、男子のするようなスポーツも自由にできた。バスケットボールもバレーボールもサッカーも野球も等しく熱心にプレーするルーマは、コーチ陣の目を引く存在だったが、なかでもロンダ・ブラウンというアフリカ系アメリカ人の女性コーチが彼女に注目していた。

「ルーマは向上心にあふれていました」とブラウンは言う。「こちらがどんなことを要求しても、何も訊かずにだまってこなすんです」

ブラウンは、アンマンの米国大使館に勤めるアメリカ人外交官の妻で、バレーボールを指導していた。オハイオ州立マイアミ大学のカレッジ時代にバレーボールをしていた彼女は、外交官の妻という役割に退屈し、ACSの女子バレーボールチームのコーチを引き受けた。だが着任してみると、チームの実態にがっかりさせられたという。

「みんなたるんでいました——信じられないくらいに」

ルーマだけは例外だった。個人的なことはあまり知らなかったが、その熱心さはすぐに目に留まり、チームの中心となる存在だと感じた。ブラウンは選手たちに——特にルーマには——多くを求めた。遅刻しないこと、猛練習すること、集中すること、上達することをメンバーに期待した。とことん走りこむことと、疲労の限界まで練習することに重きを置いていた。そして、みずから範を垂れることで選手たちを奮起させた。つねに時間を厳守し、計画的に行動する。五キロのランニングを命じるときは自分もそれに加わるが、選手らには一つ難題を課す。「あなたたちはずっと若いんだから、わたしより速くなくてはだめ。わたしに負けたら、最高にきつい練習が待っていると覚悟しておいて」

「これが効くんです」とブラウンは言う。

ブラウンの指導方針は、ある信条のもとに成り立っていた。若者は、指導者と組織を必要としていると同時に、とても大きな責任を負う力を持っている、というものだ。甘やかすことにはなんの価値も認めていなかった。

「子供にはルールが必要だとわたしは考えています」とブラウンは説く。「子供は限度というものを知らなくてはなりません。また、子供は自分の限界を知りたがります。重要なのは、自分は期待されていると感じさせることなのです」

ブラウンは、初めのうちは選手たちから嫌われてもいいと思っていた。いずれ成長して、自分を信頼してくれるときが来る。敵意を捨て、心を開いてくれるまで気長に待つつもりだった。

「わたしは頑固な人間です」とブラウンは言う。「妥協はしません。意地悪だと思われることもあるでしょうし、どういう人間かわかってもらえるまでは、嫌われるかもしれません」

実際、ルーマはブラウンのことがまったく好きになれなかった。自分だけ余計にしごかれているように思えたし、やたらと走らされるのにも嫌気がさしていた。それでもルーマは文句一つ口にしなかった。この厳しい鍛錬は自分とチームメイトのためになるのかもしれないと、薄々感じていたからだ。

「チームメイトにやる気が足りないのはわかっていました――みんな才能はあるのに」とルーマは言う。「それに自分でもこう思っていたんです。〝わたしはやり甲斐がほしいのかもしれない。このとんでもなくきつい練習は、いつか実を結ぶのかもしれない〟って」

やがて、練習の成果が現れはじめた。チームは進歩を遂げた。みなが意欲的になり、チームのさぼり屋たちでさえ練習に身を入れだした。そのころには、ルーマは自分の気持ちの矛盾に気づきはじめていた。ブラウンに内心で反発しながらも、コーチのためにいいプレーがしたいと一途に望んでいたのだ。

「指導を受けていたあいだはほとんどずっと、コーチのことを憎んでいました」とルーマは言う。「それでもコーチはわたしたちの敬意を得ていました。何か要求するときはかならず、みずから規範を示す人でしたから。それまでのわたしは自分のためにプレーしていました。コーチのためにプレーしたのはあのときが初めてです」

ルーマがハイスクールに進み、ブラウンのためにまだプレーしていたころ、ACSの女子サッカーの二軍チームにコーチが必要になった。ルーマはその役目を買って出た。ブラウンに倣って、週五日のランニングを課し、もっと練習に励んでうまくなれと少女たちに鞭打った。ルーマはその仕事が気に入った。グラウンドに出ると日々の悩み事が吹き飛ぶ気がしたし、選手一人ひとりの力を引き出すための微妙な心理戦も楽しかった。そして何より、共通項のないものから新しいものを作り出す――個人の集まりを、チームという独自性を持った新たな存在へと変えていく――充足感がたまらなかった。それに、人を監督するのも好きだった、とルーマは率直に認めた。

しかし、ＡＣＳで長く過ごし、そこで与えられる自由に慣れてくるにつれ、ルーマは自分の育ったヨルダン人社会に反感を覚えるようになった。性別など関係なしに、だれとでもサッカーの即席試合《ピックアップゲーム》ができるようになりたかった。ブラウンからコートで叩きこまれたように、日常生活でも気兼ねなく自分の判断で動きたかった。家族の社会的地位も、ルーマを旧習に縛りつけようとする足かせとなっていた。さまざまな拘束があるのはもちろん、好きでもない男性と結婚させられるかもしれないというおぼろげな脅威もあった。

「いわゆる名家に生まれたというだけで、期待がかけられるんです」とルーマは言う。「わたしはそれがいやでした。家長第一主義の社会で、この時代になってもなお、女性はあらゆる面で低く見られています。わたしはそんなふうに扱われたくなかった」

ブラウンはルーマの切実な思いに気づいていた。チーム合宿の夜に、コーチと選手数人が各部屋をまわって、それぞれが十年後どこにいるかという未来予測をしたことがあった。ルーマは〝アメリカに不法滞在している〟だろうとブラウンはからかった。当人も含めてみなが笑ったが、ルーマはすぐに訂正した。

「あと十年したら、わたしは合法的にその国に住んでるわ」

「いっしょに過ごした時間は短かったけれど、ルーマが人生に何か別のものを求めているのはわかりました」とブラウンは回想する。

ハイスクール三年の終わりを迎えるころ、ルーマは両親と相談してアメリカの大学に進むことを決めた。引きつづき娘に欧米の教育を受けさせることには、ハッサンとサウサンも異存はなかった。それは裕福なヨルダン人家庭の習わしのようなものだったからだ。しかしルーマが興味を引かれていたのは、ヨルダンにいても事足りるであろう教育の内容ではなく、アメリカでの生活だった。「アメリカは機会を与えてくれる国でした」とルーマは言う。「こんな暮らしがしたいと思い描く、理想郷そのものだったんです」

家族のなかでは祖母だけが、ルーマがアメリカの大学に行こうとするほんとうの理由を理解しているようだった。

「あの子をアメリカに行かせたら」祖母のムナワールは家族に言った。「もう帰ってこないかもしれないわよ」

初めて渡米したルーマは、父親の母校からそう遠くないニューヨーク州フィンガーレイクスにある、男女共学のホバート&ウィリアム・スミス・カレッジに入学した。最初の半期はサッカーチームで活躍したが、シーズン半ばで膝を負傷し、その年の残りはずっとベンチで過ごすことになった。大学生活はそこそこ気に入っていたものの、冬はアンマンでは経験したこともないほど寒くなるうえに、キャンパスは辺鄙《へんぴ》な場所にあった。通学のたいへんな大学を選んだのは失敗だったかもしれないとルーマは感じはじめた。ほかの大学を見てまわることに決め、ほどなくマサチューセッツ州ノーサンプトンにある女子大、スミス・カレッジを訪れた。そのキャンパスは、ルーマがヨルダンを発つとき夢見ていた〝アメリカ〟を完璧に具現しているように見えた。立地もしかりで、地域の結束が強く治安のいいニューイングランドの町という、絵に描いたような環境だ。また、この女子大の理念は、自立心と自信――まさに、ルーマが故国では育めないと感じていたもの――を具えた人間を育成することだった。ルーマはこの大学に惚れこみ、次年度から転入した。

スミス・カレッジで、ルーマは本人の言う、ある種の目覚めを経験した。自信と実行力にあふれた多くの女性たちの存在と、どの学生にも見受けられる上昇志向に魅了された。たとえばルーマのルームメートは、一族のなかで初めて大学へ進んだだけでなく、アメリカでも屈指の名門校への入学を果たしていた。〝ヨルダンではそんなことはありえない〟とルーマは当時思っていた。

スミス・カレッジ時代の友人らによると、ルーマは社交的で、学内でのサッカー活動や、学生自治会が主催する交流イベントに携わっていたという。ルーマの生い立ちを知る者は少なかった。英語がとても流暢だったので、知り合いになった学生はみな、アメリカ人だと思いこんだ。

「ある日、みんなで子供時代のことをおしゃべりしているとき、ルーマが言ったんです。『わたしはヨルダン出身なの』って」メイン州出身の学生で、ルーマの親友になったミスティー・ワイマンは言う。「わたしはてっきり、ご両親はアメリカ人で、海外にいるんだろうと思っていたんです。ヨルダン人だなんて考えてもみませんでした」

大学三年の終わりにヨルダンへ帰省したとき、もうこの国で生きていく気にはなれないとルーマは思った。ヨルダンは現代的な中東国家ではあるが、欧米社会の自由に感化された女性にとって住みやすいところではなかった。女性が仕事に就ける機会は限られている。家庭や相続の問題に適用されるイスラム法シャリーアの定めるところでは、女性二人の証言が男性一人ぶんの重みしか持たない。妻はパスポートを申請するにも夫の許可を得なくてはならない。シャリーアの法廷ではいまだに、いわゆる〝名誉殺人〔女性の婚前性交渉や不貞により、あるいはレイプの犠牲になることにより、家名が汚されたと考え、名誉回復のためにその女性を殺害する慣習〕〟に対して甘い刑罰がくだされている。名家の一員として、ルーマはつねに監視され、決められた道を歩むよう強いられているように感じた。ヨルダンでの未来は窮屈で先が見えているけれど、アメリカでの未来は、うっとりするほどの不確かさと可能性に満ちているように思えた。

四年の学期に備えてスミス・カレッジへもどる前に、ルーマは地元の友人一人ひとりを尋ね歩き、祖母の家にも顔を出した。はっきりした別れの言葉は口にしなかったが、心のなかでは、これが最後になるとわかっていた。

「さよならを言いながら、何人かとはもう会うこともないだろうと感じていました」とルーマは言う。「わたしは自立したかった。助けてもらわなくてもやっていけると両親に証明したかったんです」

何人かの相手にはルーマも本心を漏らした。ロンダ・ブラウンは、帰省中のルーマと参加したアメリカ人外交官・駐在者グループとのソフトボール試合での出来事を覚えていた。試合が終わり、帰り支度をしかけたところ、ブラウンがアメリカから持ってきた革製のグローブが消えていた――どうやら、盗まれたようだった。ブラウンはひどく腹を立てた。何年も愛用していたものだったし、当時ヨルダンでソフトボール用のグローブを手に入れるのは不可能に近かったからだ。ルーマも長年使ったグローブを持っていた。彼女は手からそれをはずして、コーチに差し出した。

「『これを使って』とルーマは言いました」とブラウンは回想する。「『わたしにはもう必要ないんです。ここへはたぶんもどってきませんから』とね」

ブラウンはそれからすぐ夫と家族とともにダマスクスへ、その後イスラエルへと移り住んだため、ルーマとは何年も連絡が途絶えたが、どこへ引越しても、かつての教え子で不思議なほど沈着だった少女の置き土産であるそのグローブは処分しなかった。十五年たったいまも、それはブラウンの手元にある。「革紐が朽ちて取れてしまっているんだけど」と、消息をたどって電話をかけたイスラエルでブラウンは語った。「あのグローブはわたしにとってほんとうに特別なものなんです」

スミス・カレッジを卒業して数週間後の一九九七年六月、ルーマは電話で両親にこう告げた。自分はこのまま――しばらくのあいだではなく、この先ずっと――アメリカで暮らすつもりだと。ヨルダンの実家へもどる気はまったくなかった。

ハッサン・アル＝マフラは呆気にとられた。

「地球に呑みこまれた気分でした」と彼は言う。

ハッサンの消沈はじきに憤怒へと変わった。娘にはあらゆる機会を与えてきたつもりだった。最高の学校に通わせ、アメリカの大学にまで進ませた。かの地に腰を据えるという娘の決断には、平手打ちを食らったような衝撃を受けた。ルーマは、親に与えられた社会的・経済的保障がなくても自立できるかどうか見きわめるにはこうするしかないのだと、説得を試みた。ハッサンはまったく取り合わず、どこまで一人でやれるか知りたいなら、喜んで思い知らせてやると告げた。そして、家へもどらなければ、親子の縁は切れるものと思えと言い渡した。ルーマは動じなかった。故国では自分らしい生き方ができると思えなかったし、理想の人生を送れる場所で暮らすためなら、家族との対立にも耐えるつもりだった。ハッサンはルーマとのつながりを完全に断ち切る――仕送りを止め、電話もしない――ことで、前言を貫いた。娘を勘当したのだ。

ルーマの生活は激変した。即時に自活せざるをえなくなった。「好きなレストランや店に入って、なんでもほしいものを買える身分から、一気に無一文になりました」

ルーマの友人たちは当時のことをよく覚えている。故郷へもどらない意志を両親にいつ、どんなふうに伝えようかと悩み抜くルーマの姿を彼女らは見ていた。そして勘当される結果になったとき、以前は社交的だったルーマがふさぎこみ、たちまち自信をなくしていくのを目の当たりにした。

「かなりつらい経験だったようです」スミス・カレッジでの友人、ミスティー・ワイマンは言う。「ルーマは強いストレスに晒され、そのせいでずいぶん落ちこんでいました」

「悲しみを乗り越える時間が必要でした」とミスティーは付け加える。「ルーマはおばあちゃん子でしたが、ご本人は高齢になってきていました。仲良しの妹さんが会いにくるのをこの先はご両親が許さない、ということも考えられました。ルーマはずっとお父さんのお気に入りだったんだと思います。多くを期待していたからこそ、厳しい態度をとったのでしょう。ルーマは帰国しないことでたくさんのものを手放すことになりました」

ルーマはどうにか暮らしていった。卒業後はミスティーのもとに身を寄せた。そこはミスティーが職を得た、ノースカロライナ州のハイランズという山間の小さなリゾートタウンだった。ルーマはまだアメリカで合法的に働く許可をとっていなかったので、不法滞在者でも就ける職を探した。見つかったのは、〈マウンテニア〉という地元のレストランでの皿洗いとトイレ掃除の仕事だった。割に平穏で静かなアパラチア地方での暮らしをルーマは楽しんだが、ときにはひしひしと孤独を感じることもあった。異国風の響きのある名前が不要な注意を引かないよう、〈マウンテニア〉の仕事仲間はルーマを〝リズ〟という当たり障りのない愛称で呼んだ。土地の者たちは〝リズ〟と顔見知りでありながらも、彼女が実はヨルダン出身のイスラム教徒だとは知らないままだった。便利屋をしている〈マウンテニア〉の常連客は、リズに花を贈り、さらには彼女を感心させようと、とっておきの家宝を見せびらかした。かつて彼の祖父が身につけていたという、クー・クラックス・クランの元首領のローブとフードだった。

「あれにはぞっとしました」とルーマは言う。

ハイランズでひと夏を過ごしたあと、ルーマはあてもなく各地を転々とした。方角はあまり気にせず、ボストンへ移ったのち、またノースカロライナへもどった。家族の様子はたいてい祖母のムナワールから知らされた。祖母は一族の近況を伝え、両親とのことは心を強く持って耐え忍ぶようルーマを励ました。「いつかは二人もおまえを許すようになる」

だがそのときはまだ、ルーマは一人だった。一九九九年に、彼女はアトランタへの移住を決めた。春が長々とつづき、秋は過ごしやすく、冬はありがたいことに短く温暖な、アンマンと似ていなくもない気候が気に入ったというほかに、これといった理由はなかった。ルーマがその計画を話すと、友人たちは一様に反対した。ヨルダン出身のイスラム女性は南部諸州には馴染めないだろうと案じてのことだ。

「『正気なの?』と訊きました」とミスティーは言う。

ルーマには反論する余地があまりなかった。アトランタには知人が一人もいないに等しかった。ルーマ・ハッサン・マフラという名のイスラム女性が、おおかたの南部人にどれほど奇異に映るかということも、よく認識していなかった。二年後の九月十一日に起こる同時多発テロ事件のあと、イスラム教徒にどれほど複雑な感情が向けられるようになるかに至っては、もちろん知る由もなかった。

使命感や希望はほとんど持たずに、ルーマはアトランタの地を踏んだ。その東の郊外に、コリント式の柱を備えた古い大理石の群庁舎が目を引く、進歩的で美しい町ディケーターがある。ルーマはそこに小さなアパートメントを見つけた。少し先のクラークストンについてはまだ何も知らなかった。変化の途上にあったその町には、ルーマ自身と同様、ある世界にたしかな不満を抱いて別の不確かな世界へ逃げてきた難民たちがいた。しかし彼らと同じく、ルーマは自力で生き抜く決意を固めていた。故郷へ帰るという選択肢はなかった。

2 ベアトリスと息子たち

Beatrice and Her Boys

ルーマがマサチューセッツのスミス・カレッジを卒業した一九九七年、リベリアの首都モンロビアでは、ベアトリス・ジアティーという女性が夫のエリックと息子たち――ジェレマイア、マンデラ、ダーリントン――とともに内戦のさなかを懸命に生き延びようとしていた。街は敵対する複数の反政府勢力に包囲され、兵士たちがうろつきまわり、なかには女性用のかつらと衣服で着飾った者もいた――一つには、そうした扮装が災厄よけになるという迷信のため、また一つには、その超現実的な装いで見る者を怖気立たせるためだ。銃撃戦で飛び交う銃弾に頻々と市民が倒れ、迫撃砲が前触れもなく民家の屋根に穴をあけた。そしてある夜、ジアティー一家はドアが叩かれる音にすくみあがった。

ベアトリスの夫は中級官僚で、旧政府の職員への給与支払いにも携わっていた。ドアを叩いた男たちは、夫に入手できるかぎりの現金を寄こせと言った。変装し、マシンガンを持ってわめく男たちは、さながら地獄からの使者のようだった。どこかの反政府派閥の者たちなのか、ただの強盗なのか、ベアトリスには見分けがつかなかった。

「おまえは政府の金を一手に握ってる――そいつをまるごと渡してもらおう」男の一人が夫に言っ

た。

「なぜだ？　わたしはただの会計官だ」夫は訴えた。「職員の給与処理をしている。小切手を支給しているだけなんだ！　政府の金などあるものか」

「政府の金をよこせ。拒めば殺す」

「ないものはないんだ！」

現代の難民が国を追われることになった原因は、ときに何十年、あるいはもっと昔の人間の過失や、強欲や、恐怖や、犯罪や、奇行にさかのぼれるが、それがどれほど根深いものかを顕著に示すのが、ジアティー一家の例だ。リベリアは、解放奴隷たちを移住させようと考えたアメリカ人の一団によって、一八二一年に建国された。当初はアメリカの白人が統制をおこなっていたが、一八四七年に、アフリカ初の自治共和国として独立した。それから一三〇年にわたって、アメリコ・ライベリアンと呼ばれる解放奴隷の子孫――人口のわずか三パーセントの少数集団――がアメリカ政府の支援を受け、ある種の封建的独裁組織として、約二五〇万の人々を擁する国家を支配してきた。

アメリコ・ライベリアンによる支配は、一九八〇年四月十二日、暴力的な終焉を迎えた。米軍特殊部隊グリーン・ベレーで訓練を受けたサミュエル・ドウ陸軍軍曹が、兵士たちに大統領関連施設を急襲させ、ウィリアム・トルバート大統領のはらわたをえぐって殺害、われこそがリベリアの新しい指導者だと名乗りをあげた。ドウは、リベリア先住民族のなかでもギオ族やマノ族をはるかに下まわる、人口の四パーセントという少数派のクラン族の出身だった。そのクラン族が、アメリカに後押しされた圧制的な権力層アメリコ・ライベリアンに実質的に取って代わったことで、憤激したほかの先住民族がふたたび反乱を起こすのは時間の問題となった。

怒れる他民族を一つにまとめたのは、チャールズ・テーラーという、かつてのドウの朋友だった。ボストンとニューハンプシャーの大学で学んだリベリア人で、のちに横領のかどで有罪宣告を受け、シーツをつないだロープと弓鋸《のこ》を使ってアメリカの監獄の窓から脱走したという人物だ。

テーラーは手はじめに、ギオ族の居住地で一五〇人規模の兵士団を結成した。モットーは〝クラン族を抹殺せよ〟。民族抗争をあおる作戦が奏功し、兵力は増した。テーラーが武装させ殺戮に引きこんだ少年兵――ドウに両親を殺された孤児たちや、テーラー自身の民兵に家族を連れ去られた少年たち――も、少なからず戦果に貢献していた。一九九〇年にはモンロビアを包囲した。水道は遮断された。食糧も薬もなかった。兵士たちは市民を恐怖に陥れ、意のままに略奪をおこなった。ドウの配下のクラン族兵士たちまでが残虐行為に走るなか、十万人以上のクラン族難民がコートジボワールに押し寄せた。リベリア人の死者は十五万人を超えた。

一九九六年、テーラーはクラン族の住むモンロビアに再攻撃を仕掛けた。「どちらの側の兵士も、心臓をえぐり出して食べるという人肉嗜食にふけった」と、マーティン・メレディスは著書『アフリカの運命』（*The Fate of Africa*）に記している。「〝全裸隊〟として知られたあるグループは、そうすれば銃弾から守られるという信念のもと、素っ裸で戦った」交戦中の武装派閥を引き離すべく動員された、西アフリカ諸国平和維持軍《ECOMOG》の兵士までもが略奪に加わったという。「モンロビアは無法地帯と化していた」

モンロビアには、先述のとおり、ベアトリス・ジアティーが住んでいた。彼女と夫はクラン族の出身だったので、街のクラン族の統制地区に残っていた。一九九六年の包囲のあいだ、激化する戦闘を避け、一家は自宅に身を潜めていた。末息子のジェレマイアが病気になったときも、ベアトリスには祈ることしかできなかった。助けを求めて外に出るのは危険すぎた。

「食べ物も、薬も、何もありませんでした」とベアトリスは言う。「苦しむ息子を五日間、ただ見ていたんです。あの子が死なずにすんだとき、神に心から感謝しました」

だが結局、家のなかでさえ安全は守られなかった。ベアトリスの夫のもとへ夜中にやってきた男たちは、政府の金の隠し場所など知らないと言った夫を殴りはじめた。ベアトリスは恐怖に駆られた。ジェレマイアと次男のマンデラの手を引いて裏口へ走り、真っ暗な路地に飛び出した。あの夜、最後に聞いた夫の言葉は、いまでもはっきりと耳に残っている。

「おい、どうしようっていうんだ！」夫は叫んでいた。「殺すつもりか！　ああ――殺される！」

ベアトリスはジェレマイアとマンデラを連れて、モンロビアの明かりのない通りをひたすら歩き、検問所にさしかかった。そこでは、小さな体に不釣り合いな銃や弾薬帯で武装した、威嚇的なティーンエイジャーの少年たちが見張りを務めていた。少年兵らはクラン族がモンロビアを出ていくのを阻みはしなかった。どうにか街を出たベアトリスと息子たちは、コートジボワールとの国境をめざして東へ歩きはじめた。行く先々で食べ物をあさり、できるときはヒッチハイクをした。とはいえ大半は森のなかを歩いて、十日後にようやく、国境の先の人であふれかえった難民キャンプにたどり着いた。長男のダーリントンは、リベリアの田舎にいる祖父母のもとに残したままだった。

やがて母の居所を伝え聞いたダーリントンは、一人きりで必死に二日間の道のりを歩き通し、キャンプで母や弟たちと再会した。

ほかの難民たちの力も借りて、ベアトリスと息子たちは仮のすみかとなる泥壁の小屋を建てた。そして彼らは待った――何を待つのかはよくわからないまま。紛争が終結しても――そんな日が来たとしても――モンロビアへもどる気にはならないだろう。夫はもうこの世にいなかった。街は荒れ果てていた。

一九九七年の大統領選挙では、その武力でモンロビアを廃墟に変えたテーラーが、有名な選挙スローガン〝彼は母さんを殺した。彼は父さんを殺した。それでもぼくは彼に投票する〟を掲げ、落選したらまた暴挙に出るのではないかと人々を不安に陥れることで、政権の座を勝ちとった。テーラーはその地位にものを言わせて殺戮をつづけ、リベリアの指導者としては例のないことに、ワシントンの恩寵を失う。その後ナイジェリアへ亡命するも、国連から戦争犯罪人として告発され、ナイジェリアとカメルーンとの国境で、現金とヘロインを満載したSUV車に乗っているところを捕えられた。

ベアトリスはキャンプにいるあいだ、暇さえあれば、国連による再定住プログラムの申請の列に並んでいた。半ば捨鉢、半ば意地になっての行動だった。選ばれる可能性は万に一つだとわかっていたが、ほかに何ができただろう。リベリア内戦を逃れてきた二万人以上の難民を収容するキャンプは、不衛生で、しじゅう食糧が足りなくなるうえに、静かな脅威――若者をふたたび戦闘に誘いこもうとするキャンプ常駐の兵士たち――にも晒されていた。そんな環境では、息子たちに教育を受けさせるどころではない。ベアトリスは日々を生き抜き、息子たちを魔の手から守り、脱出の道を見出すことに全力を注いだ。

ベアトリスと息子たちはそのキャンプで五年を過ごした。多難な道のりではあったが、国連職員との数え切れないほどの面接を経て、ベアトリスは、国連難民高等弁務官事務所《UNHCR》から再定住の許可がおりたことを知らされた。一家はまずコートジボワール最大の都市アビジャンへ送られ、そこからニューヨーク経由でジョージア州アトランタへ飛び、クラークストンという聞いたこともない町で新生活をはじめることになる。


ジアティー母子が踏んだ手続きは、こうした再定住の例ではごく一般的なものだ。一家は、四人ぶんのアメリカ行き片道航空運賃三〇一六ドルを米国難民再定住事務局から借り受け（ベアトリスは三年かけてそれを返済した）、アメリカへの再定住を監督する国際救助委員会《IRC》のケースワーカーを一人あてがわれた。二〇〇三年の九月二十八日、ベアトリス母子はアビジャンからアトランタへの二日の旅路についた。目はかすみ、方向感覚もおぼつかない状態で、空港でＩＲＣのケースワーカーと対面した。その女性が運転する車で、きらびやかな摩天楼とぎらつく金色のドーム屋根の議事堂をながめつつアトランタ市街を抜け、クラークストンのウィンクレスト団地に到着した。新居は二寝室のアパートメントで、食器戸棚に缶詰のストックがあり、剥き出しの壁は黒ずんでいた。床には古いソファが並べられ、マットレスがいくつかじかに置いてあった。四人はその上に倒れこんで眠りに落ちた。

ＩＲＣに勧められ、ベアトリスはすぐに職探しをはじめた。アメリカへの再定住を認められたすべての難民と同様、自活できるようになるまでの三カ月間しか政府の援助が受けられないのに加えて、航空券代の借金もあった。ＩＲＣの口利きで、ベアトリスはアトランタのバックヘッド地区にあるリッツカールトン・ホテル——アトランタで最も高級な界隈にある、南部で最も洗練されたホテルの一つ——の清掃係の仕事に就くことができた。通勤にはクラークストンからバスで一時間かかる。

仕事自体に不安はなかった。ベアトリスは体が丈夫で、自立心旺盛だった——だからこそ移住を果たせたのだ。とはいえ、子供たちを置いて仕事に出るのは気が進まなかった。昼間は学校があるけれど、自分が職場からもどれるのはだいぶ暗くなってからだ。夕方以降は家にいて自分の帰りを待つよう、ベアトリスは息子たちに言い聞かせた。バスでアトランタへ出るにはどうすればいいのかわからなかったが、仕事の初日は、同郷の隣人がウィンクレスト団地からバス停まで連れていってくれた。午前五時三十分、ベアトリスはリッツカールトンへ出発した。

仕事はきつかった。各自に一日十五、六部屋の清掃が割りあてられ、一応は八時間勤務ということになっていたが、実際にそれだけの部屋数をこなすにはずっと長くかかり、超過したぶんは労働時間にカウントされなかった。ベアトリスは背中に痛みを覚えながら、十時過ぎにようやくホテル前のバス停にもどった。こんどは道案内してくれる人もおらず、一人だった。帰りのバスに乗りこみ、見慣れないアトランタの夜景をながめながら、ベアトリスは過去数年の不安を心から振り払おうとつとめた。柄にもなく楽観的に、自分も家族もやっと安心して暮らせるのだという感慨に浸った。

バスがクラークストンの停留所に着いた。ベアトリスは、ここで合っていますようにと祈りながらバスをおりた。あたりを見まわし、アパートメントへの道を思い出そうとする。クラークストンには目標にする高い建物がないため、たやすく道に迷ってしまう——ウィンクレスト団地への道順をすっかり覚えるのには、おおかたひと月かかった。ベアトリスはこわごわと歩道を歩きはじめた。コオロギの鳴き声と断続的に走り過ぎる車の音に満たされた、涼しい十月の夜だった。物音がしたので、背後を振り返った。男が一人、跡をつけてきていた。ベアトリスは足どりを速め、鞄をしっかりと抱えた。鞄には新しい運転免許証と、社会保障カードと、労働許可証と、手持ちの現金全額が入っている。男に腕をつかまれるのを感じた。

「止まれ」男は言った。「鞄をよこせ」

ベアトリスは鞄を手放し、殴られるかと身構えたが、一撃は来なかった。男が走り去ると、一目散に反対方向へ駆けだした。息が切れるまで走ってようやく足を止め、あえぎながら嗚咽した。自分がどこにいるのかも、どうやって警察に電話すればいいのかもわからない。仕事で疲れていたうえに、走り疲れていた。通りすがりの男がベアトリスを見て、何があったのかと訊いてきた。その男は親切に警察を呼んでくれた。警官たちに家まで送られ、捜査のための質問を受けた。しかしベアトリスは犯人の顔をよく見ていなかった。覚えていたのは、アフリカ訛りがあったことだけだ。

この一件で、家族が安心して新生活を送れるという希望は奪い去られた。

ベアトリスは息子たちの安全を異常に気遣うようになった。リベリアでは、用事をすませたり、友人を訪ねたりするために出かけるときは、隣人が子供たちを見ていてくれた。けれどもクラークストンには一人も知り合いがいなかった。新しい隣人の多くは英語を話さず、しかもそのなかに、自分を怯えさせた強盗がいるのだ。ウィンクレスト団地の周辺ではギャングが盛んに活動していた。銃声が夜のしじまを破ることもしばしばだった。自分を襲った男が隣の建物に住んでいてもおかしくない。

ベアトリスは警察も信用してはいなかった。あるリベリア人住民から聞いた話では、親がそばについていないのがわかると、警察は子供を保護施設に連れていってしまうらしい。だからベアトリスは息子たちにもう一度釘を差した。学校から帰ったら、アパートメントのドアに鍵をかけて、ずっとなかにいなさい、と。


強盗事件から幾日もたたないある晩、ジェレマイアがベアトリスの言いつけにそむいた。日が暮れるころ家の外で一人で遊んでいたのだが、そこへパトロール警官が通りかかり、きみの親はどこにいるのかと尋ねた。ジェレマイアはとっさに言いつくろった。

「お母さんは家で寝てます」

「そうかい、じゃあきみも家にいなさい」と警官は言った。

ジェレマイアは帰宅した母親にその出来事を話した。何カ月も募らせてきた不安が限界に達し、ベアトリスは激怒した。

「学校から帰ったら、鍵をかけて家のなかにいるの！」ベアトリスは息子を怒鳴りつけた。「学校から帰ったら、一歩も外へ出ちゃだめ！」

3 小さな町……大きな心

'Small Town... Big Heart'

ベアトリス・ジアティーのような難民が流入しはじめる前のジョージア州クラークストンは、スワニー市長の言葉を借りれば、〝鉄道線路沿いのひっそりとした小さな町〟だった。

線路は町を両断する草深い丘を縫うように走っており、いまも日に十数回通過する貨物列車が家々の窓を震わせ、車の流れを止める。けれどもクラークストンには、列車のことで強硬に抗議する住民はほとんどいなかった。ショッピングセンターや、オフィスビルや、ファーストフード店や、むやみに増える駐車場がアトランタから周辺地域に広がりつつある昨今、貨物列車が重々しく走る光景は、クラークストンが都市化の波にまだ完全には飲みこまれていないという安心感をもたらしていた。実際、アトランタ近郊の小さな市の多くは、アトランタ市か大きな郡に併合されていたが、クラークストンはそれを免れていた。クラークストンの住民は市長と市議を独自に選出し、警察組織も有している。およそ五〇〇万人が暮らす都市の準郊外にある、人口七二〇〇人程度の牧歌的孤島クラークストンは、奇しくも市としての独立を維持していた。

クラークストンはもともと、南北戦争の終結後に、自作農民や鉄道員が住みついた土地だった。彼らは洗礼によく用いられた小川のそばの土地に、町で最初のバプテスト教会を築いたが、その建物はいまも同じ場所にある。当時、クラークストンは〝ヤギの町《ゴーツヴィル》〟とも呼ばれていた。ヤギに線路際の草を食べさせて短く保っていたからだとか、都会の住人からそう揶揄されていたとか言われているが、たしかなところはだれも知らないようだ。しかしその呼称の名残は、控え目にではあるが、クラークストン・ハイスクールのマスコット——アンゴラヤギ——にとどめられている。

つづく百年間の大半は、クラークストンでさしたる重大事は起こらなかった。そこは保守的な白人の住む、典型的な南部の小さな町だった。近隣のストーンマウンテン——長きにわたってクー・クラックス・クランの本部が置かれ、一九八〇年代の終わりになるまで十字架を焼く行為がおこなわれていた町——とくらべても、土地柄に大差はなかった。クラークストンの住民は子供をクラークストン・ハイスクールへ通わせ、チャーチ・ストリートに建ち並ぶ教会のどれかへ礼拝に出かけ、教会と市庁舎から線路を隔てたショッピングセンターにある〈スリフタウン〉という食料品店で買い物をした。クラークストンでの暮らしは地味で、市外から関心を向けられることも少なく、それが住民の好みに合っていた。

変化が訪れたのは一九七〇年代、アトランタ空港が拡張されてアメリカ南東部で初の国際拠点となり、世界で最も忙しい空港の仲間入りをしたころだ。空港が雇用をもたらし、新たに職を得た人たちの住む場所が必要になった。何社かの進取的な宅地開発業者が安価なクラークストンの土地を買い占めた。アトランタ・ペリメーター——市の中心部を囲み、空港や商業地区へのアクセスを容易にする環状道路——のすぐ外側という、この町の立地に目をつけたのだ。業者たちは次々と団地を建設した。おおかたは、数棟からなる二階建ての建物で、車通勤者に配慮した大型駐車場の周りに配されていた。アトランタの公共交通機構MARTAがクラークストンの外に東端の駅を新設すると、業者はますます調子づいた。不動産業者しか考えつかないような田園風の響きを持つ名称――クリストファー・ウッズ、ブラノン・ヒル、ウィロー・ブランチ、オールド・プランテーションなど――の団地がさらに増えていった。

中流階級の白人たちがそうした住宅地に越してきて、クラークストンの人口は倍以上になった。そればかりか、当時はだれも気に留めなかったが、団地の増加は、クラークストンをある意味で二分する事態を招いた。クラークストンの昔からの住民は、町の片側におよそ四五〇軒ある、張り出し玄関と小さな前庭を備えた簡素な切妻造りの古い家に住んでいた。一方、新来の労働者は団地に住んだ。二つの世界は、経済的にも社会的にもそのほかの面でもかけ離れていたが、一平方マイルほどのなかに詰めこまれているため、両者のあいだにあまりスペースはなかった。

一九八〇年代に入ると、白人たちがクラークストンの団地を去りはじめた。アトランタ市街に近いほかの古い居住区に住む白人が郊外脱出をはかりだしたのと、ほぼ同時期だった。都市犯罪が増加しており、街から離れた新しい郊外住宅地へ行くほど、白人だけの環境でゆったりと暮らせたからだ。空港拡張にともなうアトランタの好景気が生み出したクラークストンの白人中流階級には、転居する余裕があった。団地の空き部屋が増え、家賃が下落し、犯罪が急増した。家主は政府の住宅供給プログラムを通じてアフリカ系アメリカ人を入居させ、同時に維持費を切り詰めたため、団地は荒廃の一途をたどった。ほどなくクラークストンは、というよりクラークストンの団地のある一帯は、都市衰退のお決まりの悪循環にはまりこむことになった。

一九八〇年代後半には、また別の部外者集団がクラークストンに目をつけた。毎年アメリカが受け入れる何万人もの難民の再定住に携わる非営利機関だ。国際救助委員会《IRC》――ヨーロッパのユダヤ難民のアメリカ亡命を助けるべくアルバート・アインシュタインが一九三三年に設立した組織――をはじめ、ワールド・リリーフ〔米国福音同盟の援助協力機関〕や、ルーテル・ファミリー・サービス〔ルター派教会の相互援助機関〕といった機関が、政府に委託されて難民家族の移住を支援している。学校や仕事探し、社会的サービス利用の手助けもおこなうが、何をおいても必要なのは住む家を見つけることだ。

再定住支援機関の見るところ、ジョージア州クラークストンは難民を再定住させるのに理想的な条件をいくつも備えていた。アトランタ市街から十三マイルと離れていない立地もその一つだ。経済成長をつづけるその街では、建設現場や配送センター、包装工場、ホテルやレストランでの単純労働を担う人材の需要がつねにあった。アトランタにはバスや鉄道などの公共交通機関があり、自家用車を持てない層もそれほど負担なく街での仕事に就くことができたし、クラークストンにも鉄道の停車駅――その路線の終点――があった。くだんの老朽化した団地を考慮に入れるなら、クラークストンには家賃の安い住宅があり余っていた。また、交通量の多い二本の道路――ポンセ・デ・レオン・アベニューとインディアン・クリーク・ドライブ――に加え、何本かの現役の鉄道線路が町なかを通り抜けてはいるものの、自家用車を持つ余裕のない大勢の人々に欠かせない安全な歩道もじゅうぶんに整備されていた。団地は大型ショッピングセンターへ歩いていける距離にあった。ショッピングセンターと言っても、いまでは寂れて見る影もなく、託児所の駐車場の向かいがポルノショップになっている有様だが、その近さのおかげで、団地の住人はヒッチハイクをしたり列車やバスに乗ったりせずに買い物に行くことができた。

一九八〇年代の終わりから一九九〇年代の初めにかけて、クラークストンに最初の難民が到着した。ほとんどは共産主義政府から逃れてきたベトナムやカンボジアの難民だった。彼らの再定住はすんなりと運び、古くからの住民がその新来者たちに気づいていたとしても、抗議の声をあげる者はなかった。彼らにとってそれはまだ、遠い世界での出来事だったのだ。そこで、初期の再定住の成功で勢いづいた支援機関は、また別の難民を連れてきた。ボスニアとコソボでの紛争を生き延びた人々と、旧ソ連で抑圧を受けていた少数民族だ。ワールド・リリーフとＩＲＣは、クラークストンに事務所を開設して支援体制を強化し、さらに多くの難民を受け入れた――こんどやってきたのは、リベリアやコンゴ、ブルンジ、スーダン、ソマリア、エチオピア、エリトリアなど、戦争で荒廃したアフリカの国々からの難民だった。

一九九六年から二〇〇一年にかけて、一万九〇〇〇人の難民がジョージア州に再定住し、その多くがクラークストンかその近辺に落ち着いた。二〇〇〇年の人口調査により、クラークストンの住民のゆうに三分の一が外国生まれの移民であることが明らかになった。もっとも国勢調査の推計には、クラークストンのアパートメントにひしめく難民や移民の数が正しく計上されていないため、外国人の割合は実はもっと高いというのがおおかたの認識だった。比較的短いあいだに、クラークストンはすっかり様変わりしていた。

クラークストンの古くからの住民はたいてい、どんなときにこの変化を感じとったかについて、それぞれの逸話を持っている。一九六〇年代にペンシルベニアからクラークストンに移り住み、市議会で働いてきたアフリカ系アメリカ人のエマニュエル・ランサムにとっては、市が年間に排出するごみの量が急増しているのに気づいたときだった。調べてみると、かつて団地に入居していた独身者や核家族が、八人から十人で暮らす難民の家族に取って代わられていた――それにともなってごみが増加していたのだ。

「入ってくる人々で町があふれかえりつつあることに、市議会は気づいていませんでした。人の増え方がゆるやかだったので」とランサムは言う。「だれも状況をわかっていなかったんです」

　市議会議員をつとめる、チェーンスモーカーの人類学者カレン・フェルツにとっては、近所のリベリア人女性が水差しを頭に載せ、悪魔を呪いながら通りを徘徊しているのを目にしたときだった。呪文をつぶやくその姿を何度も見かけるうち、精神を病んでいるのではないかと心配になってきた。女性の夫は聖職者だったが、フェルツが懸念を伝えたところ、軽く受け流された。

「『妻はその気になれば悪魔と話ができるんです』、なんて言われましてね」とフェルツは苦笑する。「心のなかで思いました。〝参ったわ――ここはいつから超次元空間《トワイライトゾーン》になったの？〟って」

　多くのクラークストン住民にとって、それは自分たちの町が一夜にして変貌したような体験だった。

「ある朝目覚めたら」この町で家を持って久しいリタ・トーマスは言う。「こうなっていたのよ」


　クラークストンが体験したのは、移民の流入と難民の再定住がアメリカじゅうにもたらした人口変化の超高速バージョンである。だが少なくとも一面において、その変化は独特だった。ルイストンやメインやマーセドやカリフォルニアなどの町は、単一の民族や同じ国籍を持つ人々――ルイストンはソマリ族、マーセドはミャオ族、南西部や西部の無数の町はラテンアメリカ系の人々――を大勢迎え入れたが、クラークストンは世界のあらゆる地域から新しい住民を迎えることとなった。過去十五年間にアメリカへ合法的にやってきた人々の数に関して言えば、クラークストンにおける人口増加率とアメリカ全土に受け入れられた人々の増加率は、おそらく完全に比例するだろう。この町は、世界そのもの——あるいは少なくとも、社会を震撼させる暴力がはびこる地域——の縮図と化した。そしてその十年足らずのあいだに、ジョージアのちっぽけな町クラークストンは、国内でも稀に見る多様なコミュニティとなったのだ。

たしかに、いまでも日に十数回は貨物列車が町を走り抜けてはいるものの、クラークストンで長く暮らしてきた人々にとって馴染み深いものは、もうほとんど残っていない。通りを歩く女たちはヒジャーブと呼ばれるベールで顔を隠し、なかにはブルカという黒衣で全身を覆っている者もいる。ショッピングセンターの様相も変わった。食料品店の〈スリフタウン〉は以前のままだったが、ピザの〈ハングリー・ハリーズ〉などの軽食店は、ベトナム料理やエリトリア料理の店、〈ハラール精肉店〉などに取って代わられ、〝グローバル薬局〟は、国際通話用テレホンカードを取り扱うことで難民たちの要求を満たしていた。インディアン・クリーク・ドライブでは、小学校とハイスクールの通りをはさんだ向かいにイスラム教のモスクが開設され、何百人もの信者を動員しはじめた（クラークストンの在来住民は、金曜礼拝へ向かう人々で交通が渋滞するのをいまでは承知していて、金曜の午後はその道を通らないようにしている）。

新来者が増えつづける一方、古くからの白人住民の多くはただ町を去っていき、クラークストンのほぼすべての施設に人口変化の影響が表れた。クラークストン・ハイスクールは五十を超す国々から来た生徒を抱えるようになった。地元の小学校では児童のゆうに三分の一が、断食月《ラマダーン》のあいだは昼食をとらない。伝統あるクラークストン・バプテスト教会の礼拝には、かつては七〇〇人ほどが出席していたが、多くの白人住民が町を去った結果、一〇〇人足らずに減った。

クラークストンで見られた変化の大半は、漸増現象であり、最初は気づきにくいものだった。その一方で、人々の注意を引き、この町はいったいどうなってしまったのかと地元住民を案じさせる事件もしばしば起こっていた。

ボサンスキ・シャマツの町から来たボスニア難民の一団が、クラークストンで、ニコラ・ヴコヴィチというセルビア人兵士とばったり出くわした。その兵士は、ボスニア内戦中、町の警察署で何日間も殴る蹴るの暴行を加え、彼らをさんざん痛めつけた張本人だった。難民たちはヴコヴィチ（当時は隣町のストーンマウンテンに住み、コンプレッサー工場で時給八ドルの仕事をしていた）を訴え、損害賠償金一億四〇〇〇万ドルの裁定を勝ちとったが、当人はそのときすでにアメリカから逃亡していた。

五歳の甥といっしょに留守番をしていた、情緒障害のあるスーダン人青年が、原因不明の激情に駆られ、肉切り包丁で甥の首をはねた。青年は血まみれの服を着て、線路脇を茫然と歩いているところを警官に発見された。「恐ろしいことをしてしまった」と青年は言い、自宅に警官を連れていった。身内の者たちはその凶行を、難民キャンプで拷問を受けて以来ずっと苦しんできたという心的外傷後ストレスのせいにした。そんな弁明をされても、まさにそういうキャンプからこの町へやってきた人々の数を考えれば、在来住民の不安は増すばかりだった。

〝スーダンのロストボーイズ〟――戦争で荒廃したスーダンの砂漠と低木林のなかを十二年間逃げまわったのち、アメリカに再定住した三八〇〇人の若い難民たち――の一人が、ほかのスーダン難民と十ドルをめぐって喧嘩になり、こん棒で殴られて命を落とすという事件もあった。また、あるエチオピア人の男が逮捕され、幼い娘に無理やり陰核切除を施したかどで有罪となった。
これらはごく一部の例にすぎない。こうした事件から、難民がクラークストンに暴力的な過去を持ちこんでいるという認識が生まれ、彼らに同情的な地元住民にさえ身の危険を感じさせた。

たいていの地域住民なら、団結して抗議するか、なんらかの抵抗を試みたかもしれないが、クラークストンはそういう性格の土地ではなかった。南部らしい保守性とのどかさに価値を認める古い町では、集会や拡声器は好まれない。一九八〇年代の環境悪化が地域の結束を弱め、変化に抗《あらが》おうとしても無駄だという感覚を住民に植えつけていた。再定住がはじまった当初の十年間、在来住民たちは、騒ぎ立てもせずただ家に引っこんでいた。

カレン・フェルツは、アトランタ中心部のファイブ・ポインツ近辺――夜の娯楽が盛んで、隣人同士が挨拶を交わし、互いに助け合う地域――からクラークストンへ移ってきたとき、隣人たちの異様な警戒心に驚いた。人々はほとんど会話を交わさない。地域住民としての連帯感にも欠けている。少し時間はかかったが、フェルツはしだいにわかってきたという。この町の人たちは、難民の流入がもたらした思いがけない変化にただ怯えているのだと。

「これは、南部の思考様式《イデオロギー》というカプセルに包まれた一・一平方マイルほどの地域のお話なんです」クラークストンについて、フェルツはそんなふうに語る。「人々は白人ばかりの環境で平穏に暮らしていたのに、ある日気がつくと、通りは黒人やアジア人や人種すらもわからない人たちだらけになっていて、〝まあ、たいへん、きっちり戸締まりをして家にこもっていましょう！〟となったわけです」

クラークストンの変貌には特殊な状況があったとはいえ、市民が公の場に出てこなくなったのはまったく自然な反応だった。二〇〇七年に、ハーバード大学の政治学者ロバート・パットナムを中心とする研究者グループが、アメリカ国内の人種的多様性を持つ四十一の地域で、三万人の住民を対象とした調査をおこなった。その研究結果は、多様性のもたらす弊害を浮き彫りにするものだった。共通点に乏しい者たちが集まると、人は互いを避け、自分の殻にこもりがちになるという。「人種的多様性のある地域の住人は、人との交流に消極的になる傾向がある」とその研究論文には記されている。「肌の色にかかわらず隣人に不信感を持ち、親しい友人とさえ疎遠になり、自分の住む地域にもそのリーダーにもあきらめの感情を抱き、ボランティアや募金活動に不熱心で、地域活動にあまり参加せず、有権者登録をする人も少なく、社会変革には興味津々だが、ほんとうに変えてみせるという信念に欠け、テレビの前でみじめに縮こまっている」

クラークストンでは、そうした引きこもり現象も見られたが、同等に顕著だったのが、そもそも町に異変を引き起こした団体と人々、つまり再定住支援機関と難民への憎しみだった。驚くほど長いあいだ——ほとんどまる十年——市民は怒りを抑えこんできた。けれども憎しみが募るにつれ、それは表出しはじめた。

「どうしていいかわからなかったので、だれもがただ見て見ぬふりをしていたんです」カレン・フェルツは難民の流入についてこう語る。「そして、そのせいでわたしたちは混乱に陥りました」

混乱の最初の兆しが見えたのは、難民とクラークストン市警とのあいだで摩擦が生じた一九九〇年代の終わりごろだ。当時の警察署長は、〝チョリー〟の愛称で知られるチャーリー・ネルソンという頭の古い人間だった。彼のオフィスには、六〇年代のコメディー番組〈アンディ・グリフィス・ショー〉に登場する無能な保安官代理バーニー・ファイフのポスター（〝おいおい、ここはメイベリー〔番組の舞台となったノースカロライナ州の田舎町〕じゃないぞ〟という見出し付き）が飾られていた。

ネルソンから見て、難民は絶えざる悩みの種だった。英語を解さず、たいてい運転に慣れていない。路肩に車を停めさせると、身ぶり手ぶりを使ってわめきちらし、手を伸ばして警官に触れようとする者さえいる。アメリカ人の警官にとって、それはまぎれもない攻撃とは言わないまでも、不敬の証だった。ネルソンは、異文化理解のトレーニングには懐疑的だったし、とりわけ交通違反の領域で難民を〝特別扱い〟することには反対だった。難民に対して切る違反切符は、市の安定した財源の一つとなった。アトランタ・ジャーナル・コンスティチューション紙の調べによると、クラークストンと同規模の標準的なジョージア州の市では、違反切符からの収入の割合が予算の九パーセント程度であるのに対し、クラークストンでは三〇パーセントであった。自分はただ法を施行しているだけだとネルソンは主張した。難民のなかにアメリカの交通規則に疎い者がいようと、それは自分のせいではない、と。しかし、難民たちは目の敵にされていると感じていた。

「いやがらせや差別を体感している人は、うちの信徒にもたくさんいました」クラークストンのモスクの導師《イマーム》、サラハッディーン・ワジールは言う。そこの会衆は、金曜礼拝のときモスク周辺で違法駐車をしたとしてしばしば切符を切られていた。「みんな、何かにつけて車を止められていました」

やがて、難民たちの何人かが、ネルソン配下の警官による明らかないやがらせに辟易し、行動を起こすことにした。多くの難民にとって、大きな賭けと言える行動だ。彼らが以前いた紛争地域では、警察や権力機関の人間は信用ならないばかりか、しばしば圧制に荷担する存在だった。アメリカの警察に立ち向かうには、この国で約束される正義を信じてみるほかない。こんな出来事があった。言いがかりとしか思えない理由でクラークストンの警官に車を止められたソマリ族のタクシー運転手が、CB無線で仲間の運転手を一斉に呼び出した。同僚たちはすぐに現場へ駆けつけ、暴動になるのを恐れた警官は、警告だけでその運転手を解放した。

二〇〇一年、長く市議会議員をつとめ、難民流入以前の〝古きクラークストン〟の擁護者を自称するリー・スワニーが、市長選に出馬した。かつてのような南部の暮らしへの回帰を提唱するにふさわしい人物だった。冷暖房装置を扱う会社の経営者だったスワニーは、セイウチを思わせるたっぷりした口ひげと眠そうな目を持ち、そのせいで六十八歳という実年齢より老けて見えた。愛車は牧場で見かけるような大型の白いピックアップ・トラックで、カウボーイブーツとアメリカ国旗の襟章を身につけ、サウスカロライナ育ちとすぐにわかる、きつい南部訛りで話した。スワニーの掲げた公約には、その昔気質の価値観がにじみ出ている。当選の暁には、古き良きアメリカを彷彿させるハンバーガーレストランを誘致して、市内に開店させると約束したのだ。

スワニーが市長の職に就いて一年半後、この町の緊張を限界まで高める出来事が起こった。難民支援機関から、およそ七〇〇人のソマリ・バントゥー族をジョージア州に迎え入れ、その多くをクラークストンへ定住させる予定だ、と通達があったのだ。

ソマリ・バントゥー族の受け入れは、支援機関の職員にとっても並々ならぬ難題だった。現在はタンザニア、マラウィ、モザンビークからなる東アフリカ地域の農耕部族集団、ソマリ・バントゥー族は、三〇〇年以上にわたってほぼ間断なく迫害を受けてきた。十八世紀から十九世紀にかけて、彼らは公然とアラブの奴隷商人にさらわれ、売り飛ばされていた。その後、ザンジバルの君主《スルタン》による支配と、それにつづくイタリアの植民政府による支配のもと、ソマリ・バントゥー族は大農園《プランテーション》で奴隷として働かされ、一九三〇年代になるまでその状況がつづいた。一九六〇年に英国がソマリアの独立を許すと、別民族のソマリ族によってソマリ・バントゥー族は追いまわされ、酷使され、家畜同然に扱われた。一九九一年にソマリア内戦がはじまると、迫害はいっそう激化し、武装派勢力に攻め入られたソマリ・バントゥー族は、ジュバ川流域の肥沃な土地を追われた。彼らはほかの迫害されたソマリ族とともに、ケニヤ北東部の危険な荒野へ集団で逃れ、国連が設置した四箇所の大規模難民キャンプに行き着いた。一九九〇年代の終わりまでに、それらのキャンプの収容人数は十五万人を超えた。

この迫害と流浪の歴史は、ソマリ・バントゥー族の社会機構を破壊し、部族民の大多数を貧困に追いこみ、ひどい精神的打撃を与え、現代世界の物質的豊かさとは無縁にさせた。彼らはほとんど教育を受けていない。水道も電気もない原始的な環境で暮らす者も多い。文化が独特であることもまた、由々しき問題だ。彼らはしばしばソマリ族から、当座のことしか考えられない、という皮肉をこめて〝オージ〟――「今日」を意味するイタリア語の〝オッジ〟が由来――と呼ばれる。農耕部族であるソマリ・バントゥー族特有の時間のとらえ方が曲解されているのだ。

ソマリ・バントゥー族の再定住先はアメリカに決定したものの、多大な支援が必要になるのは目に見えていた。英語と就職応募書類の書き方を習い、アメリカの職場での慣習や要求に慣れる必要がある。そして、極度の精神的外傷をどうにか乗り越えつつ、同化をなしとげなくてはならない。わたし家族や隣人が目の前で惨殺されるのを見た難民や、強姦されたことのある女性も少なくない。わたしの会ったソマリ・バントゥー族の男性は、初めて窓の日除けを目にしたときのとまどいについて、愉快そうに話してくれた。ソマリアの窓のない住まいや、ケニヤの難民キャンプの仮設小屋で暮らしていたころには見たこともなかったものなので、なんのために使うのかさっぱりわからなかったそうだ。

新たな難民がやってくることがマスコミの報道で伝えられたとき、クラークストンにはソマリ・バントゥー族の歴史について知る者がほとんどいなかった。けれども、市議会議員で人類学者でもあるカレン・フェルツのような一部の人たちが、予備知識を仕入れはじめた。判明した事実にフェルツは驚愕した。バントゥー族が大いに支援を必要とするであろうことはわかるが、いったいだれがその役目を担うのかがわからない。再定住支援機関は資金不足のうえに、現状で手一杯だ。彼らは待ち受けている問題の大きさに果たして気づいているのだろうか。フェルツは問い合わせをはじめた。まずは、市のどのあたりに新来のバントゥー族難民を住まわせる予定なのかを知りたかった。支援機関は、あちこちの団地にある空き部屋をばらばらにあてがうつもりらしかった。つまりバントゥー族は、過去に彼らを迫害してきた民族の多くと同じ団地に入居することになるわけだ。

フェルツはその回答を聞いて、〝心臓が止まりそうになった〟という。

「ああいう人たちはもともと警察を怖がっています」とフェルツは言う。「もし何か事件が起こっても、届け出て事情を話そうとはしないでしょう。そんなことするもんですか。周りの人間はみんな敵だと思っているんだから。彼らの隣人は、自分の部族の女を強姦したり、子供をさらったり、男を殺したりした人たちなんですよ。ひとことでも話すと思いますか？　あの人たちは恐怖に怯えながら暮らすことになるんです！」

　フェルツやクラークストンの多くの住民にとって、その住宅計画は、この町で進められている難民再定住の問題点すべてを要約するものだった。連邦政府は支援機関が必要とする運営資金をじゅうぶんに提供せず、支援機関は——移住させる人々の窮状について最低限の知識も持たないばかりか——職務をこなしきれていないことを認めようとしなかった。それでも難民は途切れなくやってきた。

　この不備な計画のせいで苦労を強いられることになるのは、難民自身とクラークストンの住民だとフェルツは思った。この小さな町には、心に傷を負った東アフリカの貧しい農民たちをアメリカ南部の風土に溶けこませるのに必要な人材も、知識も不足していた。

　バントゥー族の再定住計画をめぐる市民の怒りが、スワニー市長を動かした。市長は支援機関の上層部に接触し、市民集会で地元住民からの質問に答えてもらえないかと打診した。クラークストン市のすぐ外にあるジョージア・ペリメーター・カレッジの学長が、学内の講堂を会場として提供し、議長を引き受けてくれることになった。そして支援機関の代表者たちも、地元住民と直接対話する貴重な機会と考え、出席を決めた。集会の前日、アトランタ・ジャーナル・コンスティチューション紙のインタビューを受けたスワニー市長は、楽観的な調子でこう語っていた。

「みながともに働き、ともに暮らし、ともに楽しむ方法を、われわれはきっと見出せるでしょう」

　二〇〇三年三月三十一日の夕方、およそ一二〇人のクラークストン住民が列をなしてジョージア・ペリメーター・カレッジの講堂に入っていき、配られたカードに質問を記入しはじめた。壇上の長机の奥に、支援機関の代表者と移住の専門家が列席していた。学長が立ちあがり、質疑応答のセッションを開始する。最初の質問は、〝クラークストンへの難民の流入を止めるにはどうすればいいのか〟というものだった。

会合は終始そんな調子で、ほとんど進展が見られなかった。住民たちは、再定住に対する積年の不満をついに声にしたのだった。敵意の表明にうろたえた支援機関の職員らは守勢に入った。ある住民が、ソマリ・バントゥー族の受け入れについて町が事前に相談を受けなかったのはなぜかと尋ねたところ、機関の代表者は、ここはアメリカで、部屋を借りる前に市役所に許可を求めよと定めた法律はないことを、やんわりと参会者に思い出させた。もっとも、とっさの自制心が働いていなかったら、もっときつい答え方をしていたかもしれない。住民のなかには、再定住の動きがなければ町はもっと廃れていただろうと確信している者も多かった。支援機関は大規模団地の家主らと交渉し、新しい借家人を安定して供給する代わりに、建物を清掃し手入れすること、難民の家族には保証金と最初の月の家賃納入に猶予を与えることを約束させていた。難民たちが入居しはじめたころ、そうした団地にはすでにギャングや、麻薬常用者や、もっとたちの悪い住人が住みついていた。難民の入居と、支援機関の求めた維持管理がなければ、多くの住民が危惧したように、クラークストンはスラムとなり果てていただろう。

会合の終盤には、機関職員だけでなく、難民擁護者も自制心を失った。参会者のなかにいた何人かの擁護者が、住民を冷血漢だの、人種差別主義者だのと言って攻撃しはじめたのだ。「人助けができて嬉しくないのか？」と、難民擁護者の一人が噛みついた。その相手は、古くからの住民で、市民を代表して再定住計画への不満を声高に述べたリタ・トーマスだった。

「そりゃあ嬉しいわ」とトーマスは切り返した。「でも、それをするなら自分の意志でしたいのよ」

その夜の終わりには、ほとんどの参会者が、この集会に出たことで再定住に対する悪感情が和らぐどころか、いっそう硬化したと感じていた。壇上にいた、再定住の調整を担当するジョージア州職員のジャスミン・マジッドは、散会のあとでアトランタの新聞にこう語っている。セッションで挙がった質問のいくつかは、〝クラークストンの非常に嘆かわしい、消極的な姿勢を示すものだった〟と。

地元住民はただただ気を落として会場をあとにした。

「ひどい集会でした」とカレン・フェルツは言う。「わたしたちは現況を整理して、事態を改善するつもりだったのに、そんなふうにはいかなかったんです」

4 南部でただひとり

Alone Down South

ルーマ・マフラは、クラークストンやその町の難民については何も知らずに、ポンセ・デ・レオン・アベニューをほんの数マイル西へ行ったところにある隣町のディケーターへ移ってきた。ディケーターは、概して保守的なアトランタ近郊では際立って進歩的な地域として個性を発揮しつつあった。この町には洒落たカフェ〈ジャヴァ・モンキー〉や、欧州産ビールを専門に扱う〈ブリック・ストアー・パブ〉や、〈エディーズ・アティック〉というカントリーミュージックのライブハウスがある。ルーマはウエイトレスの仕事を見つけた。

何人か友達ができたころ、ふと思いついて、サッカーを指導する機会を探しはじめた。折よく、古風な郡庁舎の少し先に支局を構え、州内でもとくに歴史ある少年サッカープログラムの本拠地であるディケーター・ディカルブＹＭＣＡが、十四歳以下の女子サッカーチームのコーチを募集していた。ルーマは応募してその職を得た。

ルーマは自分の知る唯一のスタイルで指導をはじめた――ブラウンのやり方に倣ったのだ。選手やその親たちの予想を超えた要求をした。練習前には毎回、三十五分間のランニングと、腹筋、腕立て伏せ、レッグリフトを数セットずつ。何を言われようと甘やかしはしなかった。自分の行動に責任を持ち、チームに対する義務を果たすよう、ルーマは選手たちに説いた。練習に出られない者には自分で連絡してくるよう求めた。言い訳をする役目をママやパパに押しつけてはならないのだ。さらに、ルーマのやり方が気に食わない者——試合での出場時間や、えこひいきなどについて不満がある者——にも、その旨を直接訴えるよう求めた。

ルーマのやり方には、選手の親たち全員が納得していたわけではなかった。なぜ娘がへとへとになるまで走らされるのかと眉をひそめる人たちもいれば、練習に送っていくのが遅れたとき、なぜ選手本人に罰——追加のランニングやベンチでの待機——が与えられるのかわからないという人たちもいた。

ルーマの方針は、監督者としての威厳を確立するためだけのものではなかった。そういう意図も多少はあったが、それ以上に、選手一人ひとりに責任感を身につけさせることがチームのためになると信じていた。ルーマ自身、特別に恵まれた家庭環境で両親に甘やかされて育っていたし、その安楽さゆえに自信や独立心を満足に育めなかったという思いがあった。コーチをするなら、自身のつまずきを教訓として、選手の親からすぐには理解されなくても、自分の方針を貫こうと決めていた。そのやり方が実を結ぶかどうかは時間がたてばわかるはずだった。

「親たちは、ルーマがああしたこうした、と言っては憤慨していました」アトランタ疾病対策センターの研究員であるキム・ミラーは言う。彼女の娘のマリッツァはルーマのチームで三年間プレーした。「『ちょっと——女の子を裸足で走らせるなんて信じられる?』とか、『まあ——わたしたちが渋滞で遅れたせいで、あの子たちが余計に走らされるなんて』とかね。ルーマはほんとうに厳しかった。選手は自分のすることに責任を持たなくてはいけないんです。コーチに腹が立っても、〝家に帰ってママに言いつけよう〟ではだめ。ルーマは母親からの抗議などには耳を貸しません。選手が自分で解決することを望んでいました」

気分を害した親たちと対峙するときも、ルーマは新参者には似つかわしくない自信を示し、その態度は何人かの親を不快にさせ、また何人かを感心させた。一度ルーマが、サッカーボールの感触をつかむために裸足で練習するよう命じたとき、娘が足に怪我をするかもしれないと言って、ある親が猛反対した。

「これがわたしのやり方なんです」とルーマは言い返した。「それに従えないなら、娘さんにはやめてもらいます」

ルーマがコーチに就任した最初のシーズン、チームはすべての試合で負けを喫した。しかしそのうち、ルーマの指導法が功を奏しはじめた。熱心な選手はチームに残り、不満のある選手は去った。残った選手たちは練習に励み、進歩を遂げた。ルーマのやり方に疑問をはさむのをやめ、頭と体でその意味を理解しはじめた。三シーズン目には、ルーマの十二歳以下のチームは負け知らずとなり、年度末のトーナメントを勝ち抜いた。

それを経験した選手と親たちは、神秘体験か何かのようにそのことを語る。

「こんな言葉を使うほうではないんだけど」とマリッツァの母、キム・ミラーは言う。「あれは奇跡でした。ルーマは娘たちの品性を育て、サッカー技術以上のことを教えてくれました。彼女のおかげであの子たちは成長したわ」

十五歳になったいまもサッカーをつづけているマリッツァ・ミラーは、ルーマのもとでプレーしたのは人生を変える経験だったと話す。

「ルーマには最初からわかっていたんです。これはフィールドの上だけでの問題ではなく、信頼の問題だということが。そんな考えを持っているコーチは、ルーマのほかにはいませんでした」

ジョージアに来た最初の数年間、ルーマはその女子サッカーチームの指導にひたすら打ちこんだ。けれども、どれほどの達成感を得ようと、たびたび襲ってくる友人や家族への郷愁を振り払うことはできなかった。両親とはいまだ和解できておらず、実家へ電話をかけても切られてしまう状態だったし、もはや記憶にある幼い少女ではなくティーンエイジャーとなっている妹のイナムのことも恋しかった。そのうえ二〇〇二年には、家族に通じる頼みの綱だった祖母のムナワールがヨルダンで他界した。

悲しみに暮れていた時期にルーマが好んだ気晴らしは、明るい黄色のフォルクスワーゲン・ビートルに乗りこみ、ノリのいい音楽をかけて、ただ運転することだった。アトランタ周辺の道はたいして知らなかったが、見慣れない風景——輝くガラス張りのオフィスビルに、円柱のある古風な家、化粧漆喰仕上げの豪邸、古い連棟住宅の寂れた家並みが混在する不思議なたたずまい——が、つかのまの探検気分を味わわせてくれた。アトランタでは、通りを一本横切るだけで、人種や階級の大きな隔たりを越えることができるのだ。

そんなドライブをしたある日、ルーマは気がつくと、ディケーターから東へ数マイルほど行った、環状道路の東端より向こうの荒れた地区に迷いこんでいた。そこで目にした光景にルーマは面食らった。老朽化した団地や、活気のないショッピングセンターや、ガソリンスタンドや、中古車ディーラーが立ち並ぶなか、黒衣《チャドル》で全身を覆い、ヒジャーブで顔を隠したイスラム女性や、色とりどりのアフリカの民族衣装と頭飾りを身につけた女たちが通りを歩いていた。

その界隈で、中東食料品〈タラールズ〉と看板を出している小さな店を見つけた。ルーマは駐車場に車を停め、店内に入って、カルダモンやターメリックやクミンの懐かしい香りを思いきり吸いこんだ。夢を見ているようだった。さっそく食料品――ピタという平たい丸パン、ホムスというヒヨコ豆のペースト、そして大好物の一つ、羊と山羊の乳から作るハロウミという塩辛いチーズ――を買いこみ、自宅へもどって、祖母が作ってくれそうな料理を自分でこしらえた。

ルーマは〈タラールズ〉の常連客となり、その店を訪れるたび、アフリカと中東の衣装が通りに混在する奇妙な光景に出くわした。おおかたのアトランタ住民と同じく、偶然にクラークストンを知ったルーマは、そこを車で通る人たちの例に漏れず、自分の悩み事で頭がいっぱいで、その異様な情景についてあまり深くは考えなかった。

ルーマはまた、生計を立てるのにも苦労していた。ウエイトレスの収入ではアトランタで暮らしていくのに心許なく、その仕事が性《しょう》に合っているわけでもなかった。ルーマは指示を受けるより与えるほうが得意なのだ。アイスクリーム・パーラーのフランチャイズ店を開く道を探ったがうまくいかず、みずからカフェの経営に乗り出すことにした。アイスクリームとサンドウィッチが売りの、気兼ねなく長居をしてくつろげる店だ。自宅とＹＭＣＡの中間にあるディケーター市街に空き店舗を見つけたルーマは、サッカーチームのメンバーの親も含めたアトランタでの知り合いや友人のなかから、出資者をかき集めた。そして二〇〇三年、ディケーター市内にある、アトランタ・アセンズ間をいまも行き来する鉄道の脇の辺鄙なビルに、カフェ〈アシュトンズ〉――友人の愛犬から名前をもらった――をオープンした。

〈アシュトンズ〉を経営するのはきつかった。気がつけばルーマは、早朝の仕込みにはじまり、閉店後の掃除を終えるまで、毎日十六時間働き詰めだった。孤独な仕事だが、自分と出資者のためになんとか繁盛させようと身を砕いた。ヨルダンの両親とも絶縁状態がつづいていたので、故郷の家族に自立したことを証明したいという思いから、ルーマはいっそう仕事に精を出した。だが計画どおりにはいかなかった。〈アシュトンズ〉はディケーターの目抜き通りから離れすぎていたため、じゅうぶんな数の客を呼びこめず、店を潰さないためにますます長時間働くことになった。夕方には女子サッカーチームの指導もつづけていたので、ルーマは疲れきっていた。

ある午後、ルーマは〈タラールズ〉までひとっ走りして好きな食べ物でも買ってこようと思い立った。〈アシュトンズ〉の赤字をどうしようかと思い悩んでいたルーマは、うっかり店の前を通り過ぎ、レイクスという殺伐とした古い団地の駐車場でUターンする羽目になった。方向転換をしているとき、アスファルトの上でサッカーをしている少年の一団に遭遇した。フロントガラス越しに見える、情熱と喜びと友愛が一体となった汗まみれのゲームは、かつてアンマンの祖母の家から見た、塀の向こうの空き地でのゲームに通じるものがあった。けれどもアンマンの青年たちとはちがい、目の前でプレーしている少年たちは、肌の色が白、黒、褐色、と一様でなく、生い立ちもさまざまのようだった。ルーマは車を停めてゲームに見入った。

「一時間以上そこにいました」とルーマは回想する。「みんな裸足だったけど、すごく楽しそうだった」

人種のばらばらな少年たちがひとところに集まっている光景は、自宅から車ですぐのクラークストンの状況にルーマが目を向けるきっかけとなった。ルーマはクラークストンのことを友人たちに尋ねた。そのなかには、ディケーターで知り合った、再定住支援機関の一つで働く女性もいた。アメリカにやってきた難民が直面する数々の困難について、ルーマは詳しく知るようになった。当時、すでに何千人もの難民がクラークストン周辺で生活しており、その数は月を追うごとに増えていた。「なぜクラークストンに中東の食料品店があるのか、人に訊いてみたこともなかったんです」とルーマは言う。「難民がいるのは知っていたけど、数についてはまったく知らなかった」

〈タラールズ〉へまた出かけた折、ルーマは前回と同じ駐車場に車を乗り入れた。ゲームの真っ最中だった。ルーマは後部座席に載せてきたサッカーボールを手に取ると、車をおりて少年たちに歩み寄り、自分も交ぜてもらえるかと尋ねた。相手は警戒していた。初めて見る顔で、しかも大人の女だったからだ。クラークストンの団地にはありとあらゆる変人がいる――この人もそんな一人かもしれない、とでも思っているのだろう。だがルーマは新品のボールを持っていたし、少年たちが使っているボールは傷だらけでぼろぼろだった。彼らはしぶしぶルーマを加わらせた。いったんゲームがはじまると、少年たちはルーマがなかなかうまいのを見てとった。彼女はすばやいパスで仲間をアシストし、味方ゴールへの猛攻撃を阻んだ。ほどなくルーマは、見知らぬ少年たちとのゲームに心地よく熱中し、汗だくで駆けまわっていた。いまだに不可解で馴染みきれないこの国で、人との結びつきを感じた稀有なひとときだった。

「わたしは自分でも気づかずに、故郷のコミュニティを懐かしんでいたんです」とルーマは言う。「自分はよそ者なんだと、あのとき痛感しました」

それから数カ月にわたって、ルーマは〈タラールズ〉へ行くたびにレイクス団地に立ち寄りつづけた。ルーマは少年たちと打ち解け、彼らの過去や家族の苦労について少しずつ知るようになった。なかには、アメリカへ来たばかりでほとんど英語を話せない子もいた。母語のアラビア語と実用に足るフランス語のおかげで、ルーマは中東やスーダンのほか、コンゴやブルンジから来た子供たちとも話ができた。少年たちはしだいに心を開き、いまの生活のことも話してくれた。彼らが当座しのぎのさまざまな家族構成で暮らしていることをルーマは知った。両親とではなく、おじやおばやいとこと住んでいる子も多い。

会話の端々に、周りの新しい世界からの孤立感や、触れ合いを求める気持ちが表れていた。生まれ育った土地から引き離されているがゆえのその孤独を、ルーマは直観的に理解できた。また、団地の駐車場でする寄せ集めのゲームが、難民の子供たちがサッカーをする唯一の機会だということも知った。地元の公立学校でサッカーをするためのわずかな費用でさえ、ほとんどの難民家庭には大きな負担となるのだ。

その少年たちのほうが、ＹＭＣＡで指導している少女たちよりずっとサッカーに情熱を燃やしていることに、ルーマは否応なく気づかされた。彼らは他人の指示によらず、時間さえあればいつでもプレーしていたし、やる気を起こさせるための豪華なサッカー総合施設も、堅苦しい練習体系も必要としなかった。この子たちのための無料のサッカープログラムがぜひとも必要だとルーマは思った。ただ、そんなプログラムをどうやって始動させ、運営していけばいいのかは見当もつかなかった。自分にその資金がないのはたしかだし、カフェの経営といま教えているチームがあるので、それ以外に割く時間もほとんどない。それでも、クラークストンの駐車場へ足を運ぶほどに、この子たちのために何かしたいという思いが頭を離れなくなっていった。

とうとうルーマは、難民向けの小規模なサッカープログラムの構想を、チームの女子選手の母親でＹＭＣＡの役員をしている女性に話してみた。すると驚いたことに、ＹＭＣＡから、クラークストン公民館のグラウンド使用料と用具の購入費用を援助してもいいとの申し出があった。ルーマは、〈アシュトンズ〉を経営しながらでも、週に数時間はサッカープログラムにあてられると見こんだ。とにかくやってみよう。

ルーマは友人たちの手を借りてチラシを作った。クラークストン公民館でのサッカーのトライアウトを、英語とベトナム語とアラビア語とフランス語で告知するものだ。そして暖かい初夏のある日、愛車のフォルクスワーゲンでクラークストンを訪れ、団地の郵便受けにコピーしたチラシを配ってまわった。人が集まるかどうかは自信がなかった。

5　フージーズ誕生

The Fugees Are Born

クラークストンで、八歳のジェレマイア・ジアティーほど、無料のサッカープログラム始動の噂を聞いて喜んだ者はいないだろう。ジェレマイアはサッカーが大好きだった。母のベアトリスと、兄のマンデラとダーリントンとともにアメリカに来て以来ずっと、ジェレマイアは母の言いつけでクラークストンの自宅に閉じこめられていた。ベアトリスはもとより心配性だったが、リッツカールトン・ホテルでの仕事の初日に帰り道で強盗に襲われたあと、強硬路線に走った。学校から帰ったら一歩も外へ出ないよう息子たちに命じたのだ。ジェレマイアが町の新しいサッカーチームのトライアウトを受けてもいいかと訊いたときも、聞く耳を持たなかった。

「ジェレマイア、言っておくけど」ベアトリスは息子に言った。「毎日サッカーなんてさせないわよ」

しかしサッカーは、聞き分けのいいジェレマイアが母親に逆らってでもしたいことの一つだった。

トライアウトはクラークストン公民館のグラウンドでおこなわれる。公民館は、インディアン・クリーク・ドライブにあるクリーム色の羽目板を張った煉瓦造りの建物で、もとはクラークストン・ハイスクールの校舎として使われていたが、老朽化のため一九八二年に使用中止となった。だが一九九四年、町に公民館を望む陳情団の働きかけで建物と備品が一新され、裏手に立派なグラウンドも造られた。当時、公民館の運営をまかされたのは、クリス・ホリデイという精力的なアフリカ系アメリカ人だった。提供するプログラムに関して決定権を持つのは古参の住民が大半を占める評議員たちだが、特に熱心な利用者となりそうなのは難民たちだと早くに見抜いた人物だ。町じゅうの小さなアパートメントに閉じこめられ、どこかへ出かけたくてうずうずしていて、隣人——本物のアメリカ人ならなおいい——と知り合う機会を渇望している難民たちは、英語やコンピュータの講座に大挙して申しこんだ。ホリデイが館内でそうしたプログラムを運営する一方で、裏のグラウンドはほとんど使用されないままだった。グラウンドではどういう活動をおこなうべきか尋ねると、難民たちはほぼ全員が同じ答えを返してきた、とホリデイは言う。

「いつ訊いても、『サッカーがいい』という意見が圧倒的でした」

公民館が少年向けのサッカープログラムを開講したとき、アメリカ人と難民のどちらがそのプログラムに惹かれているかは、疑いようがなかったそうだ。

「わが子に受講させようと、難民の親たちが殺到したんです」ホリデイはその騒ぎを振り返って笑う。「対応しきれなくて、母親連中に受付を手伝ってもらいました」

しかしそのころ、ホリデイが難民向けのプログラムを力を入れることに、公民館の評議員をつとめる在来住民の何人かが難色を示しはじめた。クラークストンの多くの施設と同様、公民館は町の独自性をめぐる争いの芽となりつつあった。近隣のクラーク・アトランタ大学の移民研究の教授で、当時、有志で公民館の役員をしていたアート・ハンセンは、彼自身もほかの難民擁護者も、公民館を〝難民の公会堂〟のように考えるようになっていたと話す。だが、グラウンドのサッカー場としてのオープンセレモニーで、町の住民全員が同じように感じているわけではないことを知った。難民の子供たちがグラウンドでサッカーをはじめるのを見て喜びを口にしたハンセンを、公民館の役員や市議たち数人が非難したのだ。

「新しくやってくる連中はみな気に食わないと、はっきり言われました」とハンセンは語る。「その言葉には明らかにこういう含みがありました。〝この公民館の前身はクラークストン・ハイスクールだ。ここはクラークストンの施設だ。ここは古きクラークストンの——真のクラークストンの——一部であって、新参者の来るところではない〟」

一九六〇年代にクラークストンへ移ってきたペンシルベニア出身の黒人、エマニュエル・ランサムは、旧クラークストン・ハイスクールの公民館化に尽力し、その後役員をつとめてきた。ランサムは、新住民たちが寄付などで館の運営維持に貢献していないことや、苦労して開設した公民館があまりにも難民偏重の施設となりつつあることに、憤りを感じていた。

「難民になった経験はありません」ランサムはある朝、地元の〈ワッフル・ハウス〉でコーヒーを飲みながら、クラークストンでわたしがたびたび聞かされることになる不平不満の一説を語った。「でも外国に行ったら、そこで生き抜き、食べていくためにその国の文化を学ばざるをえないことは知っています。市民権を得るとか、その国の言葉を流暢にしゃべるとか、そこまでする必要はないが、うまくやっていくための努力はしなきゃならない。わたしは援助を乞うたりはしてきませんでした。ほしいものは、学ぶか稼ぐかして手に入れるしかなかったんです」

公民館に来る難民について、ランサムはこう語る。「だれひとり役に立とうとしません——ああしてほしい、こうしてほしい――それぱっかりです」

とはいえ、相当に外国人嫌いの公民館支援者さえもが、裏のグラウンドでの難民サッカープログラムの構想をしぶしぶ認めたのには、一つ理由があった。クラークストンの外部への大きな宣伝になるからだ。公民館は外部からの基金補助に大きく依存していたし、難民のためのプログラム支援を柱にした交付申請は、各種助成金の確保に有利に働いた。ディケーター・ディカルブＹＭＣＡがルーマのプログラムに資金提供し、グラウンド使用料を支払ってくれるというのなら、公民館は難民サッカープログラムの本拠地を自称することも厭わなかった――たとえ、役員の多くが、エマニュエル・ランサムの言う〝本物のアメリカ人〟向けのプログラムに力を入れることを望んでいたとしても。

二〇〇四年六月のある晴れた午後、チーム初のトライアウトに臨むべく、ルーマは愛車のフォルクスワーゲン・ビートルを公民館の駐車場に乗り入れた。この新しいサッカープログラムの本拠地がクラークストンの独自性をめぐる争いの渦中にあることを、そのときはほとんど知らなかった。自分の配ったチラシが町の団地の少年たちのあいだでどんな反響を呼んだのかも、よく知らなかった。彼らは当然ながら警戒心が強い。以前、町の教会が無料の少年バスケットボールプログラムを提供し、それはキリスト教の奉仕活動の一環でもあったのだが、そうとは知らずに参加したイスラム教徒の家族を怒らせたという話もある。この日何が起こるのか、ルーマには想像もつかなかった。

しかし町の反対側では、ジェレマイア・ジアティーがなんの迷いもなく、新しいチームへの期待に胸をふくらませていた。ジェレマイアは母親がまだ仕事に出ているその時間に、小さなリュックサックを肩にかけ、やる気満々で自宅を出発した。

公民館に到着したジェレマイアは、裏の小さなグラウンドにいる二十二人の少年たちに加わった。そしてサイドラインで、リュックサックのファスナーを慎重に開いた。壊れやすい貴重な品でも入っているような手つきだったが、ある意味ではそのとおりだった。出てきたのは、大きすぎる黒いスニーカーの片一方のみ。ジェレマイアはビーチサンダルを脱ぐと、右足にそのスニーカーを履き、左足は裸足のままフィールドへ出ていった。

トライアウト開始前、少年たちは何やらとまどっている様子だった。コーチはどこだ、と考えているらしい。ルーマは目の前にいるのだが、アフリカ人の少年たちや、わけてもアフガニスタンやイラク出身のイスラム教徒の少年たちには、女性のサッカーコーチは奇異に映るようだった。初めのシュート練習で、足の甲を使ったボールの蹴り方を教えているとき、ひょろりとしたスーダン人の少年がこう話しているのがルーマの耳に入った。

「あいつ女だぞ。ああ言ってるけど、ほんとにわかってるんだか」

ルーマはその少年にゴール前に立つよう命じた。ルーマが靴を脱ぐあいだ、少年はクロスバーの下で体を前後に揺らし、徐々に不安を募らせながら待ち構えた。ルーマはボールを持ってこさせ、それを芝の上に置いた。そして全員が見つめるなか、裸足でまっすぐにシュートを放った。少年が飛び退くと同時に、ボールはネットに突進した。

ルーマは全員を振り返って言った。

「ほかにやりたい人は?」

トライアウトの初日、とりわけジェレマイアは、二寝室の暗いアパートメントに何カ月もこもりきりだった八歳の少年ならかくやという嬉々とした表情で、プレーに熱中した。ほかの少年たちがさっそく〝ワン・シュー（靴が片一方）〟とあだ名をつけたが、当人は少しも気にしていないようだった。練習が終わると、ジェレマイアはその靴を脱ぎ、ていねいに拭ってからリュックサックにしまった。そしてビーチサンダルを突っかけ、家までの二マイルの道のりを歩きはじめた。

「またね、コーチ」ジェレマイアは帰り際、ルーマに言った。

「またね、ワン・シュー」とルーマは返した。

息子が放課後こっそり家を抜け出してだれかとサッカーをしてきたのを知り、ベアトリス・ジアティーは血相を変えた。

「あんたはまだ小さいのよ」ベアトリスは息子を叱りつけた。「出歩いちゃだめじゃないの！」

ジェレマイアは泣きだした。涙が止まらなかった。サッカーをさせてほしいと必死に頼みこんだが、ベアトリスは決して譲らなかった。息子の身を危険に晒すわけにはいかない。それに息子の反抗に屈するつもりもなかった——家族のためにやっとの思いでここまで来たのだから。とはいえ、心のなかでは引き裂かれる思いだった。八歳の男の子には外で走りまわらせるのも大事だとわかっていた。子供をせまいアパートメントにずっと閉じこめておいていいはずがないことも。

「コーチがいるって言ったわね」ベアトリスはとうとう言った。「そのコーチを連れてきて、お母さんに会わせてくれない？」

「わかった」ジェレマイアは言った。「連れてくるよ」

コーチとの対面は、ジアティー一家のアパートメントの前で果たされた。ルーマはビートルでやってきて、家の前に駐車した。ジェレマイアといっしょに外へ出てきたベアトリスが、自分の懸念をルーマに伝えた。息子は大人の監視のもとで安全にサッカーができるのか、何かあったときルーマとどうやって連絡をとればいいのかを知りたがった。また、ジェレマイアが一人で歩いて帰ってこずにすむのかどうかを気にしていた。

「ベアトリスはわたしを質問攻めにしました」とルーマは言う。「ジェレマイアはまだ小さいから、居場所をつねに知っておきたいと言うんです」

ルーマは、練習前にジェレマイアを車で迎えに来て、帰りも送ってくると約束した。一人で歩いて往復させたりはしない、と。そしてベアトリスに携帯電話の番号を教え、いつでも受けられるようにしておくと請け合った。

「ジェレマイアのことは自分の息子同然に扱います」ルーマはベアトリスに言った。「責任を持って面倒を見ますから」

ベアトリスは納得し、しばらくそれでやってみることになった。ジェレマイアはルーマのフォルクスワーゲンに乗りこみ、散らばったサッカーボールと鮮やかなオレンジ色のコーンに囲まれて——車が移動式の用具入れになっていた——すわった。〝ワン・シュー〟は母親を絶対に後悔させないつもりだった。

練習をはじめてまもないころ、ルーマはメンバーの過去について質問しないよう心がけていた。サッカー場はすべてを忘れられる場所でなくてはならないと思ったからだ。けれども、互いの存在に慣れてくるにつれ、たまに子供たちのほうが自分の境遇について打ち明けてくるようになり、心の傷がまだ癒えていないことを痛感させられた。たとえばジェレマイアからは、父親が殺された夜、家に居合わせたことを聞かされた。あるときルーマは、プレー中に突然意識が飛んでしまうリベリア人選手にいらだちを表した。すると、彼と仲のいい別のリベリア人選手が、コーチは何もわかってない、と言った。その少年は兵士に強いられて親友を撃ち殺したことがあるのだという。ルーマはソーシャルワーカーでもなければ、深い心の傷に対処した経験もなかった。そんなことがあるたび、どうしようもなく追いこまれた気分になった。

「父親が殺されるところを見たなんていう話を聞いて、どう反応すればいいの？」とルーマは言う。「わたしにはわからなかった」

ルーマは選手たちが直面しているもう一つの問題にも気づいた。選手のなかには、戦争によって破壊された地域の出身で、それゆえ、いかなる種類の正式な教育も受けていない子供も多かった。一部の難民の子供たちにとって、母国語の読み書きも算数もわからない――簡単な計算も習ったことがない――ことは珍しくなかった。彼らは母国語での基礎教育すら受けていないのに、多くの子供がろくに理解できない言語で進められる学校の授業で遅れを取りもどそうとしていた。クラークストン周辺の公立教育機関でも、第二言語としての英語《ESL》プログラムは提供されていたが、どの学校も新来の生徒を受け入れるだけで手一杯だった。全生徒の学習を滞らせないよう、多くの難民が、年齢には合っているが通学経験や英語力の不足を考慮しない通常クラスに入れられた。そうした難民の生徒には、あまり時間がなかった。助けを得て授業についていくすべを見つけられなければ、中退するか、ハイスクールへ進む年齢を超えてしまい、その時点で自活せざるをえなくなる。ルーマは、少年たちはこれだけサッカーに夢中なのだから、チームの活動を餌に放課後の補習をおこない、進学のチャンスを与えてやれるかもしれないと考えた。そこで、練習前にボランティアや教師の手を借りた補習の時間を設け、それを受けない選手はチームをやめさせることに決めた。

そうこうするなかで、チームに〝フージーズ〟という名前がついた。だれが思いついたのかルーマもよく知らず、対戦チームにはたいてい、同名のヒップホップ・バンドにちなんだものだと思われた。だが実のところは、たんに〝難民《レフジーズ》〟を略しただけだった。この名前は定着し、やがてクラークストンの子供たちのあいだでは、その由来から離れた独自の意味を持つようになる。クラークストンでは、フージーズがサッカーの代名詞になった。

最初のシーズン、フージーズはレクリエーション・リーグ、つまり娯楽目的のリーグでプレーをした。非公式区分のチームはそのリーグでプレーしてからでないと、選抜グループにおける公式競技会への参加を認められない。用具にかける予算があまりなかったので、ルーマは寄付に頼っていたが、それで事足りていたわけではなかった。まとまった量のジャージが寄贈されたことがあったが、やたらにサイズが大きく、少年たちにはまるで膝丈の寝巻だった。古いスパイクを一箱贈ってくれた人もいて、ルーマはそれを選手たちに配った。ところが選手の一人がボールを蹴ると、靴底がとれて宙へ飛んでいき、チームメイトたちを死ぬほど笑わせた。そのスパイクは古すぎて、靴底を貼りつけた接着剤が朽ちていたのだ。ルーマは用具に不自由していることを、少なくとも選手たちには認めようとしなかった。そんなことでやる気をなくしてもらいたくなかったからだ。ルーマ自身、練習や試合にはいつも同じ服装――サッカーショーツと、くたびれた緑のTシャツと、薄汚れたスミス・カレッジの野球帽――で行くようにさえしていた。選手たちがほとんどいつも同じ服を着ていたからだ。

ルーマはその初期メンバーで、攻撃力あるチーム作りに乗り出した。まずはチームプレーの基本——スローインの方法や、オンサイドポジションの保ち方——を教える必要があった。だがすぐに、はるかに大きな難問が見えてきた。グループに分かれて練習するように言うと、選手たちは自然と、人種や母国語が同じ者同士で集まるのだ。ミニゲームでは、空いているチームメイトがいるのに、わざわざ同類の選手にパスをまわそうとする。しかもそれぞれのグループが、ほかのグループに対して独自の偏見を持っているのだった。

「アフガニスタンやイラクの子供は、アフリカの子供を見下す傾向があります」とルーマは言う。「そして北アフリカの子供は、アフリカのほかの地域の子供を見下します。隠れた人種偏見と、背負ってきた重荷が山ほどあるんです」

ともかくルーマは、文化も生い立ちもさまざまな子供たちに一団としてプレーさせる道を見つけなくてはならなかった。

「それは、彼らが共通して持っているものを探り出す試みでした」とルーマは言う。

ルーマは、選手たちを団結させる方法を模索する一方で、シングルマザーが多数を占める選手たちの親をよく知るようにもなった。彼らは入国書類や入学手続きなどを理解できず難儀していた。アラビア語とフランス語ができるルーマは、文書の内容を説明してやれたし、知り合いの再定住支援者の人脈を通じて助けを得ることもできた。医者やソーシャルワーカーの予約を取ったりもした。ルーマが選手たちとその家族に携帯電話の番号を教えるとまもなく、新生活での交渉事で困った人たちが電話をしてくるようになった。学校の教師たちも、選手の身に何か起きたとき、親の所在が知れなかったり仕事に出ていたりする場合はルーマに連絡することを覚えた。そんな日々を送りながら、自分にしてみればごく簡単な行為が大きな反響を呼んでいることに、ルーマは驚いていた。どの家族もいたく喜び、ルーマにお茶を出したり夕食に招いたりして謝意を表した。気がつけばルーマは感謝され、必要とされていた。そしてこうした仕事のほうが〈アシュトンズ〉の経営より、ずっと達成感があることにも気づかざるをえなかった。そのうえ、〈アシュトンズ〉の赤字は増える一方だった——それもただならぬ勢いで。ルーマは閉店どころか自己破産の危機に直面していた。そのストレスで押し潰されそうだったと彼女は言う。出資者たちを失望させたくなかったし、何より、一人で立派にやっていけることを故郷の両親に証明したかった。

「あれほどの挫折を味わったことはありません」とルーマは言う。「恥ずかしさも相当ありました。あの店に出資してくれたのは友人たちです。二十八歳で破産申告をするなんて、できることなら避けたかった。親に勘当されたとき、わたしはどん底に落ちたんです。あれから何一つうまくいかなくなりました」

ある午後、ルーマが車で家に送っていく途中、ジェレマイアがお腹が空いたと漏らした。家に着いたら何か食べなさいとルーマは言ったが、家には食べるものがないとジェレマイアは答え、こうつづけた——「そういう時期なんだ」と。九歳の男の子が口にするには妙な台詞だった。詳しく訊いてみたところ、毎月この時期には食料交換券《フードスタンプ》を使いきってしまうのだとジェレマイアは話した。次の配給分がもらえるまで、一家は空腹に耐えるしかないという。ルーマは唖然とした。選手たちの家族が貧しいことは知っていたが、そこまで食べるに困っているとは思いもしなかったのだ。

ルーマはその足で食料品店へ向かい、ジェレマイアの家族のために食べ物を買ったが、その話はずっと頭を離れなかった。自分のカフェでは毎晩、何も考えずに残飯を捨てていた。子供たちがお腹を空かせているという事実は、〈アシュトンズ〉での仕事を見つめなおすきっかけとなった。

「通りの少し先には満足に食べられない人たちがいるのに、三ドルのラッテをもっと大勢の人が買いにきてくれないかと悩んでいるなんてね」とルーマは言った。

その一件で、〈アシュトンズ〉の問題に対するルーマの決意は固まった。自分の失敗を認めて歩き出す時期が来ていた。ルーマは店を閉め、自己破産を申請した。〈アシュトンズ〉の失敗はルーマの自尊心を打ち砕いたが、もっと意味があると思えることに人生を賭けるチャンスを与えてもくれた。ルーマは、ベアトリスのような女性がバスや電車でアトランタまで通わなくても生活費を稼げるようなビジネスを立ちあげたいと思った。元手の乏しいルーマにはあまり選択肢がなかったが、アイデアはあった。考えたのは、難民の母親たちを従業員とする、家庭やオフィス向けの単純な清掃業だ。地元の知り合いを通じて顧客を募れるだろうし、選手の母親たちと協力して切りまわしていけるだろう。この仕事なら、母親たちも子供が学校へ行っている日中に働き、夕方には家族の待つ家に帰ることができる。

だがルーマがいちばん力を入れたいのは、フージーズの指導だった。女子サッカーチームにはコーチをやめることを知らせた。新しいサッカープログラムと、いまではその苦労がわかる新来の難民たちの生活支援に、全力を傾けるつもりだった。それはカフェの経営よりもはるかに大きな責任を負うことを意味する。その難題に立ち向かう心構えはできていた。

「難民の家族のことや、その苦労がわかってきていただけに、失敗はできないと思いました」とルーマは言う。「うまくいかなくても、こんどは投げ出すわけにいきません。何がなんでも成功させる覚悟でした」

どういう結果になるかはあまり考えず、難民再定住をめぐるクラークストン市民の動揺の兆しにもまったく気づかないまま、ルーマは難民コミュニティへ向けてひたむきに人生を方向転換していった。その過程で、アメリカ生活でのおぼろげながらも大きな目標を徐々に見出し、自分の周りに形成されつつある新しい家族の温もりに触れた。

「サッカーの練習は週の平日に二回と週末にしようと考えました——ほかの少年チームと同じようにね」とルーマは言う。「サッカーの指導と、職探しの手伝いや病院への付き添いなどで、週に四十時間から六十時間働く計算です。一人ではじめたことですが、一気に一二〇家族に囲まれることになりました」

家族は増えつづけるだろう。クラークストンにその準備ができていようといまいと、難民は次々とやってくるのだから。

6 ポーラ

Paula

クラークストンの難民の多くは、現下の生活とはかけ離れた情勢によって故国脱出を強いられた人たちだ。それはたとえば、数百マイルの彼方にいる独裁者が、ある地域の資源を奪うために特定の民族や政治団体を排除しにかかったためであったり、兵士が突然村に現れ、村民には直接関係のない理由で巻き添え被害もかまわず戦闘をはじめたためであったりする。そうした難民にとって、自分たちを命からがら逃げ出させた情勢は、天変地異にも似た、とうてい理解の及ばぬ性質のものだった。一方、だれにも明白な事由によって国を追われた難民もいる。その背景には特定の人物の存在があり、一見ごく限られた事例に思える難民たちの体験談は、彼らの故国や民族の政情を如実に物語るものだ。

ポーラ・バレガミールは後者の部類に当てはまる。コンゴ民主共和国からの難民として、ポーラは二〇〇四年に六人の子供を連れてクラークストンにやってきた。逃れてきたのは、現代のアフリカで最も多くの犠牲者を出した紛争だった。コンゴ——旧称ザイール——において一九九八年から二〇〇二年まで激しくつづき、推定五四〇〇万人の命を奪った第二次内戦である。新天地での安全を得るにあたって、ポーラは苦渋の選択を迫られた。政治粛清によりコンゴでも特に悪評の高い監獄に入れられていた夫のジョゼフのそばに残り、自身も暴力や死の脅威に怯えながら暮らすか、夫を国に残し、子供たちを連れて別の半球の見知らぬ町へ避難するか、という選択だ。

この痛ましい選択まで長々と連なるドミノの牌は、百年以上も前の一八八四年のベルリンで倒れはじめた。そして二十世紀のあいだ倒れつづけ、最終的には、二〇〇一年一月二十八日の真夜中に、コンゴ共和国の首都ブラザヴィルのルウェム通り三七三番地にある小さな家の戸口を突き破ることになる。

ポーラの故国、コンゴ民主共和国はアフリカ中心部の奥地に位置し、西欧諸国の勢力がほとんど届かない状態にあったが、一八七〇年代にウェールズ生まれの探険家ヘンリー・モートン・スタンリーが、西欧人として初めて中央アフリカ横断を達成し、英雄としてヨーロッパへ凱旋した。ほどなくスタンリーは、中央アフリカに植民地を築くことでほかの西欧列強と張り合うべきだと考える無力な君主、ベルギー王レオポルド二世に謁見を賜った。一八八四年にベルリンで開かれた西欧諸国首脳会議の席で、レオポルドはみずからコンゴの人々の援護者となる意向を表明し、コンゴ自由国なる国家を作ることを提案した。

レオポルドは、自身が単独株主となる会社を設立し、スタンリーに出資してコンゴを再訪させ、主にゴムや象牙などの天然資源を効率よく略取できるよう、ジャングルの奥深くに鉄道を建設させた。レオポルドの臣下たちは先住民を奴隷にし、文字どおり死ぬほど働かせた。家族は離ればなれにされ、服従しない村は焼かれ、植民地軍という名の残忍な治安組織に抵抗した者は、右手を切り落とされるか、もっとひどい仕打ちを受けた。

この蛮行は長きにわたってつづけられたが、ロジャー・ケースメントというイギリス領事が、コンゴの人々の惨状――死者は三〇〇〇万人に及んだと彼は推定したが、今日の学者はその数を五〇〇〇万から一〇〇〇〇万と見ている――を詳しく報告したのを機に、その事実は近代人権運動を生んだヨーロッパで大論争を巻き起こし、一九〇八年、レオポルドはコンゴ自由国の支配権をベルギー議会に譲渡させられた。

つづく五十二年間はベルギー政府が植民地としてコンゴを監督したが、その間に民族や地方指導者への支配力を徐々に失っていった。アフリカ民族主義の出現で、ベルギーはさらに支配力を弱め、一九六〇年にはコンゴ共和国としての独立を認めた。コンゴの地方指導者たちからなる議会が、パトリス・ルムンバという民族主義運動家を首相に選出した。

新国家は、でたらめにあてがわれた土地に住みつづける、共通点の少ない民族や部族を無原則にまとめただけの集団だったため、国民のあいだにはたちまち緊張が生じた。統制にソ連の支援を仰ごうとしたルムンバは、ジョゼフ・デジレ・モブツという軍司令官の命で拷問のすえ暗殺された。CIAの全面協力とは言わないまでも、承認のもとで実行されたクーデターだった。

モブツは国名をザイールと改め、みずからを大統領に任命した。そして、アフリカの中心部に冷戦の同盟国を求めていたアメリカの支援を得て、三十二年間その地位にとどまった。モブツはほどなく、横暴きわまりない泥棒政治家の象徴となった。ヒョウ皮の縁なし帽とラージフレームの派手な眼鏡で西欧人に知られるモブツは、ヨーロッパで別荘やヨットを買い漁り、コンコルドで飛びまわり、スイスのいくつかの銀行（一行は自身が買収）に何億ドルもの金をためこんだ。おのれの悪政から国民の目をそらすため、民族紛争をあおり、近隣諸国でのゲリラ活動を支援して、無数の民間人を死なせた。にもかかわらず、ロナルド・レーガン大統領はモブツを〝良識と善意の具現者〟と褒めたたえた。

しかし冷戦が終息すると、ワシントンからの経済的・政治的支援は減退した。豪奢な暮らしを維持するために、モブツは愚かにも国庫金に手をつけ、必要になると紙幣を増刷して膨大なインフレを招き、ますます国を弱体化させた。

老いゆくモブツは、国の東部地区とルワンダにいるフツ族の民兵組織《インテラハムウェ》に肩入れし、その民兵組織がついにはルワンダ大虐殺を引き起こした。モブツが国の危機を自覚したのは、ルワンダにいるツチ族の報復を恐れた数十万のフツ族難民が、北キヴや南キヴなどの東部諸州の難民キャンプになだれこんできたときだった。モブツ自身の軍隊は、それらのキャンプにいるフツ族と同盟を結んだが、この動きを受けて、ツチ族と東ザイールの他民族からなる広範な連合勢力が独自の市民軍を組織し、反モブツのルワンダ、ウガンダ両政府と手を結んだ。この連合の指導者、ローラン＝デジレ・カビラは、フランスで教育を受けた元マルクス主義の反逆者で、急速に権力の座にのぼるまで、コンゴではそれほど知られていない存在だった。カビラの連合は定着したモブツ体制を驚くほどあっけなく打ち崩し、一九九七年五月、カビラはキンシャサ入りして大統領に就任、国名をコンゴ民主共和国と改めた。モブツはモロッコへ亡命したが、数カ月後にその地で没した。

ポーラとジョゼフのバレガミール夫妻は、ルワンダと国境を接する南キヴの州都ブカヴの生まれだった。ルワンダ大虐殺のあと、この街はフツ族難民であふれかえっていた。ポーラは婦人服の仕立てを教え、夫は地元の農業共同体で広報を担当していた。二人はツチ族だった――そして、アンセルメ・マサス・ニンダガという軍司令官が率いる、ローラン・カビラ連合内の一組織に協力していた。カビラはキンシャサで大統領の任に就くと、自分より知名度のあるマサスを招き、ほかの将軍たちとともに新政府で働かせた。将軍たちも自分の出身地の人々を呼び寄せ、バレガミール夫妻はツチ族の仲間とともに東部からキンシャサへ移った。

ところがほどなく、カビラに連合を維持する意志がないことが判明した。カビラは親しい友人や家族を政府の要職に就かせ、反体制派や人権擁護者を投獄しはじめた。また、ルワンダ東部で数千人の難民が虐殺された件には自国で対処するとして、国連の調査を拒んだ。カビラはまもなく、かつての盟友マサスとも衝突し、彼にクーデター首謀の容疑をかけた。一九九七年、カビラはマサスの身柄を捕え、禁固二十年の刑を宣告した。

その後二年間、カビラ政権は反政府の陰謀への関与が疑われる人物——とりわけ、コンゴ東部から来たツチ族と、マサスとかかわりのあった人物——の容赦ない粛清に没頭した。キヴ州出身のツチ族であるバレガミール夫妻は格好の標的だった。人権保護団体アムネスティ・インターナショナルは、〝キヴ州の出身者や、その地域とつながりを持つ人はだれでも、司法の許可や指示なく逮捕されたり、隔離拘禁されたりする危険があったようだ〟と報告している。拷問を受けた者や、〝姿を消した〟者もいたという。コンゴはふたたび全面的な民族紛争に突入しつつあった。

ポーラとジョゼフは身の安全を危ぶみはじめた。ポーラは子供たちを連れてキンシャサを脱出し、東へ向かった。バスでルワンダまで行き、そこからタンガニーカ湖を渡ってタンザニアへ、さらにザンビアへと逃れた。そうやってひと月移動をつづけたのち、ポーラは情勢が安定したと判断して子供たちとキンシャサへもどったが、帰り着いてまもなく、東部出身者への暴行がまたはじまった。

翌一月、二十九人の男たちの一団——大半は、ジョゼフ・バレガミールを含む、かつてのマサスの仲間——が、暴力から逃れるため、小さな丸木舟に乗ってキンシャサを離れ、泥で濁ったコンゴ川を、かつてのフランス領コンゴ共和国の首都ブラザヴィルまで、五キロの距離を漕いで渡った。男たちは、川の対岸にいる仲間の難民が借りていたフランスヴィル通りの小さな家に身を隠した。そこが狭くなると、ジョゼフを含む十九人の男たちが、ブラザヴィルのプラトー・デ・キャーンズ地区にあるルウェム通り三七三番地のもう一件の隠れ家に移った。男たちは国連からの手紙を受けとった。ある組織——万が一、ブラザヴィルから強制退去させられる危険に遭遇した場合の、有力な保護機構——が彼らと連絡を取ろうとしている旨が記されていた。彼らはアムネスティ・インターナショナルの担当者を捜し出し、対岸のカビラ政権がおこなっているキヴ州出身者への拷問や拉致や殺害の実態を伝えた。

ポーラと子供たちはようやく、ブラザヴィルで夫と再会した。ルウェム通りの家はキンシャサから逃げてきた男たちですでにいっぱいだったので、妻子らはブラザヴィルの周辺にいるほかの難民のもとに身を寄せた。街に流れこむ難民を敵視する治安部隊の注意を引かないためだ。国連難民高等弁務官事務所《UNHCR》が家族を安全な難民キャンプか、願わくは暴力と無縁の国へ送ってくれるまで、じっと身を潜めている計画だった。

男たちがキンシャサを脱出して数週間後の二〇〇一年一月十六日、大統領官邸にいたローラン・カビラに一人の護衛が近づき、背中に少なくとも二発の弾丸を撃ちこんだ。ラシディ・ミンゼルというその暗殺者はただちに射殺され、動機についての唯一の確たる情報を墓場まで持っていってしまう。そのため、数々の陰謀説が乱れ飛んだ。この銃傷がもとでローラン・カビラが死亡すると、十日後には息子のジョゼフが国の統治権を引き継いだ。

ブラザヴィルでは、カビラ暗殺のニュースがキンシャサを脱出した男たちを震撼させていた。彼らが恐れたとおり、カビラの息子はすぐさま、父の政敵――とくにマサス・ニンダガとつながりのある者たち――を弾圧しはじめた。マサス本人は処刑された。多数の人々が逮捕され、投獄され、拷問によって友人や隣人や仲間の居所を白状させられた。殺された者や姿を消した者の数は計り知れない。

弾圧がコンゴ川の両岸で止まることはなかった。ブラザヴィルの警察と協力関係にあったカビラの治安部隊は、当局に川岸を偵察させ、急増する陰謀の容疑者として難民や逃亡中の政敵を取り押さえようともくろんでいた。そして一月二十八日の真夜中、警察がルウェム通りの隠れ家に踏みこみ、潜伏していた男たちを逮捕する。ポーラの夫ジョゼフ・バレガミールもそのなかにいた。

そのとき、ポーラは妊娠五カ月で、五人の子供を抱えていた。逮捕されたほかの男らの妻たちとともに、ポーラは血眼で夫の行方を捜しはじめた。ＵＮＨＣＲの支局へ押しかけ、国連に保護を要請していた男たちの居所を知りたいと詰め寄った。国連とアムネスティ・インターナショナルに強く説明を求められたブラザヴィル警察は、最初は何も知らないとはねつけ、しばらくすると、男たちの身柄は安全のため国の奥地へ移されたと言った。数日後、アフリカのラジオ通信社のニュースで、妻たちは恐ろしい事実を知る。ブラザヴィル警察は十九人の男たちをジョゼフ・カビラに引き渡したという。これは、国家が亡命申請者を危険地域へ送還することを禁じた国際法に明らかに違反していた。なぜ引き渡しがおこなわれたのか、たしかなところはだれも知らなかった。捕虜交換の一環だという噂が広まった。おそらくカビラ政府が懸賞金を出したのだろう。だが理由はどうあれ、カビラの手に落ちた男たちがたどる道は、もう決まったも同然だった。

　彼らは中央アフリカで最も悪名高い監獄の一つで、地元では旧称のマカラ刑務所として知られる、キンシャサ懲罰・再教育センター《CPRK》に収監された。マカラはかつて——そしていまも——並外れて過酷な刑務所だった。二〇〇三年にアメリカ国務省が実施したコンゴ民主共和国の人権調査では、前年中に少なくとも六十九人の在監者が、拷問や栄養失調や病気が原因で獄中死したとされている。マカラの囚人は最も基本的な必需品さえ取りあげられるのが常だった。国務省の同報告によると、二〇〇二年九月の数週間、在監者はまったく食べ物を与えられなかったという。

　ブラザヴィルで捕えられた十九人は、ほかのカビラの政敵や反体制派とともに、〝別棟1〟と呼ばれるマカラの重警備棟に収監された。外部との連絡は許されず、正式に起訴されることもなかった。ついには、ローラン・カビラ暗殺と、それ以前の未遂に終わったクーデター策謀の罪で起訴された一三五人の容疑者たちと一様に扱われた。裁判では人権団体によって激しい抗議がおこなわれたが、十九人は結局、終身刑を言い渡された。それでも彼らは運がいいほうだった。カビラ暗殺の計画者と考えられた三十人は死刑宣告を受けた。

　保護を求めていた男たちをまぎれもない窮地に追いやり、信頼を裏切る形になった国連は、それを贖うように、彼らの妻や子供たちの再定住手続きをすみやかに進めた。けれどもヨーロッパやアメリカへの再定住は、女たちに苦しい決断を迫った。地球の裏側へ行って離ればなれになってしまえば、獄中の夫を支えたくても、近くにいるときのようなわけにはいかない。そればかりか、マカラの在監者は、家族や友人が賄賂で抱きこんだ看守を通じて、食べ物や諸々の必需品にありついている状況だった。しかしポーラには守るべき子供たちがいた。キンシャサへもどるのは危険すぎ、ブラザヴィルさえ安全ではなくなっていた。キンシャサから来たコンゴ人の治安部隊がカビラの政敵をしらみつぶしに捜しまわっていたし、ツチ族に対する暴行も蔓延していた。

　絶え間ない恐怖に晒されながら、ポーラはもう三年もブラザヴィルで暮らしていた。子供たちは長らく学校に通っていない。当てにできる収入もない。それでも、いつかは情勢が落ち着いて夫が釈放されるだろうという希望にしがみついていた。一時期、それは実現しそうに思われた。マカラの一部の在監者に、カビラが大赦を宣言したのだ。だが、解放された者のなかにジョゼフはいなかった。

　辛抱の限界に達したのは、もう一人の女性とともに暴徒に拉致され、焼き殺されかけたときだった。二人で逃げ延びたあと、ポーラはなんとしてもブラザヴィルを脱出しようと決意した。ＵＮＨＣＲからアメリカでの再定住を勧められ、二〇〇四年の十一月、ポーラは五人の子供たちとともにブラザヴィルを離れ、ジョージアへ向かった。

　ポーラと子供たち――長男のジョズ、次男のグラース、長女のクリステル、双子の男の子マナスとエフライム、生まれたばかりの女の子グロリア――は、ウィロー・リッジという団地に入居した。国際救助委員会《IRC》を通じて、ポーラはスポーツ用ジャージ工場での裁縫師の仕事を見つけた。仕事そのものは悪くなかったが、通勤に片道一時間以上かかり、ポーラは毎朝五時半に家を出なくてはならなかった。難民の隣人たちを通じて、ポーラはルーマと知り合い、グラースとジョズをサッカーチームに入れるよう勧められ、やがてルーマの清掃会社で働くようになった。アメリカに来て以来、夫婦の連絡手段は、夫がほかの在監者の友人や家族から携帯電話を借りてかけてくる通話だけになっている。父親を最後に見たときまだ五歳だったグラースは、顔をほとんど覚えていないそうだ。

家族がまた揃って暮らせるとしたら、それはアメリカでということになるだろうとポーラは言う。

「どこへ帰ろうかと悩んでもしかたありません。帰る場所なんてどこにもないんですから」

7 コーチの言葉は絶対

'Coach Says It's Not Good'

二〇〇五年九月二十六日、ビアンヴニュ・ントワリという十二歳の少年が、クラークストンのアパートメントのドアをゆっくりとあけ、照りつける真昼の太陽のまぶしさに目を細めながら、アメリカという国を初めてじっくり眺めた。ビアンヴニュはその二日前、母のジェネローズと兄のアレックス、弟のイーヴェイとともにモザンビークの難民キャンプを後にした。

一家がアトランタ空港へ到着したのは夜中だった。飛行機をおりるや、めまいがしそうな未知の景色と音と言葉の渦に呑みこまれた。動く歩道や、点滅する壁の広告や、見慣れない食べ物の売店や、混雑のなか急ぎ足で目的の場所をめざす人々を横目に、空港の長い通路を歩く。一家はようやく、ＩＲＣのよこしたケースワーカーと落ち合い、荷物を車に積みこんで、アトランタ市街のちらちら光るビル群を見ながらクラークストンへ向かった。アトランタを南北に二分する広いスーパーハイウェイ二十号線を、車はありえないスピードで疾走していく。アメリカの道路は異様なほど平らだった。飛ぶように流れるそんな幻影のなかでは、窓の外の風景にまともに目を留めることもできなかった。まるで、ある場所から別の場所へと魔法で転送されたかのようだ。どのくらいの距離を移動し、どれだけの大陸や海を渡り、どのくらい時間が経過したのかを、感覚としてほとんどつかめずにいた。三十分ほど走ると、ケースワーカーはウィロー・リッジ団地に車を乗り入れた。いまおりてきた騒音の激しい州間幹線道路を臨む、丘の上の二階建て集合住宅だ。駐車場は静かだった。ひび割れたアスファルトに、街灯が不気味なピンクの光を投じている。人の姿は見あたらない。一家は朦朧としながら車の荷物をおろし、ケースワーカーにつづいて階段の下の暗いくぼみに隠れた戸口をくぐり、一階の、壁が剥き出しの部屋に入った。ジェネローズとアレックスとビアンヴニュとイーヴェイは、床に置かれたマットレスに倒れこんで眠りに落ちた。

アメリカまでの道のりは果てしなかったが、それは五年近く前、ジェネローズが生まれ育ち、子供たちを育てたブルンジの騒がしい首都ブジュンブラではじまった流浪の最後の行程にすぎなかった。ブジュンブラは、穏やかな水をたたえたタンガニーカ湖畔の街で、湖の対岸には平原から鋭く隆起した山脈がそびえ、晴れた日にはコンゴの西に太陽が沈むとき、裂け目のあるその山々がオレンジ色に輝く。

ルワンダの南、コンゴの東、タンザニアの北という位置にあり、コネチカット州ほどの面積と約八五〇万人の国民を有するブルンジは、世界の最貧国に数えられる。二〇〇五年度の一人当たり国内総生産は、わずか四〇〇ドル——これを下まわるのは、情報が公開されている国々のなかではコンゴ民主共和国とジンバブエのみだ。ルワンダと同じくこの国でも、初めはドイツ、のちにはベルギーの植民地管理官の賛同を得て、少数派のツチ族が多数派のフツ族を支配してきた。この体制は一九六二年の独立後もつづいていた。

しかし一九九〇年代に入って、民族間の和解の望みが出てきた。一九九三年、この国で最初の自由選挙で、穏健な知性派のメルシオル・ンダダイエという初のフツ族大統領が誕生したのである。

ところが四カ月後の一九九三年十月、ンダダイエはツチ族の強硬派に暗殺される。このニュースがラジオで伝えられるや、激怒したフツ族がツチ族への報復を開始し、多数の死者を出した。軍を掌握しているツチ族の強硬派は同じく報復によって応じ、フツ族の村々を壊滅させた。このしっぺ返しの暴行は、まもなく徹底した大虐殺に発展した。一年のうちに十万人が死んだ。その後も十年間、内戦はじりじりとつづき、およそ三十万人が死に、何万という人々がタンザニアやモザンビークの山地や難民キャンプに逃げこんだ。

二〇〇〇年、殺戮はなおもつづいていた。フツ族の反乱軍はブジュンブラ制圧をめざして戦っていた。ツチ族とひと目で知れる、薄い色の肌と細面の顔をしたジェネローズは、子供たちを連れて街を逃げ出した。

モザンビークへたどり着いた一家は、二つの難民キャンプに分かれて暮らしながら、国連からの亡命申請受諾の知らせを待ちつづけた。その日は四年後の二〇〇五年八月にやってきた。一家の移住先は、ジェネローズがほとんど何も知らない、アメリカのアトランタというところになるらしい。ジェネローズは二週間後に渡米することを子供たちに伝え、だれにもしゃべってはいけないと釘を差した。

「あんまりはしゃぎまわっちゃいけないって、母さんは言ってた。妬んでひどいことをされるかもしれないからって」とビアンは言う。

ほどなく一家は旅立った。南アフリカからニューヨークを経由して、ようやくアトランタに着いた。飛行機に乗るのは家族全員、初めての経験だった。

「覚えてるのは」現在十五歳になるアレックスは言う。「怖かったってことだけだよ」

　クラークストンのアパートメントで迎えた最初の朝、一家は疲れが抜けず、ぼんやりした状態で目覚めた。ジェネローズはふらつきながら、すぐ出発できるよう荷物をまとめなさいと子供たちに言った。子供たちは笑った。すでに目的地に到着していて、一夜を過ごしたこの空っぽのアパートメントが今後のすみかになることを、ジェネローズはわかっていなかったのだ。やや複雑な感覚ではあったが、そこは彼らの〝わが家〟だった。

　ビアンヴニュ（友達や家族は〝ビアン〟と呼ぶ）は、前夜の出来事のどこからが現実で、どこまでが夢だったのかと考えながら、しばらく部屋をうろついた。外を見てみることにした。玄関のドアをあけると、降り注ぐ日差しに目がくらんだ。やがて目が慣れてきて、停めてある車が何台か見えた。ほかの建物や、遠くで揺れる木々も見えた。思いきって外へ出る。コンクリートの階段をのぼってあたりを見まわし、駐車場に同じ年恰好の少年がいるのを見つけた。人見知りをしないのがビアンの取り柄だ。新しい隣人相手に片言の英語を試してみようと思った。

「ハロー、きみ、なんて名前？」

「グラース」少年はフランス語風に発音した。「グラース・バレガミール」

「アメリカ人？」ビアンは尋ねた。

「コンゴから来た」グラースは言った。

「コンゴ！」ビアンは言った。「スワヒリ語、話せる？《ウナセマ・キスワヒリ》」

「うん《ンディヨ》」とグラース。

二人はその場でおしゃべりをはじめた。ビアンは、ゆうべ到着したばかりで、アメリカのことは何もわからないし、知り合いもいないと話した。アメリカの子供たちはどんなふうか訊いてみた。いいやつらかい？　ぼくらとちがってる？

グラースは笑ってこう話した。ちがってるよ！　アフリカの男子はみんな、ウエストの位置でベルトを締めて、ズボンにシャツをたくしこんでるけど、学校にいるアメリカ人はお尻のあたりまで――ほとんど膝ぐらいまで――ズボンをさげて穿いてる。男なのに、髪を伸ばして女みたいに三つ編みにしてる。あんまりいいやつらでもない。銃を持ってるのもいる。アメリカ人同士でも喧嘩するし、アフリカから来たやつをばかにする。男子と女子が付き合って、いけないこともする。

ビアンが想像もしていなかったことばかりだった。

「グラースはこう言ったんだ」とビアンは回想する。「アメリカのやつらは〝非行〟に走るんだって」

グラースが話を切りあげた。遅刻しそうだから、と言って。

「何に？」ビアンは尋ねた。

「練習に」グラースは答えた。

「なんの練習？」

「サッカーの」

ビアンはサッカーが大好きだった。モザンビークの難民キャンプでは、ビニール袋をまるい塊にしたボールを使って裸足でプレーしていた。ブルンジ出身の少年対コンゴ出身の少年の、和やかながらも荒々しい試合だ。サッカーには自信のあったビアンは、詳しく教えて、と言った。グラースは説明した。ぼくらみたいな難民の子供のためのサッカーチームがあって、アフリカ人が多いけど、聞いたこともない国から来たやつらもいる。練習場はこの近所で、コーチは女の人。次の練習にビアンも連れていっていいかコーチに訊いてみるよ、とグラースは言った。

「ぼくはあそこに住んでるんだ」ビアンはスワヒリ語で言って、背後の階段の下のドアを指さした。

「あとでうちに来て、コーチの返事を教えて」

「いいよ」グラースは言った。「じゃあ么とで」

少年二人はそこで別れ、グラースは練習に向かい、ビアンは家へもどって兄のアレックスと弟のイーヴェイに自分の発見を伝えた。〝駐車場で、スワヒリ語を話す子を見つけたよ!〟それは、大きな安心をもたらし、頭に描いていたアメリカ生活の想像図を一変させる出来事だった。

「スワヒリ語を話すのは、ぼくらだけだろうと思ってた」とビアンは言う。「遊び友達ができるなんて思ってもみなかったんだ」

グラースはその午後の練習で、ウィロー・リッジにいるブルンジから来たばかりの子をこんど連れてきてもいいか、とルーマに尋ねた。英語は話せないけど、サッカーが好きらしい。たぶんうまいと思う。あの子もチームに入れるかな。

ルーマはそういうリクエストには慣れていた。再定住支援機関のケースワーカーは、渡米したばかりの子供をよくルーマのもとへ連れてきた。そうすれば、フージーズを通じてすぐに友達を作れるし、何かと面倒を見てもらえるし、運動する機会を持てるうえ、うまくすれば、未知の国へ来た子供が抱える大きな不安から少しは解放されることを知っているからだ。既存のメンバーが新しくやってきた子供を連れてくることもよくあった。シーズン初めにルーマが配ってまわるチラシ以上に、選手たちはメンバーの勧誘に役立ってくれた。

ビアンはそうした新来者の例に漏れず、シーズンの途中にやってきたため、フージーズのメンバー枠はもういっぱいだった。だがルーマは、試合には出場させられないけれど、練習に参加するのはかまわないと言った。ほかのみなと同じルールに従い、遅刻したりさぼったりしないことが条件だ。

練習を終えたグラースがウィロー・リッジへもどってくると、ビアンとその兄のアレックスが駐車場で待っていた。グラースはビアンにコーチの返事を伝え、次の練習は明後日だと告げた。二人はいっしょに行くことにした。アレックスも、グラースの兄のジョズがいる年長チームに参加できるはずだ。すごくいいチームだよ、コーチは厳しいけどね、とグラースは言った。それは警告に近かった。ビアンはひるまなかったし、ルールのことも気にならなかった。

「サッカーができればそれでよかったんだ」ビアンは当時を思い返して言った。「あれこれ訊きもしなかったよ」

ビアンやアレックスのような新しい選手の加入で、成長著しいルーマのサッカープログラムには新たな才能がもたらされたが、同時に新たな混乱も生まれた。新メンバーが加わるたびに、言葉や文化を共有する者同士が仲良くなり、チーム内の社会的均衡がともすれば崩れてしまうのだ。ルーマはこれを補正するため、急いで新しいルールを作った。グラースやビアンのような子供には、スワヒリ語ではなく、チームの共通語である英語で話すようにさせた。とりわけ同類同士で固まりたがる選手たちが派閥を作らないよう、ルーマはつねに目を配っていなくてはならなかった。「たとえば『四人組を作ってパス練習して』と指示したら」とルーマは言う。「あの子たちは毎回毎回、同じ国から来た者同士で組もうとするんです。だからこっちで決めるようにしたの。〝リベリア人と、コンゴ人と、アフガニスタン人と、イラク人でひと組〟というふうにね」

コーチとメンバーとの絆が深まってくると、また別の混乱が生じた。ルーマに認められようと、選手たちが競いだしたのだ。十歳から十五歳ぐらいの少年の集団において、権威ある大人に認められようと争いが起こることは珍しくないかもしれない。だが、フージーズの少年たち――ときに恐ろしくさえある慣れない環境で、慰めと安心感を見出そうとする新来の難民たち――がルーマを慕う気持ちはことのほか強かった。ルーマはいろいろな意味で親代わりだったため、選手たちはひがみ合う兄弟のように、自分よりもほかのだれかが可愛がられていないかと目を光らせていた。ルーマがイラクやスーダン出身の選手に何気なくアラビア語で話しかけただけでも、その言葉がわからない選手たちは除け者にされたと感じて傷つく。だからルーマは、そのほうが簡単なときでもうかつにアラビア語を使わないよう注意し、絶対にえこひいきをしないようにしていた。チームを機能させるには、みなが公平に扱われていると感じさせることが不可欠だと知っていたからだ。

初期のころ、二人の花形選手が繰り広げた競争が、ルーマにとってはとくに教訓となった。最年長チームにいた最も才能ある二人の選手――ジェレマイア・ジアティーの兄ダーリントンと、ペシャワ・ハマドというイラン系クルド人――が、ルーマに目をかけられたくて、何カ月もいがみ合い、互いの宗教や民族性をけなしつづけたのだ。

「どちらもずば抜けた運動能力と才能の持ち主でした」とルーマは言う。「そして二人とも、わたしがどちらを気に入っているのかわからなくて悶々としていたんです。ダーリントンは、ペシャワとわたしが同じ言葉を話すのが気に食わなかった。ペシャワのほうは、わたしがダーリントンの家族と親しくしているのが気に入らず、ダーリントンの肌の黒さをいつもからかっていました。そして二人とも、フィールドではとても身勝手でした」

チームで最も目立つ存在であるペシャワとダーリントンの対立は、ほかの選手たちにも影響を及ぼし、どちらかの味方につかなくてはいけない気にさせた。そこでルーマは、二人が仲良くなるように仕向けた。選手たちを映画に連れていったときには、二人を隣同士ですわらせた。ダーリントンの家に夕食に招かれたときには、ペシャワをいっしょに連れていった。ペシャワにアラビア語で話しかけられると、英語で答えた。そぶりでそれとなく示すだけでなく、言葉でも厳しく言い含めた。

「ぼくたちはみんなよそ者で、うちはそういうみんなが協力し合うチームなんだって、ルーマは言ってた」とエチオピア人選手のヨウスフ・ウォルデイサスは回想する。「それができないならチームから放り出すとも言ってたな」

次のシーズン、ダーリントンとペシャワは強力な得点コンビとなり、チームは負け知らずとなった。

しかし、フージーズは急速に進歩しまとまっていく一方で、ひとシーズンごとにばらばらになることもままあった。引っ越していく選手もいれば、新たにやってくる選手もいて、ルーマはチームの結束と組織的なサッカーの基本を一から教えなおすことを強いられた。また、試合のたびに、用具やユニフォームや応援での対戦チームとの差異は気にせず、実力に自信を持つよう選手たちを励まさなくてはならなかった。フージーズの着ているものは、対戦チームの真新しいぴかぴかのユニフォームにくらべると、たいていみすぼらしかった。一時期は、ルーマが地元の安売り店でまとめ買いしたTシャツをジャージ代わりにしていた。背番号は水性マジックでじかに書きこんでいたので、試合が進むにつれ、汗で濡れた背中で番号はぼやけた染みになった。フージーズの選手は左右不揃いのソックスを履いていることもしょっちゅうで、こじゃれた小物類――選手の名前と背番号を刺繍した、ウェアと揃いのロゴ入りバッグなど――はいっさい持っていなかった。そしてフージーズ側の応援席はいつも無人だった。

ルーマはまた、YMCAで指導していた女子チーム以上に、フージーズが対戦チームの強い反応を引き起こすらしいことにも気づいた。チームの存在自体が、ある種のロールシャッハ・テスト〔インクの染みでできた図形を用いる人格検査〕であるかのようだった。ときには気前のいい反応が得られることもあった。ある試合のあと、対戦チームの親の一人がルーマを追いかけてきた。その男は、フージーズの事情を聞いた自分とほかの親たちで何か手助けがしたいと言い、サッカーボールとスパイクを寄贈してくれた。

だがたいていは、敵意を誘うようだった。敵の選手たちはプレー中にフージーズの選手の訛りを真似したり、どうしてコーチが〝ねえちゃん〟（かならずと言っていいほどこの言葉が使われる）なのかと訊いてきたりした。対戦チームのゴールキーパーの父親が、フージーズの選手の一人が試合中に喉をかき切るしぐさで威嚇した、と協会に苦情を訴えたこともあったが、当人は強く否定した。アトランタの外での白熱した試合では、選手ばかりか親たちまでが、フージーズに向かって差別意識剥き出しの俗悪な野次を飛ばした。興奮や戦い方への不満から出るたぐいの野次もおそらくあっただろうが、フージーズに向けられる否定的な言葉の多くは、親たちの憤慨から生まれているようでもあった。何しろ、サッカー道具やセミナーやチームの会費に大金を注ぎこんだあげく、息子たちはろくな装備も持っていない外国訛りの子供たちの集団にこてんぱんにやられたのだから。そしてときには、審判たちまでがフージーズに心ない反応を見せた。試合前のメンバー表チェックで、発音のわからない名前を読むのが彼らにはもどかしいのだ。ムハンマド・ムハンマドという選手の名前が呼ばれたとき忍び笑いをして、主審に叱責された副審たちもいた。また、フージーズに一月一日が誕生日の選手が多いのを見た審判から、ルーマがメンバーの年齢をごまかしているようにほのめかされたこともある。その審判は知らなかったようだが、親が正確な誕生日を把握していない難民の子供はたいてい、移民管理局によって一月一日生まれと決められるのだ。ルーマは自分の頭の程度まで見くびられたようで二重に腹が立ったという。

「だって、そうでしょう」とルーマは言う。「ごまかすつもりなら、もっとましな誕生日をでっちあげるわよ」

フージーズに向けられる敵意や、用具類の不足や、サイドラインの応援団の欠如は、ほかの点では相容れない少年たちの結束をいっそう強めるようだった。自分たちに勝ち目はないと感じながらも、いったんホイッスルが鳴れば、互角に戦うことをめざして一致団結するのだ。

ルーマは選手たちの家族ともますます親しくなった。彼らに自分を重ねあわせていた。ルーマ自身、住み慣れた故国を捨て、ときに疎外感を感じる未知の土地にやってきた人間だった。よそ者扱いされるのがどんな気分か理解できたし、この地へ来てからはとりわけ友情を重んじるようになっていた。ひどく貧しいいくつもの家族が、米やマントゥ、焼きたてのアフガン風パン、葉野菜を使ったアフリカ風シチュー、キャッサバの根を潰してこねたフーフなどの夕食をルーマにふるまってくれた。そのうちに彼らのほうもルーマの好みを心得てきた。たとえばベアトリス・ジアティーは、特別辛いシチューをよく作っていたが、ルーマが来るときには、辛いものが苦手な彼女のために胡椒を控え目にした。そしてルーマの嗜好は、時折思いがけない形で、影響されやすい年ごろの少年たちに浸透した。あるとき、ベアトリスに頼まれてひと晩子守りを引き受けたルーマは、ジェレマイアを食料の買い出しに連れていった。スーパーマーケットで、ジェレマイアは好物のベーコンを朝食用に買っていいかとルーマに訊いた。わたしはこれでもイスラム教徒だから豚は食べない、とルーマは説明し、代わりに七面鳥のベーコンを買おうと言った。

数週間後、ベアトリスがジェレマイアを連れてその店へ行き、精肉コーナーでベーコンの包みに手を伸ばしたときのことだった。

「そんなの食べちゃだめだよ」ジェレマイアが母親に言った。「豚を食べるのはよくないってコーチが言ってる」

ベアトリスは息子に、お母さんは豚肉が好き――それも大好物の一つ――だし、キリスト教徒はなんでも好きなものを食べていいのだと言い聞かせた。だがジェレマイアは譲ろうとせず、豚肉には近寄るのもいやだと言いだす始末だった。コーチの言葉は絶対なのだ。わたしがジアティー一家と知り合ったとき、彼らはもう一年以上も家で豚肉を口にしていなかった。

「コーチが食べられないから、あの子も食べないんです」ベアトリスは肩をすくめて言った。

それであなたはどうしているんです、とわたしは尋ねた。

「豚肉は買ってません！」とベアトリスは言った。

しかし、フージーズが一つの家族となっていくあいだにも、彼らを取り巻く世界はなおも揺れ動いていた。

8　ここはアメリカ

'They're in America Now - Not Africa'

二〇〇六年一月、クラークストン在住のチーケイ・チーメイというナイジェリア移民が、処方された目薬を買いに地元の薬局へ車を走らせていると、回転灯を点滅させたクラークストン市警のパトカーがバックミラーに映った。チーメイは、何かまずいことをしただろうかと首をひねった。スピード違反ではない――それはまちがいなかった。団地の車道から車を出して、ほとんど加速する間もなく、そのパトカーは回転灯をまわしはじめたのだ。なぜ自分の車だけが目をつけられたのかも不思議だった。前も後ろも、のろのろ運転の車にはさまれていたからだ。三台は道幅のせまいモントリオール・ロードをゆっくりと走っていた。チーメイは二〇〇五年型のホンダ・アコードを路肩に停め、近づいてくる警官を待ちながら、これは何かの誤解で、すぐに解放されるはずだと自分に言い聞かせた。

パトカーを運転していたのはティモシー・ジョーダンという警官で、問題を起こした過去がありながらも、チャーリー（チョリー）・ネルソン署長に雇われクラークストン市警に勤務していた。職権濫用のためこの地域の別の警察を解雇されたジョーダンは、心理査定をしたセラピストの所見でも、激しやすい気性ゆえ、警官としては〝不適格〟とされていた。ネルソン署長にはそうした過去を隠さず伝えたが、それでも採用されたと本人は言っている。着任当初は警官がもう一名パトロールに同行し、ジョーダンの行動に目を光らせていた。けれどもチーケイ・チーメイが車を停められた二〇〇六年の一月には、ジョーダンは単独でパトロールをおこなっていた。とはいえ、チーメイとのやりとりは、パトカーのダッシュボードに搭載されたビデオカメラに記録されることとなった。

チーケイ・チーメイは一見、典型的な新来の難民に見える。肌の色は黒く、アフリカ訛りで話す。だが実のところは、十五年近くアメリカに住んでいた。チーメイは難民としてではなく、移民としてみずからの意志でこの国にやってきた。理由はたいていの移民と同じく、故国のナイジェリアでは得られないビジネスチャンスをものにし、よりよい人生を送るためだ。ニューヨークのクイーンズ地区で六年間暮らしたのち、チーメイはナイジェリア人移民がより受け入れられやすい環境を求めてアトランタへ移った。

「異文化併存という面で、アトランタはニューヨークよりも進んでいました」とチーメイは言う。「ここではどんな民族もうまくやっているように見えました。人種差別もそれほどひどくなかった。仕事にあぶれず、そこそこの家に住めて、少ない資金で小規模なビジネスをはじめられるところに惹かれたんです」

それはまさにチーメイが計画していたことだった。ニューヨークで保険の外交員をしていたチーメイは、移民や難民が絶えず流入するアトランタには、そうした住民向けの安価で信頼のおける自動車保険や住宅保険の需要があると考えたのだ。チーメイは愛車を担保に一五〇〇ドルの起業資金を調達し、クラークストンのすぐ外の小さなショッピングセンターで営業を開始した。

それからの八年間、チーメイのビジネスは着実に成長をつづけた。総売上は年間十二万ドルに達し、そのうちの五万ドルを利益に計上した。従業員も数名雇い入れ、チーメイは移民や難民のあいだでは名の知れた存在となった。副業として、新来者の税金還付申請の手助けもしていた。チーメイはアメリカンドリームの体現者を自負しており、事実、クラークストンでは傑出した成功者だった。いいものを身につけ、数年ごとに新車をリースした。しかし、その真新しい車は、地元警官たちの目を引くばかりか敵意をもかき立てるようだった。難民が乗りまわす、バンパーがへこみ、サスペンションのへたったおんぼろ車を彼らは見慣れているからだ。

「わたしは肌の色が黒く、リースした新車に乗っています」とチーメイは言う。「クラークストンでは、黒い肌をして新車に乗っていると、かならずいやがらせを受けるんです」

ジョーダンがモントリオール・ロードの路肩に停めさせたチーメイの車に歩み寄ったのは、夜の九時過ぎだった。ジョーダンは標準支給のものではなく、こん棒のように長くて重い金属製の大型懐中電灯を携えていた。自分で購入したものだ。車に近づいてきたジョーダンはその電灯でチーメイの目を照らした。口調は友好的だった。調子はどうだとジョーダンは言い、まだ車内にいたチーメイは、何か違反をしたのだろうかと警官に尋ねた。チーメイを最近来たばかりの難民と思っていたとしたら、ジョーダンはその質問に驚いたはずだ。クラークストンの難民はたいてい、警官におどおどした態度をとる。けれども、アメリカ暮らしの長いチーメイは、自分の権利も、交通違反の取り締まりには相応の理由が必要なこともじゅうぶん心得ていた。

ジョーダンはチーメイの質問の意図を解していないようだった。車からおりて、運転免許証を見せるようチーメイに命じた。

「スピード違反をしただろう」ジョーダンは声をとがらせて言った。

「していません。わたしはただ――」チーメイは説明しようとした。

ジョーダンがいきなり動いた。両手を突き出してチーメイの襟をつかみ、背中を車に叩きつける。そしてうつ伏せにさせる。いまやチーメイは両手をあげさせられ、トランクに上半身を押しつけられている。車載のビデオが、チーメイより一フィートは背の低いジョーダンの姿を背後からとらえていた。チーメイは、言われたとおりに財布から免許証を取り出そうとしただけだと抗議する。だがジョーダンは完全に取り押さえる体勢だ。チーメイの頭をつかんで車体に押しつけ、腕を背中でねじりあげる。チーメイは腕をねじあげられ、頭を押さえつけられたまま、勘弁してくれと訴えていたが、やがてバランスを崩し、右によろめいた。このとき、ジョーダンはチーメイの両腕を片方の手で押さえたまま、金属製の懐中電灯を大きく振りかざしてチーメイの後頭部に叩きつけた。

チーメイは何で殴られたのかわからなかった。ぼうっとなって、のしかかるジョーダンもろとも地面に倒れ、アスファルトに顔をしこたま打ちつけた。ジョーダンがベルトに手を伸ばしてペッパースプレーの小型缶――実際の中身は、ペッパースプレーよりも強力で、運悪く顔に浴びれば涙が止まらなくなるトウガラシオイル――を引き抜いた。クラークストン市警の規定では、化学物質を噴射された容疑者の顔を洗い流すために、二瓶の水をパトカーに常備することになっている。ジョーダンはチーメイの顔と目にノズルを向け、噴射ボタンを押した。チーメイは絶叫し、静かになった――本人いわく、一瞬気を失ったらしい。ぐったりしたチーメイにジョーダンが投げつけた言葉を、ビデオは記録していた。

「おまえら——アフリカ人どもは」ジョーダンは言った。「面倒ばっかり起こしやがって。口を開けば喧嘩だ。おかげでここらじゃ、くだらん揉め事が絶えない——おれにまともな仕事をさせろっていうんだ」

チーメイは、トウガラシオイルのせいで顔と気管が腫れてくるのを感じた。懐中電灯で殴られた頭もずきずき痛む。目を洗浄する水が差し出されることはなかった。パトカーの後部座席に乗せられ、スプレーのことで泣き言を言うチーメイに、ジョーダンはこう答えている。「おまえの目なんか焼けてしまえばいい」

ある時点で、ジョーダンはチーメイの具合が心配になってきたらしく、救急車を要請した。到着を待つ時間が永遠に思えた、とチーメイは言う。救急隊員に顔と目を洗浄してもらい、いくらか痛みは和らいだ。すると救急隊員たちが、もう連行してもだいじょうぶだとジョーダンに告げた。チーメイはスピード違反や公務執行妨害など、複数の罪で逮捕された。金曜の夜のディカルブ郡拘置所で慌ただしく逮捕手続きがとられ、保釈申請が可能だとはだれからも知らされなかった。妻と離婚していたチーメイには、帰宅しないのを案じる家族もいなかった。そのためチーメイは、実質的に忘れられた状態で、それから三晩を拘置所で過ごした。自分より若くて屈強そうな男たちと拘留されているあいだ、何より心配だったのは、身の安全よりも、十二年かけて築きあげたビジネスのことだった。

「保険契約者のなかには、わたしが死んだと思った人もいたようです」とチーメイは言う。「税金申告のほうの客からは、還付小切手を持ち逃げしたと思われました」

チーケイ・チーメイと警官ジョーダンがかかわったこの一件は、再定住がはじまって十五年来クラークストンが抱えてきた緊張の度合をはっきりと示した。ジョーダンを、激昂しやすいただの暴力警官と見る向きもあったが、数カ月後、弁護士事務所で静かにおこなわれた宣誓証言中にジョーダンが口にした主張は、アトランタ周辺の社会環境を変えつつあるチーメイのような人々に多くの住民が感じていた不満そのものだった。移民や難民はこの土地の慣習に合わせるじゅうぶんな努力をしていない、というものだ。

「ここはアメリカなんだ」とジョーダンは言った。「アフリカじゃない」

9

締出し

Get Lost

フージーズ自体は、難民と一部の地元住民とのあいだの長期にわたる緊張に影響されていなかった。しかしチーメイとジョーダンの一件が起こったのとほぼ同時期に、フージーズの練習場であるクラークストン公民館の運営者たちとチームとのあいだで問題が持ちあがった。難民たちが施設の維持にあまり貢献していないことを長く批判してきた公民館の役員、エマニュエル・ランサムが、フージーズのスポンサーであるディケーター・ディカルブＹＭＣＡに、グラウンド使用料をもっと支払わせようと考えた。また、何人かの難民のティーンエイジャーがグラウンドの近辺で喧嘩沙汰を起こしたのを受けて、ＹＭＣＡに警備員を雇うよう求めた。ＹＭＣＡは渋った。スポンサーとグラウンド提供者が揉める一方で、ルーマは選手とその家族のことに専心しようとつとめた。しかし二〇〇六年の晩春、ルーマはＹＭＣＡの幹部から電話を受け、公民館との関係が完全に壊れたことを告げられた。フージーズは今後、公民館のグラウンドでは練習できないということだ。

その春にはまだ試合が残っていたので、ルーマは大急ぎでチームの練習場所を探しにかかった。そしてようやく、市外へ数マイル行った場所に使われていないグラウンドを見つけ、団地から練習場までの選手の送迎用にＹＭＣＡのバスを借りられるようにした。費用の面でも管理の面でも、長期的解決とは言えなかった。バスはいつでも好きに使えるわけではなかったし、数カ月先の秋のシーズンには、市外のグラウンドまで子供たちを連れていくあいだに暗くなってしまうだろう。先々まで有効な案は思い浮かばなかったので、さしあたりは残りの試合に集中し、グラウンドの件は夏じゅうにどうにかすることにした。

サッカーシーズンが終わるころ、ルーマはたいてい疲れ果てていた。だからこの時期は、スミス・カレッジ時代の友人を訪ねたり、携帯電話の電源を切ってノースカロライナ西部の山に登り、涼やかな空気とゲッケイジュやシャクナゲの芳香を満喫したりして、休養をとることにしていた。骨休めのためクラークストンを離れる前のひととき、ルーマはグーグル・アースの衛星画像を見て市内の空き地を探した。町を俯瞰してみると、白く延びた州間道路二八五号線沿いに、長方形の建物に囲まれた灰色のアスファルト――団地とその駐車場――がまとまりなく点在しており、アトランタ市街から離れるほどまばらになる角張ったビル群との境ははっきりしなかった。緑の区画はきわめて少ない。それでも、市の中心に翡翠色をした長方形があった――ミラム公園内のアーミステッド・フィールドだ。以前の公民館グラウンドから半マイル足らずの場所で、クラークストンのどこからでもたやすく通える。ここならいけるかもしれない。先ごろ再選されて二期目をつとめているスワニー市長から許可をもらう必要があった。どういう反応を引き起こすかはわからない。だがルーマは、英気を取りもどしたらその件を市長に談判しようと決めた。次シーズンがはじまる八月はまだかなり先だった。

二〇〇六年の春、フージーズが公民館のグラウンドから追い出されたのをルーマが知ったころ、ナサニエル・ニョークという二十六歳のスーダン難民が、クラークストンでサッカーチームを結成しようと思い立った。現在この町に住むニョークは、スーダン北部のアラブ系イスラム教勢力と南部のアフリカ系キリスト教勢力間の紛争中に家族と引き裂かれ、南部から流れてきた青年の一団〝ロストボーイズ〟の一人だった。スーダンの荒野での長年にわたる流浪生活――ワニだらけの川を渡り、飢えたライオンのうろつく林を抜ける――で想像を絶する苦難に耐え、やっとの思いでケニアやエチオピアとの国境の先の難民キャンプにたどり着いた青年たちだ。内戦のさなか、八歳のときに家族と離ればなれになったニョークは、ほかの孤児たちとともに、ケニア北西部の乾燥地帯にあるカクマという難民キャンプに行き着いた。七万人以上の難民を収容し、なおも拡大しつづける水不足のそのキャンプで十年暮らしたのち、再定住が認められ、数千人のロストボーイズとともにアメリカへやってきた。そのうち一五〇〇人がアトランタ周辺に送られ、彼らの多くが、ナサニエル・ニョークと同じく、クラークストンの団地に落ち着いた。再定住はロストボーイズにとって厳しい経験だったが、互いに支えあうことで困難を乗り越えてきた。主な気晴らしがサッカーだったので、チーム結成にあたっては難なくメンバーが集まった。名前もシンプルに〝ロストボーイズ・サッカーチーム〟とした。

「ぼくたちはサッカーをして育ちました」とニョークは言う。「ぼくらはまだ若いし、自分たちのサッカーをつづけたい。家族や両親を失ったトラウマにいまも苦しんでいるやつもいます。だから少しは楽しみたいんです」

チームの練習場所を必要としていたニョークは、クラークストン市が所有・維持するミラム公園のグラウンドがほとんど使われていないのに目を留めた。それはアーミステッド・フィールドと呼ばれる、市民のための多目的グラウンドだった。豊かなギョウギシバに覆われた長方形の広いグラウンドで、松林に囲まれ、隣接する丘の斜面からは観覧席にいるように場内が一望できる。反対側の端には、廃れて久しいリトルリーグ野球の名残である、さびついた金網のバックネットがある。最近では、そのグラウンドでなんの活動もおこなわれていなかった。ニョークには、サッカーに使ってくれと言わんばかりの、広々とした無垢な芝のピッチに見えた。だが、引っかかる点が一つあった。グラウンド周辺の金網フェンスに小さな標識がくくりつけてあり、市役所の許可なしにグラウンドを使用するべからず、と書かれていた。

ニョークはこの土地に長く住んでいたので、クラークストンが規則にうるさい町だということは承知していた。警官は、多くの新来者がろくに知らないであろう交通ルールを無視したとして違反切符を切りまくる。ある難民のレストラン経営者は、しかるべき許可を得ずに自分の店の小規模な改装をしたために、手錠をかけられ監獄送りとなった。ミラム公園の標識は、園内でピクニックをしたい者は、広く陰を差しかける木々の下でサンドイッチを食べるのにも、事前に市役所の承認を得るよう告知しており、そのおかげで、さわやかな夏の土曜日でさえ木陰は無人のままだった。また、園内で犬を放すのはもちろん、引き綱をつけて散歩させただけでも、五〇〇ドルもの罰金を課すとも書かれていた。クラークストンは、明らかに、そうした規制を重んじる町なのだった。

ニョークは自分もチームも、面倒に巻きこまれたくなかった。フェンスを飛び越え、すぐにでもそこでサッカーをしたいところだったが、ニョークは標識の指示に従った。市役所に電話をして許可を求めたのだ。ニョークは市役所の職員からクーパーという担当者を紹介された。かつてのリトルリーグ野球のコーチとして知られるその男が、ミラム公園のグラウンドのスケジュール管理をしているらしい。ナサニエルがクーパーに連絡したところ、ロストボーイズがアーミステッド・フィールドを使用するのを快く承諾してくれた。こうしてある日の午後遅く、ニョークと友人たちはそのグラウンドでミニゲームをはじめた。するとまもなく、クラークストン市警から一台目のパトカーがやってきた。

「近隣の住民から通報があったと、警官は言うんです」ニョークは言う。「『ぼくたちは酒を飲んでもいないし、騒いだわけでもないし、何も問題は起こしていない――なのになぜプレーしちゃいけないんです?』と訊いたら、『理由は言えないが、このグラウンドから出ていってもらう』と言われました」

何か手違いがあったのだろうと思い、ニョークとチームメイトはいったんグラウンドを出た。ニョークがクーパーに電話をかけ、自分たちがグラウンドを使っていいことを再確認した。ふたたびグラウンドで練習をはじめると、また警察がやってきた。ニョークが説明を求めても、答えようとしない。

「警察は横柄でした」とニョークは回想する。「来るたびにぼくたちを威圧するんです」

不快に思ったニョークは、なんらかの回答を得ようとした。市庁舎に出向いてスワニー市長に面談を求めた。スワニーは、まったく事情がわからないと言い、警察署長と話すようニョークに勧めた。署長もまた何も知らないと言い張り、スケジュール管理者のクーパーと話せという。ニョークはクーパーに連絡した。クーパーがロストボーイズに使用許可を与える。ロストボーイズが練習に出かける。クラークストン市警がやってきて帰れと命じる。

このばかげた堂々巡りがその後数週間にわたって繰り返され、ロストボーイズ・サッカーチームは少なくとも八回、グラウンドからの退去を命じられた。最後には自分たちも警官もうんざりしていた、とニョークは言う。警察が現れたとき、なぜ合衆国憲法で保障されている集会の権利を侵害するのかと彼は尋ねたが、警官のほうはスーダン難民から憲法について説教を受ける気はないようだった。

「おまえと仲間の何人かを逮捕してもいいんだぞ、と言われました」とニョークは言う。「ぼくが話し合おうとしても、相手は『おとなしくしないと、ぶちこまれる羽目になるぞ』の一点張りです。まったく頭に来ました。サッカーのために面倒に巻きこまれるなんてごめんだと思いましたよ」

ニョークと友人たちは精神的に疲れ果て、自分たちがクラークストンの役人連中からこんな扱いを受ける理由がようやくわかった気がした。

「ぼくたちがこの国の生まれじゃないせいだと思えてきたんです」

ニョークたちはサッカーをする場所がないことにがっかりしたのではなかった。グラウンド使用をめぐる不可解なやりとりすべてが、この新しい故郷における彼らの立場を暗示しているらしいことに傷ついたのだ。自分たちは招かれざる存在で、よそ者でしかないのだとニョークは痛感した。

「アメリカに来たとき、ここは機会を与えてくれる国だと聞いたし、現実にそうでした」とニョークは言う。「だけどあの日、ぼくは失望しました。ぼくにとっても仲間にとっても、ひどい体験でした。ぼくたちはクラークストンの住民です。自分の住む町でサッカーができなきゃ、どこですればいいんです?」

フージーズ秋シーズンのトライアウトまであとひと月余りとなった七月、アトランタ・ジャーナル・コンスティチューション紙のメアリー・ルー・ピッケルという記者が、ミラム公園のグラウンド使用をめぐるスワニー市長とロストボーイズのいざこざの噂を聞きつけた。ピッケルは市長とナサニエル・ニョークの両者から話を聞き、その争議を六三三語の簡潔な記事にまとめた。「スーダンのロストボーイズは新しい故郷クラークストンでサッカーをすることを望んだ」とピッケルは書いている。「しかし彼ら難民たちが練習をはじめるとかならず警察がやってきてこう言うのだ。〝ここから失せろ〟と」

「わたしが市長でいるかぎり、あのグラウンドでは野球しかさせません」スワニー市長はインタビューでこのように述べている。「だれにも文句などありません。ただ、あそこで大人がサッカーをするのは問題があると思います。あのグラウンドはサッカー向けに作られていないのですから」

市長のコメントはナサニエル・ニョークを困惑させた。グラウンドの使用について市長と直接話したときには、〝大人〟がプレーしてはいけないとか、サッカーがだめだなどとはひとことも言われなかった。ただ警察署長に訊けと突き放されただけだ。ニョークにはどうも納得がいかなかった。たんに大人があの公園でサッカーをするのが問題だというのなら、市長はなぜクーパーや、クラークストン市警の署長や、何人もの警官を巻きこんでの無意味な堂々巡りをさせたのか。腑に落ちない点はほかにもあった。緑の芝を敷き詰めた広い長方形のグラウンドは、どういう目的で作られたのであれ、ほかのあらゆる活動に――アメリカンフットボールやサッカーはもちろん、極端な話、フリスビーやローンボウリングや横とんぼ返りや日光浴にも――耐えるだろうし、宇宙の秩序を狂わすようなことにはならないはずだ。それはそれとして、〝あのグラウンドはサッカー向けに作られていない〟という市長の言葉には、さらに歴然とした齟齬があった。ミラム公園のくだんのグラウンドの上手にある駐車場の一角に、〝ARMISTEAD FIELD〟と色褪せた文字で通行人に示す、ひび割れた古い看板がある。その文字の下には、日に焼けているがまだはっきり見てとれる、簡単な手描きの絵が三つ添えられ、公園の創設者が市民にどんなスポーツをしてもらおうと考えたかが明示されている。それは野球のボールと、アメフト用のボールと、そしてひときわ目立つ——多角形の継ぎはぎ模様から明らかにそれとわかる——サッカーボールの絵だった。

もっとも、〝サッカー問題〟に手を焼いているこの国の政治家は、スワニー市長一人ではなかった。公園の公共スペースをサッカーに使用することをめぐる論争は、長らくアメリカのサッカー史の一部であった。だがここ数年、公園でのサッカーをめぐるいざこざは、急成長するアトランタのような都市周辺でますます頻繁に起こるようになっていた。世界じゅうのサッカーの盛んな国からの移民——とくにラテン系移民——の流入がその主な要因だ。公園のグラウンドは野球やアメリカンフットボールなどの伝統的なスポーツのために確保されていて使えないため、アトランタ周辺のサッカー愛好者たちは、ところかまわず手近な空き地でプレーするようになった。アトランタの北郊ドラヴィルでは、ラテン系移民の一団が墓地でサッカーをしていたとして、住民から激しい抗議の声があがった。

地元の白人の子供たちが墓地でフリスビー遊びをしても、新聞を騒がせることはなかっただろう。だがサッカーとなると話は別らしく、実際、ドラヴィルの墓地での一件は、市長の怒りのコメントとともに地元紙で大きく報道された。サッカーは、おそらくこれまで以上に、目に見える文化的変化の象徴となってきている。ラテン系の男たちの集団が公共のスペースをわが物顔で占拠し、まさに異文化を感じさせるスポーツをする光景は、合法・違法を問わず移民の流入にうんざりしはじめているアメリカ人をひどくいらだたせるようだ。

クラークストンでのサッカーの禁止を正当化するべく、スワニー市長は、このスポーツの弊害として役人がよく持ち出す論拠をあげた。芝生の保護である。サッカーがほかのスポーツよりも芝を傷めやすいというのは、反対派のあいだでは揺るぎない固定観念だ。その説明にも一分の理はあった。アメリカ人は普通、きわめて型にはまった環境でサッカーをする。子供たちは地域リーグのチームに所属し、試合の予定はかなり早期に決定される。親たちは試合開始三十分前には会場入りして、折りたたみ椅子やブランケットやピクニックランチで簡易キャンプを設営し、試合が終わるとそれらを撤収して帰宅する。そのあとのグラウンド――たいていは整備の行き届いた複合サッカー施設の一面――の回復には時間がかかるのだ。だが、移民たちがプレーしたいのはそんなサッカーではなく、アメリカ人の若者が公園で楽しむバスケットボールのような、寄せ集めのメンバーで一日じゅう途切れなくつづくピックアップゲームだった。貧しい国からアメリカへやってきた移民の場合、芝に覆われたグラウンドよりも、長方形の裸の地面の上で、芝が根付くまもなくプレーしていた者が多いのも事実だ。戦争で荒廃した地域から来た貧しい移民や難民にとって、アメリカ人の芝に対する神経質さは、理解不能と言っても過言ではないだろう。

とはいえ、公園の多目的グラウンドの公平かつ合理的な使用体制を整えるのは、それほど難しいことではない。現実には、国じゅうの進歩的な市や郡の政府が、増えつづけるサッカー人口への対応策を講じはじめていた。グラウンドを多くのスポーツに割りあてられるスケジュール管理システムの開発もその一つで、ディカルブ郡でも、使用頻度の少ないいくつかのグラウンドをサッカー専用に変更した例がある。クラークストンでは、ほかの地域よりも容易にサッカーへの対応ができるはずだった。何しろミラム公園のグラウンドは、だれにも使われていなかったのだから。地元のリトルリーグ野球チームとフットボールチームはとうに廃部になっていた。市役所にグラウンドの使用申請をしている成人スポーツチームもなかった。アーミステッド・フィールドでスポーツをしたがっているのは、ロストボーイズ・サッカーチームだけのようだった。

この一件には不可解な点が多々あったが、ナサニエル・ニョークを何より困惑させたのは次の事実だった。アトランタ・ジャーナル・コンスティチューション紙に記事が出た数週間後、ミラム公園のそばを車で通りかかったニョークは、スワニー市長の言っていた野球チームがいるものと思い、グラウンドを覗いてみた。ところが野球チームどころか、人影すら見あたらない——刈り整えられた美しい緑の芝が、なんでもいいから、だれかここでボールを転がしてくれと叫んでいるように見えた。

「グラウンドは空っぽでした」いまなお困惑ぎみにニョークは言う。「ほんとうに、人っ子一人いなかったんです」

アトランタの新聞にスワニー市長がコメントした内容を耳にして、ルーマの心は沈んだ。盛夏のころだった。フージーズの秋シーズン・トライアウトの日はどんどん迫ってきていたし、スワニーがサッカーには使用させないと言ったそのグラウンドを、チームのために確保するつもりでいたからだ。公園のグラウンドは野球専用だとする市長の発言は、動かしがたいように思えた。ほかの案をひねり出すしかないとルーマは判断した。わずか一カ月のうちに、選手たちの住む団地から歩ける圏内に、新たなホームグラウンドを見つけなくてはならない。用具代やアウェーゲームに赴く際の小型バスの使用料としてＹＭＣＡから支給されるわずかな額を除けば、フージーズにはほとんど予算がないため、グラウンドを借りるにしてもあまり多くは払えない。選択肢は少なかった。

数週間後、ルーマのもとへ、グラウンド探しに協力してくれていたＹＭＣＡの役員たちから、候補地が見つかったとの連絡があった。市の大通りに至る道路沿いのインディアン・クリーク小学校の裏にグラウンドがあるという。その小学校なら何度となく車で前を通っていたのに、裏にグラウンドがあるとは知らなかった。七月のある午後、ルーマは愛車に乗ってチームの新しいホームグラウンドを見にいった。

インディアン・クリーク小学校のグラウンドを目にするなり、ルーマはひるんだ。そこは、ジョージア州特有の灰色の石灰岩の砂利に覆われ、あちこちがくぼんだ月面のようなグラウンドで、芝と雑草がへりに固まって生えていた。グラウンドにも、その周りのアスファルトのランニングトラックにも、割れた瓶のかけらが散乱している。サッカーのゴールもなく、あるのは錆びついてよじれた金網のバックネットだけ。そんな状態にもかかわらず、人は大勢いた。クラークストンに住む難民たちが、トラックで午後の散歩をしている。グラウンドでは若者たちがサッカーのピックアップゲームに興じている。トラックの隣にはジャングルジムがあり、よちよち歩きの子供が落ちないよう親たちが目を光らせている。グラウンドのそばのバスケットボール・コートには若者たちが集まり、対戦したり、車にもどってマリファナを吸ったり茶色い紙袋でくるんだ缶ビールを飲んだりを繰り返している。このグラウンドが、クラークストンでは数少ない開かれた広場として重宝されているのはまちがいないが、少年サッカープログラムの練習場としては最悪の場所だった。「そこらじゅうガラスの破片だらけで、電線が垂れさがっていました」とルーマは言う。「おまけに、すさまじいカオスでした」

ルーマは、選手たちが気を散らさないよう、邪魔の入らない環境で練習させるのを好んだ。公民館のグラウンドは市営図書館の裏の人目につかない湿地帯にあり、往来からは離れていた。それに引きかえ、インディアン・クリークのグラウンドは、難民たちの憩いの場といった様相だ。公民館のグラウンドはフェンスで囲われていたので、選手たちにランニングやストレッチをさせているとき、学校帰りに冷やかしにくる友達連中を追い払うのも簡単だった。インディアン・クリークでは、だれでもグラウンドに立ち入ることができ、それを防ぐ手立てはほとんどない。

ただ、このグラウンドにも好ましい点が少しはあった。一つは、クラークストンじゅうの団地から歩いてこられる点だ。なかには、グラウンド北側にあるテーダマツの高い木立の隙間から見える団地もあった。小学校の建物には教室があるので、そこで練習前の補習をおこなうこともできる。それになんと言っても、グラウンド使用料がかからない。インディアン・クリークの校長が、設備がお粗末な点――夜間照明も、サッカーゴールも、トイレもない――を考慮して、無料での使用を許可してくれたのだ。

ルーマは新しいグラウンドを前向きにとらえることにした。たとえば、サッカーの試合中にトイレ休憩はないので、練習中にもトイレ休憩ははさまないと選手たちに説明するのだ。とはいえ、強いて問われれば、ルーマはグラウンドをめぐるこの状況に憤慨していることを認めただろう。スワニー市長や公民館の運営陣はもちろんのこと、ＹＭＣＡのスポンサーたちにさえ、ルーマは腹を立てていた。公民館側の要求がたとえ理不尽でも、ＹＭＣＡはそれに応えるべくもっと努力すべきだったのではないのか。悩ましい点はほかにもあった。もし郊外の裕福な子供たちのチームに、砂とガラスの破片だらけのグラウンドが割り当てられたなら、その親たちがチームのスポンサーか所属リーグか――とにかくどこかに――抗議の電話をするだろう。だがフージーズの選手の親たちは社会的に力が弱く、騒ぎ立てはしないだろうから、チームをそんな悲惨な環境に押しやることに、どこからも待ったはかかるまい。フージーズは著しく不利な境遇で活動することになる。

グラウンドをめぐる状況は、ルーマにいらだたしい現実を突きつけた。彼女の望みは、フージーズを、裕福なアメリカ人の子供に与えられる運動や教育その他の機会を難民の子供にも提供する、優良プログラムとして確立させることだった。けれどもいまは、女一人でみすぼらしいグラウンドでの練習を切りまわし、グラウンドの外でも、次々に持ちあがる危機的局面を必死に乗り越えている状態だ。助っ人が必要だと考えたルーマは、難民の家族と交流するなかで出会ったボランティアのなかから候補を探しはじめた。ネックになるのは、やはり、給料を支払う余裕がないことだった。ルーマに劣らずこの仕事に熱意を感じてくれる人を見つけなくてはならなかった。

二〇〇五年、ルーマはバレガミール一家を通じて、難民関連の仕事をしにジョージアへ越してきたトレーシー・エディガーという女性と知り合った。ネブラスカ州出身のエディガーは、リンカーンの西部でとうもろこしと大豆の農園を営む、厳格で熱心なキリスト教家庭に育った。彼女と三人の姉は教会へ週三回通い、幼いころからめったにテレビを観ず、ハイスクール卒業後はみなキリスト教系の大学に入学した。トレーシーは大学で生化学とフランス語を修め、医学博士号取得をめざしてネブラスカ大学メディカルセンターへ進んだ。だが、医師や医療研究者を養成する八年間の集中課程は、トレーシーを疲弊させた。ろくに睡眠もとれず、重病や末期の患者に囲まれた環境にいるうち、どんどん人に共感できなくなっていくように感じた。

「心身ともに疲れ果てて、何事にも気力が持てなくなっていました」とトレーシーは言う。「〝ああ、なんでこんなことやってるんだろう〟、って」

トレーシーは課程を修了したものの、医療の仕事が向いていないことはとうに自覚していた。とはいえ、ほかに何をすればいいのかはさっぱり思いつかなかった。卒業後、トレーシーは愛車でメイン州へ旅立ち、そこで腰かけ仕事をしながら、天職の探求に光を投じてくれる、これだという瞬間を待ち受けた。けれどもそんな瞬間はやってこなかった。

「自分のしたいことを探しつづけていたけれど、何も見つかりませんでした」とトレーシーは言う。「このまま一生、模索しつづけるんじゃないかという気がしました」

トレーシーは、南部でボランティアをするという姉の一人に同行することにした。向かった先は、ジョージア州カマー近郊の森にある、キリスト教団運営の福祉施設ジュビリー・パートナーズで、そこはアメリカに到着したばかりの難民家庭の一時滞在所となっていた。トレーシーも姉とともに活動に加わり、到着したばかりのソマリ・バントゥー族の難民に週給十五ドルで英語を教えた。その経験で心が洗われたとトレーシーは言う。自分は将来の仕事について思い悩んでいたけれど、身近にいる、戦争で故国を追われてきた人々は、それでもなお、周囲の見知らぬ人たちに思いやりを示そうとつとめていた。

「彼らとポーチにすわっていると、言葉は通じなくても、なぜだか温かく迎えられている気分になるんです」とトレーシーは言う。「つらい経験をしてきていて、わたしたちと共通点もない人たちなのに、みんな心が広くて気さくで率直なんです。人との接し方がアメリカ人とはだいぶちがっていますね。わたしたちはいつも何かに追われてあくせくしていますから」

ジュビリーで働きだしてから、トレーシーは自分のキャリアについての悩みをちがった目でとらえるようになった。

「わたしの抱えている問題なんて、自分で大騒ぎしているほど深刻でもなんでもないと思えたんです」

トレーシーはそれから一年半、週給十五ドルの仕事を断続的につづけた。その間、ジュビリーを経てクラークストンに再定住した難民のその後の様子をたしかめにアトランタ周辺へ赴くこともよくあった。コンゴから来たポーラ・バレガミールもそのうちの一人で、彼女の息子のグラースとジョズはフージーズでルーマの指導を受けていた。ポーラを通じて、トレーシーはルーマと知り合った。ルーマは、自身のサッカープログラムの調整役――管理業務を取り仕切り、補習授業の指揮をとってくれる人――を探していると、何気なく口にした。トレーシーは気乗りがしなかった。田舎育ちの彼女は、アトランタのような都会に移り住む気はまったくなかったのだ。それでもポーラの家族を通じてルーマとはよく顔を合わせていた。そのたびに、ルーマは人手が足りないとこぼしていた。互いをよく知るようになった二人は、強く通じ合うものがあることに気づいた。

「わたしたちはどちらも、難民の家族と過ごすことに、これまで味わったことのない心地よさを感じていました」

二〇〇六年の春、トレーシーは煮え切らない気持ちのまま、グラースの応援も兼ねてフージーズの試合を観にいった。サッカーにもいくらか興味を覚えたが、強く心を動かされたのは、試合終了後のある瞬間だった。いまや少年サッカーの試合専用となっている古いアメフト競技場のフィールドから引きあげてくる選手たちのなかに、グラースの姿があった。一家でアメリカに来たばかりのころは、記憶にあるかぎり、照れ屋でびくついた感じの少年だった。

「観覧席の最上段に立って、階段をのぼってくる子供たちをながめていたとき、チームメイトとおしゃべりしているグラースの表情が見えたんです」とトレーシーは言う。「それはもう晴ればれとした笑顔で、心の底から楽しそうにしていました。で、思ったんです。〝この子たちの補習はわたしが引き受けよう〟って」

二〇〇六年の夏、トレーシーは一年間フージーズのために働くことを承諾した。給料はもらえないけれど、借金はなかったし、父親から九百ドルで譲り受けた一九九〇年型のシボレーS−10ピックアップ・トラックの支払いも終えていた。アトランタでパートタイムの仕事をすればなんとか生活できそうだった。トレーシーはフージーズのチームマネージャーとして、ＹＭＣＡのバスでの送迎から選手たちの補習まであらゆる仕事をこなし、また大学院で磨いた調査技術を活かして、プログラムのための資金調達や助成金取得の道を探ることになった。しかも、やっていくうちに、自分がチームの力になっているのを実感できた。当時を振り返ると、とにかく無我夢中だったとトレーシーは言う。

「これが一生の仕事になるのかどうかなんて、頭をかすめもしませんでした」

七月下旬、ルーマは恒例の作業に取りかかった。既存の選手の何人かに電話をかけ、トライアウトの日程を知らせたのだ。もっとも、ほとんど必要のない作業ではあった。ルーマの留守番電話は、サッカーはいつはじまるのかという子供たちからのメッセージでいっぱいだったし、折り返し連絡すると、その言葉はたちまち町じゅうの団地と駐車場に知れ渡った。フージーズ秋シーズンのトライアウトは、八月の第二週に決行される――たとえ砂埃と混沌に呪われようと。

第二部　新しい季節

A New Season

10 フージーズの一員になりたい！

'I Want to Be Part of the Fugees!'

フージーズの大半のメンバーにとって、トライアウトは何週間もの退屈な日々の終わりを意味していた。夏のクラークストンでは、汗をかくぐらいしかすることがない。たとえば、ブルンジから来た三兄弟、ビアンヴニュとアレックスとイーヴェイは自転車を持っていなかったので、町を動きまわって友達に会うこともできなかった。団地内のプールは閉鎖されて空のままだった（クラークストンで難民の子供たちの溺死が相次いだせいで、家主の多くは慌ててプールの水を抜いた――監視員を雇うと費用がかかりすぎるからだ）。彼らの家にはテレビはあったが、ケーブルが引かれていなかった。三人はたいてい家のなかで、母親のジェネローズと赤ん坊の妹アーリヤとともに、ブルンジの太鼓奏者とコンゴの聖歌隊によるクリスマスの賛美歌演奏のぼやけたビデオ映像を観て時間をつぶしていた。

「ただじっと家にいるんだ」とビアンは夏をどう過ごしたかを語る。「なんにもしないで。サッカーなしじゃ、暇で死にそうだったよ」

ビアンはトライアウトが待ち遠しかった。たいして緊張はしていなかった――チームに一年いたベテランなので、落とされることはないと高をくくっていたのだ。それでも、町じゅうの団地からどんな新顔たちが現れるのか興味津々だったし、新しいグラウンドを見るのも楽しみだった。ビアンはモザンビークの難民キャンプで、積みあげた石をゴールに見立てた、土が剥き出しの空き地でサッカーをして育った。クラークストン公民館のグラウンドを見たときは感激したものだ。芝生も、ネットのついたまともなゴールもあったし、照明のおかげで秋シーズンに早く日が暮れたあとにも練習ができた。また、ほかのチームとの試合で、芝生のグラウンドにもいろいろあるのを知った。だが、いまのところのお気に入りは、一度アウェーゲームでプレーした人工芝のグラウンドだった。表面が平らなのでボールの走りがよく、シュートもパスも狙いどおりに転がっていくからだ。トライアウトがインディアン・クリーク小学校裏のグラウンドでおこなわれると聞き、ビアンはさっそく偵察に行った。

「うわぁ」ビアンは思った。「アフリカみたいだ」

フージーズのトライアウト開催告知がクラークストンじゅうに広まると、子供たちはおのおの準備をはじめた。ジョギングで体調を整える者もいた。町の駐車場でのピックアップゲームには、いつも以上に多くの少年が集まり、熱を入れてプレーするようになった。これは、フージーズがクラークストンで唯一の無料のサッカープログラムだから（難民の家庭には、公立学校のチームの会費でさえ高額すぎる）というだけではなく、フージーズに入ればプロの選手のような試合が現実にできるからだった。広いオープンスペースを存分に使って、華麗なクロスや、アーチを描くコーナーキックや、キーパーの指先をかすめる優雅なロングシュートを繰り出せるのだ。フージーズは定期的に練習をしていて、ユニフォームもあり、試合で州のあちこちに行けた。クラークストンの外にめったに出ることのない子供たちにとっては、それも大きな魅力だ。麻薬の売人や暇を持て余した若者が幅を利かせる団地の駐車場でのゲームとはちがい、ルーマのもとでなら安心してサッカーをさせられると親たちが認めている点も、少年たちには重要だった。

トライアウトの日が近づくにつれ、ルーマは登録メンバーについて頭を悩ませはじめた。フージーズのプログラムでは、U－13（十三歳以下）、U－15（十五歳以下）、U－17（十七歳以下）の三チームを指導することになるが、どのチームにもベテラン選手――U－13にはビアンとグラースとジェレマイア、U－15にはビアンの兄アレックス・ニキシャッツェと、マンデラ・ジアティー、U－17にはリベリア出身のチームリーダー、カヌー・ビアとエチオピア出身のナトナエル・マンモ――が再登録すると予想された。しかしルーマは、組織的なサッカー経験に乏しい新メンバーを投入しつつも各チームを強化し、新人もベテランも含めたメンバー全員をチームとしてまとめあげるという、毎度の苦労に直面していた。

選手に求めるいちばんの要件は、自分の意志で練習や試合に出てくることだった。彼らの親たちは生活に追われているので、あまり当てにはできないからだ。必要ならば長い道のりを歩くのも厭わず、週末の朝には親に頼らず自分で早起きして試合の支度ができる選手でなくてはならない。自立心を持っている、あるいは持とうとしてくれることが不可欠だった。

戦争や移住がトラウマとなり、難民の子供たちの多くは精神面や行動面に深刻な問題を抱えている。ルーマはそのことも心に留めて評価に臨む必要があった。これまでの経験から学んだのは、家庭環境のしっかりした順応力のある子供が全体の三分の一は必要だということだった。そういう子供たちはほかのメンバーの手本となり、チームの基礎を固めてくれる。もう三分の一は、学校や友達付き合いでたまに問題を起こすことはあっても、おおむねは落ち着いている子供が望ましい。行動や家庭環境の不安定な子供は、残り三分の一にとどめるのがぎりぎりの線だった。ルーマが精力のほとんどを注ぎこむことになる、チームの団結を乱しがちな子供たちだ。フージーズをいちばん必要としているのもまた、そういう子供たちなのだが。

三つのチームの課題と目標はそれぞれちがっていた。U-17は最も成熟していて、ほとんどトラブルは起こさないと思われた。問題のある選手の大半は、昨シーズンまでにチームをやめるか追い出されるかしていたし、車を持っている選手も何人かいる。このチームにはもう手がかからないだろうとルーマは考えた。

最年少チームのU-13は、二年前の最初のシーズンからルーマのもとでプレーしてきていた。ジェレマイアのように、初回のトライアウト以来の付き合いになる選手もいる。ビアンヴニュのように、途中から参加して、サッカーをアメリカでの新生活の中心に据えた選手もいる。年少者だけに最も従順で、ルーマの厳しい練習にもよくついてきた。母親たちとも懇意にしていて、子供たちが勝手なふるまいをしたりルールを破ったりしたときにはいっしょになって叱ったので、ルーマの権威は家庭内にまで及んでいた。U-13には、つんのめるような不格好な走りからは想像できない速力を備えた、リベリア出身の花形左ウイング、ジョサイア・セイディーや、練習中いつも鮮やかな色のバンダナを首に巻いている洒落者で、蚊のように脚の細い経験豊かなコソボ人センターハーフ、クィンドラム・ブシがいた。このチームの弱点はディフェンスだった。いちばん優秀だったディフェンダーが今季は参加しないため、トライアウトを受けにくる少年たちのなかから代わりを見つけなくてはならない。

ゴールキーパーもまた、U－13の弱点だった。これはゆゆしき問題だが、ルーマの選択にかかっていた。キーパーの一人は、クィンドラムの親友でボスニア出身のエルディン・スバシッチ。もう一人は、大きな図体をして笑顔の明るさもハロゲンランプ並みだが、〈オプラ・ウィンフリー・ショー〉のゲストの苦労話にかならず涙ぐむ、と兄にからかわれるほど情にもろい、ガンビア出身のマフォデイ・ジャウネだ。たとえ少年サッカーといえども、キーパーには積極性と、ある程度の大胆さが要求される。心優しく人当たりのいいエルディンとマフォデイにはまったく欠けている資質だ。垂直跳びの高さは、二人合わせても一フィートに届かない。それでも、二人はルーマが決めたルールをすべて忠実に守っていた。練習には時間どおりに顔を出し、試合を休んだこともなく、ルーマが選手たちに課した午後の補習にも熱心に取り組んだ。二人はグラウンドのなかでも外でもチームメイトの支えとなっており、それはフージーズの一員としては、たんなる運動能力よりも貴重な資質だった。二人がU－13守備陣の弱い環になっているとしても、ほかのメンバーがそこを補うべくいっそう奮闘すればいい。それができれば、このチームは地区優勝を狙えるとルーマは思っていた。

U－15はまた状況がちがった。このチームにはすばらしく才能ある選手が揃っていた――ただし、当人たちに参加する気があればの話だ。ルーマはその夏の初めに、髪を短く切るよう選手たちに言い渡していた。フージーズの印象を品行方正なものにしたかったからだ。この髪型のルールは、しかし、U－15の最も優秀な選手数人にかなり不評だった。たとえば、チームでもずば抜けて実力のある、プリンスという俊敏なリベリア人選手は、ひと夏かけて髪を伸ばし、細かく筋状に編みこんでうなじに垂らした、プロバスケットボーラーのアレン・アイバーソンばりのスタイルにしていた。その髪型のおかげで、プリンスは学校の仲間内で一目置かれるようになった。女の子に受けがよく、ギャングと通じていそうに見えるし、少なくともアメリカ人の非行グループにはぴくつかないでいられた。プリンスは髪を切るつもりはなかった。サッカーの実力には自信があったし、自分をチームに残すためにルーマは例外を認めてくれると思いこんでいた。しかも、ほかの選手――とりわけ、マンデラ・ジアティーやフォーナティー・ターペのようなリベリア人仲間――がプリンスに憧れていた。彼がチームを追われれば、二人もいっしょにやめてしまうかもしれない。

「短い髪が好きなやつもいれば、編んだのが好きなやつもいる」とフォーナティーは言う。「みんな同じなんてごめんだよ。人とはちがっていたいんだ。それに、サッカーをするのに髪型なんか関係ないじゃないか」

この髪型の一件は、U－15が直面しているもっと大きな問題を別にしては語れない。メンバーは悩み多き思春期のただ中にあり、適応力の高い少年さえも反抗的にしうる、制御不能な大量のホルモンに支配されていた。どこにでもいるティーンエイジャーのように、彼らは仲間から一目置かれたがっていて、どこかに属している実感を求めていた。とくに後者は、親が育んできた世界と、友達や同級生のいる新しい世界とのはざまでもがいている難民の少年たちにとって悩ましい問題だった。U－15のメンバーがその二つの世界のあいだで感じる葛藤は、彼らの弟や妹たちよりも大きい。故国でより長い時間を過ごしてきただけに、母国語訛りがきつく、親が着ている民族衣装への愛着も強いため、学校でアメリカ人の生徒からばかにされがちなのだ。サッカーをするという選択自体も、クラークストンにおけるティーンエイジャーの社会的地位と大きく関係している。サッカーは難民やラテン系移民や、郊外の白人の子供がするスポーツだ。クラークストンやアトランタ市内に住むアメリカ人の子供はバスケットボールをする。サッカーは〝かっこ悪い〟からだ。

そんな状況に加えて、所属感と地位の両方を約束する、ギャングの誘惑があった。クラークストン周辺の公立中等学校やハイスクールには例外なくギャング——〝クリップス〟や〝ブラッズ〟、さらには〝タリバン〟と称するアフリカ系アメリカ人のグループまで——がいた。ギャングに誘いこまれてルーマのもとを去った選手も、一人や二人ではなかった。今シーズンもまたギャングと闘わねばならないことを彼女は覚悟していた。

ルーマは、メンバーをどうにか活動に集中させ、邪悪な誘惑にも揺るがない所属感と仲間意識を持たせることさえできれば、この選手たちはすばらしいプレーができるはずだと信じていた。前の春シーズンのあの午後、9－2で圧勝して相手チームのやかましいコーチをだまらせ、審判を感服させたのはほかならぬこのチームだった。ルーマは地区優勝の可能性を視野に入れ、シーズン終盤に地区で最も優秀なクラブが集結するトーナメント戦、ジョージア・ステート・カップにエントリーさせたいと考えていた。しかし、チームを引っ張る選手たちの何人かは今季もどってこない。アメリカの別の場所で新生活を送るため、クラークストンを離れるのだ。どんな才能を秘めた少年たちがやってくるか、見てみるしかなかった。トライアウトは翌日に迫っていた。

その昔、アトランタ周辺の人々がアイスティーを飲みだすきっかけとなったであろう、焼けつくような暑さの八月の午後、ルーマはグラウンドに足を踏み入れ、トライアウトにやってきた少年の一団を見まわした。揃いも揃ってだらしないなりをしている。長いTシャツにブルージーンズ、でなければパジャマを思わせるだぶだぶのズボン。そのまま登山ができそうな足首まである茶色のハイキングブーツ姿の者がいるかと思えば、走るとピエロの靴のようにばたつく、ゆるいソックス履きで待機している者もいた。

ルーマは集まった少年たちの名前と年齢を書き留め、マネージャーのトレーシーの手を借りて、名前を記したマスキングテープをおのおののTシャツの背中に貼りつけた。使い古しのサッカーシューズを何足か持ってきていたので、ルーマはソックス履きの少年をそばへ呼び、自分の足を横に並べて大きさをくらべた。フージーズで二年間コーチをつとめるあいだに、男子の靴のサイズを老練な靴修理人並みの精度で目測できるようになっていた。

「きみはサイズ7ね」ルーマは言い、少年にシューズを一足投げて渡した。

ルーマは集まった面々を二つのグループに分け、実際にプレーしてみせるように言った。少年たちがグラウンドに出ていくと、ルーマは咳払いをし、八月の午後のプラチナ色の日差しに目を細めつつ、評価に集中しようとつとめた。しかし、この日のしょっぱなから頭にある不快な思いは振り払えなかった。ここはサッカーをするには最悪の場所だ。

その〝グラウンド〟は、ルーマが最初に見た日よりもさらにひどい有様になっていた。夏の雷雨が日に焼けた地面にいくつもの溝を刻み、砂岩の層や砂利の小片を露出させていた。全面に散らばったガラスの破片が、夏の日差しを受けて光っている。周辺の硬い赤土の地面には少量の芝が生えているが、プレーする面の大部分は乾いた石灰石の砂が剥き出しになっている。少年たちが走ったりターンしたりするたびに白い砂埃が舞いあがり、たちこめる霧にも似たもうもうたる塵で、フィールドの様子がよく見えなくなるほどだった。

ときには、砂煙のなかから部外者が現れた。灰色の長衣を引きずってグラウンドをうろつく大柄なイラク人。棒きれのようなものを手に、トラックを反時計まわりにめぐりつづける、ヘナ染めの顎ひげをたくわえたスーダン人。通行権はあるぞと言わんばかりに、ミニゲームの最中にもグラウンドにずかずか入ってくる近所の子供たち。インディアン・クリーク小学校裏のこの場所は、クラークストンでは数少ない開放された広場で、この午後も、うだるような暑さにめげず外出する近隣住民をことごとく引きつけるようだった。このグラウンドは、すべての難民の交流路なのだ。

ルーマはグラウンドの端にあぐらをかいてすわり、野球帽のつばの下から冷静な評価のまなざしを向けていた。あからさまなアピールも見られたが、そう簡単に感心するルーマではなかった。ある少年は、フィールドの端から端までボールをキープしたまま、軽やかなドリブルで敵ディフェンダーを次々とかわし、シュートを放ったあと、おれの腕前がわかったかという目でルーマを見た。

「きみ、パスの出し方を知らないの?」ルーマは言い放った。

ミニゲームがつづくなか、ルーマは時折、松林へつづく歩道のほうに目をやっていた。松林の向こうの団地には、昨シーズン大活躍した選手、クリスチャン・ジャクソンが住んでいる。昨春、団地の火災で身内を亡くしたリベリア人ストライカーだ。わたしが初めて見たフージーズの試合で5ゴールを決めたその少年は、まだ姿を見せていなかった。

「クリスチャンは?」少年の一人が言った。

「家のソファで、テレビ観てるよ」別の少年が言った。「気が向いたら来るってさ」

残念な知らせだった。髪型のルールを噂に聞いたせいかもしれないし、いろいろあったので、いまはソファでくつろいでいたい気分なのかもしれない。理由はどうあれ、ルーマは頼みこんで来てもらうつもりはなかった。サッカーの技術ならいくらでも教えられるが、サッカーをしたいと思わせることはできない。

傾ききった太陽が、空中にただよう石灰石の砂塵に黄色い斜光を投じながら、西の松林の向こうに沈んだ。グラウンドの南端では、大人たちが気楽なサッカーに興じ、親に連れられて遊びにきた難民の子供たちが近くのジャングルジムにぶらさがっている。ソマリ族の少女とよちよち歩きの弟が、ミニゲームの途中でふらりとグラウンドに入ってきた。ここは子供たちのグラウンドでもあるのだ。少年たちは子供たちのそばでプレーしながらも、あまり気に留めてはいなかった。試合に集中しているというより、夢中になっていた。

ルーマはサイドラインから無言で見守っていた。それはまさに、二年前、ルーマが後先も考えずにフージーズを始動するきっかけとなった光景――想像を絶する苦境を生き延び、見知らぬ土地に流れ着いた難民の少年たちが、ほんのつかのまであれ、過去に経験したどんな不幸をも忘れ去ったように、無心にサッカーに没頭する光景――だった。そんな静かな瞬間、ルーマはいつも、背負った責任の重さを感じ、〝この子たちをほんとうに勝たせることができるの？〟と自問する。彼らがすでに直面している、アメリカで新生活を築いていくうえでの困難や、クラークストンにおける社会的混乱や、新来者に対する多くの地元住民の態度などを考えれば、さしあたりの問題――せめてまともな場所で練習させてもらえないのか――は棚あげしておくのがいちばんなのかもしれなかった。

ルーマはホイッスルを吹いて少年たちを呼び集めた。汗と埃にまみれ、息をはずませながら、一同はグラウンドの中央に立つルーマを囲んだ。

「プリンス」髪を編みこみにしたリベリア人のベテラン選手にルーマは言った。「練習の初日までに髪を切ってこなかったら、きみにはやめてもらうから」

少年たちはプリンスに目を向けたが、だれも言葉は発しなかった。

ルーマは告知をはじめた。練習は週に二回、三時間ずつ。前半は宿題と補習にあてる。そのためのボランティアは手配ずみだった。補習にはかならず出席すること。後半はサッカーにあてるが、ランニングにも力を入れる。

「練習を一回休んだら、その次の試合には出場させません」ルーマは言った。「二試合欠場したら、チームを抜けてもらいます」

「メンバー枠は十一名」ルーマは付け加えた。「スター選手は求めていません。ほしいのは学ぶ気のある選手です」

フージーズの正式メンバーは、金曜日の午前十時にクラークストン公立図書館の掲示板に貼り出すので、それ以前に電話で問い合わせないように、とルーマは伝えた。

「ルールに従わない人は、チームを抜けてもらいます」ルーマはつづけた。「うちでプレーしたい子は大勢いるの。ルールに従うなら、楽しいことがたくさん待っています」

ルーマは紙の束を掲げ、一人に一枚ずつ手渡した――選手たちに署名してもらう誓約書だ。

「これに耐えられない人は」ルーマは言った。「うちのチームに来てくれなくてけっこう」
白、茶、黄、黒――さまざまな肌色の手が紙に伸ばされた。文面を読んだ少年たちは、一様に目をまるくした。

フィールドのなかでも外でも行儀よくします。
煙草を吸いません。
麻薬に手を出しません。
酒を飲みません。
女の子を妊娠させません。
汚い言葉を使いません。
髪はコーチより短くします。
時間を守ります。
コーチの言うことを聞きます。
努力を怠りません。
必要なら助けを求めます。
フージーズの一員になりたいです！

11 自分で解決すべし

Figure It Out so You Can Fix It

「なんで髪を切らなきゃいけないんだよ」マンデラ・ジアティーが言った。「サッカーは足でするもんだ——髪でボールにさわるわけじゃないだろ」

「おまえはだれを代表してる？」カヌー・ビアが言った。

「自分に決まってる」

「ちがう」カヌーは言った。「おまえはコーチとチームを代表してるんだ」

ルーマが決めた髪型のルールは、U-15のベテラン選手のあいだで論議を呼んだ。プリンスは髪を切るのがいやで、チームに参加しない気でいる。クリスチャン——結局トライアウトに現れなかった——がすでに抜け、クラークストンから引っ越していった選手も数人いたため、U-15はにわかに逸材に乏しくなった。とりわけプリンスとクリスチャンの不在が、マンデラとフォーナティー・ターペを動揺させた。マンデラもフォーナティーも長髪ではなかった。マンデラのほうは、母親が許さないからだ。男子が髪を伸ばすなどアフリカでは考えられないことだし、アメリカの若者がどうであろうとベアトリスは意に介さなかった。フォーナティーはと言えば、地肌が透けてほとんど禿げ頭に見えるほど髪を短くしていた。けれども二人は、リベリア出身の仲間とサッカーをするのが楽しみだったし、プリンスとクリスチャンが抜けてしまったいま、〝コーチより短く〟せよという髪型のルールと、それを定めたルーマを恨めしく思っていた。

ルーマの髪はたしかに短かった。耳と首にかからない、おそらく一、二インチの長さに切り揃えてある。フージーズの面々にも、髪型に手をかける余地をほとんど与えない長さだ。しかしこのルールにはそれなりの理由があった。ただでさえフージーズは、アトランタの外――郊外や田舎――での試合のとき、訛りや名前のせいで対戦相手から心ない言葉を浴びせられる。クラークストンやアトランタのスラム地区のギャングが好むコーンロウやドレッドのような髪型で、余計な敵意をあおりたくなかった。それに髪型は、ルーマの最も重要な支持者である、選手の母親たちとの関係においても見過ごせない問題だった。ベアトリス・ジアティーのように、編みこみの髪型からアメリカの黒人を連想する者は少なくない。アフリカ出身の難民の多くは、それをそのままクラークストンにいるストリートギャングに結びつける。アメリカに来てまもない難民にはありがちなことだが、この国の人種に関する最も極端な憶測を信じてしまうのだ。ともかく、物騒な連中の仲間になる心配があっては、母親たちも息子をルーマに委ねる気にはとてもなれないだろう。ベアトリスの考えでは、真っ当なアフリカの男は、髪を短く刈りこんでいるものだった。

ルーマが髪型のルールを固守すると決めたのには、もう一つ理由があった。昨シーズン、プリンスのフィールドでの才能に惚れこんだルーマは、彼がチームのルールをないがしろにするのに目をつぶった。補習を途中で抜けるとか、完全にさぼるといったその行動は、ほかのメンバーに対するルーマの権威を弱めた。選手たちはすぐルーマに歯向かいはじめ、プリンスと同じようにふるまおうとした。ルーマはこれを苦い教訓として、どんな選手にも、どれほど才能があろうと、チームのルールを軽視させまいと誓った。

「みんながプリンスをもてはやしていたし、わたしもそうでした」とルーマは言う。「だけどそのせいで、あの子にはなんでも許されるという空気が生まれ、わたしもつい特別扱いしてしまったんです」

ルーマはそれらの理由を選手たちに説明しなかった。なぜなのかは、自分自身で考えてもらいたかったのだ。だが、フォーナティーにはその意図がわからなかった。わかるのは、髪型のルールのせいで、自分がコーチにつくか友達につくかという厄介な選択を迫られていることだけだ。

フォーナティーはアメリカへ来て七年になる。たいていのチームメイトより長く住んでいるため、おそらくだれよりもこの国に馴染んでいた。クラークストンの難民の子供で、アメリカンフットボールについて何か知っている者はほとんどいなかったが、フォーナティーは長年この土地で暮らすうち、地元NFLチームのアトランタ・ファルコンズを熱心に応援するまでになっていた。この秋はフージーズにはもどらずにハイスクールのフットボールチームに入ろうかと考えたほどだったが、やはりサッカーをつづけることにした。プリンスとプレーしたいのがまず一つ、それから、いまの自分にはこれまで以上にフージーズが必要だという気がしているからだ。

その夏の初め、フォーナティーの父が、友人の運転する車の後部座席に乗っていて、暴走してきたトラックに追突され、肋骨の骨折と多量の内出血という重傷を負った。すでに一カ月、入院生活を送っており、退院できるのは数週間後、何度か試験外泊をしてからになる見込みだ。完治には時間がかかりそうだった。父の収入が途絶え、クラークストンでの家族の生活は苦しくなった。本人の話では、母親はアフリカにいるらしい。クラークストンにいるのは、おばが一人と、アトランタ空港で働く兄が一人。いまのところはなんとか暮らせているが、父の収入なしでいつまで持ちこたえられるのか、フォーナティーには見当もつかなかった。

「すごく不安だよ」とフォーナティーは言う。「父さんは働けない。どうやって家賃を稼いだらいいんだろう。家賃が払えなかったら追い出されるのかな」

友達には認めたがらないが、フォーナティーはルーマを信頼し、困ったときには頼るようになっていた。この町で信用できる数少ない大人の一人だと思うに至ったのは、ある日の練習後、ルーマの純粋な思いやりに触れてからのことだ。その日、フォーナティーはミニゲームの最中に転倒し、手に傷を負った。怪我をしたときはだいたい、痛みを我慢して自然に治るまで放っておくことにしていた。ところが練習のあと、ルーマはフォーナティーをビートルに乗せて近くのドラッグストアに行き、応急処置用品を買ってくれた。このときの心遣いをフォーナティーはずっと忘れずにいる。

「だからおれはチームに残りたいんだ」このドラッグストアの一件についてフォーナティーは言う。「おれにとって、ルーマはただのコーチじゃない――母親みたいに気にかけてくれる存在なんだ」

だがフォーナティーは、同じリベリア人のプリンスとマンデラをとりわけ大切に思ってもいた。ほかの国から来たチームメイトに感じるのとはちがう強い絆があるんだ、というフォーナティーの言葉は、フージーズのまとまりが、ことU-15に関しては偶然の結果にすぎないと感じさせた。育った環境のちがいがほとんど見えなくなり、チームとして団結する瞬間もたまにはある。しかし、国や民族や言語でつながった小集団に分裂する可能性はつねにある。

「おれたちは国際的なチームなんだろうけど」とフォーナティーは言う。「いっしょに出歩くのは、同じ言葉を話す、同じ国から来たやつらなんだ。グラウンドを出たら、それ以外のメンバーに連絡したりしない。こっちの電話番号を教えてないし、おれも向こうの番号を知らない。そんなもんだよ」

プリンスはフォーナティーの親友の一人だ。両者ともチームでは攻撃を担っていた。ゴールに持ちこむ作戦をいっしょに練り、フィールドに出れば互いにカバーし合った。二人でリベリア人の友達をチームに誘ったが、髪を切らなくてはいけないとわかるとあっさり断られた。フォーナティーはプリンスとコーチに和解してもらいたかった。だが、プリンスに髪を切る気がないのもわかっていた。問題は、コーチが折れるかどうかだ。

「保証してもいいよ」とフォーナティーは言う。「コーチがひとこと〝髪を切らなくていい〟って言えば、プリンスもほかのやつらも、みんなもどってくるから」

フージーズのシーズン前練習は、悲惨な状況のなかでおこなわれた。八月の終わり。ジョージアの太陽は溶鉱炉さながらに熱く、その光は午後遅くなっても、並木に遮られることなく高い空から照りつけた。至るところで砂埃が舞っている。プレーする選手たちがその塊を吸いこむ。砂は髪や目に入りこみ、服にも貼りついて、汗まみれのTシャツを、砂浜で濡れたタオルのような感触にした。汗と混じりあった砂塵が練り状の研磨剤と化して、足と人工皮革のスパイクの湿った隙間にはさまり、足首に痛々しいまめを作った。アフリカ人選手の黒い肌に付着した砂塵は、汗が流れると灰色の泥状になる。そんな選手たちが水分補給をしに無言でサイドラインへもどってくる図は、採石工のシフト交替を思わせた。それでも、この静かな拷問について、だれも――ルーマも選手たちも――何も言わなかった。まるで、ひたすら目をそむけることで新しいホームグラウンドの欠点を無視しようと、無意識に申し合わせたかのようだった。

なかには、そう簡単に無視できない問題もあった。グラウンドに散らばったガラスの破片やごみは、選手たちに直接の害を及ぼす。ルーマは、グラウンドを見まわってそうした危険物を取り除くよう、メンバーに指示した。しかし、グラウンドを取り巻くもっと厄介な要素は払拭しがたかった。練習をはじめてまもないころ、ビールとマリファナを手にした青年が、サイドラインで指導をするルーマに近寄ってきた。口で追い払っても聞かないどころか、仲間を二人連れてきて、グラウンドの脇を威嚇するようにうろつきだす始末だった。ルーマは携帯電話で警察を呼んだが、パトカーが着いたのは半時間もたってからで、青年たちはとうにいなくなっていた。

「新しいグラウンドの件でYMCAが動いてくれるのは、わたしたちのだれかが撃たれてからになりそうね」ルーマはあとで、マネージャーのトレーシーに冗談めかしてそう言ったらしい。

無視しがたいグラウンドの欠点はほかにもあった。サッカーゴールがないのだ。ディケーター・ディカルブYMCAのフージーズのスポンサーは、ユニフォームや用具やゴールの購入にあてる九一〇〇ドルの助成金を受けとっており、秋の練習開始までに必要なものを用意すると約束していた。にもかかわらず、ゴールはまだ届いていなかった。ルーマが聞かされた遅延の理由は、インディアン・クリーク近辺はきわめて治安が悪いので、新品のゴールは盗まれる恐れがあるというものだった。ルーマは小学校の校長に掛け合い、ゴールをコンクリートで固定することを了承してもらったが、それでもまだYMCAは現物を送ってこなかった。ルーマはその態度を、フージーズに対する軽視と不敬の小さなサイン――それも現実にこちらに不都合を及ぼすものとして心に刻んだ。サッカーは三次元でプレーするスポーツであり、ゴールなしでするサッカーは、ルーマに言わせれば、〝リングなしでするバスケットボールと同じ〟なのだった。

ゴールなしでの練習が二週間つづき、我慢も限界に達した。ルーマはＹＭＣＡに電話をかけ、一時的でもいいから何か措置を取ってくれるよう訴えた。ＹＭＣＡの担当者は、自分たちで取りにいく気があるなら、クラークストンからそう遠くない公園にある余ったゴールをひと組貸し出してもいいと言った。そういうわけで、八月のある暑い日、ルーマとトレーシーは〈ユーホール〉でトラックを借りて目的の公園へ向かった。現地にはゴールが三組あった。ひと組は小児リーグ向けの小型のもの、残りの二組はレギュラーサイズのものだった。フージーズに必要なのはレギュラーサイズのゴールなので、ルーマとトレーシーは迷わず作業に取りかかった。一対のゴールの重い金属の枠をすべて分解し、一本ずつトラックに積みこんだ。そしてクラークストンへ引き返し、インディアン・クリークのグラウンドに金属の管を運んで積みあげ、元どおりに組み立てた。

ところがそのあと、ＹＭＣＡの担当者がえらい剣幕でルーマに電話をしてきて、公園からの持ち出しを許可したのは、レギュラーサイズのゴールではないと告げた。返却してもらう必要があるという。ルーマはそれを突っぱね、もどしてほしいのなら、そちらで引き取りにくればいいと言った。それはこけおどしだった――インディアン・クリークまでわざわざゴールを回収しにはこないだろうと踏んだのだ。だがこのときにかぎって、ＹＭＣＡは迅速な対応を見せた。週末までにゴールは持ち去られ、代わりのゴールも補充されなかった。グラウンドはふたたび、何もない平面にもどった。

シーズン前の練習はどのチームも同様に進められた。Ｕ－15は毎週火曜と木曜、Ｕ－13とＵ－17

は毎週月曜と水曜。ルーマが二チームを指導する日の、前半数回の段取りはこうだった。U－17がまず練習に入り、そのあいだにU－13がインディアン・クリーク小学校の教室で、トレーシーやボランティアの学習指導員による補習を受ける。一時間半後、U－13のメンバーは外へ出てきて、U－17がルーマの前でミニゲームをするなか、ランニングをはじめる。ミニゲームが終わると、U－17のメンバーは解散し、ジャングルジムの下の樹皮の床を囲む横木にすわって練習日誌をつける。U－13はそこでランニングを終え、グラウンドでの訓練と指導を受ける。

どのチームの練習も、アスファルトのトラック内側の芝生を周回する、二十五分間のランニングではじまった。調整不足のせいで試合に負けるのは恥だとルーマは考えていたし、ランニングは経験から言っても、学校や練習でかんしゃくを起こす子供にほぼ確実に効く療法だった。選手が不行儀にふるまったときには、へとへとになるまで走らせることにしていた。

少年たちは黙々と走ったが、だらけているチームメイトがルーマに一喝されると、びくっと背筋を正した。ランニングが終わったのを見計らって、ルーマはグラウンドのへりの芝生に全員を整列させた。そこで腹筋、腕立て伏せ、レッグリフト、バイシクルキックをさせながら、列に沿って歩きまわり、腰を反らせて腕立て伏せを楽にこなそうとしている選手の背中を押しさげたり、レッグリフトの最中にわざとらしくうめいている選手を見おろし、踵が地面についていないかたしかめたりした。その様子は、トラックのそばのジャングルジムで遊びにきた近所の子供たちの笑いを誘った。その幼い見物人たちを楽しませるべく、ルーマがわざとトレーニングを長引かせ、選手たちからさらなる苦悶のうめきを引き出しているかに見えることもあった。

トレーニングのあと、ルーマはオレンジ色の小型のコーンをジグザグに並べ、クイックパスやへディングやチェストパスの練習をさせた——遊び感覚ではなく、実戦を見据えた訓練だ。進歩が見えてくると、ルーマは決まった練習の最後に新たなひねり——たとえば、ボレーキックでのシュート練習や、やったことのないパス・コンビネーションなど——を加えた。練習は真剣なミニゲームで締めくくられる——少年たちにとってはまぎれもない午後のハイライトだ。ルーマが選手たちを二チームに分ける。全員が汗まみれのTシャツを脱いで、グラウンド両端の地面に固めて置き、それらをゴールに見立てる。ルーマがホイッスルを吹き、ゲームがはじまる。

だれもがプレーに没頭した。練習に疲れて倒れる寸前に見えた選手が、いったんゲームに入ると、残っていた驚異的な力を発揮して、いきなり休みなく駆けまわりはじめる。それまでの練習では文句の一つも口にしなかった、寡黙で引っこみ思案な選手が、ボールをまわせと執拗に叫ぶ。その興奮は自然と、あらゆる近隣住民を引き寄せた。ジャングルジムで遊んでいた子供たちは、ゲームがよく見えるよう、さらに上までのぼった。その子たちの親や、夕方の散歩に出てきた年配の難民たちも、グラウンドへ足を向けたり、トラックと並行に走る横木にすわって試合に見入ったりした。

ルーマが選手たちの能力を見定め、各ポジションに最も適した人材を選定するあいだ、選手たちのほうも抜け目なくコーチの力量を測り、限界を感じとって、練習をうまくさぼろうとしていた。ルーマは選手たちが手抜きをせず真剣に練習に取り組むこと、またそれ以上に、練習中は自分に従うことを期待していた。のらくら練習していてはいけないことを理解するのに、選手が完璧な英語力を具えている必要はなかったし、はっきり理解できなかったとしても、ルーマの鋭い口調があらゆる言語の壁を越え、咎めていることを伝えた。自分が試されていると感じれば、ルーマは即座に反応した――選手たちに少しでも反抗の色や気のゆるみが見られたら、帰れと命じるか、何周か余計に走らせた。とはいえ、厳しいルールをかいくぐろうと無駄な試みに走る少年たちの必死さや単純さが、ときには哀れに思えることもあった。

ある午後、U－13にランニングをさせているとき、ルーマは少年たちが大声で笑っているのを耳にした。フセインというメスヘティア・トルコ人の選手――こめかみ近くまで離れた大きな目をした、ぼんやりしがちな小柄な少年――が、おどけたしぐさで腕を振りふりスキップをして、チームメイトを笑わせていた。

「フセイン！」ルーマは怒鳴った。「やめなさい――すぐに！」

フセインは片言の英語しか話せなかったので、いまの命令が通じたのかどうかはっきりしなかった。ルーマはしばらく、グラウンドの端で日誌をつけているU－17に注意をもどした。押し殺した笑いが聞こえたので振り返ると、フセインはまだ腕振りスキップをつづけていた。

「フセイン！」ルーマはふたたび怒鳴り、腕をあげて、グラウンド北側の団地の方向を指さした。

「帰りなさい！」

フセインは動きを止め、急に静かになったほかの選手たちが走り過ぎるなか、とまどいの表情を浮かべて立ちすくんだ。うつむいたあと、訴えるような子犬の目でルーマを見やる。

「帰りなさい！」ルーマはもう一度腕を使ってはっきり指示した。

フセインは顔をゆがめ、がっくりとうなだれた。いくら英語が不自由でも、コーチの言っていることはわかった。やがて持ちあげられたその顔は、いまにも泣きだしそうだった。

「帰りなさい」ルーマはほんの少しだけ語調を和らげて繰り返した。フセインは踵を返し、またうなだれて、叫べば聞こえそうな距離にある団地への小道をとぼとぼと歩きはじめた。

ルーマはウサギ並みに鋭い聴力を持っているらしく、かなり離れた場所で小声で口走ろうとも、汚い言葉は聞き漏らさなかった。悪態をついた子供は、一度注意を受けると走らされ、二度目にはチームをやめさせられることになっている。ルーマが定めたこの罰則は、これまでずっと効果てきめんだった。不服従の匂いを感じとるその力は、ときに神業の域に達した。

練習をはじめてまもないある日、ルーマがU－17のミニゲームを見ているとき、補習を終えたU－13のメンバーが校舎から出てきて、ランニングをはじめた。彼らはルーマがミニゲームに熱中しているのを見て、このチャンスにさぼる手を思いついた。ルーマから見えているトラックの四分の三周は懸命に走るが、ルーマから見えなくなる、残り四分の一周にかかったら歩いて、見える区間にもどる直前からまた走りだす、という作戦だ。ルーマは完全にミニゲームに集中している様子だった。歩いているあいだ背後を振り返ることもなかったので、少年たちはしてやったりとほくそ笑んだ。

ほどなくルーマはホイッスルを吹いてU－17の練習を終わらせた。ふだんならこの時点で、ランニング中のU－13の選手たちは呼び集められ、トレーニングがはじまる。ところがこの日、ルーマは腕組みをしてグラウンドをうろつき、雑草に見入ったり、石を拾ったり、砂を蹴ったりして時間をつぶしていた。U－13のメンバーはそのままランニングをつづけた——二十五分、三十分、三十五分……。やがて少年たちは、とまどいと苦悶の表情で哀れっぽくルーマを見つめはじめた。ルーマは無表情のまま、彼らを走らせつづけた……延々と。

「コーチ——ぼくたち、何か悪いことした?」ビアンヴニュがとうとう、痙攣するみぞおちを押さえながら叫んだ。

ルーマは腕時計を見た。ランニング開始から四十分たっていた。

「このくらい走らないと、足りないじゃない」呆れて首を振りながら、ルーマは言った。

ルーマはホイッスルを吹き、U－13を集合させた。そしてこう告げた。死角ができるので、今後はトラックでのランニングはさせない。代わりに、自分の目の届くグラウンドの端から端までを直線で往復してもらう、と。少年たちは、そもそもコーチの目をごまかそうなんて言いだしたのはだれだというふうに、罪悪感と怒りの入り混じった表情で互いを見やった。

わたしはそのあと、見えていなかったのになぜ選手たちが歩いているのがわかったのかとルーマに尋ねた。彼女は無意識の行為に説明を求められた人がするように、眉毛をかきながらしばし考えこんだ。ルーマが言うには、選手たちが視界から消えてまた現れるまでに——走っていたら——どのくらいかかるかは、経験からわかっているらしい。予測したタイミングで彼らが現れなかったので、歩いているのだろうと察しがついたという。それならなぜ、ごまかしに気づいた瞬間に注意しなかったのかと訊いたところ、ルーマはこう言った。子供たちがみずから規制しようとするかどうか、自分がどんな子供たちを相手にしているのか知りたかったからだと。その答えが出たいま、ルーマもチームも、事実を受けとめて進んでいくほかない。

「あの子たちには、自分で考えて解決してもらいたいんです」とルーマは言う。

選手たちに教訓を与えるルーマのやり方は手厳しいかもしれないが、そこは曲げられない点だった。

「あの子たちはたくさんの困難を抱えています。弟や妹の面倒を見ている子もいる。ＳＵＶで送り迎えをしてくれる母親はいない。だからわたしは、あの子たちを甘やかしません。だって、この先もずっと甘やかされることはないんだから。自分の力で成長しなくちゃいけないんです」

Ｕ－15もまた、彼らなりの方法でルーマを試していた。プリンスは髪を切るのを拒んだため、もはやチームの一員でなくなったのだが、まだ完全に離れてはいなかった。プリンスは洒落た編みこみの髪型のまま、グラウンドに立ち寄っては、遠くから練習の様子をながめるようになった。そして、みなが汗だくになってうめきながら、ルーマの命じるランニングやトレーニングをこなすのを見て、一人で笑っていた。ある日は、女子も交えた友達連れでやってきて、フージーズが練習中なのを承知でこれ見よがしに談笑したあと、どこかへたむろしにいった。自分はこんなに自由だと見せつけるその行為は、フォーナティーとマンデラへの挑発だった。〝コーチにへいこらするのと、友達と遊び歩くのと、どっちがいい？〟。

その挑発に、二人は刺激されたようだった。フォーナティーとマンデラは、遅刻をしたり、ルーマに口答えしたり、練習中に不平をこぼしたり不機嫌な顔をしたりするようになった――親友とプレーできなくなった不満を表す、ささやかな抗議だ。ある日、マンデラはふらりと練習を抜け出し、グラウンドの隅でおこなわれているサッカーのピックアップゲームに加わった。フォーナティーは、気に入った女の子たちを誘って練習を見にこさせ、グラウンドでしゃべっているのをルーマに見つかり、帰宅を命じられた。

「女の子としゃべるくらい、父さんだって何も言わないのに」とフォーナティーは言う。「なんでコーチがとやかく言うんだよ」

フォーナティーとマンデラは、U－15のメンバーに対するルーマの権威を二人して失墜させかねなかった。一週間後のシーズン開幕試合が思いやられる、不穏な兆候だ。ルーマは態度を決める必要に迫られた。初めは、自分の置かれている状況を呪った。以前の公民館グラウンドなら、フェンスで囲われていたのでプライバシーが保てた。練習を邪魔しようとするプリンスのような少年は敷地に入ることすら許されなかった。しかし公立小学校の裏の囲いもないグラウンドでは、プリンスを追い払おうにも、口先ですごむくらいしかすべがない。それにルーマは、プリンスに同情はしないまでも、容赦がなさすぎたのではないかと心を痛めてもいた。不良ぶって邪魔しにきてはいるけれど、心のどこかではまだフージーズに未練があるか、少なくとも仲間とサッカーをしたがっているように思えた。それを実現する方法は至って簡単で、はさみ一丁あれば事足りる。その点だけは、ルーマは譲るつもりはなかった。

プリンス、フォーナティー、マンデラ、クリスチャン・ジャクソンをはじめとするリベリア人少年たちは、仲間意識ばかりでなく特別な難題をも共有していた。クラークストンの再定住者社会には、さまざまな難民の集団それぞれに対する固定観念が存在する。ベトナム人は働き者で、勉学よりも仕事に価値を見出す。アフガニスタン人は頑固で打たれ強い。ソマリ族は寡黙で誇り高く、同化に興味がない。ロストボーイズは就職よりも大学進学を望む。こうした固定観念は、ほとんどの場合、よい面を強調するものだ。けれどもリベリア人にはそれが当てはまらない。ケースワーカーは彼らを〝問題児〟とか〝厄介者〟と呼ぶだろう。これもまた、十四年にわたるリベリア内戦――

言語に絶する暴力と残虐行為に彩られた戦い――の代償なのである。そのような環境で育った子供たちは、難民キャンプで受けたかもしれない授業の真似事を除けば、正規の教育とほぼ無縁だった。社会的スキルがあるとしても、それは恐怖と緊張という試練のなかで身につけたものに限られる。戦闘年齢の男たちの多くが命を落としたため、父を知らずに育った子供も多い。たいていは強制的に、戦いに駆り出された少年も少なくない。のちに戦犯容疑で逮捕されたリベリアの元大統領チャールズ・テーラーは、血みどろの紛争に少年兵を引きこんで権力の座についたとして、その非人道的行為を糾弾された。

「リベリア人はほぼ三十年間におよぶ争乱を経験してきました」自身も信徒の大半もリベリア人という、アトランタのすぐ南にある国際キリスト教会の牧師ウィリアム・B・G・K・ハリスは語る。「ですから、あなたが話題にしているのは、戦乱の国で生を受けた人たちということになります。彼らが見たり学んだりしてきたのは、情勢不安や抗争や犯罪についてのみです。銃を持ち歩かずにはいられない人もいます。自分自身や家族にさまざまな苦難が降りかかるのをだれもが見てきています。一年たりとも学校に通ったことのない人もいます。それなのに、彼らはほとんど教育を受けないまま、ハイスクールを卒業するかしないかぐらいの歳になってこの国へやってきます。当然、社会的スキルも、教養も、再出発に役立つ経験も持ち合わせていません。つまり彼らは、移民になるうえでの普通の苦労だけでなく、そういう難題も抱えこむわけです」

クラークストンのリベリア難民がとくに陥りやすい危険は、彼らの母国の問題にとどまらず、アメリカの問題にも関係する。リベリア人の青少年は、おそらくほかの国からの難民よりも、公立学校や町じゅうの団地の駐車場にはびこるアメリカ人ギャングに誘いこまれやすいだろう。紛争下のリベリアで育った若者にしてみれば、ギャングの世界に飛びこむのに、さしたる勇気は要らない。ほとんどのリベリア人は英語を話すので、クラークストン育ちの不良少年たちと会話するのにもまったく不自由はない。アトランタで人気の、ギャングや暴力を称賛するヒップホップ・カルチャーの一派は、モンロビアの街でも人気があった。父親のいない少年のなかには、経済的・社会的破綻のなかでも支配力を保っているギャング集団を、紛争下のリベリアを闊歩する戦士団に近いものと見て、強い親近感を覚える者もいるにちがいない。リベリア人はアメリカの文化に通じているがゆえに、移民や難民として自分たちがどれほど疎外されているかを敏感に感じとる。ギャングはその隔たりを埋める機会を、言うなれば、アメリカ人になる手立てを与えてくれるのだ。

クラークストンでギャングが幅を利かせ、リベリア人の若者に魔手を伸ばしている現実は、リベリア人の親たちにやりきれない矛盾を突きつけた。祖国の内戦からやっと子供たちを救い出したと思ったら、こんどは〝安全な避難場所〟であるアメリカの町なかで、度合こそ低いが危うい抗争から子供を守る羽目になったのだ。自宅の外で待ち受けている危険をしばらく忘れていることはあっても、幾晩かおきに団地の壁にこだまする銃声が、それを思い出させた。ベアトリス・ジアティーは、住まいのある団地の近くで夜のしじまを破る銃声を聞き、心底ぞっとした。それは忘れがたい過去から響いてくる音だった。それ以来、ベアトリスは子供たちのことが心配でしかたがない。ジェレマイアは言いつけ――ルーマといっしょでなければ外出しないこと――を守っていた。長男のダーリントンも、自衛の意識からか、たいていは家でテレビを観て過ごしていた。だが、いちばん心配なのはマンデラだった。クラークストンでは、十五歳の少年はどんなトラブルに巻きこまれるかわからない。

マンデラ・ジアティーは、自分を難民だと思いたくなかった。マンデラの考えでは、難民はアメリカ人ではない。難民は貧しい。実際、母のベアトリスは、お金がなくて三人の息子の食べるものも買えなかったことが何度かある。マンデラはそれを他人に、とくに友達には知られたくなかった。十五歳の少年はたいがいそうだが、彼も人からどう見られるかを気にしていた。学校へは、アメリカ人の生徒と同じような服装――膝に届きそうな長いTシャツに、腰までさげただぶだぶのブルージーンズ、靴紐をわざとほどいた重いハイカットのスニーカー――で行った。だが、家でだれかがカメラを持ち出したときには、クローゼットから教会用の正装――ぱりっとした襟付きの真っ白なドレスシャツと、折り目のついた光沢のある黒いズボンと、よく磨いた黒い革靴――を引っ張り出してくる。貧乏人と思われるのはいやだった。写真はだれに見られるかわかったものではない。

マンデラは何事も人に頼らず、落ちこむことがあってもだれにも話さなかった。代わりに、腹を立てた。腹を立てるとマンデラはだまりこくり、耳を圧するような重々しい沈黙で周りの人間を不安にさせた。

「あいつが腹を立てたら、もう!」マンデラのチームメイトのアレックス・ニキシャッツェは、苦笑しながら言う。「だれも話しかけようとしなくなるんだ――おっかないから」

弟のジェレマイアがフージーズでサッカーをはじめると、マンデラはからかった――サッカーなんて、難民のするクズみたいなスポーツだと言って。サッカーが大好きなジェレマイアは、兄にもフージーズの年長チームでプレーしてもらいたがった。マンデラはそれを笑い飛ばした。

「マンデラは初め、サッカーをしたがらなかったんです」とベアトリスは言う。「ジェレマイアが練習から帰ってくると、いつもばかにしていました。『おれは断然、バスケットがいい』なんて言って」

バスケットボールは学校で人気のスポーツだったし、マンデラの体つきはバスケット向きでもあった。長身で敏捷、しかもサンドバッグのように頑丈な、パワーフォワードには申し分ない体格だ。しかしその夏、クラークストンではバスケットボールをするチャンスがあまりなかった。マンデラは退屈した。ジェレマイアは懲りずに誘いつづけた。ルーマを信頼するようになっていたベアトリスも口添えした。

「あの人は――よくやってるわ」ベアトリスはマンデラに言った。「忙しくしていられるって、いいことじゃないの！」

じっとしているのがいやになり、マンデラはとうとう、現在のU－15にあたるチームに加わった。サッカーのことはたいして知らなかったが、持って生まれた才能がフィールドで花開いた。ほかのたいていの選手より足が速かった。大きな背丈と、ソフトボール大の肩と、彫刻のような上腕の筋肉を活かして、跳ね返ったボールを渡すまいとするバスケットボール選手のように、ディフェンダーたちを撃退した。放つシュートも強烈だった。ゴールキーパーは受けとめるより逃げることを覚えた。ルーマが一度、マンデラのはずしたシュートを太腿に受けたことがある。あざができ、一週間痛みが引かなかったという。

それでも、何かがマンデラの心にのしかかっていた。いつ見ても少し不満げな顔をしていた。どこかほかの場所へ行きたそうにしていることも多々あった。虫の居所が悪いと、練習中にそれを表に出し、口答えをしたり、だるそうな態度をとったりした。普通なら、ルーマはマンデラのような子供はお払い箱にしていただろう。けれども、ルーマはベアトリスと親交を深めていたし、マンデラもある時期を過ぎれば弟のジェレマイアのように聞き分けがよくなるだろうと望みを抱いていた。この子はきっと救えるという確信があった。

マンデラはフージーズで友達――ほとんどはプリンスやフォーナティーのようなリベリア人仲間――を作り、学校でも友達を作った。だがその友人たちは、かならずしもベアトリスの眼鏡にかなうわけではなかった。マンデラは練習のあと友達と出歩き、夜遅くまでもどらないこともあった。ベアトリスは心配した。息子がよからぬ連中とうろついている気がしてならなかった。息子の友人たちの服装――スラム街の黒人のような、ズボンにTシャツをたくしこまず、ずりさげて穿くスタイル――も、編みこんだ髪型も気に入らなかった。

「いつも言うんです。『アフリカでそんな恰好ができる？　無理でしょう！』って」とベアトリスは言う。「あんなのは男のする恰好じゃありません。ズボンをここまでさげて穿くなんて」そう言って腰の下のほうを指さす。「アフリカでは許されません。それに男は短髪と決まってるんです。髪を伸ばすなんて――女以外にはありえません！」

ここがアフリカなら、マンデラに好き勝手はさせないのに、とベアトリスはこぼす。

「アフリカでは、子供が言うことを聞かなかったら、ぶつんです――罰としてね。次からは『シーッ』というだけで従うようになります。でもこの国では、それもできません」

体罰に過剰に厳しいアメリカの体質は、ベアトリスや多くの難民の母親が知っている子供のしつけ方のほぼすべてに反していた。その馴染みのないルールは子供を甘やかし、母親の威厳を弱めるとベアトリスは感じていた。そのことは苦い経験で知った。数カ月前、ジェレマイアが新品の冬物のジャケットを学校に忘れてきた。ベアトリスは、自分が必死に働いて買ったものをなぜそんなに粗末に扱うのかと、息子を怒鳴りつけた。ジェレマイアの態度には、あまり反省の色が見られなかった。

「わたしは頭にきて、息子をぶちました。すると息子は学校で、『母さんにぶたれた！　ここを叩かれたんだ』と言ったらしく、わたしは学校から呼び出されました。これまでなら、息子をぶっても『もうあんなことしちゃだめよ』、『わかった、もうしない』というやりとりで話はすみました。でもこれからは、このあざはどうしたの、と先生に聞かれて『母さんにぶたれた！』と息子が答えたら、わたしは呼び出しを食らう羽目になるんです！　アフリカならそんなことにはなりません。子供が学校で悪さをしたら、親のほうから学校に出向いて、『先生、お尻に二十五回鞭打ちしてやってください』と言ったものです。先生も手加減しません。子供をベンチに寝かせて思いきりぶつんです。それでけっこう！　その子は二度と悪さをしません。先生を畏怖するようになります。『シーッ』と言われたら、だまるくらいに。でもここでは、みんな野放しです」

これは、クラークストンに来たばかりの母親たちのあいだでよく聞かれる不満だ。親たちが働いている――たいていは、孤独にホテルの部屋を掃除したり、工場の騒音のなかで鶏肉を加工したりしている――あいだに、子供たちは学校で新しい社会のルールをぐんぐん吸収し、ときにはその新知識を、目先の結果しか考えずに、親への対抗手段として利用する。とりわけ英語の使われない国から来た家庭では、それが顕著に起こる。そうした家庭では、ほぼ例外なく子供のほうが英語に長けていて、家族と英語圏の社会、とくに警官や先生などの権威者との橋渡し役を担うようになる。とはいえ、ジアティー一家のように英語を話す家庭でさえ、外の世界と関わる場面になると、権威の逆転が起こることがある。ベアトリスはしばしば、とくにマンデラと接するとき、自分には威厳が足りないと感じた。だからマンデラの帰りが遅いときや、勝手なふるまいをしたときには、ルーマに助けを求めた。

「子供たちのことで困ったら、ルーマを呼ぶんです」とベアトリスは言う。「『ねえ、助けに来て。マンデラがこのごろ出歩きっ放しなの』って。そうしたらルーマは『行くわ』と言ってくれる。だからいままでは、姉のような存在なんです。わたし以上に子供たちを気遣ってくれるから」

マンデラが練習中に反抗的な態度をとると、ルーマのほうもベアトリスに助けを求めた。いつからか、この二人の女性――ヨルダン出身のサッカーコーチと、リベリア出身の未亡人――は、マンデラをトラブルから守るための協力態勢を敷いていた。

「ルーマはときどき家に来て言うんです。『マンデラのこういうところが気に入らないの』って」とベアトリスは言う。「わたしはルーマに謝り、マンデラと向かい合って、これまで送ってきた人生について理解させます」

〝これまで送ってきた人生〟。それはマンデラとジェレマイアとダーリントンが、とくに怒っているときの母親から、しじゅう聞かされている言葉だった。しつけが思うようにいかないと、ベアトリスは子供たちを椅子にすわらせ、これまで一家が送ってきた人生のあらましを改めて話して聞かせる。さんざん繰り返されているので、いまでは子供たちも一言一句を覚えているほどだ。

「わたしたちはモンロビアを脱出して、コートダジュールにたどりつき、そこで五年暮らした」ベアトリスは切々と説く。「あなたたちは忘れたでしょうけど、お母さんは忘れてない」

「ここにすわってるあいだも、あなたたちはこれまであったつらいことを全部忘れてしまってる――みんなで乗り越えてきたことを！　忘れたんでしょう。でもお母さんは忘れてない。茂みのなかで食べ物を探し歩いたことを――あなたたちは忘れてる。でもわたしは忘れてない」

「ぼくらはもうこの国の人間だよ」長男のダーリントンはときに異を唱える。

それでもベアトリスはつづける。難民キャンプで、親子で暮らす泥造りの小屋を建てたことや、国際救護員のくれた一枚の栄養ビスケットを、四つに割ってみんなで食べたことを思い出させる。そして、アメリカに移住するために自分がどれほど苦労したか――同じ質問を何度も繰り返し、ときには数カ月あけて嘘や誇張を見破ろうとする国連の職員からいやというほど面接を受けながら、もし小さなミスや致命的な誤りを犯してまた数年キャンプに残る羽目になったら、と不安でたまらなかったこと――を思い出させる。こちらへ来てからは、バスで片道一時間かけてアトランタのリッツカールトン・ホテルに通い、メイドとして一日十時間働き、十六室の清掃をこなしたことを思い出させる。それもすべて家族のためだ。

「あなたたちは忘れてる」ベアトリスは子供たちに言う。「でもわたしは忘れてない」

ベアトリスは自分のしつけに手応えを感じるまで、話しつづける。子供たちが神妙に口をつぐみ、頭を垂れ、目を伏せるまで。そこで終わり。子供たちの単純なそのしぐさこそ、母親の威厳と払ってきた犠牲を認める服従の態度にほかならない。

「こういう表情は」ベアトリスは眉間に皺を寄せ、目を険しく細め、唇をすぼめてみせる。「敬服していないしるしです」

「頭を垂れるしぐさは、考えていいるしるし、思い出していいるしるしなんです」

ベアトリスは子供たちに思い出してもらいたかった。思い出すことが、苦労してきた母への敬意につながり、母を敬う心がきっと、子供たちをトラブルから守ることになるから。それがベアトリスの願いだった。だがいまだに、その思いがたしかに通じているのか確信が持てなかった。

「よく聞いてくれるときもあれば、うわの空のときもあるんです」

12 崩壊

Meltdown

ラインもゴールもないインディアン・クリーク小学校のグラウンドは、リーグ戦には不向きだった。そこでルーマはYMCAを通して、ホームゲームにはディケーターのエブスター・フィールドを使わせてもらえるよう手配した。クラークストンからアトランタ市街方面へ車で十五分ほどの場所にある、よく手入れされた芝のピッチだ。クラークストンからディケーターまでの移動にはYMCAのバスを確保し、試合開始一時間前の午後一時にクラークストン公立図書館前に集合するよう、選手たちに指示した。遅刻したメンバーは置いていく、とルーマは釘を差した。

U－15の公式試合初戦は九月十日、対戦相手はジョージア州リルバーンのクラブチーム、グウィネット・フェニックスに決まった。リルバーンはクラークストンからわずか十マイルの距離にあるが、多くの点で遠く離れた世界だった。リルバーンは現代のアトランタ郊外のまさに典型で、かつて鉄道の停車駅があった町の中心地周辺に出現した、住民の大多数が白人の中流階級か上位中流階級という町である。空き地が豊富で、割合に裕福な家庭が多いため、サッカーも盛んだった。二〇〇〇年にグウィネット・サッカー協会が設立されると、そこを本拠地とするあらゆる年齢層の少年少女チームが、総合して十回以上、州大会で優勝し、二〇〇一年には少女サッカーの全国選手権をも制した。

　フェニックスの選手のいる家族にとって、サッカーの試合は社交行事だった。チームに随行してディケーターに乗りこんできた親兄弟や友人一同が、折りたたみ椅子やブランケットやクーラーボックスやピクニックランチを広げて応戦席にキャンプを張るなか、選手たちはじゅうぶん数の揃ったつややかな新しいサッカーボールでウォームアップをはじめる。フージーズ側の応援席は、例によって空っぽだった。ホームゲームならではの強みなどなきに等しい。

　ルーマは黄色のフォルクスワーゲンでエブスター・フィールドに乗りつけた。後部座席には、サッカーボールや、すね当てや、サッカーシューズが買えない選手たちに配るつもりのスパイクが満載してある。来訪チームのほうは、またちがった用具問題に直面していた。ウォームアップ前、フェニックスの選手の一人がピッチに足を踏み入れ、手で芝に触れて深さと密度を測った。

「スパイクを履き替えたほうがよさそうだよ」彼はそばに立っていた父親に言った。

「ちゃんと合うのを選ぶんだぞ」父親が答えた。「靴だけで三〇〇ドルかかってるんだから」

　午後一時十五分にはYMCAのバスがエブスター・フィールドに着くものとルーマは思っていたが、一時三十分になってもまだどこにも見えなかった。腕時計に目を落とし、いらだたしげに首を振る。フェニックスのメンバーはすでにフィールドに出てウォームアップをはじめていた。ルーマは携帯電話を取り出し、バスの運転手に連絡して状況を尋ねた。選手の何人かが時間になっても来なかったのだ、と運転手は答えた。ぎりぎりまで待ってから出発したが、フルメンバーは揃っていないという。

数分後、バスが高速で飛びこんできて、フィールドの脇に急停車した。U－15のメンバーが順々におりてくる。バスが空になると、ルーマは人数を数えた。いるのは九人だけで、フルメンバーに二人足りない。

マンデラ・ジアティーはバスに間に合っていた。観覧スペースにすわってスパイクの紐を結びながら、メンバーの頭数を数え、げんなりして首を振る。その場にいないフォーナティーたちがヒッチハイクでをしてでも試合に出てくることをマンデラは願っていた。ここへ来てようやく、その見こみはないと思い知る。マンデラは腹を立てていた。九人で十一人を相手に戦ったところで、勝てるわけがない。それでなくても――気温は三十五度近くあり、ぼうっとしそうなほど蒸し暑かった。この猛暑のなか、補欠のいないフージーズは、全員出ずっぱりで息つく間もなくプレーしなくてはならない。ただ負けるのではなく、ぼろぼろに疲れ果てて負けることになるのだ。

マンデラは観覧スペースにいたわたしの隣に腰をおろし、携帯電話を貸してほしいと言った。わたしが電話を差し出すと、マンデラは欠けているメンバーに大急ぎで連絡し、居所をたしかめはじめた。フォーナティーは自宅にいた。バスに乗りそびれたので、いまはソファに寝転んでテレビを観ているらしい。するとマンデラは、車はあるかと訊いてきた。わたしのぴかぴかの中型レンタカーは見えるところに停めてあった。その車でフォーナティーとほかのメンバー二人をいっしょに迎えに行ってくれないかと彼は言った。いますぐに出れば、試合開始までにもどってこられると踏んだのだ。

記者としての客観的立場を貫くべきか、切羽詰まった面持ちで頼んでくるマンデラに力を貸すべきか、わたしは迷った。ルーマがどう思うかも気になった。マンデラがチームメイトをかき集めるのにもし手を貸したら、わたしが選手の怠け癖を助長しているように映りはしないだろうか。チームマネージャーのトレーシーが近くにいたので相談したところ、かまわないだろうとの返事だった。マンデラとわたしは急いで車に乗りこみ、出発した。

午後一時五十五分、わたしたちは後部座席のフォーナティーを含む残りのメンバー三人とともに、試合会場にもどってきた。三人はフィールドに駆けこみ、すでに進んでいるウォームアップに加わった。だが、ルーマは選手たちのそばにいなかった。なんの指示も出さずに、遠く離れたフィールドの隅に突っ立っている。

「コーチ」リベリア人のベテラン選手、カヌー・ビアが大声で言った。「どうして指示をくれないんですか」

「何も言うことがないからよ」ルーマは答えた。そして選手たちに背を向け、フィールドからいちばん遠い観覧スペースまで歩いていき、木陰に腰をおろした。

何か深刻な問題が起こっているらしいと気づいているのは、カヌー一人のようだった。カヌーはフージーズでもとくに経験の長いメンバーで、チームを愛していた。いつも時間を守り、ほかのどの選手よりもルーマの方針を受け入れていた。カヌーは自分がまとめ役になろうと考えた。チームメイトを急かし、フィールドに出てランニングをはじめる。

しばらくすると、審判が選手たちをハーフウェーラインに呼び集め、メンバー表との照合をはじめた。審判が自信なさげに名前を読みあげると、選手たちは一人ずつ前へ進み出て返答し、発音の誤りを正した。両チームのメンバーがフィールドの各ポジションに散る。フージーズはオレンジで縁どりをした水色のジャージに濃紺のショーツ、フェニックスは白のジャージに白のショーツだ。

審判がホイッスルを吹き、試合がはじまった。ルーマは依然、フィールドから離れた木陰で、むっつりと腕組みをしてすわったままだ。

ゲーム開始後数分で、フージーズはペナルティーエリア内でファウルをとられ、フェニックスにPKを与えた。フージーズのキーパーは左へ飛び、ボールは右へ行った。フェニックス側の親たちが跳びあがって歓喜する。彼らが折りたたみ椅子に尻を落ち着ける間もなく、フェニックスが1－0で先制した。

フージーズはそれを受け、いっそうがむしゃらに攻めこんだ。一度オフサイドの反則をとられると、二度、三度とそれがつづいた。反発したフォーナティーが審判に怒鳴ってイエローカードを示され、フェニックスの応援席から歓声があがった。その直後、フェニックスがまた得点した。2－0。

マンデラはいまや頭に来ていて、チームメイトのサポートがあろうとなかろうとゴールを決めるつもりでいた。フォーナティーからのパスでボールを受けると、フェニックスのディフェンダー陣を猛然と蹴散らし、大きな体躯でボールをキープしながら、フィールドの中盤を駆けあがった。ペナルティーエリアにさしかかったところで右にドリブルし、右方向に高いシュートを放つ――2－1。数分後、フェニックスが反撃に出て、ノーマークでゴール真正面にいたフォワードに、鋭いクロスボールが渡る。これで3－1となり、フェニックスは勢いづいた。だがハーフタイム直前、フォーナティーが中盤でフリーになった。彼はボールを操る独特の技を持っていた。敵ディフェンダーに背中を向け、ボールの上で足を優しく転がしながら進んでいく。バスケットボールで言うと、リングに向かってドリブルしていき、最後にジャンプシューターに転じるセンターの動きに近い。

フォーナティーは動きつづけながら、すばやく右のオープンスペースにボールを運んだ。どフリーのシュートチャンスだ。しかしなぜか、フォーナティーは躊躇した――これ見よがしの足さばきで、左へフェイントをかけ、また右へもどる。その一瞬の間は、フェニックスのキーパーを適切な位置につかせるにじゅうぶんだった。

「シュートしろ！」チームメイトが叫んだ。

フォーナティーはシュートを打ったが、あえなくブロックされた。ホイッスルが二度鳴らされ、ハーフタイムに突入した。

フージーズはフィールド中央付近に集まり、一様にルーマのほうを見つめて、ハーフタイムの指示を待った。ところがルーマは顔を伏せて木陰にすわったまま、選手たちと目を合わそうともしない。

「あそこにいるの、おれたちのコーチだよな？」フォーナティーがチームメイトに息巻いた。「やるべきことがあるだろう。おれがコーチになれるかよ。見ろよ――ああやってすわってるんだぜ！」

「プレーをつづけよう」カヌーが言う。「プレーするしかない。まとまらなきゃいけないんだ」

「ボールを持ったら、さっさと蹴れよ！」だれかがフォーナティーに噛みつく。

「コーチがこんなことするのは初めてだ」フォーナティーは言う。「仕事はどうしたんだよ。コーチのくせに。これじゃだめだろ！」

フォーナティーはそこでひと息ついた。ほかのメンバーはだまりこくっている。「心配ないさ」

気を静めようとするように、フォーナティーは言う。「このままプレーすればいい。3－1なんてたいした差じゃない。余計なことをやったのは悪かった。あんなことはもうしない。さっきみたいなスペースができたら、こんどはゴールするよ、かならず」

全員が口々に怒鳴りはじめる。

「いっぺんにしゃべるな！」フォーナティーが言い、ふたたび語りはじめる。「一つ言わせてくれ。コーチはしょせんコーチだ。自分でやってみせることはできない。プレーしてるのはだれだ？──おれたちだ。おれたちには技術があるから、コーチは要らない。コーチは指示を出すだけだ。フィールドに出てプレーできるわけじゃない。自分たちでプレーしなきゃいけないんだ。コーチがすわりこんでようが、いつもと何も変わらない。いっしょにゲームに出るわけじゃないんだ！コーチはプレーヤーじゃない。指導はするけど、ゲームに加わりはしない。おれたちでやらなきゃいけないんだ」

「コーチは、自分がいなきゃプレーできないって、おれたちに思わせようとしてるんだ」フォーナティーはつづける。「おれたちを試してるんだよ。勝たなきゃいけないいって気にさせようとして」

「後半は──点を取りにいくぞ」フォーナティーはたたみかける。「おれたちは勝てるさ。いまコーチが指示を出さないのにはきっと理由があるんだ。けど、そんなのはいい。この試合には勝たなきゃいけない。絶対に勝たなきゃいけない」

「ここに手を置いて」カヌーが呼びかける。少年たちは円陣を組み、手を重ねていく。

「ワン、ツー、スリー」みなで声を合わせる。「ゴー、フージーズ！」

後半に入って数分後、フェニックスのフォワード陣は息の合った動きで、ほとんど軽々とフージーズのディフェンダーをかわしていった。ボールをネットの左側に叩きこみ、呆れるほどあっけなくゴールを決める。これで4－1。ハーフタイムに持ち直したやる気をいきなりくじかれたフージーズは、互いに声をかけ合った。またもやオフサイドをとられたフォーナティーは審判に悪態をつき、二度目のイエローカードを示されて退場となった。フェニックス側の親や友人たちはこんどはおとなしくしていた。追い討ちをかける必要もないからだ。フェニックスは疲れてきているうえに、コーチの指示もなく、途方に暮れていた。フェニックスはまた得点し、その後も得点を重ねていった。審判が試合終了のホイッスルを三度吹いたとき、スコアは7－2となっていた。勝者はフェニックス。

試合のあと、フージーズのメンバーはベンチで黙々と、プラスチックカップの水をがぶ飲みしていた。ルーマがフィールドの向こうから声をかけ、バスに乗るよう促す。選手たちが列をなして歩いてくるあいだ、わたしはルーマに、いったいどうしたのかと尋ねた。

「補習には遅れてくる」ルーマは言った。「わたしに敬意を払わない。練習着じゃなく、腰までずりさげたズボンでグラウンドに現れる。練習は五時半からと言ってあるのに、六時半に来る。『試合は二時からだから、一時には集まるように』と言っても、試合の十分前に駆けこんでくる」

「こんなことではやっていけない」ルーマは言った。「だからあんな態度をとったの。〝わたしもきみたちと同じようにふるまうことにする。そっちが無責任な態度をとってるんだから、わたしも責任は果たさない〟ってこと」ほんとうはハンバーガーを買いに出ようと思っていたが、コーチがフィールドを離れたらチームは試合放棄したことになると、事前に審判に言われたそうだ。だから、チームが崩壊するのをすわって観ていることにした。とりわけ、フォーナティーが崩壊するのを。

「あの子はわたしにつらく当たられると、どうしていいかわからなくなるの」ルーマは言った。「あの子たちは立ち向かうってことを知らない。だから、練習をさぼる。試合をさぼる。こんな状態じゃとても戦えない」

それだけ言って、ルーマはわたしから離れ、バスのほうへ歩いていく選手たちのあとにつづいた。全員が乗車して席にすわるのを待つ。それからルーマはバスに乗りこみ、選手たちにあることを伝えた。U－15の今シーズンの活動中止をルーマは決断したのだった。このままつづけても試合には勝てないだろう。練習も補習授業も、もうおこなわない。フージーズU－15はこれで解散だと。

13　どうやってやりなおせばいい？

'How Am I Going to Start All Over?'

U－15の活動を中止するというルーマの決断は、メンバーの多くを消沈させたが、なかでも十五歳のカヌー・ビアにとっては大きな痛手だった。

カヌーはリベリア東部のニンバ州の生まれだが、二歳のとき一家でコートジボワールの難民キャンプへ逃れ、その後ギニアのキャンプへ移った。カヌーは自分の生い立ちを人には話さなかった。理由はまず明かさないが、ある時期に両親と離ればなれになり、バーリアという厳格で要求の多いおじと、カヌー自身は〝おばあちゃん〟と呼んでいる大おばに引きとられたらしい。二〇〇四年、バーリアがアメリカへの再定住を許可され、クラークストンへやってきた。いずれは血縁の近い家族をできるかぎりアメリカへ呼び寄せる計画だった。一年後、カヌーも再定住を認められ、バーリアの住むクラークストンの二寝室のアパートメントへ身を寄せた。壁は剥き出しで、古いカーペットは擦り切れ、キッチンの合板の戸棚はたわみ、リノリウムの床は波打っている、気の滅入るような住まいだ。残りの家族の移住申請はなかなか、というよりまったく通らなかった。数カ月が過ぎても、だれひとりアメリカへの移住を許可されなかった。そんなわけで、バーリアとカヌー――おじと甥――は、二人でどうにかやっていくことになった。

二人の生活を支え、残った金を故郷《くに》へ仕送りするため、バーリアはほとんど超人的なスケジュールで働いた。電車で一時間のアトランタ空港で二つの仕事を掛け持ちし、夜からのシフトを連続でこなしていた。毎晩七時に自宅を出て、空港のファーストフード店でハンバーガー調理の仕事をし、朝になってそのシフトが明けると、こんどはポーターとして勤務する。毎日午後三時に自宅へもどってきて、ベッドに倒れこんで数時間眠り、起きるとすぐにまたダブルシフトの仕事に出かける。バーリアはいつもくたびれていて怒りっぽく、特に夕食の用意ができていないと不機嫌になった。

カヌーの役目は料理と家事全般だった。毎日、アヴォンデール・ミドルという公立学校の授業が終わると、カヌーは家に帰って、おばあちゃんから教わったレシピでアフリカ風の食事を作る。豆料理に、ホウレンソウとキャッサバの葉を使ったスパイシーなシチュー、それをかけて食べる米飯、カヌーの好物のピーナッツバター・スープといった献立だ。カヌーはその夕食を、夜勤と日勤をこなして帰宅したバーリアがすぐに食べられるよう冷蔵庫に入れておく。バーリアはそれを電子レンジで温め、急いでかきこみ――たいていは疲れすぎていて、カヌーとは二言三言しか言葉を交わさない――食べ終わるなり食卓を離れて数時間の睡眠を貪る。カヌーは十三歳のときからこの日課を守ってきた。夕食の支度を終えるまでは、サッカーをすることも、宿題をすることも、出歩くことも許されなかった。だから食事はいつも用意されていた。カヌーは決して不平を言わなかった。それどころか、家庭でのその義務のおかげで、年齢にそぐわぬ図抜けた責任感と自信を身につけていた。

カヌーのそうした長所は、アヴォンデール・ハイスクールの廊下や教室で思いがけず役立った。そこは問題のある荒れた公立学校で、アメリカ人の生徒が新しく来た難民をいじめることもよくあった。リベリア人のカヌーは英語に不自由がないだけ幸いだった。とはいえ、アメリカ人の生徒のなかでは強い訛りが目立ち、たびたびからかわれた。あるとき、学校劇の台詞を練習していると、アメリカ人の生徒に訛りを真似された。カヌーはその生徒に殴りかかり、取っ組み合ったすえ、一時停学処分を受けた。しかし、カヌーは怒りを引きずったり、根に持ったりする性格ではなかった。そうはせずに、接し方を変えた。自分をばかにする生徒たちをうまく引きこんで、発音や文法のまちがいを繰り返さないようにしたのだ。

「『おまえは英語がわかってない』って言われたら、いつもこう返すんだ。『ぼくがおかしな英語を話したら、笑うんじゃなくて——直してくれよ』って」

アメリカへ来てまもないころ、カヌーはサザン・パイン団地の駐車場でよくサッカーをしていて、その仲間の一人からフージーズの練習に来ないかと誘われた。それは夏のことで、次シーズンのトライアウトは二カ月先だったが、メンバー入りできる保証がなくてもいいなら、コーチは夏の練習に新人を参加させてくれるという。ただし、トライアウトは改めて受けなくてはならない。カヌーはチームの一員になろうと決心した。自分で考えた調整メニューをこなし、毎日の練習の行き帰りは走ることにして、体力作りに励んだ。練習のとき、ルーマはペースメーカーとして自転車で三十分間トラックをまわり、選手たちにその後ろを走らせていた。カヌーはルーマを追い抜くことを頭のなかでイメージしながら、毎日全力でついていった。持久力は週を追うごとに向上した。

フージーズはアパートメントの外に出るありがたい機会を与えてくれた。カヌーは友達を作った。少しでも早くサッカーの練習に行けるよう、料理の手際も磨いた。そして、たとえ空きができなくてもチームに残ろうと決めた。

「コーチに訊いたんだ。『チームに入れなくても、練習には出てきていいですか』って」

結局、ゴールキーパーに空きができた。カヌーのように体力も積極性もある選手にはそれほど魅力的なポジションではなかったが、彼は喜んで受け入れた。カヌーは全力でキーパーの仕事に取り組み、ボールをネットに触れさせまいとする気概あふれるプレーで、たちまちチームメイトの信頼を得た。最初のシーズンの全試合を通して、カヌーが許したのはわずか3ゴールだった。

一度、フージーズはフルメンバーに三人足りない状態で試合に臨んだことがあった。棄権することもできたが、ルーマはポジションを調整して八人で戦うことに決めた。その試合を乗り切るには、最も体力のある選手を前線に配置する必要があると考え、ルーマはキーパーのカヌーをストライカーに起用した。カヌーは自分にとってのチャンスと心得た。それまでキーパーとして試合を見守りながら、さまざまなトリックや攻撃陣の有効な動きを学び、キーパーを惑わせる最強の技を記憶に刻んできた。その経験をきっと活かせるはずだった。ストライカーとして初めて戦ったその試合で、カヌーは初得点をあげることができた——嬉しさのあまり踊り狂い、イエローカードを示されてしまったけれど。フージーズは健闘をつづけ、三選手足りないにもかかわらず、4－2で勝利した。こうしてルーマは、新たな攻撃兵器を見出したのだった。

チームに加わって二年のあいだに、カヌーはフージーズとルーマのために尽くすようになっていた。練習にはいつも早めに出てきて、試合へ向かうバスにもかならず間に合った。年少チームの試合があるときは、クラークストンの自宅からディケーターまで自転車で観戦に行き、コーチが用具を運ぶのを手伝った。資金集めのためにチームで洗車をしたときも、カヌーはだれよりも多くの車を——だれよりもていねいに——洗った。試合でも、カヌーは守備から中盤、中盤から攻撃へとみずから役割を切り換えながら、フィールドの端から端までボールを全力で追いかけ、疲労困憊することもしばしばだった。

ルーマがカヌーに関していちばん苦労したのは、頑張りすぎないようにさせることだった。少々手を抜いてもカヌーがフォローしてくれると思って、怠けるチームメイトが出てくるからだ。ほかの選手が彼に頼りすぎないようにするためだけに、カヌーを試合の途中でベンチ入りさせたこともあった。ルーマのほうも、おじのバーリアのことでカヌーの力になった。あるときバーリアが、夕食の準備がまだだからサッカーには行かせないと言ってカヌーを足止めしたとき、ルーマはローストチキンを差し入れて、カヌーを家から連れ出した。

兄弟姉妹はアメリカにおらず、ただ一人の保護者もほとんど家にいなかったため、カヌーはフージーズを家族と思うようになった。

「フージーズは――ぼくにとってかけがえのないものなんだ」とカヌーは言う。「あのチームでプレーしてると、兄弟といるような気分になる」

そのチームの活動を中止するというルーマの決断で、カヌーは打ちのめされた。ルーマはU－17に参加したらどうかと言ってくれたが、それは何かちがうとカヌーは感じた。U－17の選手は自分より年上で体も大きいし、やはり、これまでの二年間で親しくなった仲間とプレーしたかった。

「最悪の気分だよ」とカヌーは言う。「〝どうやってやりなおせばいい？〟って、そればっかり考えてる」

ルーマがU－15の活動を中止した次の日曜は、物憂い雨降りだった。そんな日には、クラークストンの団地はことさらにわびしさを増す。人気《ひとけ》のない廊下に、騒々しいテレビの音が不気味に響き渡る。上階の住人が歩きまわるたび、薄い壁が震え、天井の照明が揺れる。調理器具がぶつかり合う音の合間に、子供たちの泣き声が聞こえる。駐車場では、友達の家に向かう途中のティーンエイジャーが、雨のなか前かがみになって建物のあいだを走り抜けていく。あるいは軒下にたたずみ、首を突き出して空を眺めながら、雨が小降りになるのを待っている。時折、人が乗れるだけ乗った車が駐車場に入ってきて、一人がおりて玄関ドアをめざして走っていく――地元のパン屋や包装工場や鶏肉加工工場での週末勤務を終え、相乗りで帰宅した難民の働き手たちだ。カヌーは一人家にいて、時間を持て余し、チームの消滅を嘆いている。そこへ電話が鳴る。ルーマからだった。

ルーマは映画に行かないかとカヌーを誘った。マンデラと、もう一人のチームリーダーでカヌーの親友のナトナエルも車で拾っていくという。カヌーはもちろん行くと答え、バルコニーに出て、ルーマの黄色のフォルクスワーゲンが現れるのを待った。

映画館へ向かう車のなかは静かだった。だれもチームのことを話さなかった。映画は〈インヴィンシブル――栄光へのタッチダウン〉という作品で、南フィラデルフィアのあるバーテンダーが、NFLフィラデルフィア・イーグルスの選手の座をつかむまでを描いた実話だった。ルーマはアメリカンフットボールにそれほど興味はなかったが、カヌーたちにはおもしろいストーリーだろうと思ったのだ。実のところ、三人はまるでうわの空だった。ずっとフージーズのことを考えていた。

映画のあと、コーチの車に乗りこんでようやく、カヌーがチームの話を切り出した。活動を中止しないでほしい、とカヌーはルーマに頼んだ。ルーマは、練習や試合に時間どおりに来ることもできない選手のいるチームは指導できない、と三人に話した。問題のある選手を全員やめさせたら、フルメンバーが揃わなくなってしまう。人数不足で補欠もいないままシーズン終了までプレーさせるのは、残った選手に対してフェアではない。フルメンバーでなければ、このあとおそらく一勝もできないだろう、と。

　カヌーは反論を用意していた。

「チームをまるごと解散するのこそ、ぼくらに対してフェアじゃないと思う」とカヌーは言った。チームには、コーチのルールをきちんと守る選手もたくさんいる。そういう選手までが、一部の問題児のせいで罰を受けるのはおかしい。コーチの言う人数不足の問題はよくわかるが、それには解決策がある。自分とマンデラとナトナエルで新メンバーを集めればいい。クラークストンの難民家庭を一軒ずつ訪ねて、いい人材を――コーチのルールに従いそうな少年を――見つけてくる。それでもう一度トライアウトをして、初めからやりなおす。元のメンバーのところへも行って、ルールに従う気がないなら来なくていいと、釘を差すつもりだ。カヌーはこうも言った。勧誘する相手には、十二箇条の約束事を読んで聞かせる。それでコーチのルールを守れそうにないと見れば、トライアウトには呼ばない、と。

　ルーマのほうも反論した。選手を集めてトライアウトをするのに十日はかかるだろうから、それまでに二試合は放棄せざるをえない――シーズン成績にも響く。それに、そこからはじめるにしても、一度もいっしょにプレーしたことのないメンバーで、何年もいっしょにプレーしている、アトランタでも指折りのサッカーアカデミー所属のチームに、どうやって太刀打ちするのか。

　三人でルーマと議論をつづけながら、カヌーはルーマの携帯電話を手にして、黙々と連絡先リストをスクロールし、チームメイトと、名前を知っているほかの少年の電話番号を書き留めていった。

ルーマは柄にもなく迷っていた。U－15の解散には、フージーズ全チームの選手に何を期待しているかをはっきり伝える意図があったのだが、それは失策だったように感じはじめていた。それに、カヌーとナトナエルとマンデラに新メンバーを勧誘させていいものかどうかも決めかねていた。そんな急ごしらえのチームが、じゅうぶんな指導を受けた準備万端のチームと対戦したところで、毎回屈辱を味わう羽目になるのはわかりきっている。

一方でルーマは、これまでずっと忠実でいてくれた、カヌーのようないい選手たちのことを思った。フージーズのおかげで道を踏みはずさずにすんでいるマンデラのことを思った。マンデラのような少年たちがフージーズを失って暇になったとき、どんなトラブルに巻きこまれるかと思うとぞっとした。

ルーマはあれこれ思案したすえ、答えを出すのはしばらく待つことに決めた。カヌーとマンデラとナトナエルが決断を迫ろうにも、じゅうぶんな数のメンバー候補を集められない可能性もある。ルーマは三人に言った。やる気のある選手をチームに復帰するよう説き伏せ、ルールに従える新しい選手を集められたら、もう一度トライアウトをおこなってもいい。活動を再開するかどうかは、トライアウトを見てから最終決定する。何も保証はできない、と。

帰りの車中、少年三人はずっと押しだまっていた。ルーマは一人ずつ家まで送っていった。サザン・パイン団地に着くと、カヌーはさよならを言って車をおり、D棟の玄関ドアまで雨のなかを急いで走っていった。バーリアは仕事に出ていたので、アパートメントにはほかにだれもいなかった。カヌーは電話を手に取り、ルーマの携帯電話から書き写した番号に片っ端から連絡しはじめた。「チームに入りたがってる友達をみんな連れてきてくれ」カヌーはかける相手全員に言った。「トライアウトがあるんだ。コーチがもう一度チャンスをくれるんだよ」

U－15は活動停止中だったが、ほかにも二チームを指導しているルーマは、月曜の午後にはインディアン・クリーク小学校のグラウンドに立って、U－13がランニングを終えるのを待っていた。ルーマはホイッスルをひと吹きしてメンバーを呼び集めた。少年たちは冗談を言いあいながら集まってきたが、近くまで来てルーマの表情を見るや、機嫌が悪そうなのに気づき、しゃべるのをやめた。

「全員揃ったらランニングをはじめて、二十五分間――歩かずに――走りつづけるように言ってあるでしょう」ルーマは挨拶抜きで言った。「いまここに何人いる？　日曜日の試合に全員を連れていく必要はないの。十一人だけでじゅうぶん。だからジェレマイア、汚い言葉を使う気なら」――ルーマはその超人的な聴力で、グラウンドの彼方で発せられたひとことさえ聞き漏らさなかったようだ――「帰ってもらうわよ」

「知ってる人もいると思うけど、U－15チームは解散しました。理由はメンバーの態度が悪かったから。彼らをお手本にしたいなら、好きにして――わたしは別にかまわない。でもそうなったら、このチームも解散する。ここへ来て楽しい時間を過ごしたいなら、一生懸命練習すること。ランニングの途中で歩くような人は、来なくていい。練習は週に二回しかないんだから、その二回ぐらい、きちんと走りきって。ゆっくりじゃなく、全力で――一人でもとろとろ走る人がいたら、五周増やすから」

U－13のシーズン初めの二戦は、あまりいい滑り出しではなかった。最初の試合は4－4で引き分け、二試合目も先制点を許し、結局3－1で負けた。チームはまとまりに欠けていた。選手たちは自分のポジションを守らず、フィールドで声をかけ合うこともない。めざすところはまだまだ遠かった。それでもルーマのメッセージは心に届いたようだ。そろそろ真剣になるべき頃合いだった。その月曜の練習は、静かで緊張感漂うものになった。二日後の水曜には、みな時間どおりに集合し、本気で走り、集中して練習に取り組んだ。U－13の面々は、自分たちはU－15とはちがうとコーチに知らしめることにしたらしい。全員がルーマについていくと決め、勝ちたいと望んでいた。

U－13のシーズン三試合目は、蒸し暑い日曜の午後、フージーズのホームグラウンドであるディケーター市街のエブスター・フィールドでおこなわれた。対戦相手は、ジョージア州タッカー近郊から来たほぼ白人ばかりのチーム、トライアンフだ。ルーマは選手たちにポジションを伝えた――ややO脚だが見かけによらず足の速い、長身のリベリア人ジョサイアは左ウイング、ジェレマイア・ジアティーは右ウイング。小柄で脚の細いコソボ人クィンドラムはセンターハーフ。楽天家のブルンジ人ビアンヴニュがストッパーとしてディフェンス陣を率いる。U－13の面々は、ルーマがU－15の活動を中止した前例を気にしてか、試合にはフルメンバーが顔を揃えた。だからゲーム序盤のうち、ルーマは自在に選手交代をして、暑さで選手が消耗するのを避けることができた。シーズンの二、三週間前にアメリカに来たばかりの無口な十歳のスーダン人サンティノまでが、本人も驚いたことに、交代要員に加えられた。

試合開始後すぐ、ファーサイドのコーナー近くで、ジェレマイアがスローインの権利を得た。投げ入れられたボールをジョサイアがスパイクの下で巧みにとらえ、ジェレマイアに返す。ジェレマイアがロングシュート。ボールは弧を描いてゴール前へ飛び、対角の奥のポールに当たった。1ー0でフージーズが先行。ハーフタイムの前には、小柄なクィンドラムがディフェンスをかわしてドリブルで十ヤードを駆け抜け、ゆっくりとしたゴロをキーパーの左脇へ流しこんだ。2ー0でフージーズのリード。

しかし、ルーマは満足していなかった。

「一つ大きな問題がある」ハーフタイムにルーマは言った。「きみたちは相手みたいにプレーしはじめてる。相手みたいに、やみくもにボールを蹴って、走らずに歩いて、いい加減にプレーしはじめてる」

それは、シーズンを通してわたしが何度となく耳にすることになる台詞だった。フージーズがずさんなプレーをしているとき、あるいはスピードや熱意を欠きはじめたとき、ルーマは選手たちに、対戦チームと同じような――〝相手みたいな〟――プレーをしていると言う。これはちょっとした巧妙な心理操作だ。表面上は批判に聞こえるけれど、この台詞には、フージーズは特別なチームだという含みがある。ルーマが言わんとしているのは、大半がアメリカ人の対戦チームと似たり寄ったりの平凡な戦い方さえしなければ、きみたちは負けるはずがない、ということだ。うちは難民のチームだからこそ結束も固いし、どんな相手ともちがう特別な強さを持っているのだ、と選手たちに言い含めているに近い。

「後半はピッチを広く使って、顔をあげて、もっともっとゴールを攻めて」ルーマは言った。「まだ勝ちが決まったわけでもないし、さっきみたいなプレーをしてたら、たぶん勝てない」

「ゼロゼロのつもりでピッチに入って、全力で戦うこと」ルーマはつづけた。「うちは実力では負けてない。それはみんなわかってる。でも、相手みたいなプレーをはじめたら、状況は逆転するかもしれない」

「いいわね、みんな?」ルーマは最後に言った。

「はい!」メンバーは声を揃えた。

後半のフージーズの攻撃は見ものだった。ジョサイアが左脇にいたディフェンダーのマークをすり抜け、全速力でドリブルしてフィールドを駆けあがり、ネットの右サイドに快心のシュートを放った。これで3-0。ルーマの指示で守備から攻撃にまわったビアンは、たちまちみごとなオーバーヘッドキックを見せつけた。ボールはまっすぐキーパーのもとへ飛んだが、そのキックのあまりの華麗さに、トライアンフの選手の親までが称賛の声を漏らした。ジェレマイアがまた得点し、そして試合終盤、ビアンがゴール前に冴えたクロスをあげた。クィンドラムが槍のように両腕を脇につけて頭からダイブし、完璧なヘディングでボールの向きを変え、キーパーを凍りつかせた——また1点。試合終了のホイッスルが三度鳴り、U-13フージーズは5-1で勝利した。

「みんな、いい試合をしたわね」ルーマはあとでメンバーに言った。「最高じゃないけど、いい試合だった」

「クロスの練習をもっとつづけましょう、着実に上達してるから」ルーマはさらに言った。「なかなかよかった。来週はもっといい試合をするのよ——わかった?」

14 アレックス、ビアン、イーヴェイ

Alex, Bien, and Ive

ビアンヴニュが兄のアレックスと弟のイーヴェイ、赤ん坊の妹アーリャ、母のジェネローズと暮らすアパートメントは、一年半前にブルンジからやってきた夜より少しは生活感ある雰囲気になっていた。壁は剥き出しのままだが、居間にはビアンヴニュがみずからテープで貼った写真が飾られ、キッチンに至る壁には、黒のクレヨンで描いた抽象的な絵――描きはじめたイーヴェイが途中で放り出した落書き――が消されずに残っている。部屋の隅のラックの上段には、V字形の室内アンテナを載せたテレビ、下段にはビデオデッキが置かれ、居間を囲むようにして古いソファが三台並べてある――どれもみな、地元の教会から寄贈されたものだ。

せまい廊下の右手には寝室が二つあり、兄弟三人がひと部屋を、ジェネローズとアーリャがもうひと部屋を使っている。居間からつづく質素なキッチンは、天井に明るい蛍光灯がついていて、床に黄褐色のリノリウムタイルが張ってある。キッチンの奥には、ほぼいつも閉めっぱなしのガラスの引き戸があり、コンクリートの厚板が敷かれた小さなベランダに通じている。その先の、まばらに木の生えた斜面のすぐ下は、車の走行音が絶えない幹線道路だ。

ジェネローズの家を訪ねると、どんなに遠慮しても手料理をたっぷりふるまわれた。キャッサバ

の葉とともに山盛りにされた米やフーフ、すりつぶしたホウレンソウやジャガイモのトマトスープがけ、豆料理、野菜とイワシのシチュー、ときには、揚げた魚や牛肉をタマネギやトマトやニンニクのソースに浸けたものも——もっとも、彼ら自身はめったに魚や牛肉を食べない。生鮮食料品は高価なので、特別なときにしか買わないのだ。

わたしがクラークストンで会った多くの難民の親たちと同様、ジェネローズも本物のアメリカ人と知り合いたがっていた。新しい住民にはアメリカ人と顔を合わせる機会がほとんどない。難民と地元住民は毎日のように外ですれちがっている——毎日、何千人ものアトランタ住民が、ジェネローズの家の裏の幹線道路を通っている——けれど、二つの集団が接触することは稀だ。というより彼らは、行き来はできないが透けて見える二つの世界の両側で、魚と鳥を分かつような、見えない境界に隔てられて暮らしているのだ。

ビアンとアレックスの家を初めて訪問したとき、わたしは出だしから気まずい状況に立たされた。わたしはジェネローズに、自分はニューヨークの新聞社に勤めていて、フージーズの記事を書くためにアトランタに来ていると自己紹介した。ビアンがそれをスワヒリ語に訳し、母親の返答を待った。

「母さんは、新聞は嫌いだって言ってる」ビアンは言った。

わたしは理由を尋ね、どうやら万国共通らしい〝記者は信用ならない〟説をまた聞かされるのかと覚悟したが、ジェネローズはすっくと立ちあがり、別の部屋へ消えた。しばらくして出てきた彼女は、手にした封筒をわたしに差し出した。それは、ニューヨーク・タイムズ紙——わたしの勤め先——の購読料一三六ドルの請求書だった。わたしは困惑した。英語を話さないブルンジ難民がていた。

ニューヨーク・タイムズを購読する意味がわからなかったのだ。ジェネローズも同じくらい困惑していた。

「なぜあの人たちは毎日勝手に新聞を持ってきて、そのお金を請求するのか、って」ビアンは母親の言葉を訳した。「うちは要らないのに。ひどすぎる」

新聞の配達を頼んだ覚えはまったくない――英語が読めないという以前に、そんな費用はとても払えない――のに、何週間にもわたって玄関先に新聞が積みあげられていったという。わたしは、その請求書を預かって会社に事情を問い合わせてみましょうと申し出た。ニューヨーク・タイムズの購読部門に電話して状況を説明すると、会社は請求を取り消した。担当主任は、会社が販促に使っている電話セールス会社の一つで何か手違いがあったようだと責任転嫁していた。

この一件は、それから数カ月にわたる取材でわたしが知ることになる、クラークストンの難民が陥りがちなトラブルを端的に物語るものだった。難民たちはしじゅう、無料購読や、休暇旅行や、移住にまつわる法律相談などの電話セールスを受けている。再定住支援機関の見るところ、電話セールス会社は、クラークストンの郵便区内の電話番号にかければ、英語をほとんど、もしくはまったく話せない住人につながる可能性が高いのを承知しているのだろうということだ。言葉の壁を破る勧誘文句をいくつか――たとえば、〝無料《フリー》〟という言葉を繰り返し――口にして新来者の期待をかき立てることで、セールス担当者はほぼなんでも契約させることができる。新しい顧客獲得に必要なのは、難民の多くが相手の言葉を聞きただすつもりで発する、〝イエス〟のひとことだけだ。難民たちが意図せずして加入したさまざまな契約の解除手続きをするのは、ケースワーカーやボランティアの業務の一部と化しており、どれだけの難民が恐怖心から請求どおりに支払いをしているかは把握しようがないらしい。また、難民たちが新天地に対して抱く安心感や楽観的な気持ちにつけこんだ手口も存在する。それを知ったのは、最初の訪問から数カ月して、ビアンヴニュの兄のアレックスから電話をもらったときだった。無料で車を進呈すると書かれたダイレクトメールが届いたので、申しこみを手伝ってほしいという。記載された番号に電話して探りを入れてみると、案の定、詐欺だった。アレックスに折り返しかけてそう告げると、彼は電話口でそれを母親に伝えた。長い沈黙がつづき、ジェネローズが明らかに落胆しているのがうかがえた。

依然として新聞と請求書を送りつけてくる会社の人間だというのに、ジェネローズはわたしを家に招き入れてくれた。居間のくたびれたソファに腰をおろすと、柔らかいクッションではなく、張り地の下にある木枠にもろに尻がぶつかった。わたしの驚き顔を見て、三兄弟が大笑いした。尾骨を直撃するソファの木枠はこの家のジョークになっていて、たったいま新たな犠牲者が出たのだ。

ジェネローズはコーヒーテーブルにベージュの布切れをかけ、キッチンから小皿を数枚とフォークをひと握り持ってきた。つづいて三兄弟が食べ物を運んでくる。湯気の立つ米を山盛りにした大きなプラスチックのボウルと、温かいキャッサバと豆とジャガイモと煮野菜を盛り分けた小さめの陶器のボウルがテーブルに並んだ。ジェネローズがテレビの下のビデオデッキの再生ボタンを押し、コンゴの山々や緑の森の移ろう景色をバックに歌う、カトリックの聖歌隊のぼやけた映像が画面に映し出された。

少なくとも一面において、ジェネローズと三人の息子たちは、クラークストンの典型的な難民家庭像にぴたりと一致する。英語力は年齢に反比例している。ジェネローズはスワヒリ語と、ある程度のフランス語と、キルンジ語——ブジュンブラとブルンジ西部で使われる言語——を話すが、英語は片言しか知らない。十五歳の長男アレックスは、英語はわかるがすらすらとは話せず、母国語訛りがきついうえに、変声期で声が低くなりかけ、かすれがちなので、何を言っているのか聞きとりにくいことがある。自分でも気にしているのか、内気で口数の少ないアレックスは、家族にはもっぱらスワヒリ語で話した。ビアンヴニュ——家族はビアンかビアンヴと呼ぶ——は、二歳若いこともあって、アレックスよりも速く新しい言語をマスターした。ルーマの骨折りで、移民や難民向けのカリキュラムのある最寄りの公立学校に入学できたのも、英語の上達に役立った。アレックスほどきつい訛りはなく、読み書きには苦労していたものの、もともと冗談を言って人を楽しませるのが好きな性格なので、会話に関してはめきめき力をつけていった。たまに単語や熟語が思い出せなくてつかえたとき、ビアンは下を向き、手のひらを頭のてっぺんに載せて、小さい円を描くように撫でる。あとで知ったのだが、幼いころビアンが泣くと、ジェネローズがいつもそうやってなだめていたらしい。

七歳のイーヴェイは、まったく訛りのない流暢な英語を話す。好きなテレビ番組は〈シンプソンズ〉で、おそらくその影響だろうが、ややかん高い声で、ときには主人公のバート・シンプソンそっくりの口調でしゃべった。家族でいちばん英語の達者なイーヴェイは、電話の応対や、当人より何十歳も年上のアメリカ人——家主や、電話会社や電力会社の集金係——と話す役目を担うこともしばしばだ。

外の世界との橋渡し役を七歳の息子にまかせざるをえないこと自体、ジェネローズには歯がゆかった。しかし、求職の面ではさらに深刻な影響を受けていた。英語が話せないために著しく選択肢がせばまってしまうのだ。一時期は地元のドラッグストアでパートタイムの在庫品係として働いていたが、六カ月前にアーリャが産まれてからは失業状態だった。お金がないんです、とジェネローズは言う。アーリャの父親はいまカナダにいるが、アメリカへの入国申請が通らず、できるかぎりの仕送りをして支えてくれている。また、国際救助委員会《IRC》を通して難民家族の支援ボランティアをしているアトランタの裕福な女性が、ジェネローズが仕事を探すあいだ、食料品を寄付して家計を助けてくれていた。とはいえ、働けば働いたでまた別の経済問題が発生する。仕事に出るとなると、ジェネローズはアーリャに子守りをつけることになる。その費用を差し引いても黒字になる額を稼ぐには、時給十三、四ドルの仕事を見つけなくてはならない。英語がまったく話せず特殊技能もない女性につとまる、そんな条件の仕事がアトランタに存在するとしても、ジェネローズはまだそれを見つけていなかった。

一家が暮らす二寝室のアパートメントの家賃は六五〇ドル。光熱費や電話料金が毎月二〇〇ドル近くかかる。食費は割合安くついているとはいえ、そこそこの出費にはなった。ジェネローズはいつも、通りのすぐ先のディカルブ郡農産物市場で、大型ビニール袋入りの五十ポンドの米をまとめ買いしていた。夜なら仕事ができる、とジェネローズは言う。それなら、仕事に行っているあいだ、学校からもどった息子たちにアーリャの子守りをさせられるし、自分は昼間に赤ん坊といっしょに眠ればいいから、と。

七歳と十三歳と十五歳の息子に生後六カ月の娘の世話をまかせようというのだから、ジェネローズはよほど切羽詰まっているにちがいない。モザンビークの難民キャンプにいたころ、ジェネローズは戦争でも飢餓でもなく、家庭で起きた事故で娘を一人亡くしている。その子は、石を並べて作ったかまどの上でジャガイモを茹でていた鍋を誤ってひっくり返し、ひどい火傷を負った。キャンプから病院までの移動費用を払えなかったため、ジェネローズは娘の火傷を薬湿布で手当てするほかなかった。一時は回復したかに見えたが、結局その子は、おそらくは火傷から併発した感染症のために、九歳で死んだ。ジェネローズはしじゅうキッチンから子供たちを追い払っていて、最年長のアレックスにしかこんろで料理をさせなかった。子供たちだけで留守番させることを考えると恐ろしかったが、家族を養う手立てを見つけなくてはならなかった。

アメリカへ来て、仕事と子供の世話とどちらをとるかの決断を迫られることになるとは、ジェネローズは予想もしていなかった。クラークストンの多くの難民たちと同じく、難民キャンプを出ることだけに力を注ぎ、望みをかけてきたため、新しい土地での暮らしのことはあまり考えていなかったのだ。

「アメリカは楽園だと思っていました」ビアンを介してジェネローズは言う。

「アメリカはこんな感じだと思ってたんだ」アレックスが言い、杖をひと振りしてテーブルの上に何かを出す魔術師の真似をした。

「ソーダ!」そう言って、また杖を振る。「ごちそう!」

ビアンヴニュもジェネローズもイーヴェイも、アレックスといっしょになって大笑いした。アメリカに住んでたった一年のうちに、彼らはこの国の恩恵を妄信していた自分たちを、滑稽なほどおめでたかったと見るようになっていた。そうした面で失望を味わうのは、クラークストンの難民のあいだでは珍しいことではない。このことからはっきりわかるのは、アメリカが近年どれほど世界じゅうで評判を落としていようと、ほとんどの難民は〝豊かな国〟というイメージを抱いてここへやってくるということだ。やがて彼らは、以前にも増して厄介な現実に直面する。

「だいじょぶ、だいじょぶ」ジェネローズはたどたどしい英語で言い、両手を天に向け、お金にまつわる悲観的な会話を終わらせた。「神さまいれば、それで幸せ」

ジェネローズはまだ流れていた聖歌隊の映像に注意をもどし、目を閉じて、頭を前後に軽く揺らしながら、裏声で小さくいっしょに歌った。

15 再挑戦

Trying Again

ルーマがチーム・スポンサーのディケーター・ディカルブＹＭＣＡに電話をしてＵ－15の活動中止を伝えると、担当者たちは激怒した。彼らはルーマを呼び出し、上階の小会議室のテーブルを囲んでの会合を開いた。ＹＭＣＡがフージーズのスポンサーをつとめている以上、チームの活動を中止する権限を持つのはＹＭＣＡの職員だけだと、ルーマはたしなめられた。とりわけ、シーズン開幕後にチームを解散したことが、ジョージア少年サッカー協会――州内の約七五〇〇人の少年サッカー選手を統轄し、ときに政治力をも有する大規模組織――内でのＹＭＣＡの評判に影響しまいかと彼らは心配していた。担当者たちは、問題のある選手をやめさせ、熱心な主力選手のみで活動をつづければすむことだとルーマに意見した。

ルーマの反論は簡潔だった。練習や試合に遅刻するような子供たちの指導に時間を費やす気はない。Ｕ－15に熱心な選手が何人かいるのは事実だが、問題のある選手を排除すると残るのは八人か九人で、フルメンバーが揃わなくなる。補欠がいないとなれば、選手はみなジョージアの猛暑のなか、休憩もなしにプレーしつづけなくてはならない。それは安全面にも支障をきたす。疲れたり、焦ったり、ファウルをしはじめたりする選手がいても、代わりの選手を入れて頭を冷やさせることもできない。残った選手たちがそんな境遇に置かれるのは不当だ、と。

そもそもYMCAがスポンサーとして登場したのは、フージーズがリーグ戦に参加するのに、名の通った組織に所属している必要があったためだ。YMCAは、練習やアウェーゲームへの選手の送迎に使うバスを提供し、日程調整や運営業務の一部を担っている。けれどもルーマの不満は募るばかりだった。インディアン・クリーク小学校のグラウンドにはいまだにゴールがなかった。ルーマはまた、チームの乏しい予算でも入手できる良質な革製のサッカーシューズを何時間もかけて探しまわった。だまっていればYMCAが購入するであろう、足によくない安価なビニール製のシューズを選手たちに履かせたくなかったからだ。ルーマは予算内で買える革製のシューズの情報をYMCAの少年スポーツ担当者に伝えたが、そこまでしても、担当者は独断で安いビニール製のシューズを購入した。フージーズの選手たちはいま、足にまめを作ってそのつけを払わされている。その前の週は、数日つづけてYMCAのバスが練習後に現れず、ルーマは自分のフォルクスワーゲンで一度に四人ずつ、二チームぶんの選手たちを家まで送っていく羽目になった。ほかのスポーツプログラムに参加している裕福なアメリカ人の子供たちが相手なら、YMCAは送迎バスを出すのをうっかり忘れたりはしないだろうと、ルーマは確信している。YMCAの関係者で、フージーズの試合や練習を観にきたり、個人的にチームにかかわり支援しようとした人間も、一人としていなかった。

ルーマは独力でフージーズを立ち上げ、その活動に献身的に取り組んできた。それは無償でしていることで、YMCAからは給料も公式の肩書きももらっていない。U-15の指導はしないとルーマが決断すれば、チームはただ消滅するだけだ。練習や試合に顔を出すのを突然やめたとしても、その役目を引き継ぐ控えのコーチもいなければ、代役を立てよと騒ぐママさん連中もいない。YMCAはいつも、ルーマがしかたなく無償奉仕に甘んじているような物言いをする――〝まるでわたしの上役みたいに〟。

「こう言われました。『あなたにはそういうことを決定する権限はない』って」ルーマは会合のあとで言った。「あの人たちこそ、わたしを呼びつける権限なんかないのに！」

ルーマはYMCAの担当者たちから、とにかく気難しく要求が多すぎていっしょに働きづらいと思われはじめていた。選手たちをどこまでも擁護するその姿勢は思いあがりと受けとられ、送迎バスや資金・運営の面でフージーズを支援しているYMCAへの謝意に欠けていると見なされた。

ルーマにとって、この論争は威信と権限にかかわる問題でもあった。サッカープログラムを運営していくなら、自分の方針を貫く必要があるとルーマは強く感じていた。人数の激減したチームに試合をさせるのは不当であり、危険でもあるとコーチの自分が判断しているのだから、デスクワークしかせず、チームのプレーもろくに観たことのない人たちにとやかく言われたくはなかった。バスや、シューズや、ゴールの件での無能ぶりを見ても、YMCAにはサッカープログラムの運営について意見する資格などないに等しい。それに、ここで譲歩して活動休止を撤回すれば、ルールを破っても許されるのだと、残りのチームの選手たちが甘い考えを持つ恐れがある。そうなればプログラム全体の統制が失われかねない。

だが、そういった単純な問題よりもルーマが腹に据えかねているのは、YMCAがたびたび約束をたがえてきたことだった。ルーマの感覚では、それは何よりも許しがたい欠陥だった。

「ルーマはいつでも、人々が事の是非を見きわめ、正しいことをするのを大いに期待しています」

とトレーシーは言う。「誠実さや、正しいことをしようという真っ当な意欲に欠ける人とは仕事をしたがりません」

ルーマがチームの活動休止を決めたのは、ＹＭＣＡや選手たちとの対立もさることながら、もっと現実的な事情をも考慮してのことだった。口に出すことこそめったになかったが、ルーマは疲れきっていた。難民の母親たちを雇用した清掃会社を経営するかたわら、Ｕ－13、Ｕ－15、Ｕ－17の三チームを指導する。選手は総勢四十八人いて、夕方や週末は彼らの家庭を車で訪ね、医者に連れていったり、電話料や光熱費の請求書の内容を確認したり、学校やさまざまな政府機関から届く無数の書類の意味を説明したりといった手助けに走りまわる。ルーマほど献身的で熱意ある人間にとっても、それは大きな負担になった。自分の時間はめったに持てなかった。週に一度くらいは時間を作って近くのピザレストランで友人と夕食を楽しむこともあったが、ルーマの人付き合いはほとんど、友人宛の二、三行の短い電子メールや、かけなおしていない何件もの電話だけで成り立っていた。Ｕ－15という重荷をおろしても、自分の時間が増える見こみは薄かったが、こちらの骨折りに報いてくれている子供たちの指導に力を入れることはできるだろう。カヌーとマンデラとナトナエルがじゅうぶんな数の候補者を集めてくれれば、改めてＵ－15のトライアウトをすると承知はしたものの、ルーマの気持ちはほぼ固まっていた。

Ｕ－15の活動再開をかけたトライアウトは、インディアン・クリーク小学校裏の砂だらけのグラウンドで、月曜日の午後におこなわれることになった。迎えた当日は、幸いにも残暑が一時和らいでいた。ルーマは、自分たちで人を集めて段取りをつけるなら顔を出してもいいと、カヌーとマンデラとナトナエルに言い渡していた。三人はそれをやってのけた——周囲の木立を抜ける小道を、新しい選手候補たちが続々とやってくる。しかし、開始時間に関してちょっとした勘違いがあった。三人は、午後五時三十分に集合するようチームメイトと候補者たちに連絡していたが、コーチにはうっかり六時と伝え、そう言ったことも忘れてしまった。そんなわけで、少年たちは三十分間ストレッチやランニングやパス練習をしながら、ひっきりなしに駐車場を見やり、ルーマの黄色のビートルを待ちわびていた。もしかするとコーチは気が変わったんじゃないか、とだれかが言った。

そのあいだに、フージーズのほかの二チームのメンバーも集まりはじめた。カヌーとマンデラとナトナエルが町じゅうの団地からどんな逸材を発掘したのか見にきたのだ。フージーズに何かあったらしいという噂は、サッカーをしない近所の子供たちにまで瞬く間に広まったようだ。ふだんなら練習中でもかまわずグラウンドを走り抜ける少年少女たちも、この日はおとなしくランニングトラックの脇にたむろするか、オレンジとブルーの大きなジャングルジムのてっぺんにのぼって、見物する構えを見せていた。

六時五分前になって、黄色のフォルクスワーゲンが駐車場に入ってきた。ルーマがおり立ち、トランクをあけてサッカーボールの詰まったメッシュの袋を引っ張り出す。そして袋を肩にかつぎ、グラウンドのほうへ歩いてきた。

ルーマは集まった面々をざっと見渡した。見知った顔が六人いた。四人はU－15の現メンバー——カヌー、ナトナエル、マンデラ、ビアンヴニュの兄のアレックス——で、あと二人は、過去にフージーズの練習に参加していた少年たちだ。ほかは知らない顔ばかりだった。フォーナティーの姿がないのに気づいた。カヌーたちが電話したときには、チームが再開されたら参加する気はあるが、トライアウトは前に一度受けているし、今回は免除されて当然だと言っていたらしい。新人といっしょにされるのは屈辱だ、と。

ルーマは新しい選手候補たちを集め、名前を訊いて紙に書きこんでいった。それから全体を二チームに分け、今日は対戦でのプレーを見させてもらうと告げた。少年たちがグラウンドに散りかけたとき、ルーマは一人がサンダル履きなのに目を留めた。その少年をそばへ呼び、横に立って自分の足を並べる。ほぼ同じサイズだった。ルーマはいつも練習に履いてくるプーマの黒いサッカーシューズを脱いでその少年に差し出し、少年はサンダルを脱いでその靴に履き替えた。ルーマは靴下裸足で地面にすわり、無言でミニゲームを見はじめた。

「今期が初シーズンみたいなものね」とルーマが口を開いた。「チームの基盤ができてないんだから。週に五日練習できれば、どうにか――」

ルーマはそこで口をつぐんだ。ほかにも二チームを抱えているのだから、そんなことは不可能だった。U-15の活動再開を決めれば、おそらく三回の練習で最初の試合に臨むことになる。選手が互いの名前を覚えてくれれば上出来なくらいだ。新しく加わる選手のことも気がかりだった。どこのだれなのかもまだ知らないし、このプログラムの主旨に合った子供たちかどうかもわからないのだ。活動を強行して、子供たちに挫折を味わわせることになりはしないか、それも心配だ。そんなことをあれこれ考えると、ルーマの心は沈んだ。元気がないのは空腹のせいでもあった。ちょうど、イスラム教徒が日の出から日没まで断食をするラマダーンの期間で、ルーマは厳格な信徒ではなかったものの、謙虚さや犠牲心や忍耐力を養うため、日中の断食は実行していたのだ。とはいえルーマは憔悴していた。それほど自信なさげな彼女を見たのは、知り合って以来初めてだった。

「あなたならどうする?」ルーマはとうとうわたしに訊いた。
そして返事を待たず、がっくりとうなだれてため息をついた。
「どうしよう」ルーマは言った。「どうしたらいいの」

ルーマは選手たちを真剣に観察した。ミニゲームの中心となっているのはカヌーで、声を張りあげてチームメイトにパスを出せと促し、ボールが流れるたびに全速力で拾いにいっている。新顔の選手もよく動いていた。ソマリ・バントゥー族の兄弟、ハムドゥとジェイラニ・ムガンガは隙のない守備を見せた。マンデラは大柄な体を盾にしてボールをキープしつつ、群れなすディフェンダー陣のなかを突き進み、みごとゴールを決めた。ナトナエルは、初対面の選手たちに向けて、巧みなパスを次々と繰り出していた。死に物狂いでプレーする少年たちは、まるで意志の力でチームを復活させようとしているかのようだった。

ルーマはそれを注視しながら、時折手に持った紙の選手名の横にメモを書きつけていた。やがてその紙の裏にサッカーのフィールドを描いて、各ポジションに名前を書きこみはじめた。ムガンガ兄弟はすばしこくて粘り強い。ルーマは二人の名をバックスの両サイドに、そのあいだにアレックスの名を書き入れた。カヌーはセンターハーフ、ナトナエルは左ハーフ、マンデラはストライカーとした。ムアメルという足の速いボスニア人選手がいた。真っ黒な薄い口ひげのせいでよく目立ち、十五歳という実年齢よりも大人びて見える。チームプレーに不慣れでパスもろくに出さないけれど、ボールさばきが抜群にうまい。育つ見こみはありそうだ。ルーマは右ウイングにその名前を書きこんだ。ほかの名前も書いては消し、また別のポジションに書き入れた。そんなことを繰り返すうち、ごちゃごちゃ書かれた名前と消し跡の黒ずみで、紙はほとんど判読不能となった。

一時間ほどたつと、ルーマはホイッスルを吹き、全員を呼び集めた。少年たちは半円状に並んでルーマを囲み、その言葉を待った。

「今日ここにいる十六人のうち、わたしが指導したことがあるのは六人だけです」ルーマは言った。「だから、わたしがどんなコーチなのか、どんな選手を求めてるか知ってるのもその六人だけ。守ってもらいたいルールもその六人しか知らない」

「このチームでやっていくとしたら」ルーマはつづけた。「たくさん試合に負けることになるでしょう。運がよければ、一勝か二勝ぐらいはできるかもしれないけど」

新顔の選手の一人が怪訝そうにうめいた。

「きみたちは、こういう状態でシーズンに突入して、負けてばかりになってもいいの?」ルーマは尋ねた。

だれも返事をしなかった。

「きみたちが対戦するのは、五年はいっしょに戦ってきてるチームなの」ルーマは言った。「今週末の試合には出ません。出るのは来週末の試合から——練習期間は一週間ね。相手は五年で、うちは一週間」

それまでの練習回数はたった三回だとルーマは言い添えた。

カヌーが口をはさんだ。日曜日の早朝にも臨時練習をすればいいという。ほかの少年たちもうなずいて参加の意思を示した。

「ぼくたち、やれるよ」カヌーは言った。

「それでもいいという人は、木曜日の五時にここで会いましょう」ルーマは言った。「いやな人は――来なくていい」

「練習はきついわよ」ルーマは付け加えた。「ほかの二チームよりたくさん走らせるし、ボールもたくさん蹴ってもらう。これまでより甘くする気もありません。だから、この二週間のわたしの態度が気に食わない人は……」

ルーマはその先を言わずにとどめ、踵を返してグラウンドを離れた。

カヌーは安堵して頭を垂れた。チームは息を吹き返したのだ。彼は事前に選手候補たちのことをよく調べ、チームのルールも、大半の者にはみずから誓約書を読みあげて知らせてあった。そして、こんどの木曜日の午後には遅れずに集合するよう、全員に念を押す気でいた。また、日曜日の早朝の臨時練習もできると見こんでいて、あとでコーチに相談するつもりだった。だがいまはただ、あることを伝えたかった。カヌーは周りにだれもいなくなってから、ひそかにそれを実行した。

「感謝してるってコーチに伝えたんだ」カヌーはあとでそう言った。「ありがとう、ぼくたち一生懸命ルールを守って、コーチに当然の敬意を払うようにするから、って」

16　U－15の奮闘

The Fifteens Fight

再始動したフージーズU－15の練習に出てきた少年たちのなかには、選手として未熟な者が多く、結束という面では望みが薄かった。出身国はリベリア、コソボ、スーダン、ソマリア、ブルンジ、ボスニア、エチオピア、アフガニスタンとばらばらで、おおかたのメンバーはそこそこ英語が話せるものの、互いに共通するものはほとんどなかった。最初の試合までのわずか九日間で、この共通点のない少年たちをできるかぎり団結させるには、いっしょに困難に立ち向かわせるのがいちばんだとルーマは考えた。そこで、二度の通常練習でボールの扱い方やパスの基本を教えこんだのち、三度目はU－17チームとミニゲームで対戦させることにした。U－15に勝ち目は薄いが、そこが肝心なところだった。自分たちよりうまい相手と戦ういらだちを抑えられるかどうかは、このチームを今後予定されている試合に出しつづけるかどうか判断するいい目安になるだろう。もし年長組のフージーズとの対戦で冷静さを失うようなら、もっと敵愾心を燃やしてくる対戦相手に勝てる見こみはまずない。

実のところルーマは、このチームがほんとうに復活できるのかどうか量りかねていた。とくに気がかりなのが、ナトナエルとカヌーとともにチームの要となるマンデラだ。新しい選手の勧誘に貢献したというのに、トライアウト後の練習ではむっつりとして怒りっぽかった。彼にとってはくだらない髪型のルールのせいで友達のプリンスがチームをやめたことに、まだ腹を立てているのだ。そのうえこんどは、もう一人の親友のフォーナティーもトライアウトに出てこなかった。会ったこともないボスニア人や、コソボ人や、ソマリ・バントゥー族の選手が加わるらしい新チームにリベリア人仲間はおらず、マンデラは孤立していた。新顔の選手たちと親しくなる気もないようで、練習の前にはヘッドホンをして自分の世界にこもり、だれとも話さずにボールを操っていた。練習に入ると、募る不満を身振りで露わにし、背中をまるめ、やる気なさげに腕を垂らしたまま反復練習をこなした。ミニゲームのあいだも、まずいパスを出した選手や、アシストをしくじった選手を怒鳴りつけた。そしてまたもや、マンデラは練習の最中に、一度目はどこへ行くともなくふらりと抜け出し、二度目はグラウンドの反対側でピックアップゲームをしている近所の青年たちに加わった。

ルーマはマンデラの態度にも、むら気な行動にも文句をつけなかった。親しい仲間とプレーできないせいでむしゃくしゃしているのはわかっていたし、このチームに少しは望みがあるのか見定めてから本腰を入れる気なのかもしれない、とも思った。ルーマはマンデラが自分で立ちなおるのを期待して、いまはただやり過ごそうと決めた。そして、マンデラを好きにさせているあいだも、ほかの選手が自分に不信を抱かずにいてくれることを願った。

フォーナティーは、自宅のある団地の子供たちからミニゲームの噂を聞いた。二度目のトライアウトにも、それにつづく二度の練習にも顔を出していなかったけれど、ミニゲームはルーマにかけ合うちょうどいい機会だとフォーナティーは考えた。サッカーの実力には自信があるし、ここは自分の出番だろう。U－15には前線に自分のような選手が必要だ。

二度目のトライアウトに姿を見せなかったリベリア人選手は何人かいたが、なかでもフォーナティーが来なかったのには驚かされた。フォーナティーはルーマを尊敬していたし、大きく影響を受けてもいた。サッカーへの情熱も人一倍ある。フォーナティーは髪を短く刈りこんでいたので、プリンスやほかのリベリア人選手をチームから去らせた髪型のルールとも無関係だった。ミニゲームの日、フォーナティーはグラウンドでコーチが来るのを待ちながら、二度目のトライアウトを受けなかったのはプライドの問題だとわたしに言った。

「トライアウトには初めから行く気がなかった」とフォーナティーは言う。「一度受けてるんだから」

「サッカーは好きだよ」コーチを待つあいだ、フォーナティーはさらに語った。「友達とプレーできるのが気に入ってたのに、やつらはもういない。家族と離ればなれになった気分さ。しかもその理由があれだよ。だれも人に言われて髪を切りたくなんかない。フージーズではプレーしたいけど、友達のいるチームがいいんだ」

ルーマのチームを抜けてどんな気分かとわたしは尋ねた。

「抜けてなんかいないよ」フォーナティーはすかさず言った。「コーチからは連絡がないし、こっちからも連絡してない。だから、言わせてもらえば、おれはまだチームに籍があるんだ」

数分後、ルーマが現れた。U－15とU－17のメンバーがウォームアップをするなか、ルーマはフォーナティーと目も合わせず、横を通り過ぎていった。そしてホイッスルを吹き、両チームをそれぞれフィールドの両端に集合させた。

「ルーマはコーチ以上の存在なんだ。なんでかって――」フォーナティーはほとんど独り言のように言った。「すごい人だからさ。コーチのところへ行って、こう言うつもりだ。『おれはこのチームに必要だ』って」

フォーナティーはためらっていた。コーチと話すのは緊張するかと尋ねると、薄く笑って、空元気を出した。

「いや――緊張はしてない」

間を置かず、フォーナティーはコーチのほうへ向かっていった。U-15の選手たちの真ん中に立ってポジションを告げているルーマのもとへ歩み寄る。自分もポジションを聞こうとするかのように、フォーナティーはメンバーのなかにさりげなく交ざった。

「フォーナティー」その姿を見てルーマが言った。「あっちへ行って」

フォーナティーは驚いて立ちすくんだ。ほかの選手たちの視線がいっせいに集まる。

「コーチ、あとで話できますか」フォーナティーはおずおずと言った。

「ええ――とにかくどいてて」ルーマはそう言って、ポジションの指示をつづけた。

フォーナティーは重い足どりでむっつりとジャングルジムのほうへもどっていった。そこには、ミニゲームを観にきたプリンスやほかの友人たちが集まっていた。フォーナティーもひとまずは見物して、あとで復帰の交渉をしにいくことにしたようだ。

U-17はU-15よりメンバーの年齢が上で心身ともに成熟しているだけでなく、才能ある選手に恵まれてもいた。チームを引っ張るのは、おしゃべりで自信家のペシャワ・ハマドというイラク人選手と、寡黙で控え目なシャムスーン・ディコリ（弟のイドワールとロビンもU－13でプレーしている）というスーダン人選手だ。ミニゲームの勝敗はわかりきっていたが、ルーマの目的は、U－15が格上のチームを相手にどんな奮闘を見せるか――ぼろぼろに崩れて平静を失うか、それとも立派に戦い抜くか――を見ることだった。ルーマは赤いメッシュのジャージをU－15に、白いジャージをU－17に手渡した。ＹＭＣＡがいまだにサッカーゴールを調達してこないので、ルーマはグラウンドの両端にある金属のバックネットをゴールに見立てた。

ルーマがホイッスルを吹くと、両陣を駆けあがる選手たちの足もとから、たちまち砂煙が舞いあがった。

インディアン・クリークのグラウンドはふだんにも増して混沌としていた。端のほうでは青年たちがピックアップゲームに興じており、ジャングルジムにいた子供たちがフージーズのプレーエリアにふらふらと入りこんでくる。グラウンドの隣の駐車場では、ティーンエイジャーが紙袋で隠しながら缶ビールを飲んでいる。ルーマはミニゲームに集中しようとしつつも、トラブルが起こらないよう周囲に目を配っていた。

立ちあがりから、U－15は新たな活力と決意を見せつけ、ボールの支配権を握った。序盤の攻勢で、口ひげのある新入りのボスニア人フォワード、ムアメルに、マンデラが軽やかなヒールキックでパスを送ったが、ムアメルはフィニッシュをしくじった。

「おい！」マンデラがいらだたしげに叫ぶ。

そのあとすぐ、U－15のディフェンス陣をすり抜けてきたペシャワがシュートを放ち、バックネットを鳴らした。１－０でU－17が先制。

U－15はあきらめなかった。ほどなくマンデラが、ドリブルでU－17のディフェンスの間隙を縫い、ゴールを狙えるスペースに躍り出て、完璧なシュートを放った。カシャン！　1－1の同点ゴール。そこでルーマが前半終了のホイッスルを吹いた。U－17には自分たちで作戦を立てさせ、U－15を呼び集める。

「敵よりもよく動けてる――その調子でね」休憩中のU－15にルーマは言った。

フィールドの反対側では、U－17のペシャワが怒りとふがいなさでいきり立っていた。年下のチームに負かされるなどまっぴらだった。

「しゃきっとしろよ！」ペシャワはチームメイトに言った。「手強いのはマンデラだけだろ。やつの動きを封じればこっちのもんだ。中盤を押さえこめ。あいつらなんか――どうってことない。さっさと片づけようぜ！」

後半、U－17は体の大きさと経験をみごとに活かした。てきぱきとパスをまわし、整然と進路を切り開き、未熟で体の小さい敵たちを肘で振り払った。ふたたびペシャワが敵のミッドフィルダーをフェイントでかわしていき、途中でフィールドに入りこんできた幼児をよけ、さらに、U－15に加わったばかりのソマリ・バントゥー族のディフェンダー、ハムドゥ・ムガンガを巧みなボール運びで出し抜いた。ペシャワはシュートを決め、2－1とU－17がリードした。

数分後、カヌーがドリブルで駆けあがり、パスを出した瞬間、敵の一人から強烈なタックルを受けた。カヌーは前に転倒して地面に右肩を打ちつけ、砂埃のなかをしばらく転がって止まった。ホイッスルを待ち受けたが、何も聞こえてこない。ルーマはそのままプレーをつづけさせていた。カヌーは怒り狂った。タックルしてきた相手を目で追いつづけ、ボールが場外へ出たとたん、スパイクの裏を相手に向け、足首めがけて滑りこんだ――公式試合ではほぼまちがいなくレッドカードを示される危険な行為だ。

「こら！」ルーマが怒鳴った。「カヌー！　トラック一周！」

数分後、ルーマがホイッスルを吹いた。最終スコアは3－2で、U－17に軍配があがった。ルーマはU－15を招き寄せた。

「みんな――なかなか健闘したわね」ルーマは言った。「カヌー、こんどあんなふうにカッとなったら、チームをやめてもらうわよ。試合では汚い手を使ってくる相手もいるし、それに腹を立てたら自分がレッドカードをもらう羽目になるの」

カヌーはしょげかえって頭を振っていた。自分でも、チーム追い出されかねない重大なミスを犯したと思っているらしい。コーチは今回だけトラック一周で許してくれたのだ。


ミニゲームのあと、ルーマは少し気を取りなおしていた。心配な点もある――カヌーが怒りを爆発させたのもそうだし、新入りのチームメイトが避けられないミスをするとマンデラがきつく責めるのも気になった。とはいえ、U－15は頼もしい奮闘を見せてくれた。新加入の足の速い両ウイングのおかげで、スピードを活かした機敏な攻撃が何度かできた。ムガンガ兄弟もディフェンスで健闘を見せ、こぼれ球を見逃さず、U－17の経験豊富なフォワードたちがマークを振り切るたびに追いすがった。だが、何より心強く思えたのは、U－15が劣勢に転じてもあきらめなかったことだ。

この日、ルーマにはまだやり残した仕事があった。チームへの復帰の件でフォーナティーの話を聞くと約束していた。ルーマは振り返り、フォーナティーがプリンスやほかの友人たちとミニゲームを観ていたジャングルジムのあたりを見まわした。ところが、もうだれもいなかった。ゲームの途中で彼らは立ち去ったらしい。フォーナティーに関しては、これで永久にチームを去ったことになる。

ルーマはサッカーボールを集めてメッシュの袋に入れ、それを肩にかついで車を停めてある駐車場へ向かった。駐車場はその時間も、バスケットボールのコートにたむろしてドラッグを吸ったりビールを飲んだりしている若者たちでいっぱいだった。ルーマはうつむいたまま、まっすぐビートルのほうへ歩いていった。ハッチバックの扉をあけ、ボールの袋を後部座席に積みこむ。正直なところ、ルーマはここインディアン・クリークのすべてに嫌気がさしていた――グラウンドの混沌も、駐車場にいる物騒な集団も、何もかも。

フージーズの練習にもっとふさわしい安全な場所はもちろんある。スワニー市長がサッカー禁止を宣言したミラム公園のアーミステッド・フィールドだ。そこは贅沢な芝を備えているうえに、町じゅうの団地に出入りする人の流れからも隔離されている。グラウンドそのものが窪地にあり、金網のフェンスに囲まれている。クラークストン市警のパトカーが頻繁に見まわりに来る。そこでサッカーをしている者がいないか監視する目的もあるわけだが、そうやって警察が現れるおかげで、園内でビールを飲んだり、マリファナを吸ったり、たむろしたりするのはほぼ不可能だ。そんな申し分のないグラウンドが使われずに放置されていることに、以前はばからしさやいらだちや失望を覚えたものだが、いまはただ腹立たしかった。ルーマは何か行動を起こそうと決めた。次の日、フージーズにグラウンドを使わせてくれるよう市長に最後の嘆願をするべく、ルーマは黄色のフォルクスワーゲンで市庁舎に乗りつけた。

スワニーはちょうど市長室におり、話を聞いてもらえることになった。ルーマは穏やかな口調を保った。また怒らせたくはなかったからだ。自分のプログラムは、放課後の子供たちの非行防止に役立っているし、市になんの負担もかけていない。まさにクラークストンが支援するべきプログラムだ、とルーマは力説した。ミラム公園のグラウンドはまったく使用されていないし、フージーズの練習に週四日使わせてもらうぐらいなら、たいした支障も出ないのではないか、と。

スワニーはすべてを傾聴した。ルーマの嘆願で、市長は困った立場に追いこまれた。難民たちにあのグラウンドを自由に使わせたら、とりわけミラム公園周辺の在来住民から、大いに非難を受けることになる。古くからある瀟洒《しょうしゃ》な屋敷に囲まれたその公園は、町でも数少ない特徴的なランドマークであり、その新品同様のグラウンドがサッカーで荒らされることに警戒心を抱く住民もいるだろう。しかしながら、市長はロストボーイズ・サッカーチームとの一件で悪評を買ったのに懲りており、新聞でまた扱きおろされるのは極力避けたかった。そこでスワニーは、厄介な二つの問題について選択を迫られたとき、揉め事嫌いの役人がとりそうな行動に出た——責任逃れだ。

スワニーはルーマに、自分の一存でグラウンドの使用を許可することはできないが、クラークストン市議会に申し立てをしてもらうのはいっこうにかまわない、と言った。自分の態度に矛盾があることに、スワニーは気づいていないようだった。以前は、市長の権限でミラム公園でのサッカーを禁止すると主張しておきながら、こんどはそれを許可する権限がないと言う。

それでも、突破口は開けた。クラークストン市議会の会合は毎月第一火曜日におこなわれる。いちばん近い十月の会合はちょうど五日後だ。ルーマは出席して申し立てをすることにした。通るか否かはルーマの説得力にかかっているところもあるが、この件に関してもっと発言力を持っているのはスワニー自身だ。サッカー場問題は、クラークストンの独自性論争と言い換えてもよく、それは市長がずっと抱えてきた案件だった。申し立てを勧めた市長に、市議会はおそらく同調するだろう。十月の第一火曜日、スワニーはクラークストンがどんな町になりつつあるのか、支持者たちに改めて知らしめることになる。

17 ゴー、フージーズ！

Go Fugees!

U－15の活動再開後初めての試合の朝、ルーマはディケーターにある二寝室の小さなアパートメントで目覚めるなり、短い廊下の先のバスルームへ駆けこみ、トイレに身をかがめて嘔吐した。

試合前に吐き気を覚えたことなど、それまで一度もなかった。ルーマの神経は擦り切れ、ストレスで胃が波立っていた。自分の急ごしらえのチームが対戦相手に恥をかかされるかもしれないと思うと恐ろしかった。ルーマが束ねているのは、脆く傷つきやすい自尊心を持つ少年たちだ。なかでも、カヌーとナトナエルとマンデラは、再生したこのチームに望みをかけ、精力を注ぎこんでおり、ルーマは疑問を抱きながらも活動をつづけることで、三人をむやみに楽観させてしまっていると感じていた。みずからメンバーを失敗へ導いている気がしたし、もし惨敗でもしたら、どんな言葉で慰め、どうやって元気づければいいのかわからなかった。外に目をやると、空は晴れわたっていた。悪天候で延期になる見こみもない。試合開始は午後五時三十分だから、それまでずっと悶々としていなくてはならない。試合の半時間前、ルーマはふたたび吐き気に襲われた。

試合会場はディケーターのエブスター・フィールドで、その日は九月の終わりの日曜だった。北からの涼風がアトランタの東の丘陵へ流れこみ、夏のよどんだ湿気を吹き飛ばした。絶好のサッカー日和だ。ＹＭＣＡの白いバスが時間どおりに到着し、ルーマがほっとしたことに、フルメンバーがおりてきて小走りにフィールドへ向かった。

フージーズはカヌーの先導で、ウォームアップのため外周を走りはじめた。カヌーはチームメイトに指示していつものストレッチをさせ、それからピッチでペナルティーキックの練習をさせた。対戦相手は、アトランタの南の白人中流階級が多い郊外住宅地フェイエットヴィルから来た、ＡＦＣライトニングだった。ライトニングは、州や国内の選手権大会に多くのチームを送りこんできた、実績あるサッカープログラムが生み出したチームだ。このチームの選手たちは特別に大柄で、フージーズの選手たちよりも平均して二歳は年上に見えた。指示を出すコーチの大声が、通りを隔てた煉瓦造りの公営住宅にまで響きわたっている。ライトニングのユニフォームは赤と金だった。両親や友人や兄弟からなるささやかな応援団がディケーターまで五十分かけてやってきて、チームのベンチ真正面のサイドラインにキャンプを設営していた。フージーズの応援団は三人きりだった。ときどき補習や送迎でルーマに手を貸してくれているカップルと、オスマンというリベリア人選手に勧誘され、フージーズへの参加を希望しているティトーという少年だ。

ルーマは選手たちを呼び集めた。この日朝から吐き気を催させた不安はおくびにも出さず、簡潔に試合前の指示を与える。暴言を吐かないこと。背後からタックルしないこと。警告や退場のカードをもらったり、落ち着きを失ったりしないこと。選手たちはうなずいて了解した。

「準備はいい？」とルーマが言う。

「はい」と答えが返ってくる。

ルーマは腕を伸ばして選手たちに円陣を組ませ、自分の手の上にそれぞれの手を重ねさせた。

ルーマのスリーカウントに、全員が掛け声で応える。「ゴー、フージーズ！」

フージーズの立ちあがりは鈍かった。ぎこちないパスで早々にボールを奪われ、いつのまにか攻めあがっていたライトニングに、はずれはしたものの二度のシュートを許した。ルーマ自身も、メンバーを休憩させ、どの陣容が有効が見きわめるため、頻繁に選手を入れ替えていた。開始後十分たたないうちに、サイドでパスを受けたライトニングの選手が、カヌーを抜いてライン際を全速力で駆けあがり、オープンスペースに出た。ゴールの二十ヤード手前でターンしてすばやくシュート、フージーズのキーパーの不意を衝いた。ボールが滑るようにクロスバーの下をくぐり、ゴールネットを揺らす。フージーズは先取点を奪われた。１－０。

カヌーは絶えずチームメイトに声をかけていた。新メンバーは遠慮して互いに指示を出し合えない者が大半だったが、カヌーが穏やかに鼓舞して、ディフェンダーを前進させ、ミッドフィルダーを広く散らばらせ、フォワードを果敢に攻めさせた。まもなく、フージーズが右サイドを攻めあがったが、口ひげのボスニア人フォワード、ムアメルが副審にオフサイドの旗をあげられた。もう一度挑むも、またもやムアメルがオフサイドをとられ、チームメイトから不満のどよめきがあがった。カヌーはムアメルを責めなかった。励ますような手ぶりで、焦らずオンサイドを保てと促すにとどめた。フージーズは二度の進撃で自信を得たようだ。すぐにまた攻めかかり、こんどはマンデラが右のライン際を爆走しはじめた。ライトニングのディフェンダー陣を強引に蹴散らし、フィールドの中盤までボールを運んだのち、強烈なシュートを放つ。右ポストに当たって跳ね返ったボールがゴールにおさまる。１－１。

だらだらとつづく前半、フージーズはその後も一度、二度と攻勢をかけ、三度目にフィールドを駆けあがっていたとき、不意に妨害から解き放たれた。アイスクリーム売りのトラックを追いかける子供さながらの全力疾走で突き進み、やがていい位置に着いた。カヌーが前方にいるマンデラに軽やかなパスを出すと、マンデラがそれをハムドゥに送り、ライトニングのディフェンスを振りまわす。敵のディフェンスが密集したところで、マンデラがボールをはじきあげ、痩せ型で強靱なコソボ人ミッドフィルダー、セバイデンがボレーシュート。2－1。フージーズのリードで前半は終了した。

ハーフタイムに、ルーマは安堵を表情に出さないようにつとめた。だが頭のなかは、チームを勝たせるために必要な調整策でいっぱいだった。ルーマは選手たちをフィールドの隅に集め、手短に所見を述べた。

「よく聞いて」ルーマは言った。「いまのところよくやってるけど、ちょっとプレーが雑になってきたわね。敵は、ボールを奪ったらクロスをあげるか、スイッチで受け渡して後ろの選手にオーバーラップさせる、それしかやってない。それを何度も何度も繰り返してる。そのパターンを崩してやりなさい。徹底的にね」

選手たちはうなずいた。全員が理解していた。

「ミッドフィルダーが切りこんでいって、クロスをあげられる前に追い出すの。わかった？　クロスは絶対にあげさせないで、そこまで漕ぎつけたらゴールに持ちこまれるから」

「それから、マンデラ――後半、敵はきみをマークしてくる」とルーマは言い、このあとの戦略を告げた。マンデラは、先陣を切ってペナルティーエリア内に攻めこみ、敵のディフェンダー陣を引きこんだあと、外の広いスペースにいるオープンの選手にボールを託す。それを何度か繰り返して相手にパターンを覚えさせたら、みずからシュートしはじめる。それまではおとなしくしていること。

「いいサッカー選手は、毎回どんな動きをするのか、敵に悟らせないものよ」ルーマは言った。

マンデラはうなずいた。カヌーが成功を請け合うように、そっと背中を叩いた。きっと勝てる。

「みんなほんとうによく戦ってる」ルーマは選手たちに言った。「攻撃に熱中しているとき、きみたちのうち八人が攻めの態勢に入ってた。八人でかかってこられたら、敵も守りきれない。そのレベルを保ちつづけて。いいわね？　いま2－1だけど、あと2点は取りたい。初戦なんだから。今シーズンの調子を決めるのが今日の試合よ」

後半、フージーズは活力と自信をふたたびみなぎらせてフィールドへもどっていった。その自信は、ハーフタイムのルーマの所見が不気味なほどぴたりと実証されていくにつれ、さらにふくらんだ。ルーマの予見どおり、ライトニングはマンデラをマークした。いらついたマンデラは乱暴に相手を押しのけ、イエローカードを掲げられた。カヌーが両手のひらで空《くう》を叩き、マンデラに落ち着けと伝える。コーチの言葉を思い出すような顔つきで、マンデラはうなずいた。次に攻めあがったとき、マンデラはがたいの大きいライトニングのミッドフィルダーたちを振り切り、ドリブルでペナルティーエリアに突進した。コーチの言ったとおり、ディフェンダーがつられてなだれこんできた。マンデラはすかさず、フリーでサイドにいたムアメルにパスを出した。ムアメルが巧みな足さばきでボールの角度を変え、キーパーを凍りつかせる。ボールはその横を転がり、ネットに吸いこまれた。3－1。

残り二十分となったころ、ライトニングがPKでゴールしかける一幕があった。時計は遅々として進まず、フージーズは疲れはじめていた。カヌーはみなを励ましつづけた。コーチはあと2点ほしいと言ってた——まだ1点足りないぞ、と。しばらくして、マンデラがまたフィールドの中盤から抜け出した。こんどもペナルティーエリアへ走りこみ、敵ディフェンダーたちが両ウイングのマークにつくのを見て、マンデラはコーチのアドバイスに従い、みずからシュートを放った。ゴール。応援席で、入部希望者のティトーとボランティアのカップルが歓声をあげる。4-2。

最後の数分間は、危うい場面が続出する死闘となった。敵の指が目を直撃し、カヌーが地面にくずおれた。幸いすぐに起きあがったが、怒りを露わにしている。ルーマが抑えてと叫ぶと、カヌーは深呼吸をしてその場を離れ、衝突と警告を回避した。フージーズは疲労困憊していた。ライトニングが駆けあがり、シュートを打ち、得点したかに見えたが、副審がオフサイドを示す旗をあげた——その判定に、ライトニングの応援団や親たちから野次が飛ぶ。いきり立ったライトニングはふたたび攻めあがり、オーバーラップと右サイドからのクロス——まさにルーマが封じるように注意した動き——を仕掛けた。カヌーがチームメイトにフォローを呼びかけたが、すでに遅かった。がら空きのスペースに出たライトニングのフォワードが、身を乗り出してシュートを放ち、ネットの右上隅にボールを叩きこんだ。4-3。ライトニングは勢いを取りもどした。親たちもコーチもしゃかりきに声援を送っている。フージーズは燃料切れの様相を見せていた。

「だめだ！」ティトーがサイドラインから叫んだ。「もう1点も許すな！」

ゲーム終了間際、ライトニングは同点に追いつくチャンスをつかんだ。フージーズのディフェンダー、ハムドゥ・ムガンガがペナルティーエリアの端でファウルを宣告されたのだ。ライトニングはゴール前十五ヤードからのフリーキックを与えられた。痩せ型で金髪のストライカーがキックの位置につく。味方のチームメイトがゴールの右と左に分かれて並んだ。キッカーは合図を送り、チームメイトが身構えたのと同時に、渾身のキックを放った。ボールはゴール前に結集した面々のほうへ向かって、頭の高さを直進した。何も見えず、フージーズのキーパーは立ちすくんだ。群れる選手たちのなかから、水色のジャージの一人が空中に躍り出た。カヌーだ。首を傾け、向かってくるボールのほうに頭を突き出す。鈍い音ともにボールは跳ね返り、キックしたストライカーの頭上を越えてフィールド中央のだれもいないスペースに落ちた。ボールが転がりつづけるなか、審判がホイッスルを吹いた——一回、二回、そしてもう一回——試合終了の合図だ。フージーズは勝利をおさめた。

ルーマはほっとして頭を垂れた。まだよく知り合ってもいなかった選手たちが、ハイファイブをしたり、空に向かって喜びを叫んだりしながら、ルーマのいるベンチをめざして走ってくる。みな、コーチに劣らず驚いているようだ。ルーマは頭をあげ、胸を張って、この二週間で初めて笑顔を見せた。

「びっくりさせてくれたわね」選手たちが話を聞けるくらいに落ち着くのを待って、ルーマは言った。お互いとコーチへ向けての拍手が湧き起こった。

「ほんとうのこと言うと、今日勝てるとは思ってなかった」ルーマはこう締めくくった。「でも、みんなすばらしいプレーをしてくれたわ」

18
銃声
Gunshots

その銃声は最初、命を脅かす危険な物音というよりも、小さな爆竹の破裂音のように聞こえた。それはつづけざまに鳴り響いた。一発、二発、三発、ひょっとすると――目撃証言とは食いちがうが――四発。日曜の朝十時四十分ごろ、インディアン・クリーク小学校裏の団地の建物のはざまでの出来事だった。発砲が止まったとき、フージーズに勧誘され、前日その勝利に喝采していたリベリア人少年ティトーが、顔を撃たれて血まみれになっていた。

団地周辺で飛び交う噂に埋もれ、正確な状況ははっきりしなかった。警察が何人かの目撃者から聞き出した詳細はこうだ。ティトーがリベリア人仲間と通りを歩いていると、顔見知りのアフリカ系アメリカ人のティーンエイジャーが母親とその恋人と歩いているところに出くわした。言い争いがはじまった。チームの子供たちによると、縄張りとかギャングに関係する話だったらしい。撃ったのは、少年ギャングの一員であるそのアメリカ人のほうだった。〝アフリカンズ〟という別のギャングのメンバーを自称するティトーとリベリア人仲間が、まちがった島を歩いていたということらしい。言い争っていたのは短いあいだで、すぐにアメリカ人少年が小口径の拳銃を抜いて発砲しはじめた。撃った少年も含め、全員が逃げだして自分のアパートメントに駆けこんだ。

警察が数分後に現場に到着し、アメリカ人少年の母親が、息子の銃から落ちた薬莢を拾い集めているのを発見した。息子は午前中ずっと家で寝ていたと母親は言い張ったが、撃ったのはその十六歳の少年だったと数人の目撃者が証言したので、ディカルブ郡警察の警官は少年に手錠をかけ、黒とグレーのパトカーの後部座席に乗せて連行した。撃たれたティトーは運がよかった。弾丸は彼の顎先の骨を砕き、周囲の皮膚を裂いていた。あとほんの一インチ下だったら、首を貫通し、脊髄か頸動脈を損傷していただろう。数インチ上だったら、脳を直撃していたはずだ。この日、ティトーは命拾いをした。

ルーマはそのニュースに動転した。真っ先に心配したのはほかの選手たちのことだった。敵対するギャングのメンバーは、ティトーが親友のオスマンとフージーズの練習に参加していたのをまちがいなく知っているし、フージーズがいつどこで練習しているかは町じゅうに知れわたっている。ギャングのメンバーがそこへ現れて、仲間が逮捕された仕返しをしようとするかもしれない。ルーマは練習の中止を決め、追って連絡するまでインディアン・クリークのグラウンドには行かないよう選手たちに知らせた。ティトーとオスマンにも厳しい処分を下した。フージーズの面々はだれも、〝アフリカンズ〟というギャングの存在を知らなかったし、そうしたグループのメンバーだと吹聴するのは、目障りなアメリカ人を寄せつけないためのたんなるはったりだと考える者もいた。ルーマにもほんとうのところはわからなかったが、大目に見る気にはなれなかった。それに、ギャングの一員を装っただけだとしても、じゅうぶん許しがたい。ティトーとオスマンは二度と自分のサッカープログラムにかかわらせないことにした。

この銃撃事件は、クラークストン周辺の難民の少年たちには不愉快な現実を浮き彫りにした。彼らは、難民がクラークストンの独自性を損なったと考える年長の白人住民に疎まれているうえに、しばしば同じ団地に住む貧しいアメリカ人からも、もっと荒々しい敵意を向けられている。黒人の公民権獲得に至るまでの数年間、南部の貧しい白人が、いずれ黒人と同等に渡り合うことになるのを危惧したのと同様に、クラークストンの貧しい黒人――難民の住む団地の入居者の大多数を占めるアメリカ人――は、新来の難民を敵と見なしている。十六歳のアフリカ系アメリカ人がアフリカの難民を撃つ口実にした、偽りの縄張り争いは、限られた物資――住宅や、仕事や、政府補助――をめぐる現実的な競争から生まれた、子供の戦争ごっこなのである。現実の競争は、大人たち個々人の敵意を募らせてもいた。その証拠に、この銃撃は二人の大人の目の前でおこなわれたが、そのうちの一人はこの非道行為を隠蔽しようとまでした。

ルーマにとって、この事件はサッカープログラムの運営に即、影響するものだった。インディアン・クリーク小学校のグラウンドで、これからも安心して練習できるとはとうてい思えなかった。そのグラウンドは銃撃犯の住む団地のすぐ隣にあり、いまではルーマもそこがストリートギャングの勢力圏だと知っていた。そのギャングが目下、自分のチームのメンバー（すでに除名した二人）と険悪な関係になっている。インディアン・クリークのグラウンドは、午後にはだれでも立ち入り自由で、敷地を囲うフェンスもないので、近所のティーンエイジャーが周辺の木立のなかから絶えず現れる。近道をしているだけの見慣れない人間を、悪意を持ってグラウンドに近づいてくる人間と見分けるのは不可能だろう。グラウンドの隣の駐車場にたむろして、マリファナを吸ったり紙袋に包んだビールを飲んだりしているティーンエイジャーさえも、もはやただの厄介者ではなく脅威に感じられた。彼らがどこのだれなのかルーマは知らない。自分が弱くて頼りにならない存在に思えた。選手の安全を守ると親たちに約束していたのに、インディアン・クリークではその約束を守りきれそうになかった。

火曜日の夜、うまくいけばルーマはチームの状況を改善できる。ミラム公園の市営グラウンドを使わせてもらえるよう、クラークストン市議会を説き伏せるのだ。相手は手強い面々だが、全力を尽くそうとルーマは心に誓った。

19 克服

Getting Over It

クラークストン市役所が——とりわけスワニー市長が——急激な人口変化への対応に苦戦しているあいだに、町のひと握りの施設は、眼前の変化を見据え、それを受け入れる方法を見出していた。クラークストンの多様性に対処し、しかもそこから利益を得た成功例を探して真っ先に目に留まるのが、地元のスーパーマーケット〈スリフタウン〉だ。

〈スリフタウン〉のオーナーはビル・メーリンガーという男で、フロリダで養鶏場を営む家庭に育ち、十四歳のとき一家で近隣の町ジョージア州タッカーへ移り住んだ。母親は教師で、父親は卵のセールスをして生計を立てていた。タッカーは当時のクラークストンと同様、白人ばかりが住む典型的な南部の町だった。メーリンガー家がそこへ越していったのは、差別撤廃による人種統合がはじまってすぐのころだったため、ビル・メーリンガーが接した白人以外の若者は、タッカー・ハイスクールにいた少数の黒人生徒ぐらいだった。

メーリンガーはジョージア工科大学を卒業後、スーパーマーケット・チェーンの〈ウィン・ディキシー〉に就職した。精肉裁断の見習いからはじめ、青果物と乳製品の在庫管理者、そして店長へと順調に昇進し、ついに地域支配人になった。そんなとき、〈スリフタウン〉の噂を耳にした。

それは一九九〇年のことで、クラークストン・ショッピングセンターにある個人経営の食料品店〈スリフタウン〉が売りに出されていた。メーリンガーは〈ウィン・ディキシー〉の同僚と自分たちの店を持ちたいと考えていて、食料品の商売で店を繁盛させるこつも心得ているつもりだった。二人は五十万ドル近く——大半は銀行からの借入金——を支払ってその店を手に入れた。それほどの借金を背負ってアトランタ近郊の中・低所得者向けのスーパーマーケットを買い取るのは大きな賭けだったが、メーリンガーは自分の頑張り次第で儲かる店になると見こんでいた。

当初の〈スリフタウン〉の顧客基盤は、大まかに言って白人と黒人が半々だった。店はメーリンガーの言う〝真にアメリカらしい商品〟——ジフィーのピーナッツバターや、バーマのゼリー、キャンベルのスープ、大量のミルクと精白パン——を取り揃え、精肉売り場ではステーキ肉や鶏肉や豚肉の切り身を扱っていた。売上げは悪くなかった。ところが数年のうちに、クラークストンは変化しはじめた。東南アジアや東欧やアフリカや中東からやってくる難民たちは、メーリンガーの店の伝統的なアメリカ南部や中部の食べ物にほとんど興味を示さなかった。そしてまもなく、アメリカ人の顧客が町を離れていった。初めはゆるやかに、やがて急激に経営が苦しくなった。共同経営者には逃げられ、メーリンガーは銀行への支払いをたびたび滞納した。借金地獄に陥ったメーリンガーに、ついに銀行が最後通告を発した。十日以内に一万ドルを返済しなければ店を差し押さえる、と。メーリンガーは父親から借金をして急場をしのいだが、より大きな難局を打開する方法は見出せずにいた。

「売上げは落ちていく一方でした」とメーリンガーは言う。「おまけに、銀行に恐ろしいほどの借金があるんです」

店で雇っていたベトナム難民のティーンエイジャー、ホン・ディエップ・ヴォーがメーリンガーにある提案をしたのは、そんなどん底の時期のことだ。ホンは、英語がつたないことに理解を示し、学生である彼女に不規則な勤務を認めてくれる店長のことが心配だった。ホンはまた、ベトナムの食材を扱ういちばん近い店までクラークストンから車で三十分かかることも知っていた。「経営は行き詰まっていました——完全に」とホンは回想する。「どうにかお客さんを集めて、店長を助けたいと思いました。それで考えたんです。〝遠くまで行かなくても、近所のこの店でベトナムの食材を買えるようにしたらどうだろう〟って」

失うものは何もなかったので、メーリンガーはホンといっしょにバンに乗って、町の向こうのベトナム食材を扱う店へ向かった。そこで、ホンは店に置くべき商品——五十ポンド袋入りのアジア米、辛いソース各種、ココナッツ飲料、ニョクマムという調味料（メーリンガーによれば、〝この世のものとは思えないひどいにおいの代物〟）——を示した。

ともあれ、メーリンガーはそれらの品々をバンに積みこんで運び、店の棚に並べた。ホンがその情報をクラークストンに住むベトナム人やラオス人に伝えると、瞬く間に棚は空になった。メーリンガーはすぐに商品の補充に取りかかった。

「バンで品物の調達に駆けずりまわって、供給業者もいくつか見つけました。知恵を借りたくて大使館に問い合わせまでしましたよ」とメーリンガーは言う。ホンが食材コンサルタントとなって仕入れの加減を助言し、彼女がいないときにはメーリンガーみずから町の向こうのアジア食料品店に赴き、店内をうろついて客の買い物傾向を観察した。アジア食材は売れつづけ、〈スリフタウン〉の収益はあがりはじめた。

「六カ月で銀行への支払いができるようになりました」とメーリンガーは言う。「それからはずっとのぼり調子です」

クラークストンに新しい再定住者の波が押し寄せるたび、メーリンガーは新たな商機をつかむとともに、新たな難題にぶつかった。ボスニア難民はある種の希少なチョコレートを好んだ。アフリカの難民はフーフを作るためのキャッサバ粉をほしがった。中東からの難民は豚肉には見向きもしない――そのせいで豚肉の売上げは落ちた――代わりに、まる焼きにする子羊や山羊の肉が手に入りづらいとこぼした。どの民族もそれぞれ米の好みが異なるため、店では大きな麻袋やビニール袋入りの米をパレット単位で仕入れるようになった。メーリンガーは、世界じゅうの入手困難な食材の供給元を探り出す達人となった。そしてついには、クラークストンに新たな民族がやってくるとそのなかから従業員を雇い、在庫係や販売員としてだけではなく、その民族の食材コンサルタントとしても重用するようになる。いまでは〈スリフタウン〉の四十三人の従業員のうち三十五人を、世界二十カ国から再定住した難民が占めている。

そういうわけで、〈スリフタウン〉の商品棚には、ありとあらゆる国のパンや穀物や菓子や果物や野菜が並んでいる。精肉売り場では、まるのままの子羊や山羊の肉が売れ筋商品として牛肉に取って代わり、魚もたいていはまるごと売られている。イスラム教徒の客を不快にさせないよう、豚肉売り場はとうとう、ほかの肉の売り場から離れた場所に移された。

常連客の顔ぶれも商品棚の多彩さを反映している。色鮮やかなガウンを着たアフリカ人女性もいれば、ヒジャーブと黒いチャドルを身につけた中東の女性や、ブルージーンズと白いスニーカー姿のボスニア人男性もいる。徒歩で来店して近くの団地まで食料品を持ち帰る客も多く、荷物を古い自転車のハンドルの上や、アフリカ人女性の場合は頭の上に載せて運ぶ光景も見られる。〈スリフタウン〉の得意客の大半は貧しいため、それなりの低い利幅で商品価格を設定せざるをえなかった。それでも店は盛り返していた。メーリンガーは返済を滞らせることがなくなり、店に対する銀行の評価も回復した。融資枠が広がったため、一注文につき七万ドルもかかる、トラック一台ぶんのニュージーランド産子羊の仕入れも可能になった。メーリンガーが難民に合わせて経営方針を変えたあと、スーパーマーケット・チェーンの〈パブリックス〉と〈クローガー〉が近くにオープンした。従来どおりアメリカ人顧客向けの商品を扱っていたなら、安さと品揃えの点でその二店に太刀打ちできなかっただろうし、〈スリフタウン〉は廃業に追いこまれていたはずだ。

「うちの経営努力を認めてくれている難民の得意客がいなかったら」とメーリンガーは言う。「いまごろは〈パブリックス〉で働いていたでしょうね」

ホン・ディエップ・ヴォーは、パート従業員として九年近く〈スリフタウン〉で働きながら、ハイスクールを卒業し、大学まで進んだ。現在は、アトランタの大手不動産会社で会計部長をつとめており、十三人の部下がいる。完璧な英語を話すが、そのベトナム風の発音には南部訛りがかすかに混じる。ホンはいまでも〈スリフタウン〉で買い物をしていて、メーリンガーともよく顔を合わせる。

「ビルがいなかったら、いまの自分はありません」とホンは言う。「わたしの恩人の一人です」

メーリンガーもホンのことを同じように思っている。ホンからは、店の経営について――そして人生について――大切なことを教わったと彼は言う。

「自分が変わらなければ、そこで終わりなんです」

〈スリフタウン〉の線路をはさんだ向かいに、変化を受け入れ復活をとげた、もう一つの目覚ましい実例が存在する。一八八三年の創立以来、町の精神生活の中心となってきた、クラークストン・バプテスト教会だ。一九九〇年代にクラークストンに難民が流入しはじめると、教会の白人信徒の多くが環境の変化に不満を覚え、町を去るという行動に出た。十年のうちに、七〇〇人ほどいた会員は一〇〇人余りに激減した。日曜日でも信者席はほとんど空の状態で、教会は閉鎖寸前まで追いこまれた。教会の長老たちが集まり、信徒の行く末について協議したのはこのころだ。彼らは聖書に導きを求め、天国をすべての国の人々のための場所とイエスが説いたくだりを読んだ。長老の何人かは、それこそが、教会が姿勢を改め、クラークストンの団地に越してきた新来者たちに門戸を開くべきだと告げる指針であると主張した。元陸軍中佐でクラークストンの古くからの住民であるウィリアム・ペリンもその一人だ。

「わたしたちは気づいたのです。主が待ち望んでおられたのは、クラークストン・バプテスト教会が真に国際的な教会となり、この国へ来たあらゆる民族への奉仕に寄与することだと」

ペリンは多民族信徒の受け入れを唱道しそうな人物ではない。ジョージ・W・ブッシュに二度投票した筋金入りの保守主義者で、その厚い信仰心に匹敵するのは、自由主義とマスコミに対する強い不信のみだ。クラークストン育ちの人間にたがわず、ペリンも黒人に対しては根深い偏見を抱いていたという。しかし教会の緩慢な死を目の当たりにするうち、教えに反する生き方をしてきたことで、神が信徒を罰しているのだと考えるようになった。教会が変わるなら、神はそれを大いに後押ししてくださるとペリンは確信した。解決への道は、教会が、戸外の多様性を反映した明確な国際信徒団に自己改造することだった。そのためには、幅広い祈りの流儀に合うよう、礼拝の方式を、とりわけ音楽を変える必要があった。また、リベリアやスーダンやエチオピアの少数のキリスト教徒や、借りた場所で礼拝集会をおこなっている人々にも手を差し伸べる必要があった。

ペリンの提案で、すでに弱体化している教会に亀裂が生じた。二十年以上クラークストン・バプテスト教会の会員だったブレンダとロバートのホワイト夫妻など、何人かはその変化を拒絶して教会を去った。

「もう二十一世紀ですし、わたしたちも変化して因習を脱却するべきなのはわかっています」とブレンダ・ホワイトは言う。「でも、外国人がこの土地の風習に倣おうとする前に、こちらが迎合しなくちゃならないなんて、不公平だと思うんです」

「あそこはもうバプテスト教会ではなくなりました」と彼女は言い添えた。

結局、ペリンの案は採用され、その新たな個性を反映して、クラークストン・バプテスト教会は創立一二五年目にして名を改めた。現在の名称は、クラークストン国際聖書教会である。日曜日には、リベリア人、エチオピア人、フランス語を話す西アフリカ人、スーダン人の信徒らがそれぞれちがう時間帯に教会を訪れ、おのおのの国の流儀で礼拝する。併せて、主会堂ではだれでも参加可能な大礼拝が英語でおこなわれる。この主礼拝では、色鮮やかな民族衣装に身を包んだトーゴやフィリピン、アフガニスタン、リベリア、スーダンからの移民や難民たちの隣で、銀髪の白人女性が教会用の正装で祈りを捧げていたりする。変化を遂げたあと、教会は活気を取りもどした。以前はがら空きだった日曜の朝の礼拝は、いまではほぼ満員となり、会員の数も五〇〇人を超えた。

現在牧師をつとめるフィル・キチンによると、さまざまな国から来た信徒が集まるこの教会では、そうでない教会では考えられないたぐいの問題が多々発生するそうだ。礼拝中に演奏される音楽の種類をめぐってしばしば論争が起こる。民族によっては、多数派の信徒団に加わることで、自分たちの祈りの流儀を、ひいては自分の国と文化とのつながりを根こそぎ失ってしまうのではないかと不安がる者たちもいる。だがキチンは、イエスの教えにかなう教会を築きあげるためなら、たまに起こるそんな問題などたいしたことはないと考えている。

「天国はすべての国の人々のための場所だとイエスはおっしゃいました」とキチンは好んで言う。「ですからクラークストンが気に入らない人は、きっと天国も気に入らないでしょう」

牧師になる前はベルギーで難民支援に携わっていたキチンは、国際教会の長となったいま、クラークストンでの暮らしがもっと単純だった時代を懐かしむ声をよく耳にするという。

「わたしはみなにこう言っています。『アメリカは変わりつつあるのです。乗り越えなさい』と」

クラークストン国際聖書教会は、チャーチ・ストリートにある市庁舎からほんの数軒と離れていない。しかし、さらにスワニー市長の近くにいながらも、クラークストンの多様性に果敢にアプローチしたもう一つの実例がある。市長室を出てすぐの部屋を占有する、クラークストンの新警察署長トニー・J・スキピオだ。

スキピオは、背筋のまっすぐな堂々たる体格と、愛嬌ある気さくな笑顔が印象的なトリニダード島出身の黒人で、先ごろ退職した昔気質の署長チャーリー・ネルソン（署長室にバーニー・ファイフのポスターを飾り、チーケイ・チーメイを殴った問題の警官ティモシー・ジョーダンを雇った張本人）の後任として、スワニー市長に採用された。ディカルブ郡保安官事務所に勤めていたスキピオは、クラークストン市警に欠員があるとの噂を聞き、その町のことをインターネットで調べた。問題はすぐに把握できた。一平方マイル余りの地域に一〇〇カ国以上の文化が混然と詰めこまれ、貧困層が多く、無計画な都市設計――町じゅうに団地が散在し、周囲には麻薬の売人が身を潜めたり、武器を捨てたり、麻薬を隠したりできる暗い路地や雑木林が無数にある――が犯罪を助長している。しかしスキピオには、いつかは郡保安官に立候補したいという野心があった。クラークストンでの仕事は、改革者としての力量を証明する好機だった。

改革志向の署長を迎えるのはスワニー市長の望みにもかなっていた。市長は、ときに不体裁なネルソン署長の言動のおかげでダメージをこうむっていたし、ネルソンが難民に対して明らかに冷淡なことに頭を痛めるようになっていた。

「われわれは、多くの人に圧力をかけるようなことを署員たちに強いていましたし、彼らのやり方も褒められたものではありませんでした」とスワニーは言う。「あれでは……意地が悪いと言われてもしかたありません」

クラークストン市警を大改造するべく黒人の警察署長を雇うというのは、スワニーらしからぬ大胆な決断であり、そこにもまた、クラークストンの情勢が流動する可能性が表れていた。

スキピオは、一つ条件をつけてその仕事を引き受けた。最初は名もない一市民として町の人たちと接し、警察との関係や警官に対する意識を知りたいので、二週間は署長就任の告知をしないでほしいとスワニーに申し出たのだ。スキピオは制服ではなくTシャツとブルージーンズとテニスシューズという軽装で、古いフォード150ピックアップ・トラックを駆って町をまわり、古くからの住民と新来の住民の両方と話をした。難民たちがしじゅう交通違反切符を切られていること、警官から暴言を吐かれていること、警察が些細なことにも極端に攻撃的な反応を見せることなどを聞いた。正体を隠したこの視察で、クラークストンの現状に関するスキピオの予測はみごとに裏づけられた。

「きつい仕事になるぞと思いました」とスキピオは言う。「ここの警察ときたら、市民からろくに信用されていないんですから」

新署長就任がついに発表され、スキピオは市長室の隣にあるネルソンの古巣に落ち着いた。そして着任早々、次の三原則――礼儀、職業意識、敬意――を守るよう部下たちに命じ、警官への苦情を持ちこんできた市民に、その原則にのっとった扱いを受けたかどうか尋ねるようになった。

「この三つのうちのどれが欠けても、問題が生じます」とスキピオは言う。

スキピオは異文化理解のトレーニングを実施し、パトカーでの任意同行を求められた住民全員に与えられる一定の権利を確立させた。また、パトロールに同行し、部下たちが市民とどんなふうに接しているかを観察したが、彼らの言動には一度ならずぎょっとさせられた。ある警官は、路肩で故障車に難儀している中東出身の男性を見て、車を修理するよりラクダに乗るほうが得意なんじゃないのか、とからかった。スキピオはこれを職務規定違反として記録した。また別の警官は、ホモセクシュアルを蔑視する発言をした。これも違反。難民たちに呼びかけるとき〝おまえら〟と言った警官にも、無礼だとして違反を言い渡した。それから数カ月のあいだに、ほぼすべての署員がなんらかの職務規定違反を記録された。

「顔が知られていないせいで、わたし自身が差別の対象になりかけたことも何度かありました」スキピオが私服で町を歩きまわっていた期間のことだ。「だから署員一人ひとりに声をかけて、直接仕事を頼むようにしたのですが、煙たがられましたね」

たしかに部下たちは煙たがっていた。スキピオが着任した最初の週に、三人の警官がやめていった。最初の月の終わりには、さらに四人が去った。

難民と警官との軋轢を要約する一件として、スキピオがよく覚えている出来事がある。署長職を引き継いでまもないころ、町の中心部を歩いてパトロールしていると、一台の携帯電話をかわるがわる耳に当てて興奮ぎみに話しているアフリカ人移民の一団に出くわした。近くにはクラークストン市警のパトカーが停まっていて、警官が車内から様子をうかがっていた。その移民たちは、長年離れて暮らしていたいとこがガンビアからアトランタ空港に到着したので、再会のときを前に、レンタカーで移動中のいとこに携帯電話で道順を教えていたのだった。

「いとこと会うのがどれほど楽しみか、口々に話してくれました」その家族についてスキピオは言う。「どうやってハイウェイをおりるか、何番の出口か、どこをどう曲がって来ればいいかをみんなで説明して、本人はあと数分のところまで来ていました。十年も十五年も顔を見てなかったいとこが、もうアメリカにいるんです！　本人も、家族の待つクラークストンに早く着きたくてしかたないようでした」

ほどなく、それらしき人物が車で近づいてきて、懐かしい家族の姿を目にするや、消防車専用車線に車を停めて飛びおり、家族と抱き合った。スキピオはその再会の場面に胸を熱くした。

「いとこ本人は感きわまっていました。だれもが母国語で話し、小躍りして喜び合っていました」

しかし、家族が浮かれ騒ぐなか、クラークストン市警の警官がパトカーからおりて歩み寄ってきた。そして、そのいとこの男性が消防車専用車線に駐車したとして、違反切符を切りはじめた。

相手は手渡された切符を祝いの品と勘ちがいし、抱きつこうとして警官をたじろがせた。「身体に触れられた警官は、暴行罪で逮捕しようとするんです!」

「彼は警官が祝福してくれていると思って抱擁しているのに」とスキピオは言う。

スキピオが最後には割って入ったものの、この一件は、そうしたありがちなやりとりがいかにたやすく大事《おおごと》となりうるかを浮き彫りにしていた。また、あからさまな法律無視とはちがう誤解から生じた状況に、クラークストンの権力者たちはもっと寛容に対処すべきだと示しているようにも思えた。難民たちがアメリカの司法制度を細部まで把握していなかったり、地域の交通規則のすべてを理解していなかったりするのは至極当然だ、とスキピオは言う。彼らは移住してきたばかりなのだ。大半の者は英語を話さない。お金に不自由していて、まともに教育も受けていない。しかも地獄を見てきている。少しくらい斟酌《しんしゃく》を加えてもいいのではないか、とスキピオは問う。

特に白人の警官のなかには、スキピオがしじゅう規定違反を記録することで、白人の自分たちばかりを懲らしめていると考える者もいた。改革者としての箔をつけ、いずれ郡保安官に立候補するというスキピオの遠大なもくろみの片棒をかつがされていると見る者もいた。前署長のネルソンに雇われた白人警官の一人、ティモシー・ジョーダン――チーケイ・チーメイを逮捕した警官――は、スキピオの推し進めている改革はほとんど逆差別に近いと考えた。署長交代後数カ月とたたないうちに、スキピオとジョーダンは衝突した。ジョーダンがいつもあの手この手の悪戯をしかけている同僚警官のロッカーに、プラスチックの玩具の拳銃を何挺も吊した(当人は害のない悪ふざけだと主張した)ことに対して、スキピオが規定違反を言い渡したのだ。難民への対処方針の点でも、二人は相容れなかった。アメリカで暮らしている以上、新しい環境に適応すべきなのは警察ではなく難民のほうだ、というのがジョーダンの考えだった。

ジョーダンがナイジェリア移民のチーケイ・チーメイを殴打のすえ逮捕したあと、スキピオはパトカーのダッシュボード上に搭載されていたビデオカメラの映像を確認することにした。スキピオがその作業に取りかかったとき、チーメイはまだディカルブ郡拘置所で打ちしおれていた。逮捕後四日が経過していた。ビデオを観たスキピオは、目を疑った。ジョーダンは礼儀も職業意識も敬意も欠く態度でチーメイを扱っていたばかりか、金属の懐中電灯で明らかな暴行を加えていた。スキピオは地方検事に連絡し、外部の捜査官を呼んで問題のテープを観せた。それからディカルブ郡拘置所へ向かった。

チーメイは面会者が来たと聞いて驚き、それがクラークストン市警の署長だと知ってさらに驚いた。スキピオの口から出た言葉には、なおいっそう驚かされた。不当に扱ったことに対して、スキピオはチーメイに謝罪したのだ。また、逮捕時の映像を観て〝不審〟に思い、テープをしかるべき捜査官に引き渡したことも伝えた。そしてチーメイに釈放を告げた。数日後、チーメイはすべての嫌疑が取り消されたこと、さらに、警官のジョーダンが職を解かれ、暴行の罪で逮捕されたことを知らされた。

アメリカ社会に適応した住民らしく、チーメイはすぐに弁護士を雇い、経歴に問題のあるジョーダンを雇用すべきではなかったとして、クラークストン市を訴えた。市は穏当な示談金で和解に漕ぎつけ、チーメイは仕事に復帰した。ジョーダンは結局、暴行と就任宣誓違反の二件について罪を認め、執行猶予二年の判決を受けた。

これらは人々や施設がクラークストンの変化を受け入れた大きな実例だが、市民生活においても、社会や文化の混乱のなかで平和的共存を実現させた小さな実例が日々生まれている。個人的に気に入っている例では、わたしが親しくなったアフガニスタン人の一家と、アフリカ系アメリカ人の麻薬の売人グループとのあいだで成立した、奇妙で驚くべき共存関係が挙げられる。そのアフガニスタン人一家は、クラークストン市外のメモリアル・ドライブのはずれにあるアパートメントの二階に住んでいた。その隣室を根城にしているくだんの売人たちは、夕方になると、駐車場の見える階段の吹き抜けで店を広げ、すわった膝に拳銃を載せてマリファナを吸ったりビールを飲んだりしながら、公然と商売に励んでいた。売人の仲間たちがしじゅう集まってきて、アフガニスタン人一家も部屋と駐車場の行き来に使う階段のあちこちに居すわった。一家の母親は毎晩、銃を持った居並ぶごろつきと、たちこめるマリファナの煙をかき分けなければ部屋に帰りつけなかった。売人たちはなんの気遣いも見せず、道を譲って敬意を表しもしなかった。ある晩、そのことをぶつくさ言いながら帰宅した母親を見て、ティーンエイジャーの息子はもうたくさんだと思った。身長五フィート七インチくらいと小柄で、肩幅もせまく痩せ型の、英語も片言しか話せない少年だ。けれども彼はつかつかと外へ出ていき、リーダー格とおぼしき男に迫った。そしてたどたどしい英語でこう言い立てた。自分の国では、女性が階段を通るとき、男は尊敬のしるしに立ちあがって道を譲る。母が隣人から不敬な扱いを受けているのはがまんならない、と。男は表情も変えずにその説教を聞いていたが、普通でない様子の隣人に反撃も反論もしなかった。むしろ、少年の言ったことを熟慮しているふうだった。そしてそれ以後、少年の母親が階段を通るときにはかならず、売人たちはだまって立ちあがり、吸いかけのマリファナを手で覆って、脇へよけるようになった。

興味深いのは、ビル・メーリンガーやウィリアム・ペリンやトニー・スキピオの実例はもちろん、麻薬の売人にまつわる逸話さえもが、クラークストンのような町で共同体意識を育てうることを示している点だ。前者の三人の場合、ある程度の道徳心――〝おのれの欲するところを人に施せ〟という黄金律に根ざす義務感――から新しい共同体を受け入れた部分もたしかにある。だがいずれの例においても、利益追求という要素がなかったとは言えない。メーリンガーの場合、ホン・ディエップ・ヴォーがベトナムの食材を扱うよう助言するまでは商売が傾きかけていて、さまざまな国からの難民を客として受け入れたことが大幅な増収につながった。ペリンの教会も閉鎖寸前だったが、難民たちの受け入れによって息を吹き返したうえに、かつてのクラークストン・バプテスト教会の会員たちが伝道者となり、一部のイスラム教徒や非キリスト教徒を改宗させることに成功した。彼らはいわば、宗教的利益のために行動していたことになる。スキピオ署長は、ディカルブ郡保安官への立候補を見据え、経歴に箔をつけるすべを模索していた。旧態依然とした警察署の刷新者として名声を得たい気持ちはたしかにあったし、実際、スキピオに追い出された警官のなかには、自分たちは問題分子などではなく、署長の野心の餌食にされたのだと主張する者もいた。麻薬の売人たちも、隣人との揉め事は望んでおらず、母親に道を譲るくらいのことで円滑に商売をつづけられるなら、喜んで願いを聞き入れようと合理的に判断したのだろう。ルーマがフージーズを始動させたのにも――心情の面で――私利に結びつく要素はあった。故国から何千マイルも離れ、家族と疎遠に暮らしていたルーマが新来者の集団を受け入れたのには、人生の空白を埋める意味もあったと、本人も率直に認めている。

しかし、最初の動機や原動力となったのは——経済的、宗教的、心情的——利益追求だったかもしれないが、クラークストンにおける文化共存の実例で何より興味深いのは、いったん共同体意識が生まれたあとの展開である。ビル・メーリンガーは気がつけば、週末を無為に過ごすことがほとんどなくなっていた。現従業員や元従業員の結婚式に出るのに大忙しなのだ。しきたりのちがいはよくわからなくても、そうした式に参加するのは純粋に楽しかった。ウィリアム・ペリンは、教会の持ち寄り夕食会を心待ちにするようになっていた。アフリカ各国出身の信徒たちが持ってくるエスニック料理を食べるのが楽しみだったからだ。スキピオも、経歴に箔をつける目算もあってクラークストン市警の署長職に応募したけれど、着任した最初の週にはもう、難民たちに共感を覚えていた。黒人であるスキピオは、制服を着ていなくても町の警官としてたちまち認知された。そしてもちろんルーマも、フージーズと選手の親たちを、異なる国々から集まった難民というより、大きな家族として見るようになっていた。共通点のない者同士を近づけるきっかけを作ったのは、利益追求だったかもしれない。だが、そうして育った人と人との結びつきは、ときに煩わしくたしかに複雑ではあるものの、芯からの柔軟性を具えており、すべての人間関係についてまわる正常な緊張に耐え、形を保っていくことができる。

二〇〇五年、スティーヴン・ヴァートヴェクというイギリスの研究者が、クラークストンのような町で確立された驚くべき文化的複雑性を表す言葉を造り出した。〝超多様性《スーパーダイバーシティ》〟である。ヴァートヴェクは、イギリスにおける超多様性を主題とした論文のなかで、その特性をうまく——少なくともじゅうぶんに——機能させるための方策について、自身の考察を記している。それによると、多様な集団間の接触や協調を促すトップダウン式の取り組みは失敗に終わりがちで、関係の構築は個々人が有機的かつ自発的におこなう必要があるという。ヴァートヴェクはまた、所属意識はゼロサムゲームにあらず――つまり、勝者と敗者を生み出すものではない――と認識することが重要だと述べている。イギリス人を自称するようになった移民には、そのことで生まれながらのイギリス人に負担をかけるつもりなど毛頭ないのだ。

ヴァートヴェクは、〝超多様〟社会のなかで異なる文化を持つ人たちが協調関係を築くための、簡単な三段階のプロセスを提案している。第一段階は、個人を識別するさまざまなカテゴリーを無視するのではなく、個人が属するすべてのカテゴリーに注目するというものだ。あるリベリア難民は、女性で、キリスト教徒で、労働者で、近隣の犯罪や子供の安全を気にかけるシングルマザーかもしれない。ある人の属性をすべて知るようになれば、広範なカテゴリーは消滅して個性が表出する、とヴァートヴェクは説く。ある人に当てはまりそうなすべてのカテゴリーを列挙することで、個々のカテゴリーが持つ意味は薄れる。ヴァートヴェクをはじめとする社会人類学者らは、このプロセスを〝脱カテゴリー化〟と呼んでいる。

第二段階は、ヴァートヴェクが〝再カテゴリー化〟と呼ぶもので、個々人が相違点ではなく共通点から互いの関係をとらえなおすことを言う。リベリア難民と南部育ちの白人は、人種や出生地で分類すれば共通点はほとんどないだろうが、性別や宗教や、一人親家庭であるという境遇、とくに強固なものでは、身近な環境の安全を望む気持ちが共通しているかもしれない。またその二人は、たとえば、町の個人所有の食料品店での仕事を同じくらい気に入っているかもしれない。ヴァートヴェクはこれを、〝われわれ〟と〝彼ら〟で区別されるカテゴリーを定義しなおすプロセスだと説明している。

第三段階としてヴァートヴェクが提案するのは、さまざまな集団の独自性を尊重して相互依存を認める、〝相互差別化〟である。だれもが同じである必要はなく、どんな集団に属する人もほかの集団に属する人とは敬意をもって接するべし、という考え方だ。

これらはみな机上の空論のようにも思えるが、ヴァートヴェクら社会人類学者たちの指摘によれば、このプロセスを踏んで成功に至り、問題なく機能している大きな共同体はすでに多数存在する。実のところ、国際都市と呼ばれる街はすべてそうだ。ニューヨーク、ロンドン、カイロ、ムンバイ、香港、モスクワその他の大都市に暮らす人々は、互いが同じである必要を感じておらず、またこれらの都市は、並々ならぬ礼儀正しさをもって機能している。礼儀を守ることは、さまざまな集団と協調していくうえで、経済的にも、社会的にも、心理的にも役立つからだ。ニューヨークでは、超多様性は目新しくもなく脅威でもない、正常な状態として受けとめられている。当然ながら、人々はみな――おそらく隣人同士でさえも――異なる生い立ちや信条を持っており、しかも共通するその状況のおかげで、すべての人が原則として同じ立場に置かれる。ゆえに、そうした街に住む市民は、ヴァートヴェクの言う〝多様性を前提とした礼儀〟を示すようになる。多様であるのが当たり前になれば、人々はそれに注目しなくなる、と言ってもいい。それくらいは〝取るに足りないこと〟となるのだ。超多様性を機能させるには、ちがいを気にしないことが大いに重要だが、受け入れることはさほど重要ではない、とも言える。あるいは、社会学者のリン・ロフランドが都市生活について著書に記したように、〝おそらく、多様性に留意しているからではなく、無関心だからこそ礼儀正しさは生まれる〟のだろう。

もちろん、クラークストンの古くからの住民の多くは、自分たちの町がニューヨークやムンバイのようになることを望んではいない。彼らが懐かしんでいるのは、みなが同じような外見をしていて、同じ言語で話し、同じ教会へ通っている土地ならではの簡素さや明快さにほかならない。長年クラークストンに住み、現在、ディカルブ郡教育委員会に勤めるギャリー・W・マクギボニーは、難民に対する反感は、外国人嫌いや人種差別よりも親近感の喪失から生じると考えている。「何年も同じ共同体で暮らし、同じ通りを歩き、道で会う人はみな顔見知りだったとします」とマクギボニーは言う。「それが、一人また一人と、引っ越していくなり歳をとって家を出るなりして、新たに越してくるのは外国人ばかり、という状況になったら……」

「自然と育まれた小さな町の結びつきは、弱まっていく一方です」と彼は付け加える。「そうなると、問題がたくさん出てきて、多様性を受け入れるどころではありません」

クラークストンの状況は、多様性の受け入れを促すトップダウン式の取り組みは失敗しがちだというヴァートヴェクの主張を裏づけている。一つの現実の喪失を嘆いている集団は、新たな現実を、それが押しつけられたものならなおさら、受け入れそうにもない。それでも、〈スリフタウン〉やクラークストン国際聖書教会やクラークストン市警の署長室や、フージーズの練習場であるインディアン・クリーク小学校裏のグラウンドには、この町に定着した驚くべき多様性を――ほとんど気にしていないとは言わないまでも――心地よく感じはじめている人たちがいる。こうした小集団は、共通の必要性や、他者を大きな社会カテゴリーの構成員としてではなく親しく付き合う個人として見るようになった経験から、自然に発生したのである。

20 サッカー・ピープル

The 'Soccer People'

九月の初旬、わたしはサッカーグラウンド問題について話を聞くため、スワニー市長のもとへ立ち寄った。クラークストン市庁舎内の、壁を覆いつくす銘板と、蛍光灯の照明と、毛足の短いグレーの事務所用カーペットをしつらえた短い廊下の先に、その部屋はあった。ハリウッド風に演出した小さな町の市長室という風情で、ドアの枠には、〝MAYOR〟（市長）と記された上品な金のサインプレートがかかっている。室内はと言うと、クラークストンの市旗——金の房と飾り紐をあしらった緑の旗——が堂々と一隅を占めていて、その向かいの隅に星条旗が飾られている。金に彩色された起工式用のシャベルが壁に立てかけてある。机の奥の壁には、ブレザー姿のスワニーの半身をおさめた厳めしい公式写真が飾られている。その隣の壁にも額入りの複製画がかかっている。不穏な雲景を背に、天空で威風堂々と舞うハクトウワシとアメリカ国旗を描いた絵だ。

スワニーはわたしを招き入れ、椅子を勧めた。大柄でどっしりしているが健康そうで、樽のような胸周りと肉の厚い腹のせいか、腰をおろすだけで息をついている。穏やかな顔つきと、かさついた肌、灰色の口ひげと後ろに梳かしつけた豊かな白髪が〝おじいちゃん〟の雰囲気を醸し出している。クラークストンにおける難民再定住の影響とフージーズについて書くためにこの町へ来ているとわたしが説明すると、市長は懸命にそれを思いとどまらせようとした。市民はみな、すこぶるうまくやっているというのだ。

「難民とクラークストンの在来住民との関係は、以前よりずっとよくなっています」スワニーは言った。「古くからの住民の多くがそうした人たちとのかかわり方を学び、さまざまな国から来た人たちのほうも、在来住民とのかかわり方を学びました。ですから、いまはほんとうに何も問題がないんです」

「難民もあなたやわたしと同じように、人間なんです」スワニーはつづけた。「彼らはこの国にやってきて、よりよい生き方を模索しています。そしてわたしは彼らの力になりたいと思います――彼らがそれを望んでいるなら」

「われわれは彼らとかかわりを持とうと努力しています」スワニーはさらに言った。「しかし現実には――彼らのほうがかかわりを持ちたがらないのです。彼らの国には、議会だとか、市政とかかわる機会だとか、あるいは自治体そのものがないのかもしれません」

スワニーの発言は、難民が市民生活にあまり貢献しないという、多くの在来住民の共通認識をそのままなぞっており、難民は遠い国から来たひとまとまりのよそ者集団だという、ありがちな誤解を伝えてもいた。新来者たちは集団で町とかかわることがないため、それが証拠となって、難民はみな町のお荷物だという考えが根づいてしまう。しかし難民のほうは、自分たちをひとまとまりの集団とは考えていない。ブルンジから来た難民にとってボスニアやアフガニスタン出身の隣人は、文化や言語などあらゆる点で自分と異なる、スワニーのような在来住民と変わらない存在なのだ。

スワニーを批判する人たち――大半は地元の改革主義者や再定住支援者――は、市長をまぎれもない悪者というよりも、へまばかりする気のいい南部男と見ている。アメリカ屈指の複雑な社会構造を持つ町を牛耳るには、たんに器量が足りないのだ、と批判者らは言う。だがこの見方は、スワニーの政治の才を過小評価しているように思える。現実問題として、ある明白な事情を考えれば、クラークストンではどんな政治家も難民より在来住民に肩入れして当然なのだ。アメリカの市民権申請には五年の在住期間が必要だが、それほど長く住んでいる難民はまだほとんどいない。彼らは合法的にこの国にいるとはいえ、投票権はまだないため、選挙日には在来住民が多大な決定権を持つ。

二〇〇五年、スワニーは再選をめざして市長選に出馬した。対立候補はアブドゥル・アクバルというアメリカ生まれのイスラム教徒だった。選挙運動中、スワニーは古くからの住民たちに、町の行く末についてのあなたがたの不安や懸念はよくわかる、という見え透いた信号を送った。そのしるしに、昔ながらのアメリカ風レストランを町に誘致するといった公約を掲げたほどだ。結局、スワニーは二八八票対一〇二票でアクバルに勝利した。人口七二〇〇人を超す町の市長は、わずか三九〇人の有権者によって選出されたのだ。アクバルの宗教は、選挙期間中に公然と問題にされることはなかったものの、少なくとも一部の有権者がそれを気にしたのはたしかだ。クラークストン住民が町の現状について意見を述べあうオンライン掲示板 AboutClarkston.com には、スワニー勝利を祝う次のような見出しのポスターが匿名で貼りつけられた――〝イスラム教徒の入庁は阻止された。イエスよ、ありがとう〟。

公園でのサッカーにまつわる論争と、スワニーが以前アトランタ・ジャーナル・コンスティチューション紙に発表したコメント――「わたしが市長でいるあいだは、あそこを野球以外には使用させません。だれにも文句などありません。ただ、あそこで大人がサッカーをするのは問題があると思います。あのグラウンドはサッカー向けに作られていないのですから」――について尋ねたところ、市長は役人らしい巧みな妨害戦術を披露して、まぬけという評判をまたも覆した。「サッカー用のグラウンドはないのです――この町には」スワニーは言った。「野球用ならあります。少年野球用も。彼らはその野球用のグラウンドでサッカーをしたがるのです。あのグラウンドはそもそも、十二歳以下のリトルリーグ野球用に作られたものです。そこのところが彼らには理解しがたいようですね」

市長は話をはぐらかしていた。ナサニエル・ニョークとロストボーイズは町の野球用グラウンドでサッカーをしたことなどない。彼らはアーミステッド・フィールドという、市の公式ホームページにも〝多目的グラウンド〟と紹介されている、広い長方形の芝地でプレーしたにすぎない。なのになぜあそこでサッカーをしてはいけないのです、とわたしは尋ねた。

「ああいう青年たちは――大人たち、大人の男たちと呼んでもいいが――たいがい、スパイクやなんかを履いてプレーするでしょう。あれは非常に芝を傷めます」スワニーは言った。「だから、彼らの使えるグラウンドはないのです」

市長はいつの間にか主張を変えたようだ。たしか、クラークストンにはサッカー用のグラウンドはないという話だったのに、こんどは大人向けのサッカーグラウンドはないという話になっている。ならば少年サッカーについてはどうですか、とわたしは尋ねた。

市長は一瞬、返答に窮したかに見えたが、すぐにまた方針転換をやってのけた。アーミステッド・フィールドでのサッカーは制限された状況下でしか許可できない、と市長は言った。選手たちが十二歳以下で、市による徹底した経歴調査を受けた大人の監督者がつくなら、グラウンドの半面の使用を許してもいい、と。

数カ月前にスワニーと面談したナサニエル・ニョークが感じたにちがいない気持ちが、だんだんわかってきた。市長のルールはつねに変わっていくのだ。最初は、クラークストンにサッカー用のグラウンドはない、と言い切っていた。その論拠が崩れると、問題は〝青年たち、大人たち、大人の男たち〟がプレーする弊害にすり替えられた。ここで初めてわかったが、スワニーの言う青年たちとは、十二歳を超えた全男性のことらしい。あげくの果てには、十二歳以下の子供たちが、内容不明の一連の経歴調査をパスした大人の監督に連れられてきた場合でも、アーミステッド・フィールドの半面しか使わせないという。残りの半面はリトルリーグ野球のために確保しておく必要があるかららしい。そう言いつつも、少なくともここ三年、クラークストンにリトルリーグのチームが存在していないことを市長は認めているのだが。

当然ながら、市長が新たに思いついた規準を満たす人たちはいそうにない。市長のルールはどこにも公表されておらず、彼の頭のなかにだけ存在し、必要があればあとから改ざんされるのだ。いずれにせよ、市長も承知しているにちがいないが、クラークストンに十二歳以下の少年サッカーチームは存在しない。ルーマの最年少チームを構成するのも十三歳以下の少年たちで、スワニー市長の公園でプレーするには一歳オーバーしている。

わたしは市長の二枚舌にうんざりすると同時に、自分を正当化しようとあがくその男に少しばかり同情を覚えはじめていた。御年六十八歳で、長く人生を過ごしてきた町をしっかり治めることも、現状を把握することさえも、もはやできなくなっている。スワニーは保守派の市長として、どこを向いても急激に変わりつつある町の現状を維持するという、無理な仕事を託されている。市長はきっとその仕事にしくじるだろう——クラークストンは新しい難民家族の到着にともない、日ごとに変化しつづけている。市長はきっと、町の独自性を守ってくれると期待する支持者たちを落胆させることにもなるだろう。市のグラウンドでサッカーをさせないためのまずい弁明には、一種の焦りがにじみ出ていた。サッカーを禁じた市長という評判を本人が歓迎していないこともまた、その守りの姿勢から明らかだ。スワニーもおおかたの政治家と同じように、だれからも好かれたいのだ。この問題には市長も困窮しているのだろうと感じた。

しかしながら市長は、自分の口から出た矛盾にほとんど気づいていないようだった。本人はサッカー場問題を整然と説明しきったつもりでいるらしく、煩わしい質問をぶつけるわたしにまったく敵意を示さなかった。こんどぜひ昼食をいっしょに、とまで言った。わたしは同意し、よく食事をする店はどこかと訊いてみた。エスニック料理店が豊富にあるにもかかわらず、スワニーはあえて、自分好みの伝統的なアメリカ料理を出す店の名を挙げた。〈シティ・バーガー〉という、鉄道線路を渡ったところにあるせま苦しい店だ。

「あそこは何を作らせても美味いんです」立ちあがって辞去しかけたわたしに市長は言った。「あっという間に調理してくれますよ——あなたのために」

このやりとりで、スワニーが二十年余り暮らし、いまでは市政を担っている町に抱いているであろう困惑の念や隔絶感がいくらか見通せた気がした。あとでわかったことだが、市内随一のアメリカ料理店〈シティ・バーガー〉は、現在イラク人が所有している。

十月の第一火曜日の夜、市民公園のグラウンドをフージーズが使えるよう申し立てをするべく、ルーマは市庁舎へ赴いた。市議会の決定に運命を賭けていた。クラークストン・ハイスクールのグラウンドも、その近くのジョージア・ペリメーター・カレッジのグラウンドも、すでに秋シーズンの予約で埋まっていた。ＹＭＣＡとの不和を考えれば、クラークストン公民館はもはや選択肢に入らなかったし、ティトーの銃撃事件があったあとでは、インディアン・クリーク小学校裏のグラウンドは危険すぎるとルーマは思っていた。選手たちを危険に晒すわけにはいかない。市議会に申し立てを却下された場合の最善の策は、サッカーのできそうな駐車場を見つけるか、全チームの活動を中止するかのどちらかだった。

クラークストン市議会の月例会議が開かれる市庁舎の議場は、平日の夜の礼拝をおこなう田舎の小さな教会を思わせた。部屋の半分に信者席のような配列で木製のベンチが並んでいて、その正面の高くなった壇に、市長と六人の議員が国旗にはさまれてすわっている。市議たちの脇の机には市の法律顧問と書記が着席している。低い天井が閉所恐怖症になりそうな緊密な空気を生んでいた。桟敷になった傍聴席にはマイクと演台が用意されているが、ほとんど必要はなさそうだった。狭い空間なので話す声はじゅうぶん届くし、必要とあらば、クラークストンの市議会では頻繁に起こるように、大声を出せばよかった。

この火曜日の夕方、会議にはいつものごとく、市の関係者からなる小集団と、それよりも数の多い、よくいる気難し屋や陰謀論者の集団——隣人から侮辱されたとか、土地の境界を侵されたとか、極端な例では、電子投票機が世界じゅうの民主制を脅かすなどと訴えにきた人たち——が集まっていた。スキピオ署長も出席していた。署長就任一周年を記念して、そのためにわざわざ作らせた銘板を市長が贈呈することになっているのだ。ルーマはひっそりと後方にすわっていた。

開催の宣言と、国旗に対する〝忠誠の誓い〟の真摯な朗誦で会議がはじまった。各種委員会の報告が求められ、発表された。スキピオ署長が銘板を授与され、拍手が起こった。そのあと、市民からの申し立ての討議がはじまった。最初の請願者は、市庁舎から線路をはさんだ向かいのレストランを所有するエチオピア人女性で、日曜日に店でビールを出す許可を求めていた。議員たちは、そのレストランがクラークストン国際聖書教会に近いことを強調する鋭い質問を浴びせ、申請を退けるかに見えたが、そのとき傍聴席にいた弁護士――特になんの権限も持たない一般市民――が、酒類販売許可証は州が発行するもので、市議会はそれに関してどんな裁定を下す権限も持たないことを簡潔に指摘した。その許可証は持っているのかと議員の一人が問いただしたところ、エチオピア人女性が持っていると答えたため、議員たちは唖然として顔を見合わせ、だまりこんだ。やがてだれかが次の議案に移ろうと言った。

すぐに、別の難問が登場した。市民の男性が立ちあがり、ミラム公園にある、敷地内で犬を散歩させた者には（紐でつないでいてもいなくても）五〇〇ドルの罰金を課すという標識について言及した。その男性が知りたかったのは、市議会がほんとうにそんな条例案を通したのかということだった。ふたたび、市長と議員のあいだで小声の問答と困惑の視線が交わされたあと、市の法律顧問がそんな条例は成立していないと明言した。どうやらその標識を掲げさせた張本人であるらしいスワニー市長は、白い口ひげの周りを赤らめ、標識を取りはずすことを決まり悪そうに承諾した。人々が市議会に持ちこむ案件はみな、同じ問題を含んでいた。クラークストン市のお偉方たちは、市民からの追及がないかぎり、越権行為に走る傾向にあるようだ。

そんななか、ルーマが立ちあがって演台へ向かった。ルーマは議員たちの機嫌を損ねないよう、柄にもなくしおらしい、穏やかな声で、クラークストンの少年サッカープログラムの主宰者だと自己紹介した。

「わたしたちは、月曜から木曜の午後五時から日没まで、アーミステッド・フィールドをチームの練習に使用させていただけるよう申請します」ルーマは言った。

「なぜですか」女性議員が尋ねた。

「インディアン・クリーク小学校のグラウンドは砂利だらけです」ルーマは言った。「人の出入りも制御できません。だれでも自由に入ってこられるので、大人に監督されていない子供たちもそこで遊んでいます。だれにも監督されていない若者たちもたむろしています。子供たちにとって健全な環境とは言えません」

矢継ぎ早の質問が飛ぶ。そのプログラムの経費は市が負担するのか。選手たちの年齢はどのくらいか。選手はみな地元の住民か。大人の監督はつくのか。どんな用具を使用するのか。保険はどうなっているのか。

ルーマはその集中攻撃を受け流し、嘆願調の抑えた口調を保った。何かを強く伝えたいときのルーマがどんなふうに話すかを知っているフージーズの選手たちが聞いたら、さぞおもしろがったことだろう。けれどもこの日は、話す相手がちがった。相手は子供ではなく、絶対的優位に立つ面々だ。ルーマは、自分がつねに子供たちを監督すること、用具はチームで調達すること、プログラムには保険がかけられていること、選手はみな地元住民であることを説明した。

「チームは男女混合なのですか」女性の議員が尋ねた。

「いいえ、いまは男子だけです」ルーマは言った。

「男子だけ」女性議員は、敵意ある証人で相手をやりこめたばかりの法廷弁護士さながらに、その点を強調した。

気まずい沈黙が流れ、やがてスワニー市長がそれを破った。

「こちらの女性は、アーミステッド・フィールドの下半面を使用できないかと、わたしに相談しにこられました。野球用のグラウンドでサッカーをすべきでないことはご承知です。ただ、グラウンドの下半面は現在もこれまでも使用されていません。使われたのは、成人の――成人のサッカー愛好者《サッカー・ピープル》――があそこにスパイクやら何やらを履いてきて芝生を荒らした、その一度きりです」

この話はどこへ行き着くのかと、議員たちは身を乗り出してスワニーを見つめた。なんといっても、クラークストンの運動場を片っ端から見まわらせていたのは市長本人なのだ。

「ですから」市長はこう締めくくった。「このかたにアーミステッド・フィールドの下半面を使ってもらっても、なんら問題ないと思うのです。そこで少しばかりサッカーをすることで、子供たちを路上から遠ざけておけるのなら。どうでしょう、こちらの女性に期間限定でアーミステッド・フィールドの下半面を使ってもらって、しばらく様子を見るというのは？」

その発言は、市長の両脇に居並ぶ議員たちを驚かせたようだった。ルーマは無表情でたたずみ、市長の支援表明への不信を表に出さないようにしていた。スワニーの提案には、場内の空気を一変させる効果があった。議員たちの質問は手ぬるいものになった。協議のうえで、試用期間は六カ月が適当だろうという結論が出された。議員の一人は、この議案は原則として承認済みということにして、正式な票決は省いてもいいのではないか、とまで言いだした。だが、スワニー市長はその提言には乗らなかった。票決をとって、全市民に公表することを望んだ。公園内で何かあったとき——〝サッカー・ピープル〟がなんらかのトラブルを起こしたとき——市長はその責任を負いたくないからだ。

一人、また一人と賛成者が出た。そのとき、傍聴席最前列の、壇上の夫と議員たちと向かいあう席にすわっていた市長の妻のジョーンが、首を横に振り、この提案への反対の意を示した。クラークストン公民館に勤めるジョーン・スワニーは、長年にわたって再定住反対運動を組織してきた人物として、町の古い住民たちに認知されるようになっていた。彼女には難民を擁護する気などなかった。だがスワニー市長は、最大の支持者である妻をまっすぐ見据え、無言で賛成を求めた。

動議は満場一致で可決された。ルーマはうなずいて謝意を表し、笑みをこらえていた。フージーズは、当座のものではあれ、本拠地を得たのだ。

21 芝でプレーする

Playing on Grass

「なんのためにギャングに入るんだと思う?」ルーマが少年たちに尋ねた。

「競争するため」

「お金のため」

「身を護るため」

「かっこつけるため」

「男らしくなるため」

「ギャングがフージーズとちがうところは?」ルーマは尋ねた。

「喧嘩する」

「銃で撃ち合う」

「いったん仲間になったら抜けられない」

「命令されたらなんでもやらなきゃいけない。逆らったら撃ち殺される」

ティトーの銃撃事件と市議会での申し立てのあと、ルーマは練習中にU－13とU－15のメンバーをインディアン・クリーク小学校の別々の教室に集め、ミーティングを開いた。ルーマに招かれたスキピオ署長が年少のほうのチームを受け持ち、ルーマはU－15のメンバーに話をした。ルーマが願っていたよりもフージーズの面々がギャングについて詳しいことは、すぐに明らかになった。

「ここにいるなかで、どこに行けばギャングに入れるか知ってる人は？」ルーマは尋ねた。

「知ってる」ある少年がためらいがちに言った。

ルーマはカヌーを教室の前に呼んで、ポケットからｉＰｏｄを取り出し、あるものを運んでくれるならこれをあげる、と言った。カヌーは躊躇した。少年たちが苦笑いで反応する。

「ギャングはきみたちにお金をくれる――こんなふうに言ってね。『なあ、五ドルやるから、通りの向こうまでこれを持ってってくれよ』」ルーマは言った。「そうやってきみたちに危ない仕事をさせるの。一度それをやって、あともう一度やったら、それでギャングの仲間入り。そうなったらもう抜けられない。なぜだかわかる？　抜けられて警察にあれこれしゃべられるより、殺したほうがましだからよ」

何かを運んでくれたらお金かｉＰｏｄをあげる、と持ちかけられたらなんと言えばいいか、ルーマは少年たちに尋ねた。

「ぼくなら『先にｉＰｏｄをくれよ』って言うな」ある少年が言い、みなの笑いを誘った。

「ほかには？」ルーマが促す。

「『悪いけど、反対方向の場所に用があるんだ』とか」

「何度か使い走りをしたらもう仲間だって言ったけど」別の少年が言った。「だったらティトーも何度かそれをしたってこと？」

「ティトーがドラッグを運んでたかどうかは知らない」ルーマは言った。「ティトーがギャングに入った理由もわからない。かっこいいからなのか、護られたかったからなのか、道を歩いてて襲われたくなかったからなのかも」

何人かの少年の顔つきが険しくなった。最後の理由は彼らにも身近な問題なのだ。町の団地のなかを歩くのは危険と隣り合わせだった。だれかの縄張りにいつなんどき踏みこんでしまうかわからないからだ。目に見えず予測もつかないそんな脅威から身を護りたいという気持ちは、だれにもあるだろう。ルーマは少年たちの不安を感じとった。

「もしわたしがぶちのめされたら、だれか助っ人を呼んで——相手をぶちのめしてもらうわ」ルーマは言った。少年たちが笑う。

「きっとそうする」ルーマは言った。「だけど、ほかに方法はないかな。ほかにも何かできることは？」

少年たちは口々に答えた。だれかに話す。警察に通報する。別の道を通る。

「そうね」ルーマは最後に言った。「同じ道を通ってしじゅう痛い目に遭わされるなら、別の道を通ること」

ルーマはそのメッセージが浸透するのを待った。教室は静まりかえり、何人かの少年は了解のしるしに、無言で床に目を落とした。〝同じ道を通ってしじゅう痛い目に遭わされるなら、別の道を通ること〟。

ルーマには告知することがあった。いまの訓辞をみずから実践するつもりだということも、それで伝わるだろう。フージーズは今後、インディアン・クリーク小学校では練習をしない、とルーマは告げた。次の火曜日から、練習は町の反対側のミラム公園でおこなう。グラウンドは平らで芝に覆われていて、ほかのサッカーチームもいない。そこでなら気を散らすことも身の安全を気にすることもなくプレーができるだろう。ただし、それには責任がともなう、と。

「そのグラウンドをサッカーに使うのはうちのチームが初めてなの」ルーマは言った。「だから、ほかの人たちもそこでサッカーができるように、いいお手本にならなくちゃだめ」

　フージーズが来てから汚くなったと言われないよう、公園のごみを拾うことが全員に義務づけられた。ミラム公園へは、図書館と公民館の裏に立ち並ぶ古くからの住民の家の前を通っていくことになる。大声で騒いだとか、汚い言葉で話したとか、ごみ缶を蹴飛ばしたなどという近隣住民からの苦情は聞きたくない、とルーマはみなに言い渡した。万事支障がないようにすること。そしてルーマが着くまではだれもグラウンドに入ってはいけない。

「一人ひとりが責任感を持って、恥ずかしくない行動をとって」ルーマは言った。

「そのグラウンドなら知ってる」少年の一人が言った。「けど、歩いていけるのかな」

「歩いてこられなければ、練習できないだけよ」ルーマは言った。「身体ができてる選手はここには一人もいない。だれにとってもいい運動になる」

「グラウンドに来られないなんて言い訳は認めない」ルーマは付け加えた。「プレーしたくないなら、来なくていい。これからはそこがうちのホームグラウンドになるの。わかった？　このグラウンドにはもどってこない——もう二度と」

　ミラム公園での最初の練習に出てきた少年たちは、自分の目がとても信じられなかった。インディアン・クリーク小学校裏の砂場とくらべれば、アーミステッド・フィールドはエデンの園だった。全面が柔らかな緑の芝に厚く覆われていて、その上に散らばって腹筋やストレッチをしていると背中がちくちくした。グラウンドの三面は、ブドウやクズのつるをまとった高い木立に囲まれ、自然が室内競技場と同等の環境を作り出している。残りの一面には急勾配の丘があり、ところどころコンクリートの欠けた階段が中央を走っている。その丘からは、下方のグラウンドをスタジアムさながらに展望できる。古びた金網フェンスがグラウンドの周りに楕円形の境界線を形作り、園内の反対側の、遊技場やピクニックテーブルのあるエリアへ向かう人たちを迂回させるようになっている。フージーズはまさに、自分たち専用のホームグラウンドを手に入れたのだ。

この移転に関して難と言えるのは、ルーマの見るところ、練習前の補習と宿題に使っていた小学校の教室が使えなくなったことぐらいだった。ミラム公園には、グラウンドからそう遠くないところに、横長の木のテーブルとベンチを備えた雨露をしのげるピクニックエリアがある。ルーマは当面のあいだ、そこで補習をおこなうことにした。シーズン後半、もっと寒くなるか、早く日が暮れるようになったら、練習時間を少し前にずらして、そのあと半マイルほど離れたクラークストン市立図書館にメンバーを移動させ、そこで宿題をさせてもいい。

フージーズの新しい本拠地はありえないほどのどかで、ほとんど手のこんだジョークか何かのようだった。そこで練習をはじめてまもないころ、選手たちがミニゲームをしていると、林の奥にある池からガンの群れが飛び立った。騒々しく鳴きながらグラウンドの上を低空飛行するガンに、U－13の面々ははっと身構え、やがて鳥の群れにびくついた自分たちがおかしくて大笑いした。またあるときは、U－15がグラウンドの真ん中で輪になってストレッチをしていると、林のほうから、小枝が折れ、落ち葉が踏みつぶされる音がした。その音はしだいに大きくなり、何事かと思ったメンバーたちが声を潜めて横手の丘のほうを振り返った瞬間、シカの小群が開けた場所に出てきた。少年たちは目を疑った。

「追いかけようぜ」草を食むシカに見入っているチームメイトらに、ハムドゥ・ムガンガが小声で言った。

「よせよ、ハムドゥ」クールというひょろりとしたスーダン人ミッドフィルダーが淡々と返した。「ここはもうアフリカじゃないんだ」

ここがチームのホームグラウンドだという認識が選手たちに定着していくあいだにも、フージーズが全面的に歓迎されてはいないことを示す出来事があった。ミラム公園でのU-13の最初の練習がはじまってすぐ、グラウンドを見おろす丘の頂上に老齢の男が現れた。ずんぐりとした短躯で、足を引きずって歩くその男は、夕闇が迫っているというのにいま起きてきたような様子をしていた。男は何か叫んだが、声がしゃがれて弱々しいため、下方のグラウンドの少年たちには通じていなかった。フージーズは練習をつづけた。こんどはもっと険悪な調子で、男がふたたび叫ぶ。少年たちは静まった。その一瞬を衝いて、男は三たび叫んだ。

「おまえら、許可は取ってるのか?」

ルーマが身振りで練習をつづけるよう促した。

「許可がなきゃ、そこは使えんぞ」男はなおも叫んだ。

わたしはその老人に自己紹介した。相手は名乗ろうとしなかったが、公園の隣に六エーカーの土地を持っていて、三十七年間クラークストンに住んでいると言った。市長とも懇意にしているらしく、スワニー同様、ミラム公園の芝生を過度に気にかけていた。夜な夜な闇にまぎれて犬を散歩させにくる住民に、とりわけ頭を痛めているそうだ。

「あの男はだめだと知ってて来るんだ」男はぼやいた。「わざわざ夜にな」

わたしは、いまグラウンドにいるサッカーチームは市議会の許可を得ていると話した。男はそれを聞いて驚いたようだった。

「期間は?」男は尋ねた。

六カ月間、とわたしは答えた。

男はそれについてしばし考えた。

「許可を取るのは当たり前だ」男はつぶやいた。

気詰まりな沈黙がつづいた。わたしは世間話を試みた。クラークストンで長年暮らすあいだ、たいへんな変化を見てこられたのでしょうね、と。

「ああ、そうとも」男は言った。「昔より押し入りが増えてる。夜中に通りをうろつく連中もだ。ずいぶん変わっちまった」

かつて、アーミステッド・フィールドでは野球が盛んだったらしい。不恰好に金網のねじれた一対の古いバックネットの脇に、錆びついた古いスコアボードが当時のままに残っている。人々はよく観戦にやってきたものだった。

「ちょうどあのへんに見物席があったんだ」男は言い、斜面の下方の芝地を示した。いまでは、どこかの古代競技場跡を思わせる薄気味悪い空間と化している。男はグラウンドに目を移し、さまざまな訛りで声をかけあいながらミニゲームをつづけるフージーズを視界にとらえた。そして首を横に振ったが、信じられない、もしくは認めたくない、のどちらの意味なのかは定かでなかった。

「もうずっと昔の話だ」男は言った。

第三部　ひとめぐり

Full Circle

22　王さまはだれだ？

Who Are the King?

フージーズのメンバーにはみな、憧れのサッカー選手がいた。デイヴィッド・ベッカム、ロナウド、ロナウジーニョ、コートジボワール人のディディエ・ドログバといった、フィールドでのプレーを真似したいスター選手たちだ。クィンドラム・ブシの憧れの選手は、ほかならぬ祖父だった。若かりしころはコソボで最高レベルのゴールキーパーとして名を馳せ、のちには審判としても知られ、決定版と言われるアルバニア語のサッカー・ルールブックを著した人物だ。ブシ一家の住むクラークストン市外のアパートメントには、ぼろぼろになったそのルールブックが一冊ある。それはアメリカまで持ってくることができたいくつかの品々の一つであり、クィンドラムのいちばんの宝物の一つだった。

「おじいちゃんは、ぼくの国ではすごく有名だったんだ」クィンドラムはある午後、そのルールブックをめくりながら言った。「昔はコソボでも指折りのゴールキーパーで、みんながああなりたいと思う選手だったらしい」

クィンドラム――フージーズのメンバーはみなそう呼ぶが、家族は〝チンドリム〟と発音する――は、小柄だが才能豊かなU－13のミッドフィルダーだ。すっきりした顔立ちで、前歯が少し出ていて、細い目はしばしば、まだ知られていないがそのうち大流行するジョークを世界じゅうで自分一人が耳にしたかのように、いたずらっぽく光った。鉛筆のように細い脚には驚くべき力が詰まっていて、父親もプレーするこのスポーツをよく研究している。祖父のルールブックを熟読し、父親と戦略について語り合った。クィンドラムはサッカーの血を受け継いでいた。

　ブシ一家は、マケドニアとの国境にほど近いコソボ南部の山岳地帯にある、アルバニア系住民二万八〇〇〇人が暮らす町、カカニクの出身だった。クィンドラムの父、ジャラルはその町で小さな食料品店を二軒、兄と父親と協同で所有しており、そのうちの一軒の二階に家族で住んでいた。二店のおかげで一族はカカニクで快適に暮らしていたが、それも民族紛争が故国を引き裂くまでのことだった。

　カカニクは、一九九〇年代の紛争で戦場となったコソボ南部の多くの町の一つだった。対立勢力の一方は、スロボダン・ミロシェビッチ率いるユーゴスラビア軍で、アルバニア系住民が大多数を占める地域でのセルビア人の自立発展を叫んでいた。もう一方のアルバニア系武装組織、コソボ解放軍《ＫＬＡ》は、ミロシェビッチの圧政に反発して独立を勝ちとろうとしていた。この紛争で、カカニクの一般市民は両勢力の犠牲となった。ＫＬＡの兵士たちは、ときにカカニクのアルバニア系住民にも激しい圧力をかけ、町を捨ててマケドニアの難民キャンプへ逃れるよう仕向けた。国際社会の同情を引き、願わくは、武力行使に踏みきらせるためだ。

　一九九九年三月二十四日、ビル・クリントン大統領が命じ、最終的にはセルビア人勢力のコソボ撤退を促すことになる、ＮＡＴＯ軍による空爆が開始された。この軍事介入への報復として、ミロシェビッチ軍はコソボのおよそ六十の町や都市で、怒濤のごとき破壊と蛮行に及んだ。カカニクがそのときを迎えたのは、空爆開始から三日後の三月二十七日のことだった。ミロシェビッチの軍隊は町の商業地区をくまなくまわり、住民から食べ物や金目のものを奪い、ブシ一家の店も含む食料品店の棚をごっそりさらっていった。カカニクにはセルビア人部隊が潜伏していたが、二週間後の四月九日、ＫＬＡの民兵の一群がそのセルビア人兵士らを襲った。戦闘は主にカカニクの目抜き通りで繰り広げられ、十七人もの死者を出した。その翌日には、セルビア人部隊の援軍が報復にやってきた。兵士が進軍してくるなか、多くのカカニク住民は、谷川沿いの険しい小道を通って逃げた。目撃証言によると、セルビア警察は二連装高射機関砲を装備した装甲車で、終始砲撃しながら町を走っていたらしい。逃げる住民たちに一級射手が砲火を浴びせ、至るところに死体が転がっていた。戦闘終結後の夏、ＮＡＴＯ軍は遺体の山を目にすることになった。カカニクの町を出てすぐの場所にも、九十三人の遺体があった。ＫＬＡの兵士の遺体もいくつかあったが、ほとんどは、射殺された日の着衣の切れ端からそうと知れた、町の住民のものだった。

ジャラル・ブシは、戦闘前にどうにか妻と子供たちをマケドニアに避難させたが、自身と兄は店と住まいを守るためカカニクに舞いもどった。だが、二人がいたところで被害はほとんど防げなかった。店と住まいはセルビア人部隊に跡形もなく破壊された。

「家は焼き払われました」クラークストン市外にあるアパートメントのソファで、ジャラルは語った。「連中は爆弾を投げこんで、すべてを壊したんです」空中に両手を振りあげる。「バーン！」

ジャラルと兄は徒歩でカカニクから逃れ、マケドニアをめざして山中を二日間移動した。食べるものはなく、谷川の水を飲んで歩きつづけたすえ、マケドニアの兵士に捕まって難民キャンプに収容された。ジャラルはクィンドラムや妻や娘との再会を果たし、UNHCRによる再定住の斡旋を待ちながら、そのキャンプで三カ月暮らした。アメリカへの移住が認められたと知ってブシ一家は喜んだが、それは嬉しいばかりの知らせではなかった。ジャラルの一族は、コソボ難民の受け入れを表明している欧米のいくつかの国々へ、ばらばらに送られることになったのだった。ともに故郷を追われた親類はいま、カカニクからもジャラルの住むアトランタ郊外からも遠く離れた、ノルウェーやイギリスやオーストラリアに離散して暮らしている。

ジャラルは一家のアメリカ行き片道航空運賃二二七五ドルを借り入れた。英語は話せず、到着するまでアトランタについて何一つ知らなかった。一家の再定住はワールド・リリーフという支援機関が担当し、ジャラルはそこからの斡旋でディケーター・ディカルブ農産物市場での食品陳列と運搬の仕事に就いた。そして最終的に、工業用コンベヤーベルトの製造会社での職を得た。バルカン半島の小さな村の店の二階でずっと暮らしてきたジャラルに言わせれば、アメリカに来ていちばん奇妙に思うのは、だれもが車に乗って遠くの職場まで出勤することらしい。それでも、公共の交通機関を使ったり、友人の車に乗せてもらったりするのには慣れた。食べ物に慣れるのにも少し時間がかかった。

「故国《くに》では中華料理なんて食べたこともありませんでした――中国人の知り合いもいなかったし」とジャラルは言う。「いまは好きですよ。メキシコ料理も好物です。屋台があるでしょう?」そう言って目を輝かせる。

ミロシェビッチの支配から解放されたジャラルが最も身にしみて感じているのは、喜ばしい変化だった。ここには検問所がなく、足止めして行き先を訊く者も、理由もなく尋問する者もいない。

がんじがらめの生活に慣れていたせいか、ジャラルはいきなり自由になったことにとまどっていた。「故国《くに》に住んでいたころ、とくにミロシェビッチが実権を握ってからは、びくびくしどおしでした」とジャラルは言う。「どこへ出かけても、たとえば予定より長居をしたり、夜暗くなってからもどったりすると、止められるんです――そこらじゅうにある検問所で」

「この国に来てからは大ちがいです」とジャラルは言う。「どこでも行きたいところへ行ける。なんでもしたいことができる。事業をはじめることもできる――だれにも邪魔されずに。どこへ行こうとしても――だれにも止められない。街も、人も、全然ちがいます。店に入るのも自由で、だれもチェックしない。監視を気にせずに行動できるんです」

一家でジョージアに来たとき、クィンドラムは六歳にもなっていなかった。十二歳半になったいまでも、マクレンドン小学校に初めて登校した日のことはよく覚えている。英語もわからず、知っている子もいなかった。

「怖かったな」とクィンドラムは言う。「何をしたらいいのかわからなくて。どこへ行けばいいのかも」

初めてできた友達は、同じ団地に住むアルバニア人と、イスラム教徒のボスニア人だった。英語が話せるようになると、学校でも友達ができた。ジャラルは息子をクラークストン公民館の少年サッカープログラムに参加させ、クィンドラムはそこでようやくルーマと出会い、難民サッカーチームに加わった。以来、フージーズはクィンドラムの社会生活の中心となった。たまたま同じ団地に住んでいたボスニア人キーパーのエルディンとはとくに仲良くなった。クィンドラムとエルディンには朝の日課がある。平日の朝、二人の両親は夜が明けてすぐに遠くの職場まで出勤していく。クィンドラムは着替えをすませてエルディンのアパートメントまで歩いていき、子供だけでビデオゲームをするか、スポーツ専門局ＥＳＰＮの番組を観るかして、時間が来ると外に出てスクールバスを待つ。二人は親友だった。クィンドラムはほかのチームメイトとも親しくなった。通りの少し先に住むコンゴ人ミッドフィルダーのグラース、リベリア人のジョサイアとジェレマイア、ブルンジ人のビアンヴニュ、アフガニスタン出身のシャヒル、スーダン人の兄弟ロビンとイドワール。世界じゅうから来た友達を持つのはクィンドラムにはまったく普通のことのようだった。アメリカに来て以来、ずっとそうしてきたからだ。クィンドラムはチームメイトのなかでも身体が小さいほうだったが、みなから一目置かれていた。試合中に彼が何か指示すると、だれもが耳を傾けた。クィンドラムのほうも、ほかの選手たちをたんなるチームメイト以上の存在と感じるようになった。「みんな自分と同じ国から来たみたいに思えるんだ」とクィンドラムは言う。「ぼくの兄弟だよ」

実際、Ｕ－15がチームとしてまとまるのに苦労しているあいだにも、クィンドラムとＵ－13は着実に結束を固めていった。Ｕ－13は一引き分けと一敗でシーズンをスタートしたが、最近の試合では二連勝し、地区優勝を現実に狙える位置につけている。技術は向上し、選手同士のコミュニケーションもより緊密で信頼に満ちたものになり、何より全員がプレーを楽しんでいた。

練習中、以前なら選手たちはそれぞれのペースでランニングをするのが常だった。クィンドラム、ジョサイア、ジェレマイア、ビアン、ディコリ兄弟らが先行し、エルディンとマフォデイ、新加入のスーダン難民サンティノが遅いペースでそれにつづくという形だ。しかし水曜日、Ｕ－17のミニゲームを観ていたルーマがＵ－13のほうに目をやると、選手たちは舞台上のコーラスラインに立ったようなランニングをしていた。速い選手が遅い選手に合わせてスピードを落とし、遅い選手はチームメイトの足を引っ張らないようスピードをあげている。そうやって十五分ほど黙々と走ったのち、選手たちは足並みに合わせた手拍子とともに、ゴスペル調のかけ合いをはじめた。

「王さまはだれだ？」手拍子に乗せて、一人が叫ぶ。

「フージーズ！」全員が応える。

ルーマはふたたびミニゲームに集中していたが、U－13はそれで終わらせなかった。かけ合いのたびに声量をあげていき、なんの騒ぎかとルーマをついに振り向かせた。コーチの注意を引いたのを見届けて、一人が叫ぶ。「女王さまはだれだ？」

「ルーマ！」

ルーマは困ったように頭を振り、少年たちは大笑いした。それは些細なふざけ合いだったが、それ以上に著しい前進のしるしでもあった。十三の国からやってきた、人種も宗教も言語もさまざまな少年たちが、内輪のジョークを生み出したのだ。シーズンの数カ月前に家族と渡米したばかりでほとんど英語を話さないイラク系クルド人のムハンマド・ムハンマドでさえ、声を張りあげてかけ合いに加わり、人生で最高におかしいジョークを聞いたかのように笑い転げていた。


少年たちが互いに打ち解けていくあいだに、サイドラインで指導するルーマも進歩していた。メンバーそれぞれの持ち味や、ポジションを入れ替わらせてちがった効果を生み出すこつが、だいぶつかめてきた。たとえば、ビアンヴニュを一種の秘密兵器として使えることに気づいた。試合の前半終了あたりまでは後方で守備を担わせ、相手チームが疲れてきたところで攻撃に転じさせるのだ。

競走馬の勢いをぎりぎりまで抑えておいて、最後の直線で思いきり走らせるのと同じ手法である。敵がその脅威に気づいたときには――たいていビアンは完璧なクロスをあげるか、磨き抜かれたバイシクルキックを披露する――すでに遅く、対応不能となることが多い。ジェレマイアは攻撃も守備も同じくらい器用にこなす。同様に、左右どちらの足でもうまくボールを蹴ることができるので、どちら側からのコーナーキックでも敵を脅かした。ムハンマド・ムハンマドは小さな身体に似合わず、粘り強くタフなディフェンダーとして頭角を現しつつあった。ムハンマドへの指導にはまだおおかたアラビア語を使わざるをえなかったが、乏しいながらもどんどん増えている英語の語彙の大半がサッカー用語なのは、ただの偶然ではなかった。フージーズの攻撃の要は、俊足機敏な左ウイングのジョサイアだ。稲妻のごとくライン際を攻めあがるその妙技で、今シーズンすでに6ゴールを決めていた。クィンドラムは優れたミッドフィルダーで、チームメイトらに指令を出し、才能あるフォワード陣をサポートするのに長けている。無口で控え目な左ハーフのシャヒルも、練習を重ねるごとに自信をつけ、頼もしくなってきている。

それでも、U―13には明らかな弱点があった。ゴールキーパーのエルディンと、マフォデイ――まばゆい笑顔の大柄なガンビア人――である。よいキーパーは、敏捷で、断固としていて、少なからず威嚇的でなくてはならない。ことにゴールエリア内にボールが持ちこまれたとき、相手の攻撃陣をたじろがせるような威圧感があるのが理想だ。エルディンとマフォデイにはそれがなかった。二人はボールに立ち、立ち向かうというよりは振りまわされていたし、無邪気でややまぬけな笑顔を浮かべてゴールに立ち、敵フォワードの動きを妨げるどころか、抱擁して好きにプレーさせかねない印象を与えた。とはいえ、エルディンとマフォデイはチーム設立当初からのメンバーだった。時間はかならず守った。宿題もきちんとすませた。二人はすばらしい手本を示していたので、ルーマはキーパーの弱さを補う指導をすることに決めた。

そういう戦略を立てるのがルーマは得意だった。チームのルールなどに関しては頑なに見えるかもしれないが、試合に関しては柔軟で形に縛られない戦法をとるのを好む。ヨーロッパの統制された組織的なサッカーよりも、ラテンアメリカ、特にブラジルのサッカーが好きだった。練習でも試合でも、ルーマは選手たちにそれぞれの仕事を割りあてるが、それをやり遂げる方法を探るのは個々人にまかせる。特定の効果を狙ったボールの蹴り方まで細かく指示するサッカーコーチもいるが、ルーマは結果を重視し、結果につながる独自の戦法を考え出せたかどうかで選手を評価する。想像力は、サッカーにおける弱点にとどまらず、あらゆる課題を克服するのに不可欠だからだ。ある試合の前、ルーマは何気なくこんなことを口にした。自分は守備でプレーしたことがないから、攻撃を教えるほうが得意だと。ではあなたの守備戦略はどんなものか、とわたしは尋ねた。

「たくさん得点すること」とルーマは答えた。

23 ブルー・スプリングズとの対決

Showdown at Blue Springs

「コーチ」マフォデイがささやき声で言った。「白人ばっかりだよ」

U－13の選手たちは、ジョージア州ローガンヴィルにあるブルー・スプリングズ・リバティー・ファイアのホームグラウンドに足を踏み入れたところだった。その古い南部の町は、アトランタから忍び寄る都市化の波にまだ侵されておらず、スプリット・シルクやビトウィーンといった名前のほかの古い町々にもほど近かった。ルーマは周りを見まわした。マフォデイの言うとおりだった。ローガンヴィルの住民の九〇パーセント以上は白人で、屋外用家具やクーラーボックスやブランケットを広げてサイドラインに陣取ったリバティー・ファイアの選手たちにも親たちにも、日焼けをした者すらいない。対戦チームに黒人選手がいることもめったにないでしょう、とルーマはマフォデイに言い聞かせた。

「そうだけど」マフォデイは驚嘆のにじむ声で言った。「ほんとに白人ばっかりだ」

「気にしないの」ルーマは言った。

ブルー・スプリングズ・リバティー・ファイアのこれまでの成績は三勝二敗だが、大量得点する実力もあることが記録から知れた。三週間前、あるチームに10－0で圧勝しているのだ。そのホームグラウンドは、かろうじて長方形とわかるものの、芝生はでこぼこと波打ち、シナモン色の土がちらほら露出していて、遠くから見ると、土の上にぞんざいに放ってある擦り切れた緑色のタオルのようだった。サイズ自体も小さく、ピッチの広さを味方にして対戦相手を疲れさせるプレーを好むフージーズには不利だった。

試合開始は午前九時だった。ルーマは前の晩に選手たちに電話をして、翌朝早いことを思い出させた。外はもう寒いので、いつものように集合場所の図書館まで歩いて来させるのはやめて、バスで団地をまわって選手たちを拾っていくことにした。準備を整えて待っているよう、全員に言っておいた。選手たちはだるそうなむくんだ顔で、一人ずつバスに乗りこんできた——ジェレマイアを除いては。外にジェレマイアの姿はなく、ジアティー家のアパートメントにも人の動いている気配がなかった。ルーマはベアトリスが箱工場での夜勤明けなのを知っていた。ぐっすり眠ってしまい、ジェレマイアを起こしそびれたのだろう。チームのマネージャーで、時折バスの運転手もするトレーシーが、ルーマに言われてドアを叩いた。なかでまどろんでいたジェレマイアは、はっと目を覚まし、ユニフォームをつかんでバスに飛び乗った。試合の時間になっても、まだいくらか夢心地のようだった。

ルーマは練ってきた試合の計画を頭のなかで反芻した。ビアンヴニュを初めは守備で使う——そして必要になれば、試合の後半で攻撃に転じさせる——入れ替わるのはジェレマイアだ。クィンドラムはミッドフィルダー。ジョサイアは本人も得意な左ウイング。マフォデイには、試しにディフェンダーとしてピッチに出すけれど、ゴールにいるエルディンが最後まで持ちこたえられそうか様子を見ながらだ、と言ってあった。エルディンのほうがキーパーとしては強力だと判断したのだ。

身体は小さいがブヨ並みに執拗なムハンマド・ムハンマドにも守備をまかせ、ディコリ兄弟は状況に応じて動かす。シーズン直前に加入したばかりのおとなしいスーダン人、サンティノはベンチで待機させるが、ベテラン選手を休ませるため、終盤で投入するつもりだった。

ブルー・スプリングズが先にゴールへ迫り、十ヤードの距離からの平凡なシュートで先制点を奪った。フージーズの選手たちはまだ完全に目覚めていなかった。めりはりのないプレーをして、そこらじゅうで体当たりされていた。グラースは顔に手をぶつけられ、痛さにへたりこんだ。クィンドラムは、大柄なブルー・スプリングズのミッドフィルダーたちの真ん中でピンボールのように小突きまわされ、早くもいらついていた。

「気をつけろよ」素知らぬ顔で突き飛ばしてきたブルー・スプリングズの選手に、クィンドラムは言った。

「悔しかったら向かってきな」相手は言った。

クィンドラムは何も言い返さなかった——小柄な自分がすごんでもたいした効き目はないし、少しでも荒っぽいことをすればルーマにベンチ入りさせられる。だから我慢した。数分後、クィンドラムが相手チームのゴールエリアでこぼれ球を追いかけていると、キーパーが膝をめがけて突進してきた。プレーは中断され、クィンドラムは痛みに顔をゆがめてサイドラインへ引きさがった。

1－0でリードされてハーフタイムを迎えたメンバーを、ルーマはきつい言葉で責めた。プレーがだらけている。空いている選手を探さずに、いつまでもドリブルしている。おまけに敵にぶつかられっぱなしだ、と。ルーマは一個所だけポジション調整をした。ジョサイアのアシストをさせるべく、ジェレマイアをディフェンダーからミッドフィルダーに変えたのだ。クィンドラムの膝はまだ疼いていたが、プロ選手だった祖父から学んだ不屈の精神を呼び起こし、もうプレーにもどれるとルーマに申し出た。

「怪我をしてて、でも相手はひどいやつらだし勝たなきゃっていうときは」クィンドラムはあとで誇らしげに言った。「痛みを忘れるんだ」

後半に入ってわずか二分後、ジョサイアが三人のディフェンダーを振り切って独走、気がつけばゴールを狙える位置まで来ていた。ドリブルを少なくパスを多く、というコーチの指示を無視した手前、ここで得点しなくてはまずいとジョサイアは悟った。ブルー・スプリングズのディフェンダー陣の向こうへまわりこみ、十五ヤードの距離から完璧なシュートを放つ。1−1。フージーズは目覚めた。

その数分後、攻めあがっていくブルー・スプリングズに、ムハンマド・ムハンマドが後ろからのタックルを試みた。が、ボールに触れる前にフォワードの選手にぶつかってしまう——危険なファウルだ。審判がホイッスルを鳴らし、ブルー・スプリングズはすばやくゴール前二十五ヤードからの直接フリーキックの態勢に入った。ボールはフージーズの作った壁を越え、ゴール奥の上端に吸いこまれた。みごとな一撃で、エルディンには手も足も出なかった。これで2−1。勢いが移ったのを察してか、ホームチームの親たちの声援が大きくなり、それが選手たちの気勢をそがないかと、ルーマは心配しはじめた。

2−1のまま残り十五分となり、ブルー・スプリングズはペースを落とした。ボールがフィールドの外へ出たとき、ブルー・スプリングズの選手はなるたけプレー時間をつぶすため、のろのろと歩いて取りにいった。その時間稼ぎ戦法にいらだって、クィンドラムはみずからボールを取りにいこうとしたが、相手チームの選手に巧みに進路をふさがれた。クィンドラムは刻々と怒りを募らせていった。

ルーマは秘密兵器を配備する頃合いだと判断した。センターハーフのジェレマイアと入れ替わるよう、ひそかにビアンに合図を送る。二人の選手は極力さりげなくポジションを換わった。ルーマがほっとしたことに、ブルー・スプリングズのコーチは気づかなかったようだ。それから少しして、フージーズはどうにかロングパスをつないだ。ビアンがボールを操り、疾走してきたイドワール・ディコリにパスを送る。イドワールはボールにカーブをかけ、ネットに叩きこんだ。そのとき、副審が旗をあげた。オフサイド。得点は逃した。

しかし、フージーズはくじけなかった。ビアンという新たな攻撃の星がいたし、ブルー・スプリングズはまだビアンにマークをつけていなかった。チャンスは残っている。その直後、クィンドラムとビアンがゴール近くまでボールを運んだ。クィンドラムはペナルティーエリアの端でパスを制御し、ビアンに向かってクロスをあげた。瞬時に、ブルー・スプリングズのディフェンダーたちが集まってくる。ビアンはノーマークのクィンドラムにパスを返すと見せかけ、みずからシュートを放った。ブルー・スプリングズのキーパーを含む、だれもが驚愕した。ゴール。ゲームは2−2の同点にもどった。

「3番をマークしろ！」ブルー・スプリングズのサイドラインからビアンの背番号が叫ばれた。

「入れ替えたんだ！」

〝だまってて！〟とルーマは思った。

それからの数分は熱狂的なゲームとなった。両チームとも死に物狂いでプレーし、接戦の興奮が、午前の後半に試合を控えた別の地元チームの選手と親たちの注意を引いた。もとから大勢いるブルー・スプリングズの応援団の人数がさらに増えた。さっきの忠告の叫びを聞いたブルー・スプリングズのディフェンダーたちが、いまやビアンにぴったり張りつき、ボールに触れるたびに動きを阻んでいる。しかし残り時間五分となったとき、ビアンはふたたびパスの最終ラインにいた。敵陣のほうを見やる。相手ディフェンダーたちが自分を取り囲みはじめている。どこかに空いた選手がいるはずだ。視界の端に、オレンジのジャージをとらえた。イドワール・ディコリだ。ビアンはディフェンダーたちを限界までおびき寄せたのち、イドワールに軽快なパスを出した。イドワールがボレーでネットに蹴りこむ。残り数分というところで、フージーズはついに逆転した。3―2。

ブルー・スプリングズもそれでは終わらなかった。前線へロングパスを送り、フォワードの一人がフージーズのディフェンダー陣の向こうに躍り出た。そのフォワードとゴールを守るエルディンとのあいだにボールが落ちる。フォワードは全速力でボールに駆け寄り、シュートの構えに入った。そのときルーマの目の端に、オレンジのジャージが飛びこんできた。いましがた得点したイドワールの弟で、チーム最年少のロビン・ディコリだ。小さなロビンはがむしゃらな走りでフォワードとボールのあいだに滑りこみ、ゴールを阻止した。

〝あの子、どこから出てきたの？〟とルーマは思った。

こんどはフージーズが時間を稼ぐ番だった。ボールがラインを割ったとき、クィンドラムはさっき時間稼ぎをした選手のすぐ横にいた。クィンドラムは進んでボールを取りにいき、例の選手がフィールドで待ち構えるという手に出るや、カタツムリ並みに歩くペースを落とした。ようやくフィールドへもどると、相手は毒づいた。その選手よりも頭一つぶん背の低いクィンドラムは、ボールを手渡しながら、最近ジャスティン・ティンバーレイクの曲で覚えたばかりの慣用句で応酬した。

「自分のしたことは《ホワット・ゴーズ・アラウンド》、自分に返ってくるのさ《カムズ・アラウンド》」

そのあとまもなく、審判が試合終了のホイッスルを吹いた。ルーマは得意満面だった。選手たちはあきらめず、一丸となってプレーし、敵のホームグラウンドで逆転勝ちを成しとげた——精神的にたくましくなったしるしだ。ルーマはコーチとしての喜びも噛みしめていた。ポジションの入れ替えはみごとに功を奏した。そしてこの勝利によって、U‐13はこのまま勝ちつづければ首位を狙える位置につけた。選手たちも有頂天になっていた。だれからともなく歌を口ずさみ、揃って踊りだすのを見て、地元の人たちは呆気にとられていた。

けれども、敗北に気を落としたブルー・スプリングズのファンや親たちも、対戦相手の見せた健闘は認めているようだった。フィールドを出てバスのほうへ歩きだしたフージーズに向かって、ブルー・スプリングズの応援席にいた一人の男が賞賛の声をかけた。

「いまの試合になら金を払ってもいいぞ！」

24 決別

Coming Apart

一夜明けた日曜日は、U－15が大きなアウェー戦に臨んだ。対戦相手はサントスという、アトランタ北部の富裕な地区にあるロズウェル・サッカークラブの所属チームだ。青色に艶めく空にはかすかに靄《もや》がかかり、涼しい風が軽やかに吹き抜けていた。地区大会の優勝候補に数えられるサントスは、じゅうぶんな指導と訓練を受けた敏活なチームらしい。

U－15はまだ多くの課題を抱えている。ルーマによる強制中断後の復活第一戦で大勝したあと、U－15は並みの成績のチームに4－1で敗れていた。ルーマはその次の試合までの二週間で、まだ互いを知ろうとしている選手たちのあいだに仲間意識が生まれることを願っていた。しかし、ティトーの銃撃事件とそれにつづく練習中止、練習場所の変更などで、カヌーとマンデラを中心とした再編成チームはふだんどおりの練習すらろくにできなかった。さらに厄介なことに、銃撃事件後の二週間のうちに、マンデラの機嫌はますます悪化していった。リベリア人の元チームメイトを懐かしがり、フージーズに献身する気があるのかはもちろん、興味があるのかさえいよいよ怪しくなっていた。サントスは優秀なチームなので、勝ちを望むならば、フージーズはマンデラも含めた全員がいいプレーをする必要があった。

試合開始のホイッスルと同時に、サントスは鍛錬と経験の証である、制御された鋭いパスまわしを見せつけた。それでも、最初に敵を脅かしたのはフージーズのほうだった。マンデラがサントスのディフェンス陣のなかから飛び出し、ゴールめがけて独走した。サントスのキーパーが前へ踏み出し、その攻撃射角に立ちふさがる。マンデラはボスニア人の新人フォワード、ムアメルへボールをまわした。だがムアメルはパスを受けられる位置におらず、ボールはフィールドの外へ転がった。いらだったマンデラはムアメルを怒鳴りつけた。チームメイトらが互いをちらちらと見やる。マンデラは明らかにご機嫌斜めらしい。

数分後、こんどはカヌーにその矛先が向けられた。フージーズのペナルティーエリアでボールを追っていたカヌーが、後ろから敵に押された。四肢が入り乱れ、何人かが転倒するなか、審判がカヌーを違反者と判定した。ペナルティーエリア内での反則となり、サントスにPKが与えられた。

「カヌー――何やってんだ！」マンデラがフィールドの中央から叫んだ。

サントスはPKを成功させ、1－0でリードした。その数分後には、サントスのキツネのようにすばしこいストライカーが、カヌーとアレックスとハムドゥの防御線からひそかに抜け出て、強烈なシュートを放った。U－15のキーパーのアーヴィン――新加入のボスニア難民――が右へダイブする。ボールはその指先をかすめてネットに飛びこんだ。サントスの選手たちが歓喜するなか、マンデラはアーヴィンをなじった。

その得点から数分とたたないうちに、さっきの狡猾なフォワードがフージーズの防御線からまたも抜け出し、ゴールを決めた。これで3－0。マンデラはふたたび新人のキーパーを責めた。アーヴィンは肩をすくめ、頭を振った。ディフェンダーが役立たずなんだ、と言いながら。フージーズは仲間内で口喧嘩をはじめた。チームはばらばらだった。マンデラはほとんど試合を投げていた。前半の残りは、ボールを受けても、空いたチームメイトにパスを出そうともせず、ひたすらドリブルしてサントスのゴールへ猛ダッシュするだけだった。下を向いて突き進むマンデラは、意地になってチームメイトを無視しているように見えた。やみくもに走り、そのたびにしくじった。一度はボールをコントロールしそこね、二度目はサントスのディフェンダーに横取りされた。そしてボールを奪われても、奪い返そうとはしなかった。ただその場に立ち止まり、攻守が入れ替わるとようやく、だらだらと攻撃陣内へ歩きはじめる。審判のホイッスルでハーフタイムを迎えたとき、フージーズは3－0でリードされていた。

「くそくらえ」マンデラが言った。それは押し殺したつぶやきだったが、目の前にコーチがいた。

ルーマは怒っていたが、平静を保っていた。マンデラにベンチ入りを命じ、ほかの選手たちをフィールドの中央に集めてすわらせた。攻撃のとき中盤に固まりすぎている。ムアメルはドリブルばかりして、顔をあげて空いたチームメイトを探そうとしていない、とルーマは指摘した。ときどきキーパーも担うリベリア人のサンプソンには、センターハーフ――マンデラのポジション――に移るよう指示した。

「助かった」マンデラが試合にもどらないのを知って、何人かの選手がほっとしたように言った。

マンデラはその声が届かないところで、一人ですわっていた。ベンチにもたれかかり、伸びをして踵で脚の重みを支え、頭を反らせてかすんだ空を見あげる。そして汗まみれのジャージの襟もとをつかみ、頭の上まで引っ張りあげて顔を覆い、太陽も、試合も、すべて遮断した。ベンチへもどってきたルーマは、マンデラに目もくれなかった。マンデラはいまやジャージを脱いでいて、その湿った塊は土の上に放り投げてある。しばらくすると審判がやってきて、その選手があとで試合にもどるなら、ジャージを着てもらわないといけない、そういう決まりだ、とルーマに告げた。いいんです、試合にもどらせるつもりはありません、とルーマは答えた。

フージーズは後半、最も才能ある選手の一人がベンチですわっているにもかかわらず、前半よりいいプレーをした。ボールを縦横に動かし、何度かは攻勢に持ちこんで、試合終盤にようやく得点に漕ぎつけた。けれどもサントスの選手たちのほうが身体ができていたし、プレーにも、数年間ともに戦い信頼し合っているチームならではの穏やかな自信がみなぎっていた。サントスは攻撃の手を緩めず、次々と追加点をあげた。結局6－1というスコアで試合を終え、ルーマは選手たちを集めた。

「ここまで押さえこまれたのは、きみたちの身体ができてないからよ」ルーマは言った。マンデラのふるまいについては触れたくもないようだ。「ディフェンスでは不注意なミスが多かったし、覇気も足りなかった。今週の課題がたくさんできたわね。五時きっかりに来て練習をはじめて――好き勝手に遅れないこと。ランニングの量がどれだけ増えても文句を言わないこと。五時に来て練習をはじめる。いいわね？　山ほどすることがあるんだから」

ルーマは選手たちを駐車場へ先導し、チームのバスに乗せた。ナトナエルとマンデラにはフォルクスワーゲンに乗るように言った。三人はクラークストンまでの長く気詰まりな帰路についた。

「困ってることがあってね」ルーマがようやくナトナエルに言った。「きみの助言がほしいの。気が向いたときだけ練習に来る子がいる。チームメイトに毒づいたり、見下した態度をとったりもする。練習ではコーチと話そうともしない。話すのは何かしてほしいときだけ。それも電話でしか言ってこない」

マンデラは居心地悪そうに身じろぎしたが、何も言わなかった。

ルーマはその選手のためにこれまでしてきたことをナトナエルに話した。母親の出した書類に不備があって学校で無料の昼食が出なくなったとき、ルーマが対処したこと。一家が空腹に耐えているとき、食べ物を差し入れたこと。移動する足が必要なとき、車を出したこと。

「問題は、わたしはその子のお母さんと弟が大好きだから、いろんなことを大目に見ようとしてしまうこと」ルーマは言った。「でも、それはよくないと思ってる。ほかのだれにもそういうことはしてないから」

マンデラはまっすぐ前を見据えている。

「それで、今日」ルーマはつづけた。「フィールドを出るとき、その選手は言ったの。『くそくらえ』って。わたしはどうすればいい？」

ナトナエルは窓の外を走る車を見つめていた。ルーマがほんとうに自分の意見を聞きたがっているのか、よくわからなかった。だからだまっていた。

「いいえ、ナトナエル」ルーマは強く言った。「きみ、な、ら、どうする？　コーチの立場だったら」

マンデラはナトナエルの友達だった。二年間いっしょにプレーしてきたし、チームの危機のときも力を合わせて存続につとめた。ナトナエルは、二つの世界のはざまにいる若者のいらだちや孤独を力説することもできた。乗り越えてきた経験を分かち合えるリベリア人の友達数人と引き離されたマンデラの気持ちもわかる。いらだちがちょっとしたことで激怒に変わってしまうのもわかる。

自分自身にも覚えがあった。とはいえ、ナトナエルは怒りを抑えるすべを身につけていたし、マンデラとカヌーとともに存続させたチームに自分の居場所を見つけていた。それができることは経験から知っている。決して口にしたくはなかったが、ナトナエルはルーマの質問にどう答えるべきかわかっていた。

「その選手はやめさせる」

数分後、ルーマはインディアン・クリーク・ウェイのはずれの、ジアティー一家の住む団地にフォルクスワーゲンを乗り入れた。アパートメントの正面の駐車スペースまで来たとき、ルーマは初めてマンデラに話しかけた。

「きみがジェレマイアみたいになってくれるのを、一時は期待してた」ルーマは言った。「たしかにきみは、運動選手としては優れてる——だけど、自制心に欠けるし、サッカーを軽く見てる。わたしに敬意を払わないし、チームにも敬意を払わない」

マンデラは無表情のままだった。反論もしない。

「おりて」ルーマはマンデラに言った。「わたしをコーチと呼ばないで。それから二度と電話もしてこないで」

ルーマはこうなって満足しているわけではなかった。いまの激しい非難は、怒りと痛み——サッカーコーチというより、傷ついた親に近い心情——から出たものだった。実際、その言葉や口調はどことなく、マンデラの母ベアトリスが息子たちに言い聞かせる台詞、〝あなたたちは忘れてる、でもわたしは忘れてない……これまであったこと全部〟を思い起こさせた。ナトナエルにはそれがわかった。

「ルーマはあいつの家族みんなを知ってるし、マンデラのことも大切に思ってる」とナトナエルは言う。「だからすぐにはチームから追い出さなかったんだ。マンデラは、これからはちゃんとすると言って、少しのあいだだけそれを守る。あいつはいいやつだけど、気分屋なんだ――すごく素直なときもあれば、すごく反抗的なときもある。だからルーマは様子を見たんだと思う――それだけ親密だったから」

ある意味で、ルーマがマンデラに示した厳しい反応には、前例がなくもなかった。ルーマは自分の周りに入念に築いた統制と秩序を乱すものと、たびたび対峙してきた。その統制が乱されたとき――あるいは乱されていると気づいたとき――ルーマは反射的にその反乱者を追放してきたように見える。前年にも、クリスチャン・ジャクソンや、プリンスや、フォーナティーや、U－15チーム全体、そしてランニングをするべきときにスキップをしていたU－13の少年までもを目の前から追い払っている。しかし、ルーマと近しい人間に言わせると、それは相手を罰するためというより、他人――特にルーマを頼りにしている少年たち――に、自分の弱さを隠すための行為であるらしい。

「少年たちがトラブルを抱えているとき、ルーマはわざと厳しい態度をとって、人生の厳しさを教えようとします」と妹のイナムは言う。「ほんとうは情が厚いのに、それを人に見せたがらないんです」

マンデラとの決別で、ルーマは疲れ果て、深く傷ついた。その夜も翌日もほぼずっと、アパートメントにこもっていた。だれとも話したくなかった。あとで後悔するようなことを口走りそうで、子供たちと接するのが怖かった。だから一人でいた。

「期待をかけてる子がいて……その子の家族とも親しくて……」とルーマは説明しかけて、自分でやめた。
「あきらめきれないわよね」

そんなふうに絶望したり深く落ちこんだりするのは、クラークストンの難民再定住を支える人たちのあいだではよくあることだった。その仕事には、果てしない徒労に似た一面があった。難民の家族が必要とする助けは、しばしば個々の担当者の手に余るうえに、新たな家族が次々とやってくるため、支援の必要性は絶えず増している。支援をおこなう人手には限りがあり、英語教室や、適当な条件の職はつねに不足している。他人を信用せず、助力を拒む難民もいる。クラークストンがそんな苦境に陥っている事実が、外の世界には知られていないか、特に関心を持たれていないように感じられることも、失望を深める要因となっている。再定住支援に携わる人たちのなかには、そうした落胆を繰り返し味わい、気力を喪失してしまう者も多い。

そんな失望感をはねのけて献身をつづけている人たちは、私生活と難民支援を両立させようとするのではなく、クラークストンと難民のために喜んで多くの時間を割こうとしているようだ。また、深くかかわっている強みを活かして、問題解決の道を探り、新来者と柔軟な関係を築いているようにも見える。
「こちらが与えているより多くのものを与えられていることを、忘れてはいけません」とジェレミー・コールは言う。クラークストンとの市境を越えてすぐのストーン・マウンテンにある支援機関、レフジー・ファミリー・サービスで青少年向け奉仕を担当する人物だ。「難民たちは何かしらのものを返してくれるからです――それぞれの国の文化を教えるとか、手厚くもてなすといった形で」

コールは、クラークストンの弱小ながらも士気の高い支援者グループ――日々の落胆を乗り越え、気がつけば自身の生活が驚くほど変わっていたというボランティアやソーシャルワーカーの集まり――を代表する存在だ。話し方が穏やかで思慮深い印象のコールは、クラークストンへ来る以前は安穏とした人生を送っていた。それがいまでは、ジアティー一家を含む数十カ国から来た家族の支援や、管轄地域の難民に関する警察へのレクチャーに飛びまわる毎日を過ごしている。日々の落胆を引きずらず努力をつづけるのは、コールの特技となった。レフジー・ファミリー・サービスを訪れる家族はたいてい、クラークストンで最も助けを必要としている人たちだからだ。彼らは再定住支援機関の三カ月の援助期間が切れたあと、無一文になったり、気力をなくしたり、心的外傷後ストレスに苦しんだりして、コールのもとへやってくる。レフジー・ファミリー・サービスの個人ブースで初めてインタビューをしたとき、コールは、三カ月前に父親が自殺した十三歳のスーダン人少年の案件に取り組んでいた。

「この少年はたくさんの問題を――自制心の問題を――抱えていて、父親の自殺のあと、ますます手がつけられなくなりました」とコールは言う。その少年は地元のショッピングセンターで銃を携行していて逮捕された経歴があり、それとは別の規則違反で停学になっているそうだ。「だからいま、彼をなんとか復学させようとしているんです。先生がたに現状を説明するとともに、うちで採用した新しい精神衛生プログラムを受けるよう本人に勧めています」

マンデラのような難民の少年たちとしじゅう接しているコールは、彼らの直面する難題をよく理解している。彼らは、子供から大人へと成長しつつあるティーンエイジャーと、ある文化から別の文化へと移行しつつある難民という、二つの境遇のはざまに立っている。社会科学者は、いずれにも確定しないその状況を〝境界状態《リミナリティー》〟と呼ぶ。これは人類学者のヴィクター・ターナーが用いた言葉で、ある人が〝過去を象徴するものと今後を象徴するものが混在する領域を通過する途中で、いかなる区分にも合致しない、あいまいで、中途半端で、どっちつかずな状態に置かれること〟を指す。これを乗り越えるだけでも標準的なティーンエイジャーにはじゅうぶん難しいが、難民や移民の場合はこれがさらに複雑化し、社会科学者の言う〝二重の境界状態〟に置かれることになる。七歳か八歳でリベリアを離れてアメリカへ来たティーンエイジャー――いまでは英語を流暢に話し、世界各国出身の友達がいて、アメリカの文化のなかで教育を受けてきた子供たち――は、厳密にはリベリア人でもなく、アメリカ人でもない。フージーズのメンバーの例を見ても、彼らが最も追い詰められるのは、そのどちらかになりきるよう求められるとき、つまり、故国の子供たちのような服装や話し方をしなさいと親から強制されたり、訛りや独特の癖やこの国の習慣に無知なことをアメリカ人の生徒にからかわれたりするときだ。

「親御さんとの問題では、子供たちの言い分をよく聞くようにしています。たいへんな思いをしているのは、子供たちのほうなんですから」とコールは言う。「親たちはそれを見て子供が道を踏みはずしたと思い、長々と説教をはじめます。『ここへたどりつくのにどれだけ苦労したか――背中にあんたを背負って、裸足で何百マイルも砂漠を歩いて、家族で生き延びるために草の根も食べたし、なんだってしてた。なのにあんたはそんなふうにふるまうの?』とね。まるで罪悪感の押しつけ――いや、立派な押しつけです。子供たちには酷ですよ」

この力関係を抽象的な言葉で理解することも無意味ではないが、それがかならずしも難民の少年やその親たちとの意思疎通に役立つわけではない。彼らの多くは、故郷を脱出したときから募らせてきた根深い不信を抱いているからだ。

「彼らは国にも、政府にも、兵士にも、警察にも、おそらくは難民キャンプにも裏切られてきたのです。そんな経験をしてきて、どうして簡単に人を信用できるでしょう」

コールは、アフリカや中東から来た難民に生き方の指針を与えそうな人物とは言いがたい。アトランタの一・五マイル南のメーコン出身で、典型的な上位中流階級のメソジスト家庭に育った。母は連邦下級判事で、父は法学教授だった。オバーリン・カレッジに通い、卒業後はボストンのホームレス保護施設でしばらく働いたのち、南部へもどってきた。レフジー・ファミリー・サービスに就職したのは、ちょうど空きがあったからだ。まずは難民の子供向けの学外プログラムを担当し、やがて大人向けの個別指導プログラムの運営をまかされた。その過程で、コールの世界観は思いがけず覆されることになる。仕事で接する難民たちは出身国も人種もまさに多種多様だったが、文化的には似たところがあるようにコールの目には映った。家族を何より大切にするところや、ほとんどがキリスト教かイスラム教の敬虔な信者であるところ。多くが友好的で、コールがアメリカでは経験したことのなかった、心からの歓待をしてくれるところ。個人的にどんな問題を抱えていようと、たいていの者は物質的充足を望まず、仕事を離れたコールの住む世界を動かす消費への執着とは無縁のようだった。多くの難民を見ていて驚かされたことはほかにもある。信じがたいほどの楽観性と、何が大切かを見きわめる頭のよさだ。

「生まれ育った土地から別の場所へ無理やり追いやられただけでも、捨鉢になって当然なのに」とコールは言う。「彼らは前へ進みつづけるだけでなく、人生に欠かせない、家族や友情や、愛や優しさや人との結びつきも、できるかぎり手放さずにいようとするんです」

そんな世界観を正確になんと呼ぶのかはわからないが、コールは単純に〝古風な〟世界観と表現し、自分のよく知る、おおむねエゴと利己主義で動いているように見える世界と対比させた。呼び方はどうあれ、コールはこの新たな世界観を追い求めはじめていた。

「いま考えなくてはいけないのは」とコールは言う。「もっと多くの人々が寛容で、謙虚で、無欲であるよう導くにはどうしたらいいかということです。ビジネス・チャンスをつかむための条件は整っていますし、それはありがたいことですが、すべての人の幸せに意識を向ける方法はどこで学べばいいのでしょう」

コールはそうした高尚な疑問を熟考するかたわら、ジョージア大学で宗教学の修士号取得をめざした。研究のため、また個人的にも興味があって、コールはアラビア語を習おうと思った。仕事で接するアフリカや中東出身の人々の多くが話し、少なくとも理解する言語だからだ。施設の来訪者のなかに、イラクとサダム・フセインの圧政から逃れてきて、いまは夫と子供たちとともにクラークストンに住む、教養あるクルド人女性がいた。その夫人にアラビア語に興味があると話したところ、無償で指南してもらえることになった。コールはその家族のアパートメントに定期的に通うようになり、そのたびにお茶やクルドの伝統料理でもてなしを受けた。アラビア語が上達するにつれ、一家との親交も深まり、娘の結婚式などの社交行事に招かれるようになった。家族の一員になった気がしはじめていた。

コールはその一家と過ごすうち、イスラム教への関心も深めた。難民たちと接するなかで感じた開かれた精神性は、その宗教に根ざすものだと強く思った。それは、アメリカ人、特にコールの育ったジョージア州メーコンの人たちのあいだでは理解されがたい、イスラムの世界観だった。

興味深かったのは、彼らの信仰にコールが興味を寄せていることに、ほとんどのイスラム教徒があっさりと関心を示す以上の反応を見せなかったことだ。ジョージア育ちのコールが知る保守的なキリスト教徒なら強引に改宗を勧めるところだが、それとは正反対の反応だった。

「ここぞとばかりに改宗を迫られるかと思っていました。毎日電話がかかってきて、〝信仰の決意〟は固まったかどうか訊かれるんじゃないかと」とコールは言う。「そんなことはいっさいなかった。親切で、おおらかで、公正な人たちばかりでした」

二〇〇三年、ジェレミー・コール――見た目は、チノパンツを履いた礼儀正しいメーコン出身の南部人――はイスラム教に改宗し、〝みんな《ヨール》〔you all を y'all と縮めた南部方言〕〟と〝こんにちは《サラーム・アライクム》〟を同じ気安さで用いる極小集団の仲間入りをした。コールはクラークストンのインディアン・クリーク・ドライブにある多国籍モスク、マスジド・アル・モメニーンで祈りを捧げるようになり、豚肉を食べるのをやめた――本人いわく、バーベキュー三昧で育ったメーコン出身の人間にとっては容易な決断ではなかったらしい。カトリック教徒である両親と妻は、コールの決断に困惑と驚きと〝山ほどの質問〟で反応したそうだ。しかし夫婦の絆は強く、両親ともうまくいっていたので、みな、全面的に支持はしないまでも、彼の決断を尊重してくれた。コールは自分の信仰をあえて公言しない。以前と同じ、チノパンツとオックスフォードのボタンダウンシャツという恰好をしているし、顎ひげも生やしていない。

コールの変貌は、クラークストン周辺で起こっている文化的浸透の顕著な例だ。難民たちはさまざまな度合でアメリカの文化に同化しつつあり、現地住民——少なくとも新来者と有意義に交流する意志を持つ人たち——も同様に変化しつつある。もちろん、コールのようにイスラム教に改宗する人はほとんどいないし、実のところ、再定住社会で熱心に活動する支援者やボランティアの多くは、地元のキリスト教会の信徒である。それでもコールの話は、長期にわたって再定住支援に身を捧げてきた人たちや、避けがたい落ちこみや失望にめげず頑張ってきた人たちが、そのかたわらでしばしば自身の人生の意味を模索していたことにも気づかせてくれる。ある晩コールから届いた電子メールには、こんなことが書かれていた。

「仕事で難民とかかわっていると、こう思わされることがあります。わたしたちは〝古風な〟世界から何かを学ぶ必要があるのかもしれない。現代の〝進歩した〟世界は、わたしたち人間が必要とする何かを失ってしまっているのかもしれない、と」

25 抜け殻

Hanging On at Home

フージーズが秋シーズンに突入してまもない九月六日の朝、アトランタから南へ車で三時間ほどの小さな町、ジョージア州スティルモアに連邦政府の捜査員チームが予告なく現れ、不法移民の一斉検挙に取りかかった。ターゲットは、不法滞在者を含む数百人のラテン系移民を雇用しているクライダー・インクという地元の鶏肉加工工場と、その従業員らが住むトレーラーパークだ。その日のうちに一二〇人――大半がメキシコ人――が拘留され、女性や子供も含むさらに数百人が、逮捕や国外追放を恐れて近くの森へ逃走した。

国の移民政策にまつわる議論が加熱するなか、家禽加工工場はその最たる争点となっていた。そうした工場は、不快な労働環境と過酷な就労態勢のもと、低賃金の危険な仕事を提供していた。少なくともその賃金ではアメリカ人労働者が寄りつかない仕事だ。工場の経営者らは移民労働者に価値を見出すようになった。彼らはまじめに働くし、拘留や強制送還――その際しばしば家族と引き離される――を恐れているため、アメリカ人労働者よりも従順で、賃金引きあげを要請したり組合の運動に参加したりする者も少ない。アメリカに不法滞在しているラテン系労働者はかなりの数にのぼった。連邦政府の推計によると、ジョージア州の不法移民の総数は、二〇〇〇年の二十二万人から二〇〇五年の四十七万人へと倍増している。共和党員の州知事、ソニー・パーデューは取り締まりの強化を公約した。

クライダー社の一斉検挙は、南部の食肉処理場や加工工場で頻繁におこなわれるようになった強制捜査のなかで、特に目立ったものにすぎなかった。何度かの一斉検挙のあと、残存したラテン系住民も国へ帰るか、おそらくはアメリカのほかの地域で職を探すかしたようで、ジョージア州スティルモアは一種のゴーストタウンと化した。クライダー社は賃金を引きあげ、周辺の郡からの送迎バスを配備するなど、懸命の採用努力をおこなったが、それでも検挙前の生産レベルを回復できなかった。ホームレス保護施設へもバス便を出して働き手を集め、さらには地元の刑務所にまで出向いて、保護観察下にある犯罪者や服役囚に労働矯正の一環として工場で就役させることを取り決め、物議を醸した。それだけの努力をしても、検挙前の一〇〇〇人の労働力にまだ三〇〇人足りなかった。そこで、職員らは新たな人員獲得策を実行した。ミネソタやウィスコンシンに再定住したあとスティルモアへ移ってきたミャオ族の難民たちを勧誘したのである。

難民は、確保さえできれば、不法労働者の代役にうってつけだった。なんと言っても、難民は合衆国政府によって入国を認められ、合法的に滞在している。貧しく生活に困っている者が多く、英語が話せないため職業に関して選択肢も少ない。それゆえ、薄給にも甘んじ、ありついた職を手放さないよう懸命に働く。難民はたいてい、アメリカに来て少なくとも最初の数カ月か数年は、不法移民以上にとは言わないまでも、同じ程度にびくついていて従順である。ジョージアには、アメリカの制度を知りつくした古顔のラテン系住民の巨大なネットワークが存在し、新来の同系移民は漏れなくそこに加わる。ジョージア州のラテン系人口を見ると、合法的居住者が六十万人以上、加えて不法滞在者が数十万人おり、アトランタ南部にはスペイン語が主流言語となっている一帯がある。これに対し、アトランタの都市部に住むソマリ・バントゥー族――あるいはブルンジ人、メスヘティア・トルコ人、ミャンマーのカレン族――の難民は、それぞれわずか数百人で、ほとんどが同時期にその地域にやってきて、ともに適応していった人たちだ。ゆえに、あまりトラブルは起こさない。

クライダー社がウィスコンシンから来たミャオ族難民を採用したのには、アトランタ周辺の難民の多くが州北部の鶏肉加工業者にすでに確保されていた、という事情もあった。その業者の採用担当者は、再定住支援機関の職業斡旋係と連絡を取り合っており、その結果、クラークストンへ来た難民の多くが、鶏肉の洗浄と解体を最初のフルタイムの仕事とするようになっていた。アトランタ周辺の鶏肉加工工場はたいてい二十四時間体制で稼働しており、多くの難民――従業員ヒエラルキーの最下層にいる新入りたち――は夜勤を担当することになった。経営陣は、遅刻せず仕事に出てくるかぎり、従業員が何語を話そうと気にしなかった。それにどのみち、工場内は騒々しくて会話のできる環境ではなかった。

手のかかる赤ん坊を抱え、夫とも離れて暮らすジェネローズ――アレックスとビアンとイーヴェイと六カ月のアーリャの母――は収入を必要としていたが、仕事を見つけられずにいた。英語がほとんど話せないうえに、アーリャに子守りをつける余裕もなかった。そうなると選択肢は一つしかない。鶏肉加工工場での夜勤の仕事だ。

どの工場もつねに新しい働き手を奪い合っているので、ジェネローズはその一つに難なく空きを見つけることができた。クラークストンで知り合ったほかの難民たちにひとこと尋ねただけで話は進んだ。彼らが工場の上司に口を利いてくれ、数日後には友人の車に数人と相乗りして、一時間かかる工場へ出勤した。ジェネローズのシフトは夕刻から午前二時までだった。移動時間も入れて午前三時過ぎには帰宅し、子供たちが起きて学校へ行くまで数時間眠れる。作業服と衛生帽とビニール手袋を身につけ、ジェネローズは鶏肉の解体を担う二十人ほどのライン作業員たちに加わった。作業場はやかましく、鼻を突く不快なにおいがした。そしてもちろん、作業もきつかった。八時間のシフトのあいだ、途切れなく鶏の死骸——白い皮と脂肪をまとった生温かいピンクの肉の山——が流れてくる。二、三回勤務しただけで鶏肉を見るのもいやになった。いまではたまに肉を食べるときも、牛肉か魚肉しか選ばない。

ジェネローズは不平を言わず作業をしたが、仕事に出てくること自体に抵抗を感じているようだった。家族を家に残し、車で一時間かかる工場へ働きにいって時給をもらうという行為が、ジェネローズにはアメリカ社会の不可解で効率の悪い奇習に思えた。ブルンジでは、母親は子供たちの見えるところで働く。片道一時間もかけて通勤するなどありえない。仕事の内容よりも、子供たちからそれほど遠く離れていることのほうがはるかにつらかった。モザンビークの難民キャンプにいたとき、ジェネローズは九歳の娘を料理中の事故で亡くしていた。そしていまは、十五歳と十三歳と七歳の息子と乳児だけで留守番をさせている。

毎晩のアーリヤの世話は、アレックス——U-15の寡黙なディフェンダー——がほとんど引き受けることになったが、彼はその〝主夫《ミスター・マム》〟の役目を文句も言わずにこなした。サッカーの練習が終わると、ジェネローズが仕事に出る時間に間に合うよう、急いで家に帰る。夕方早いうちに、電子レンジで温めたミルクを粉末のベビーフードに注いでかき混ぜ、白く粘った流動食を作って、膝の上で抱いたアーリャの口にスプーンで根気よく運ぶ。アーリャに食べさせ終わると、こんどは弟たちの夕食作りにかかる。ジェネローズが昼間にこしらえた料理を温めることもあれば、ホットドッグや簡単な料理を作ることもある。そのあいだ、ビアンとイーヴェイはテレビを観るか宿題をしている。夕食の後片づけもアレックスがする。使いこんだ綿のふきんで鍋を洗い、調理台とこんろの上を拭く。そうした作業を負担に感じている様子は少しもなかったが、ある重要なところに明らかな影響が出ていた。アレックスは、以前は宿題にあてていた時間を削って、子守りや料理や後片づけをしていた。英語の読み書きに関しては、三兄弟のなかでいちばん遅れを取っている。

アーリャは、長くて細い指と、形のいい小さな唇をした美しい子供で、乳児とは思えないほど落ち着いていた。泣くことはめったにない。歩行器に一時間以上もすわったまま、ぐずりもせずに、兄や客たちを大きな茶色の目でじっと見つめている。愛され、守られているのがわかっているようだった。何しろアーリャには、かまってくれるチームがいた。日中はほとんど、午後のキッチンで夕食を作るジェネローズの背中でカンガにくるまって眠っている。フーフ——すりつぶして茹でたキャッサバの根を使ったでんぷん質の練り物——の分厚い塊をこねるとき、キャラメル状になるまで伸ばしたり混ぜたりを繰り返すので、その揺れが眠気を誘うらしい。夕方になると、帰宅した兄弟たちがアーリャを引きとり、ぬいぐるみ人形のように持ち運んだあげく、ソファのクッションの境目に放り出す。アーリャは不思議そうな顔でそこにすわったまま、退屈したり、もぞもぞ動いてソファから落ちたりしないかぎりは、何時間でもおとなしくしている。ガラスにさわるように赤ん坊を扱いがちなアメリカ人の親なら、自由に這いまわり、兄弟の雑用の合間に荒っぽくあちこちへ運ばれるアーリャを見て、はらはらするかもしれない。けれどもアーリャはそうやって連れまわされるのがいやではないようで、うっかりカーペットの上に落とされたりしても、七歳のイーヴェイいわく、そう簡単には泣かず、明らかに咎める表情でだまって見あげるのだそうだ。どこかにいるもう一人の小さな妹に、お兄ちゃんはど じ だと言い聞かされたみたいに。

毎晩九時になると、アパートメントの電話が鳴る。すべて順調かどうかたしかめるため、ジェネローズが工場から携帯電話でかけてくるのだ。実のところ、順調でないとわかっても彼女にできることはほとんどなかった。ジェネローズは一時間も離れた場所にいて、行き帰りの足も相乗りに頼っていた。何かまずいことが起こった場合は、息子たちがみずから助けを呼ぶほかない。三兄弟は電話をスピーカーホンにして口々に母親としゃべり、おやすみを言って通話を終える。

練習のあったある晩、アレックスはくたくたに疲れて家にもどり、夕食の支度に取りかかった。自分と弟たちのホットドッグをフライパンに入れ、電気こんろの熱くなったコイルの上に載せる。それからアーリャの食事を作りはじめた。流しでプラスチック容器を洗い、ミルクを少量注いで電子レンジに入れる。隣室で歩行器にすわったアーリャは、お腹を空かせて珍しく泣き叫んでいた。ビアンはソファで宿題をしていて、イーヴェイはテレビの〈シンプソンズ〉に夢中になっていた。アーリャの泣き声が骨の髄まで響く金切り声に高まるなか、アレックスはもどかしい思いで電子レンジの終了音を待った。粉末を溶いた流動食をかき混ぜ、まだ湯気の立つそれに指を入れて温度をたしかめた。まだ熱すぎる。さらにかき混ぜ、息を吹きかけて容器の中身を冷ます。ホットドックがフライパンのなかで焼けはじめている。アレックスは居間でなおも泣き叫んでいるアーリャのもとへ急いだ。ビアンが宿題を中断して妹を膝の上であやしていたが、アーリャは遊ぶ気分ではないらしかった。アレックスはアーリャを引き取って膝に載せ、腕の付け根にもたれさせて、スプーンですくった食事をその都度冷ましながら食べさせはじめた。アーリャは美味しそうに貪った。がつがつするあまり、口から食べ物があふれる。顎や口の端に垂れたものを、アレックスは小さなスプーンでていねいにこそげた。アーリャはひと口頬張るごとに目を輝かせた。

最初に感じたのは、かすかなにおいだった。すると、もうもうとした煙が見る間にキッチンから居間へ流れこんできた。ホットドッグだ。アレックスは食事を置いて、アーリャをソファの肘掛けにもたせかけ、キッチンへ駆けだした。フライパンのなかのホットドッグが黒くどろどろに溶け、ひどいにおいの煙をあげている。アレックスはキッチンの片づけに使っている濡れふきんをつかみ、火傷しそうなフライパンの柄を握って、奥の引き戸へ急いだ。騒々しい道路を見おろすせまいベランダのコンクリートにフライパンを置く。そして引き戸を閉めて煙を遮断した。ビアンとイーヴェイもそこまで来ていた。隣の部屋でアーリャが泣いている。

三兄弟は無言で突っ立ったまま、ガラスの向こうで立ちのぼるフライパンの煙を見つめた。

「あれ、なんだったの？」イーヴェイがようやく言った。

「夕飯」ビアンが答えた。

フージーズから追い出された日、マンデラ・ジアティーはアパートメントにもどると、母親のベアトリスにただいまも言わず、自分の部屋へあがっていった。ベアトリスがどうしたのかと訊いても答えず、ただじっと考えこんでいた。何があったのかベアトリスがようやく知ったのは、何日かたって、練習には行かないとマンデラが告げたときだった。

「練習に行かないって、どうして?」ベアトリスは尋ねた。
「マンデラはチームをやめたんだ」ジェレマイアが教えた。
「ジェレマイア、だまってろ」マンデラは言った。

ベアトリスはマンデラが心配だった。サッカーをしなくなったら、午後も夕方も暇になって町をほっつき歩き、面倒に巻きこまれるかもしれない。ベアトリス自身、通りで強盗に遭っていた。ティトーはこの団地の真ん前で銃撃された。ジェネローズと同様、いまはベアトリスも、宅配ピザ・チェーン向けの厚紙の箱を作る工場で夜勤をしている。自分が仕事に出ているあいだ、マンデラはフージーズの拘束も解かれ、好き勝手に行動できる。この先マンデラは、巷の厄介事に近づかないために何をするつもりだろう。
「きっと何も見つからないわ」ベアトリスは言った。

クラークストンで、ベアトリスはデイヴィッド・ファリエンというリベリア人男性と出会った。母国では政治学者だった彼は、十年ほど前にアメリカにやってきた。ベアトリスはクラン族、ファリエンは敵対するギオ族の出身だったが、互いに惹かれあい、デートをするようになった。二人は意見が合わないこともあった。ときにはお金のことで、ときには子供たちのことで口論した。ファリエンはベアトリスよりもアメリカ暮らしが長かったので、いくつかの問題には自分のほうが精通していると思っていた。ファリエンはいかにも父親向きというタイプではなかった——ベアトリスの存在感と愛着が強すぎて、子供たちにはとても権威を振るえなかった——けれど、できるだけ力になったし、特にマンデラがサッカーをしないときに付き合っているリベリア人少年たちのことでは、遠慮なく意見した。ファリエンはその連中を信用していなかった。アメリカに来たリベリア人は悪事に走りやすく、とりわけ同郷人に悪さをするものだと考えていた。ファリエンはよく、アパートメントの火災で子供四人を亡くしたジャクソン一家の話を引き合いに出す。あるリベリア人が発起人となって、同郷のジャクソン一家のために寄付を募った。地域のリベリア人たちはそれに賛同し、数千ドルの寄付金が集まったが、発起人はそれを持って忽然と姿を消した。そういう連中を相手にしているんだぞ、とファリエンは子供たちに言っていた。

その経歴を考えれば、ファリエンが他人と見れば怪しむようになったのも当然と言えるかもしれない。ギオ族の生まれにもかかわらず、ファリエンはクラン族が多数を占める政府の公職に就き、そのせいでほかのギオ族から不信の目で見られるようになった。一九九〇年一月のある日曜の夜、銃を持った反政府グループがファリエンの家に現れた。彼らはどこのものともつかない方言で話し、ファリエンを連行するよう指令を受けていると言った。ファリエンは苦しまぎれの抵抗をした。こんなパンツ一枚の姿だし、シャワーも浴びていない、と。相手はシャワーを浴びる必要などないと言った。そして何やら話し合ったすえ、意外にも、武装した男の一人が、長旅になるから何か服を着てこいと言った。ファリエンはそんな〝長旅〟に出るのはごめんだった。

「車に乗ったら最後」とファリエンは言う。「命はないと思いました」

ファリエンは家のなかにもどるや、裏口へ走り、森のほうへ一目散に逃げだした。獲物を取り逃したと知って一団がようやく家から去っていったとき、近所の住民たちはファリエンが連れ去られたと思いこんだ。失踪の噂が広まり、ついには、ファリエンが政府職員への見せしめとして反政府分子に拉致され、処刑されたものとBBCが報道した。実のところファリエンは、二昼夜、森に身を隠していた。そのあと徒歩でギニアへ向かい、そこで三カ月過ごしたのち、コートジボワールのアビジャンへ移って六年間暮らした。UNHCRに再定住申請をしたところ、アメリカへの移住が認められた。そしてスタテン島——リベリア難民向けの再定住地——を経て、アトランタにやってきた。

ベアトリスの友人として、ファリエンは子供たちのことを少なからず気にかけていた。ルーマのことも気に入り、ルーマが一家のためにしてきたことに敬服していた。ファリエンが上の二人にマクドナルドでアルバイトをしたらどうかと勧めたとき、ジェレマイアがこう言った。しっかり勉強していれば、マクドナルドで働いたりしなくてよくなるってコーチは言ってるよ、と。ファリエンはその考えに納得した。子供たちが自分よりサッカーコーチの言うことをよく聞くのにも驚かされた。

「あの子たちはいまほど自由だったことはないんです」とファリエンは言う。「ある意味では親よりも大人びて、自分を見失っている。好きな服を着て、好きにふるまって、好きな髪型にして、好きな——だぶだぶの——ズボンを穿いて、徐々に縛りを解かれていく。親はそれをコントロールできません」

「子供をしつけ、育てるのにも、アフリカ人なりのやり方があります」とファリエンはつづけた。「アメリカ暮らしに慣れてきた子供たちには、強い意志をもってこう言いつづけるんです。『おまえはいまはここにいるけど、ここで生まれたんじゃない。独自の文化があるんだから、それを敬うべきだ』」

問題のあるリベリア人少年がこの町に多いのは、その子たちの親に責任があるとファリエンは考えている。彼に言わせれば、子供たちが面倒に巻きこまれないようにするのに、複雑な方策は必要ない。

「確実なのは、食卓にパンを切らさないことです。腹を満たしてから出かければ、何かあっても、うまくすればまともな判断ができる。腹を空かせていたら、悪い友達に誘われるままによくないことをしてしまう。だから、学校へ行ってまじめに勉強しろと言うばかりでなく、家にいつでも食べる物があるようにしておくんです」

ファリエンがそんな話をしているとき、マンデラが学校から帰ってきた。むっつりとふさぎこんでいて、母親とファリエンとわたしを見ても、挨拶代わりに軽くうなずいただけだった。わたしはフージーズのことを尋ねたが、いまはバスケットボールがしたいとマンデラは言い捨て、キッチンへスナック菓子を取りにいった。その話題には触れたくないのだ。

しかし、マンデラがこちらの声の届かないところまで遠ざかると、ベアトリスが言った。もう興味がないふりをしているけれど、実はチームにもどりたそうな様子がちらほら見えるのだと。数日前にも、マンデラが弟にこう漏らしているのを耳にしたそうだ。

「ジェレマイア、おれ、コーチと話したいんだ」とマンデラは言っていた。

「なんでコーチと話したいの?」ジェレマイアが訊いた。

「なぜルーマと話したいの?」ベアトリスも割りこんだ。

「とにかく話したいんだよ」マンデラは言った。しつこく問いただすといやがるのがわかっていたので、ベアトリスはそれでやめておいた。だがマンデラの部屋には、口には出さないがフージーズに未練があるらしいことを示すものがあった。床に置いたマットレスをマンデラはベッドにしている。壁は一個所を除いて剥き出しのままだ。ベッドの枕もとの壁に、水色のショーツと同色のジャージが大事そうに飾られていた。フージーズのユニフォームだった。

26 ディコリ一家

The Dikoris

マンデラとの決別のあと、ルーマは生活を立てなおそうとした。清掃会社の運営と、サッカーの指導と、選手や従業員の家族の手助けに忙殺され、ルーマには休む暇も、日常の雑事を片づける暇もなかった。電話や電子メールにはずっと返事をしていなかった。フォルクスワーゲンのブレーキライトが切れていたが、忙しくて交換できずにいた。時間ができそうになると、そのたびに新たな緊急事態が生じるのだ。今週は、ルーマの清掃会社で働くソマリ族の女性が、背中の痛みでほとんど動けなくなった。ルーマとチームマネージャーのトレーシーは、その女性を診てくれる医者を探しまわり、ほかの予定をずらして車で病院へ連れていった。女性は重度の脊椎感染症と診断された。医者の見るところ、アメリカに来るずっと前に発症していたのではないかということだ。医療制度の仕組みがよくわからず、どうにか医者にかかれたとしても治療費を払えそうにないと思った彼女は、ひたすら痛みに耐えてきたのだった。

とはいえ、サッカーチームに関しては、調子が上向《うわ》いていた。ミラム公園に移ったことで選手たちはやる気を起こし、まともなグラウンドのおかげでルーマもチームの弱点克服に取りかかれた。

前々から気になっていたのがスローインだった。クラークストンの駐車場で子供たちが楽しむ略式のゲームでは、ボールが境界線の外に出るということがないため、スローインをしない。ボールがあらぬほうへ転がっていけば、だれかがそれを追いかけ、蹴りもどしてプレーを再開するだけだ。しかし正式なゲームでは、両足を終始地面につけた状態で、両手を頭の後ろへ振りかぶってボールをピッチに投げ入れる。これまでの試合で、フージーズの、とくにU－13の選手たちは、考えうるかぎりのさまざまな反則フォームでスローインを実践してきた。片方の足を持ちあげたり、頭の横からボールを投げたり、バスケットボールのチェストパスに近い動きで無頓着にボールをもどすことさえあった。そのたびに、ボールの保持権をあっさり奪われつづけ、対戦チームの選手や親から少なからず失笑を買っていた。チームでサッカーをする選手がそんな基本ルールも知らないことが、相手には不思議でしかたないのだ。

ルーマはこの問題を修復するのに、単純な方法を選んだ。助走をつけ、爪先立ちで投げる主流のフォームではなく、静止して、両足をべったり地面につけて投げるフォームを練習させた。静止状態から投げるほうがミスにつながりにくいと考えたのだ。メンバーは一列に並んで何度も何度もその動きを練習した。ミスをした者にはグラウンド一周の罰が課せられた。選手たちはそれを避けたくて即座にこつをつかんだため、その午後の練習が終わるころには、問題は解決していた。

ルーマはできることなら、フージーズが苦手とするコーナーキックや、ペナルティーキックや、フリーキックなどのセットプレーも練習させたかったが、YMCAとやり合って負けて以来、サッカーゴールの件で行き詰まっていた。小型の折りたたみ式ゴールをなんとか調達したものの、それらは児童サッカー向けの、高さが三フィートほどしかないものだった。何もないよりましとはいえ、そんな小さなゴールでは、試合の重大な局面で必要になる、地面とクロスバーとのあいだの三次元の空間感覚を養うことはできない。特にロングシュートやペナルティーキックやコーナーキックで得点するには、その空間を――ゴールキーパーの手の届かない、ネット上端の角度などを――感覚として知っておく必要がある。シーズン当初から、グラウンドに積んだTシャツのあいだの何もない空間めがけてシュートをしてきたフージーズには、三次元の感覚を身につける機会がなかったし、それがシュート記録にも表れていた。ジョサイアも、ジェレマイアも、クィンドラムも、ビアンも、一対一の攻撃には強かったが、ロングシュートやクロスのミスが多く、コーナーキックからの得点率も低かった。

この週末、U－13はその真価を問われる試合を控えている。十月二十一日の土曜日、今シーズン最強との誉れ高いチームと対戦するのだ。そのチーム、アセンズ・ユナイテッド・ゴールド・ヴァリアンツはこれまでのところ全勝していて、何チームかはリーグのコールド規定が適用されかかる大量得点で下していた。試合は、クラークストンから一時間半かかるヴァリアンツのホームグラウンドでおこなわれる。ゴールキーパーとシュートに弱点はあるけれど、U－13に勝算はあるとルーマは思っていた。選手同士のコミュニケーションもよくなってきている。ルーマ自身も、選手の配置やポジション入れ替えによってチャンスを作り出すこつをつかんだ。加えて、チームはちょっとした秘密兵器を見出していた。ディコリ兄弟だ。

今シーズンからフージーズでプレーしているイドワールとロビン・ディコリは、チームでもいちばん年少の部類に入る。イドワールは十二歳、ロビンはまだ九歳だ。ロビンは小柄で、足は猫並みに小さく、ひょろ長い脚は腋のすぐ下から生えているかに見える。イドワールは弟より背丈はあるが、横幅はほんのわずかに広いぐらいだ。そんな痩せ型の体格からは、どちらもそれほど運動ができそうには見えない。二人ともおとなしくて、恥ずかしがり屋で、見た感じは控え目でもあった。しかしこれまでの数試合で幾度も、ディコリ兄弟はほかの選手たちがスローモーションで動いているのかと錯覚させるような、驚くべき俊足を見せた。足が速いのはルーマも知っていたが、ブルー・スプリングズとの試合でロビンが疾風のごとく現れてボールをクリアしたとき、二人の潜在能力に改めて目を開かされたのだった。この兄弟の速力を活かしてヴァリアンツに対抗する手を見つければ、U－13はリーグ最強のチームを打ち負かせるかもしれないとルーマは思っていた。

ディコリ一家は、一〇〇万人余りの人口とサウスカロライナほどの面積を持つ、スーダン中央部のヌバ山地の出身である。その土地は、巨岩の多い剥き出しの傾斜地と、牧草や農産物が豊富に育つ、雨に恵まれた肥沃な低地とに分かれている。アフリカとアラブの文化間の断層にまたがる地域でもあり、のちにヌバ族から出た反政府勢力の指導者ユーシフ・クワは、この土地の人々を〝地勢の奴隷〟と呼んだ。ヌバ地方では、キリスト教徒、イスラム教徒、伝統的なアフリカの宗教の信仰者を含む五十余りの民族が比較的平和に暮らしていた。外の世界にもよく知られているスーダン南部やダルフールの住民たちとちがい、ヌバ地方の民族集団は、スーダン中央政府からの政治的独立に関してはあえて取り残されるのをよしとしていた。スーダン国民であることに満足していたのだ。

しかし、一九八九年のクーデターで勢力を得たイスラム政権が、ヌバの人々を放っておかなかった。政府はヌバ渓谷の豊かな土地を手中におさめようとした。そこは、大部分が不毛な国土の中心にある実りの宝庫で、この国では食糧供給をつかさどることが権力に直結するからだ。一九九一年と一九九二年の乾季のあいだ、ハルツームのイスラム政府はヌバ地方での聖戦《ジハード》を宣言し、渓谷から先住民族たちを追い出す攻勢に出た。ジハードの宣言は、大多数がアフリカ系のヌバ族のなかにイスラム教徒がいるという事実によって複雑化した。しかしその問題は、一九九二年四月にハルツームの急進的聖職者グループが次のような法的裁断《ファトワー》を出したことで決着した。〝以前イスラム教徒だった者も、反乱者となったいまは背教者である。また、非イスラム教徒もイスラム世界の発展を阻む立場をとる不信心者である。イスラムの教えはその両者を抹殺する自由を認めている〟。

イスラム政府は、先住民を脅かして肥沃な渓谷——政府が北部のアラブ系起業家をはじめとするパトロンたちに切り売りしだしている土地——から逃避させるのを目的に、ヌバ渓谷でのジハードを続行した。作戦は容赦なく、徹底していた。政府所有の無骨なアントノフ製貨物輸送機には爆弾倉《そう》があり、スーダン空軍はそれらの機でヌバの村々を形成する円形のわら小屋の集落を爆撃した。政府軍の車両部隊が村落をくまなく走り、無差別の殺傷や集団レイプで人々を恐怖に陥れ、〝ピース・キャンプ〟とは名ばかりの強制収容所へ早々に追いこもうとした。政府が公表した焦土戦術の詳細によると、イスラム教徒の兵士らは、まだハルツームに公認されていない未登録のモスクがあればすべて破壊したという。アメリカ難民委員会の一九九八年の報告では、この〝ヌバ虐殺〟で、およそ二十万人、すなわちヌバ山地の総人口のほぼ五分の一近くの死者が出たと推定されている。

ロビンとイドワールの両親、ダルドゥームとスミラ・ディコリは、非道な暴力作戦がはじまる前は、割に恵まれた生活をしていた。住まいはハルツームの政府がまさにほしがっている肥沃な渓谷にあった。ダルドゥームはハイスクールと同等の教育を受け、農地と家畜も所有していた。夫妻はともに、モロ族――大半がキリスト教徒の十万人近い人々からなる、ヌバの民族集団のなかでも最大の部族――の生まれだった。漆黒の肌と、鋭い目と、内に秘めた情熱を持つ長男のシャムスーンは、家族でそこに暮らしていたころ、多くの民族はみな良好な関係にあったと話す。子供のころ、その地方の多様性をこんなふうに聞かされていたそうだ。

「ヌバには九十九の山があって、その一つひとつにちがう部族が住んでるんだよ、ってね」

ロビンとイドワールはまだ小さかったので、家族の住む村に砲火や装甲車という形で暴力が降りかかったのを覚えていない。けれども、フージーズU－17のメンバーである十七歳のシャムスーンは、初めて飛行機を見た日のことを覚えている。

「ちょうど外で遊んでて、初めは鳥だと思った」とシャムスーンは言う。「そうしたら爆弾が落ちてきたんで、みんな逃げだした」

爆撃がはじまると、政府の思わくどおり、村人たちは山中へ逃げた。シャムスーンの話では、男たちはまず数日かけて子供や妻を高地に連れていき、また村へもどって、政府の車両部隊がやってくる前に所有物をできるだけ持ち出した。ダルドゥームは幸運だった。物の運搬や農耕に役立つ、乳牛とヤギ数匹とロバ一匹をかき集めることができた。一家は〝ピース・キャンプ〟へは行かず、ほかのモロ族とともに小屋を建てて間に合わせの小集落を形成し、山の斜面で農作をして生き延びようとしたが、飢えをしのぐのが精いっぱいだった。山中で五カ月、食うや食わずの生活をしたすえ、一家は見切りをつけ、ハルツームへ移った親戚のもとへ身を寄せて、ひとまずは食べ物にありついた。

「露店市場があって、必要なものはそこで買えた」とシャムスーンは回想する。「ものすごく暑かった。ヌバ山地とはちがった。緑がないし、通りは土と人だらけ。全然気が休まらなかったよ」

ハルツームのイスラム政府は、故郷を追われ、仕事と食べ物と住まいを求めて首都へ出てきたキリスト教徒にさらなる試練を与えた。男たちには兵役を強制した。つまりは、南部かヌバ山地へふたたび送りこみ、彼らが困窮してハルツームへやってくる根因となった恐怖作戦に荷担させるのだ。政府の命を受けた追従者たちが、キリスト教徒にイスラム教への改宗とイスラム風の名前への改名を迫った。いわれのない拘留や、日常的ないやがらせが横行していた。ディコリ一家はとうとう国を出ることを決め、エジプトへ押し寄せる数万のスーダン難民に加わった。みな、楽な暮らしまでは望まずとも、アフリカ系住民やキリスト教徒へのあからさまで容赦ない迫害からせめて逃れようとする人たちだ。ダルドゥームはハルツームからエジプトまでの家族の旅費を工面し、がたのきた満員の列車で二日間の旅に出た。一家はカイロへたどり着き、友人たちと再会した。

つねに襲ってくる脅威からは逃れられたものの、カイロは楽園とは言えなかった。アディスアベバで暗殺未遂に遭い、スーダン政府にその責任を問うたエジプト大統領ホスニ・ムバラクは、スーダンとエジプトの間の自由な移動を許可する両国間の協定を破棄した。これにより、エジプトへやってくるほとんどのスーダン人は、不法入国者という扱いになった。難民には労働許可もおりなかった。地下経済に依存して生き延びるほかなく、政府が助成する市民向け住宅にも入居を許されなかった。アフリカ系の難民は人種差別にも直面し、招かれざる客たちに辟易しはじめていた敵意あるエジプト人から〝チョコラータ〟や〝ホンガ・ボンガ〟と言って蔑まれた。

二〇〇〇年七月、ディコリ一家がせま苦しいアパートメントでほかの四家族と同居するカイロの街で、積もり積もった反感を浮き彫りにする事件が起こった。スーダン人が会衆の大半を占める教会の前で、一人のスーダン人男性が公営バスに轢かれた。スーダン人の男たちが集まってきて、怪我人を病院へ連れていけと騒ぎはじめた。気温四十三度の猛暑が人々をいきり立たせ、ほどなく、スーダン人の男たちがバスの運転手を人質にして教会に立てこもったというデマにつられて、怒れるエジプト人の人だかりができた。二つの集団は物を投げつけ合い、エジプト人らが牧師の車に火を放つに至って、ようやく警察機動隊が呼ばれた。一週間後、親政府系の週刊紙ロセ・エル・ユーセフは、〝難民――客か犯罪者か〟との見出しの記事を第一面に掲載した。

「多くのアフリカ系移民は、麻薬密売などの不法行為をおこなっている」と、その記事にはあった。「路上で酔っぱらい、女性につきまとい、乱痴気騒ぎをし、概してごろつきのようにふるまう。これがわが国を頼ってきた客のすることだろうか」

ダルドゥームは家族――妻のスミラ、娘のサラとギンバとバンガ、息子のシャムスーンとイドワールとロビン――をそんな環境に長く置いておくつもりはなかった。人であふれかえり、こなしきれない仕事を抱えた国連の難民事務局へ行き、再定住を申請した。受理される確率は低かった――当時、事務局は七〇パーセント以上の申請を却下していた――が、ディコリ一家は幸運な少数のほうに入った。二〇〇〇年、一家はアメリカのジョージアへ移住が認められたとの知らせを受けた。

ディコリ一家は二〇〇〇年の五月に来米した。イドワールは六歳、ロビンは四歳だったが、最年長のシャムスーンは十一歳だったので、飛行機からおり立ったとき目の前に広がっていた見慣れない光景をどう感じたか、よく覚えている。とりわけ、巨大なごみ圧縮機の回転歯を思わせるアトランタ空港のエスカレーターが恐ろしかったという。その動く階段で見知らぬ世界へと運ばれるあいだ、シャムスーンはかたわらで背中に手を置く父親にしがみついていた。

定住に向けて努力する日々がはじまった。一家はまず、ジョージア州北部にあるキリスト教団運営の施設ジュビリー・パートナーズに送られた。アメリカに着いたばかりの難民家族を迎え入れ、最初の数週間、生活に慣れるための指導をする施設だ。ディコリ一家はそこで英語の授業を受け、アメリカの文化について学んだ。けれども、一家がアメリカ文化の最も不可解な一面を知ったのは、クラークストンの隣町のストーン・マウンテンへ移ってからのことだ。この国に住んでみていちばん奇妙に感じたのは、難民や移民に対するアメリカ人のよそよそしさだ、とシャムスーンは言う。アメリカ人は、こちらの姿が見えていないのかと思うほど、迷いこんできた見知らぬ人間になんの興味も示さない。

「ぼくの国では」とシャムスーンは言う。「ほかの土地から知らない人が来たら、話しかけてその人をよく知ろうとする。ここではなんだか、知らない人を怖がってるみたいだ」

子供たちは学校に通いだした。英語も上達した。建築資材会社で職を得たダルドゥームは、貯蓄に励んで車を手に入れた。絆の固い大家族が全員乗れるマツダのミニバンだ。そして二〇〇二年の十一月二十七日、ダルドゥームとスミラは子供たちを連れて、テネシーでの再定住を果たした知り合いのスーダン人家族を訪ねることにした。その小旅行は、一家がまだ慣れない自由を体験する機会でもあった。この新天地では、車を止められたり、いやがらせをされたり、彼らの民族性や宗教に反感を持つ権威者に拘留されたりする心配もなく、好きな場所へ行けるのだ。アメリカで二度目に迎える感謝祭前日の水曜日という日取りも、心を浮き立たせた。家族八人全員がバンに乗りこんだ。クラークストンへ来たばかりの難民と同様、ダルドゥームには運転経験がまったくなかった。ルートに選んだ州間幹線道路二十四号線は、チャタヌーガに近いブルー・リッジ山脈の南の丘陵を抜けていく眺めのいい道で、カーブが多く危険な場所もある。ダルドゥームは誇らしげにハンドルを握り、午後遅くにテネシーへ向けて出発した。

一家を乗せたバンは、アトランタから北へ二時間ほど走ってテネシー州に入り、チャタヌーガの西、ジョージアとアラバマの州境のすぐ北の丘陵あたりを走っていた。暗く冷えこむ夜で、道路は乾いていた。ダルドゥームは一六四マイルから一六五マイルほどの速度で、ゆるやかに左へカーブした二十四号線の西行き左車線を走っていた。前を走っていたトーマス・コムズというトラック運転手は、サイドミラーを覗いたまさにそのとき、後ろのバンが左へ横滑りして、西行きと東行きの車線を隔てる路肩へ乗りあげるのを見た。ダルドゥームは右へ急ハンドルを切った。コムズはバンが進路からそれ、左へ傾くのを見た。バンは激しく横転し、何度か回転しながら西行きの両車線を横切ったのち、芝の生えた路肩の上で逆さまで止まった。コムズは急ブレーキをかけ、トラックを道路脇に停めて救助に走った。

テネシー州警察による事故報告書で、コムズが目にした恐ろしい光景の記録を見ることができる。現場の略図には、バンが左側へそれ、西行きの左右の車線を横切って二十四号線を転がった軌跡が記され、バンが転がった方向の路上に三つ、最後に停止した路肩の脇に一つ、一から四まで番号をふった印がつけてある。それらの意味は略図の下に示されている。

死体1　ギンバ　五歳
死体2　バンガ　二歳
死体3　サラ　十歳
死体4　スミラ　三十歳（母）

報告書を作成した警官は次のような覚書を付していた。

「父親は子供たちの名前は知っていたが、誕生日を知らなかった。一家は難民で、医療記録はない」


シャムスーンは大破した車のかたわらの地面にうつ伏せで横たわっていた。女の人がこちらを見おろし、覚醒させようとしていた——救助に駆けつけた看護師だったようだ。そのあと父がそばへ来て、シャムスーンを見おろし、だいじょうぶかと訊いた。

「父さんの顔を見て、何かひどいことになったんだとわかった」と彼は言う。ロビンとイドワールとシャムスーンは別々の病院へ搬送された。弟二人は切り傷と軽い打撲だけですんだが、シャムスーンは頭を負傷していたので一週間入院した。弟たちはすぐにストーン・マウンテンへ帰ったものの、生まれ故郷から遠く離れたその場所にはもう、母親も三人の姉妹もいなかった。

そのあとには、つらい数カ月が待っていた。ロビンは学校で問題を起こしはじめ、イドワールは陰にこもってしゃべらなくなった。ダルドゥームは仕事をつづけたが、子供たちの慰めになることはほとんどしなかった。

「父さんはあまり愛情を示さないんだ――アフリカ人の父親はだいたいそうだけど」とシャムスーンは言う。「ロビンは学校で問題児になりかけてた――授業は聞かないし、すぐにかんしゃくを起こすし。イドワールはなんでも一人で抱えこんで、だれにも悩みを話さなくなった」

「母さんなしではどうにもできなかったよ」とシャムスーンは言う。

兄として、シャムスーンは懸命に弟たちを思いやり、支えになろうとした。だがシャムスーン自身もティーンエイジャーで、慣れない境遇を嘆き、途方に暮れていた。週末や放課後にときどきサッカーのピックアップゲームを楽しむのが彼にとっての慰めだった。だが、それは青年や大人向けのゲームだったので、まだ子供のイドワールとロビンは加われなかった。インディアン・クリーク小学校でのそんなゲームに参加していたとき、グラウンドの反対側に目をやると、難民の少年たちがフージーズのトライアウトに集まっていた。シャムスーンは友達にコーチに引きあわせてもらってトライアウトを受け、後日弟たちも連れていった。二人はまだ幼かった。特にロビンは、ルーマの最年少チームのおおかたの選手より四歳も若かった。それでもルーマは、成長すればいずれ活躍できるだろうと考え、イドワールとロビンをチームに入れた――二人がどれほどの俊足の持ち主かは知らずに。

ロビンは学校でおとなしくなり、チームメイトとはしゃいだりもするようになった。イドワールは相変わらず無口で恥ずかしがり屋だが、フィールドへ出ると自信に満ちた少年に変身した。サッカーが弟たちの正気を保ってくれた、とシャムスーンは言う。

「サッカーをしてると、ぼくたちはあの事故のことを忘れられた。いろんな国から来た子たちと友達になれた。つらい経験をしてきたのはぼくらだけじゃないって、広い心でとらえられるようになった。だからうちのチームは結束が固いんだ。ぼくらは家族だから」

27 あなたはここで何をしているの？

'What Are You Doing Here?'

フージーズが対戦してきたどのチームのコーチも勝つことを望んでいたが、アセンズ・ゴールド・ヴァリアンツのヘッドコーチ、ディヴィッド・アンダーソンは、自分のチームが今シーズン不敗を誇っていることを、個人的な苦闘に打ち勝った証のように感じていた。アトランタ北部の郊外都市マリエッタ出身の、精悍でエネルギッシュな三十二歳のアンダーソンは、何をするにも自負心が持てず、自分はどこかおかしいのではないかという悩みと闘いながら人生を過ごしてきた。自信に欠けていたせいで、ハイスクール・サッカーでゴールキーパーとして活躍するチャンスをふいにした。高校一年のときに受けたトライアウトでは、二軍チームのメンバー枠にも残れなかった。その代わりに、代表チームにも二軍にも入れなかった選手を集めた補欠チームに入れられた。そのチームで一シーズンだけプレーしたが、次のシーズンが近づいても、トライアウトを受ける気にすらなれなかった。アンダーソンはサッカーをやめる決意をした。

大学では学業が振るわず、次から次へと単位を落として自己嫌悪に陥った。アンダーソンはジョージア大学の学習障害の専門医にアポイントをとり、一日がかりで集中的に検査を受けた（十二年たったいまも、色付きのブロックを規定の形に並べようと悪戦苦闘したその長い一日のことは忘れられない)。一連の検査が終わり、当時二十歳だったアンダーソンは、注意欠陥・多動性障害、すなわちADHDと診断された。

「それで胸のつかえがとれました」とアンダーソンは言う。「自分はただのうすのろなんだと思ってずっと生きてきましたから。生涯かけて探していたパズルのピースを見つけた気分でした」

サッカー指導はアンダーソンにとって、ハイスクールのサッカーチームをやめたことへの後悔を払拭する手段でもあった。アセンズの地元サッカークラブでコーチの手伝いをしないかと友人に声をかけられたとき、アンダーソンは喜んで引き受けた。二〇〇三年にはヴァリアンツのヘッドコーチを引き継ぎ、自身の人生経験を活かした、自信の形成と自己鍛錬を重視した指導により、選手と親たちの共感をかち得た。

アンダーソンは当初から、制御された試合運びをチームの選手たちに教えこんだ。多くの少年サッカーチームが得点チャンスを作るために頼る、不器用に前進するだけのパスではなく、的確なパスに重きを置いたのだ。子供たちは初め、アンダーソンの作戦についていくのに四苦八苦していたが、親たちは先々の利益を見据えたアンダーソンの意図を理解し、負けがつづいた時期にも彼を支持した。やがてその成果が出はじめた。

ヴァリアンツのスター選手は、小柄でウサギのようにすばしこいオーストリア出身のフォワード、ヨナタン・シェルツァーだ。ヨナタン――チームメイトはヤンニと呼ぶ――は柔らかな亜麻色の髪とベッカムを彷彿させるボールさばきで、フィールドで異彩を放っていた。シュペータルの町で育ち、獣医である父のヤーコブがジョージア大学で研究をすることになったため、ごく最近、一家でアセンズにやってきた。三、四歳のころからずっと、ヤンニはサッカーに夢中だった。オーストリアの自宅の裏庭で一人、何時間も飽くことなくボールを蹴って、自信とともにサッカーの技術を養った。けれどもヤンニは、アメリカでの新しい生活環境にうまく溶けこめずにいた。来たばかりのころは英語もまったく話せず、この国の文化にも馴染めなかった。身体の小ささと言葉の訛りのせいで学校でいじめられた。友達はほとんどできなかった。だからヤンニはサッカーに逃避し、オーストリアでもそうしていたように、ジョージアの自宅の裏庭で一人で練習を重ねた。それはしばしば一日二時間にも及び、熱中ぶりは以前より増していた。両親は心配しはじめた。
「最初の一年、あの子は苦しんでいました」と父親は言う。「それで当時は、真剣に——真剣すぎるほど——練習にのめりこんでいました。サッカーがヨナタンの逃げ場所だったんです」

ヤンニはどこのチームにも属していなかったので、父親はある夏の夕方、ディヴィッド・アンダーソンがアセンズ・ユナイテッドのサッカー総合施設で催した〝草サッカー〟の集いに息子を連れていった。ヤンニのプレーをほんの数分観ただけで、アンダーソンはレギュラー選手の親たちのもとへ歩み寄って尋ねた。「このなかにドイツ語が話せるかたはいますか」一人の手があがった。「あの少年のところへ行って、うちのチームに入りたいかどうか訊いてもらえませんか」アンダーソンは言った。

ヤンニはヴァリアンツに加入し、すでに競争力のあったチームを完全無欠に近づけた。試合で見せるその執念と、スピードと、ライフルの一撃のごとき必殺のシュートは、アンダーソンから〝オーストリアの刺客〟とあだ名されるにふさわしかった。ヤンニをメンバーに加えたヴァリアンツは、今シーズン、念願を果たしつつあった。チームが無敗で地区のトップを走っているいま、アンダーソンはその成功を、自分自身の進歩の反映と受け止めずにはいられなかった。チームはヤンニ・シェルツァーの世界をも拓いた。英語がうまくなり、友達もできた。仲間からの賞賛を受け、自負心が湧き起こるのを感じた。その過程で、コーチとの絆も強まった。どちらの身にも、ヴァリアンツはある種の転換をもたらしたのだ。

十月二十一日の朝、フージーズU-13の面々はクラークストン図書館の駐車場でYMCAの白いバスに乗りこみ、アンダーソンとヤンニ・シェルツァーとヴァリアンツとの対決に向けてアセンズへ出発した。一時間半の道のりだったので、選手たちはゆったり落ち着いて、ある者は窓の外の見慣れない景色を眺め、ある者はまるめた服を枕代わりに首の後ろにあてがってうたた寝していた。ホイールベースの短いYMCAのバスは激しく揺れるため、眠りは途切れがちだった。トレーシーがバスを運転し、ルーマが黄色のフォルクスワーゲンでバスを先導していた。二台の車は、アトランタの雑踏から離れ、ジョージアの田舎に寄り集まった小さな町々を抜けていった。空気はひんやりとして、道沿いのなだらかに起伏した森の木のこずえがオレンジや赤に色づきかけており、遅く訪れた秋の気配を感じさせた。ルーマはカーステレオにつないだiPodを操作して曲を選んだ。ドライブは、だれにも邪魔されないひとときと、てんてこ舞いの数週間のあとのありがたい休息を与えてくれた。越してきてまもないころアトランタ周辺で何度も長いドライブをしたときと同じくらい、ルーマはその時間を満喫した。しばらくぶりに空想にふけることができた。

アトランタから東へ一時間ほど走ったジョージア州モンロー付近で、右車線を走行していたルーマは、左横に妙な車がいるのを感じた。運転席側の窓から外を見ると、ジョージア州警察のパトカーがかたわらを走っていた。追い越すでもなく、減速するでもない。ルーマは速度計に目をやった。スピード違反はしていない。一瞬ののち、警官はパトカーをルーマのフォルクスワーゲンの後ろにつけ、回転灯をまわした。

〝ブレーキライトだ〟とルーマは思った。

ライトの交換は、ルーマがチームや選手の家族のことよりも後まわしにしていた私用の長いリストに載ったままだった。わたしとしたことが、とルーマは思った。これがクラークストンの、むやみに切符を切りたがる警官ならまだよかったのに。ルーマは車を路肩に寄せて減速し、パトカーがそのあとにつづいた。バスはそのままチームを運んでいった。ルーマは腕時計に目をやった。すぐに片がつけば、ウォームアップがはじまる前にアセンズに着けそうだ。

警官が近づいてきてルーマに免許証を提示させ、それを持ってしばらくパトカーのなかに消えた。そのころ、バスに乗った子供たちは騒ぎだしていた。何人かがバスの後ろの窓から、ルーマが車を停めさせられるのを見ていたのだ。彼らはトレーシーにわけを尋ねた。トレーシーにもよくわからなかったが、ルーマはすぐに追いかけてくると言ってなだめた。そのあいだに、警官はルーマの車へもどってきた。あなたの免許は停止されている、と警官は告げ、車からおりるよう命じた。

ルーマはとまどった。免許を停止されるような理由は思いあたらない。覚えているかぎりでは、最近一度だけ違反切符を切られていた。ジェレマイアを学校へ送っていったある朝、自動車登録が期限切れになっていたためだが、期日内に罰金をおさめていた。週末なので警官は事情を問い合わせることができず、コンピュータが示している記録を信じるほかなかった。ジョージア州の法規により、ルーマを逮捕しなくてはならないという。警官は、後ろを向いて背中に手をまわすようルーマに命じた。そのとおりにすると、すぐに手錠がはめられ、ルーマは手首に冷たい金属の感触を感じた。

そのころには、トレーシーがUターンをしてきて、警察車両の後ろの路肩にバスを停めた。ルーマはパトカーを背にして立ち、バスに乗った子供たちのことを説明した。詳細は省き、今シーズンでいちばん大事なサッカー試合のために、無敗のチームの待つアセンズまで行く途中だ、とだけ言う。車をハイウェイに置いたまま、選手たちとバスで現地へ行かせてもらえないかとルーマは持ちかけた。それはできないと警官は言った。なんとしても拘留する気なのだ。警官は、子供たちには車が故障したと言ってはどうかと提案した。

「嘘をつく気はありません」ルーマは言った。「あの子たちはばかじゃないんです」

自分がいなくてもチームが試合に出られるよう、選手カードをバスの運転手に渡しにいかせてほしいとルーマは頼んだ。それから、せめて子供たちの前では手錠をはずしてもらえないかと懇願した。

「殴らないと約束するならな」警官は言った――冗談のつもりで。

ルーマは笑わなかった。

警官は頼みを聞き入れた。ルーマは選手カードをバスにいるトレーシーのもとへ持っていった――審判が選手の名前と年齢をたしかめるのに必要なのだ。それからルーマは選手たちの前に立って話しかけた。わたしは試合に行けそうにないけど、どうすればいいかはわかるわね、と。自分がいなくてもきっと勝てる。ルーマは選手たちを元気づけようとしたが、その声は震えていた。

フージーズのメンバーは不安そうにバスの席にすわり、フロントガラスの向こうの不穏な日差しのなかで展開する異様な事態に見入った。選手のなかには、家族のだれかが権威者――あるいはもっとたちの悪い連中――に連れ去られるのを見聞きしたことのある者もいた。サンティノ・ジャークのおじは、鶏を一羽盗んだのを大罪扱いされ、軍服を着たスーダン政府の兵士に目の前で撃ち殺された。シャヒル・アンワルの家族は、母親が少女たちのための学校を開いていたせいで、タリバンの兵士につきまとわれていた。彼らはまた、アメリカの司法制度の細則、つまり軽犯罪の場合は保釈金をおさめれば割合すぐに拘留を解かれることをほとんど知らなかった。わかるのは、自分たちのコーチであり、この不慣れな世界で家族を導いてくれる人が、警察に連行されようとしているということだけだった。泣きだす選手もいた。ＹＭＣＡのバスがふたたびハイウェイにもどったとき、チームリーダーでフォワードを担うジョサイア・セイディーは最後列にすわっていた。振り返ると、警官がパトカーの後部座席に乗るようルーマを促しているのが後ろの窓から見えた。ジョサイアは押し殺した声で、バスの後部にいるチームメイトたちにいま目にした事実を話した。コーチは警察の車に乗せられた。牢屋に入れられるんだ、と。

その半時間ほどあと、フージーズの選手たちがアセンズ・ユナイテッド・サッカークラブの駐車場でチームのバスからおりた。フィールドのほうへ歩きだしたその顔ぶれを見て、アンダーソンは興奮を覚えた。ヴァリアンツはことごとく大勝してきたので、対戦相手への同情から、試合の途中で攻撃の選手と守備の選手を入れ替えたりしていた。そうして得た勝利も満足いくものではあったが、アンダーソンは手応えを求めていた。フージーズについてはほとんど予備知識がなかったが、選手たちをひと目見て、典型的な地元のチームより一段上だと踏んだ。

「顔ぶれだけ見ても判断がつきますよ」とアンダーソンは言う。「『こいつらはできる』って」

ヤンニ・シェルツァーもまた、駐車場にバスが入ってきたときから、フージーズには何か普通でないものがあると感じていた。対戦チームのほとんどは、親の車でばらばらに姿を見せる。この日の相手はバスでやってきた。そのことをどう考えたらいいのかはわからなかった。ウォームアップをつづけていると、フージーズがフィールドのほうへ歩いてきた。これほど黒人選手の多いチームを見るのは初めてだ。ヤンニはフージーズのウォームアップを興味津々で観察し、ヴァリアンツが今シーズン対戦したどのチームよりもレベルが高いとただちに結論した。

「彼らはアメリカのサッカーとはちがうプレーをしてた」自分にはそれがわかったとシェルツァーは言う。「もっとヨーロッパ的というのかな――キックボールではなくて」

アンダーソンは試合前のウォームアップ中に対戦チームを偵察するのを得意としていた。どの選手が特に動けるとか、足が速いとかを見抜き、左右どちらの足でもシュートやパスのできる選手の背番号を頭に刻みこみ、その情報を試合開始前にチームメンバーに伝える。しかしフージーズを観察するうち、アンダーソンは目立った不在に気づいた。

〝コーチはどこだ?〟

ウォルトン郡拘置所は、無骨な現代風の建物で、金網フェンスに幾重にも張りめぐらされた有刺鉄線が物々しく日光を反射するせいか、周囲からひときわ浮いて見える。所内では、ルーマを逮捕した警官がその身柄をウォルトン郡保安官事務所に引き渡していた。女性の係官が名前を名乗るよう求める。

「ルーマ」

「綴りは?」係官は尋ねた。

「これを見ればいい」警官が言い、ルーマの運転免許証を差し出した。

係官はミドルネームの頭文字――H――に目を留め、これはなんの略かと尋ねた。

「ハッサン」ルーマは言った。

係官は逮捕した警官に知ったふうな一瞥を投げた。

「ハッサン? 生まれはどこ?」

「ヨルダン」とルーマ。

「アラブね」係官は言った。「あなたはここで何をしているの?」

ルーマはサッカーの試合に行く途中で車を止められたと説明しかけたが、相手に遮られた。

「この国で何をしているの?」

ルーマは答えなかった。次は指紋採取だ。移民・帰化局でグリーンカードの申請書類を登録したときにも、ルーマは指紋を採られていた。そのときは、指を一本ずつスタンプ台に載せられ、その下のカードに転がすように押しつけられた。ウォルトン郡拘置所の女係官のやり方はちがった。ルーマの手をつかみ、指先にインクをなすりつけると、紙を置いたカウンターに叩きつけた。そのとき初めて、ルーマは怖いと思った。財布とスウェットシャツは取りあげられた――留置場内がシラミで汚染されるかもしれないから、それを着て入ることは許さないと言って。保釈金は七五九ドル五〇セントと設定され、ルーマは同じくらい浮かない顔をした数人の女たちとともに窓のない留置場に入れられた。

そのころには、デイヴィッド・アンダーソンもフージーズのコーチが会場へ来る途中で警察に捕まったことを耳にしており、対戦相手がサイドラインからのサポートなしでどう戦うのか見てやろうという気になっていた。トレーシー・エディガーが選手たちを懸命に元気づけていたが、彼女は教員であり難民家族の万能ヘルパーであって、サッカーコーチではない。選手たち自身で乗り切るほかないのだ。メンバーは各ポジションに分かれてフィールドへ出ていった。作戦を立てる余裕さえだれにもなかった。そのスピードを活かせば、ヴァリアンツのフォワードを担う金髪の勇士を押さえこめたかもしれないロビンとイドワールも、このあと待ち受けている試練を知らずにいた。

ヴァリアンツが先制ゴールを決めるのに、三分とかからなかった。その二分後には追加点が入った。アンダーソンはどこか腑に落ちない気分だった。ウォームアップではつわもの揃いに見えたフージーズが、フィールドでは明らかに昏迷していた。選手同士で言い争い、ゴールキーパーのエルディンをひどく責めている。数分後、ヴァリアンツは3ゴール目を決めた。前半はまだ半分も終わっていない。アンダーソンは敵陣の様子を見渡した。選手たちはうなだれはじめていた。それが何を意味するのかは、これまでの対戦相手を見てきてよく知っていた。

〝やれやれ〟とアンダーソンは思った。〝こいつらはもう終わった〟。

ヴァリアンツはまた得点した。そしてまた1点。5－0でハーフタイムに入る。

ヤンニとチームメイトがベンチにもどってくると、アンダーソンは後半はポジションを入れ替えると告げた。ヤンニとほかのフォワードは守備に、ディフェンダーたちは攻撃にまわるようにと。選手たちはその理由を知っていた――このままでは得点差が広がるばかりだからだ。ウォームアップであれほど才能豊かに見えた選手たちがどうしてここまでひどいプレーをするのかわからず、みな拍子抜けしていた。

フージーズは、だれがどのポジションでプレーするかの口論にハーフタイムを費やした。小柄なクィンドラムがエルディンの代わりにキーパーをすると言いだしたが、チームメイトらはキーパーの交代が必要だとは認めつつも、断固反対した。チームの半数は、力強いキックでボールをクリアできるビアンを守備につかせたがったが、もっと声高な残りの半数がフォワードだと言い張った。ジェレマイアが中盤を取りまとめることになった。そして結局、二人のキーパーのうち実力の劣るマフォデイがエルディンに代わってゴールに入った。

後半がはじまり、アンダーソンはフージーズの出方を興味深く見守った。数分して、彼はあることに気づいた。選手たちの顎が上向《うわ》いてきている。ボールに食らいついている。それでも、ヴァリアンツは左方向へ低めのシュートを叩きこんだ。垂直にはおそらく三インチしか跳べない巨体のマフォデイが、ダイブしてボールを止めた。その少しあと、ジェレマイアがフリーのボールを追いかけ、クリアしようとして蹴ったボールが思わぬ力でヤンニ・シェルツァーの腹を直撃した。ヤンニは苦しげに地面に倒れ、退場を余儀なくされた。フージーズはあきらめていなかった。依然として5－0のまま、後半が半ばを過ぎたころ、フージーズはペナルティーエリア内で背後からのスライディング・タックルの反則をとられ、ヴァリアンツにPKを与えた。

マフォデイ・ジャウネはゴールで身構えた。切り株のような両脚と幅広の腰で樽のような胸を支えたマフォデイは、動く可能性のある障害物というより、ゴール内に固定された物体に見えた。がらんとしたゴールを背にしたその姿は弱々しく、わびしささえ感じさせる。マフォデイは腕を振ったのち、両膝に手を置いて、黒と金のユニフォーム姿で前方に立つヴァリアンツの名シューターの鋭い目を見据えた。ヴァリアンツの親たちがシューターに声援を送るなか、フージーズの選手たちは控え目にマフォデイを励ました。しょせん、5点のリードが6点のリードになろうと、たいしたちがいはないのだ。

アンダーソンはよく見えるようハーフウェーラインのほうへ近づいた。かつては自分もキーパーをしていたので、いまのマフォデイの心境は手に取るようにわかる。アンダーソンはペナルティーキックを〝純粋な恐怖〟と呼んでいた。少年サッカーでは特に、PKはおおむねいつも成功するので、アンダーソンは、あることを思い出して力を抜くようキーパーに教えていた。責任があるのはもっぱら、得点を期待されているキッカーのほうで、キーパーが阻止するとはだれも――わけてもそのチームメイトは――思っていないのだと。サイドラインで、アンダーソンは敵のキーパーへの同情心に駆られた。

〝頑張れ〟とアンダーソンは心のなかで言った。

ヴァリアンツのシューターは眼前のゴールネットをにらんだ。ぐっと顎を引き、ボールのほうへ踏みこむ。脚を蹴り出してボールをとらえ、キーパーの右に低く鋭いシュートを放つ。迎える側もすでに心を決めていた。シューターがボールをとらえた瞬間、マフォデイは右に傾き、切られた木のごとく倒れた。両方の腕を頭上に伸ばした体勢で、クロスバーと平行に横ざまに着地する。どさっという音のあと、一瞬の間があった。やがてマフォデイとチームメイトらは、グレーのキーパー用グローブに――ゴールラインのすぐ内側に――ボールがおさまっているのに気づいた。セーブ。フージーズのメンバーは歓喜に沸き、マフォデイを取り囲んだ。ヴァリアンツのサイドラインでも、アンダーソンがだれよりも大きな声援を送っていた。

〝でかいぞ〟とアンダーソンは思った。〝図体も、やることも〟。

数分後、審判が三度ホイッスルを鳴らした。最終スコアは5－0で、ヴァリアンツの勝利。フージーズは後半でもゴールをあきらめなかった。ヴァリアンツの最強の攻撃陣を相手に、引けをとらない戦いをつづけた。そして本拠地から二時間近く離れた場所で、新たなファンを一人獲得した。


ウォルトン郡拘置所で、ルーマは時間の感覚を失っていた。そこには時の経過を見定められる時計も窓もない。ルーマはチームのことを思い、不安をまぎらすために壁の煉瓦を数えはじめさえした。そのうち、思いはアンマンにいる家族、特に亡き祖母のことへと移った。何かが起こるのにはすべて理由があるのだと、子供のときいつも祖母から聞かされていた。こうなった理由はなんだろう。アメリカではいやがらせを受けないようにミドルネームを変えるべきだったということか。切れたブレーキライトを放っておいたりせず、自分の生活にもっと注意を払うべきだったということか。ルーマにはわからなかった。選手たちになんと言おうか考えた。まちがった判定にいつまでもこだわらないよう、ルーマはつねづね言い聞かせていた。何年もコーチをしてきたけれど、選手やコーチの抗議を受け入れて審判が判定を覆すのは見たことがない。誤審はゲームの一部だから、気にせずプレーをつづけなさい、と。

自分の名前が呼ばれるのが聞こえた。少し場所を移ると、係官のカウンターが斜めからうかがえ、トレーシーの手が書類にサインをして係官のほうへ押しやり、保釈金――七五九ドル五〇セントきっかり――を差し出すのが見えた。まもなく、留置場の扉が開いてルーマは放免された。外へ出て、ウォルトン郡拘置所の真ん前に停められたチームのバスへ直行する。

ルーマはスコアを尋ね、悪い結果を知らされた。フージーズは5－0で敗れていた。

「こうなったのはわたしのせいだし、試合に行けなくて申し訳なかったと思ってる」ルーマは選手たちに言った。「そばにいるべきときに、いてあげられなかった。それに、あんな姿を見せて、たぶんいやな思いをさせたわね」

「マフォデイがペナルティーキックを止めたんだよ！」だれかが言った。

「すごく強いチームだったよ、コーチ」イドワール・ディコリが言う。

「きみたちよりうまかった？」ルーマは尋ねた。

「そんなことない！」フージーズは大声で答えた。

「ふうん――ほんとに？」

「ほんとだよ」イドワールの小さな弟、ロビンが言った。「コーチがいたら、きっとやっつけてた」


その夜、クラークストンへもどったルーマは、U－13のミッドフィルダー、グラース・バレガミールの九歳の弟から電話を受けた。母親が上の兄と妹を連れて、赤ちゃんを産んだばかりの友人を見舞いに病院へ行ってしまったという。家には双子の弟とグラースがいるが、どうも寂しいようだ。

「悲しいんだ」少年はルーマに言った。

「どうして悲しいの？」ルーマは尋ねた。

「一人でいると怖いんだ」

「そんなこと言わないで」

ルーマは電話を切り、この用事を片づけようと思った。食料品店へ行って甘いロールパンを買い、少年のアパートメントへ向かった。家に着くと、少年は自分の寝室に閉じこもっていた。ノックをしても返事がない。ロールパンで機嫌をとって、ようやく出てこさせた。二人はすわって話をした。

「今日はひどい一日だったんだ」少年は言った。

ルーマは微笑んだ。「わたしのひどい一日の話も聞きたい?」

「うん」

ルーマはその日あったことをすべて話した。警官のこと、留置場のこと、グラースの試合を見損ねたこと。少年はどの話も信じなかった。

「そんなの嘘だよ。コーチは牢屋に入れられたりしない」

「ううん、入れられたの——グラースに訊いてごらん」

「牢屋に入れられてたら、いまここにいるはずないもん」

「ちがうの——トレーシーがお金を払って出してくれたのよ」

「いくらぐらい?」

「アイスクリームを五〇〇個買えるぐらい」

「アイスクリーム五〇〇個ぶんのお金を払ったら、牢屋から出られるの?」

ルーマは保釈金制度の仕組みを説明しかけたが、そのときふと、その子の混乱のわけに思い至った。バレガミール一家の父親はいまも、キンシャサにある悪名高い監獄、マカラ刑務所に囚われている。釈放の時期について——その可能性についても——コンゴ民主共和国政府はなんの声明も発していなかった。

28 ハロウィーン

Halloween

ルーマの逮捕から一週間がたとうとしていた十月二十七日、ロイター通信とBBCとニューヨーク・タイムズ紙が、コンゴ民主共和国の首都キンシャサでの刑務所暴動に関する緊急ニュースを伝えた。事の詳細は不明だったが、各社の特派員は総じて、暴力と流血の模様を概説していた。暴動はキンシャサ懲罰・再教育センターという険悪な名前の、かつてはマカラと呼ばれた刑務所で起こった。政府の報告によると、五人の収監者が殺害され、十四人が逃亡していた。死者と逃亡者はローラン・デジレ・カビラ前大統領の暗殺にかかわった者たちだというが、これはおそらく無意味な情報だった。現在国を治めているローランの息子ジョゼフ・カビラの政府は、政敵の多くにその嫌疑をかけていたからだ。

世界的に見ると、死者五人、逃亡者十四人というコンゴの小規模な刑務所暴動は、ことに同国の最近の内戦で五〇〇万人以上の命が失われたことを考えれば、ありふれた事件だったかもしれない。しかしクラークストン市外のポーラ・バレガミール——フージーズU-13のミッドフィルダーのグラースと、ルーマの保釈金の話にとまどいを見せた少年の母——のアパートメントでは、マカラでの暴動のニュースは尋常でない心配の種となった。ポーラの夫で子供たちの父親であるジョゼフ・

バレガミールはそこに投獄されていた。コンゴ政府の発表どおり、その暴動がいわゆるカビラ暗殺に関係しているのなら、それはジョゼフを含む政治犯を収監したマカラの重警備棟〝別棟1〟で起こった可能性が高い。報道から知れることはわずかだった。所内で銃声がしたという地元住民の報告を受けて刑務所に足を運んだ二人の記者を、カビラの治安部隊が監禁しているという。ポーラは友人たちに電話をかけたが、夫に関する情報はそれ以上集まらなかった。当面は、ジョゼフの運命――まだ収監されているのか、五人の死者の一人となったのか、うまくすれば逃亡したのか――を知らせる電話をひたすら待つほかなかった。

ジョージア州クラークストンでは、ハロウィーンはかならずしも大々的な祝日というわけではなかった。難民の多くはハロウィーンという言葉を聞いたこともなく、あったとしても、町じゅうの団地の知らない家のドアを叩いてまわる習慣までは知らなかった。けれども、アセンズでの逮捕やバレガミール一家の気がかりなニュースがつづいたその時期、フージーズには息抜きが必要だとルーマは思った。アメリカならではの砂糖漬けの祝日を体験させるのだ。ハロウィーンには団地周辺で銃声が轟くのが当たり前のクラークストンでは、家々を訪ね歩くにも危険がともなうので、ルーマはその晩YMCAのバスを使えるよう手配し、U－13の選手の親たちに、ふだんより子供たちの帰りが遅くなると知らせた。ルーマは地元のドラッグストアに立ち寄って、衣装――フードのついた黒いビニールシートと言ったほうが近い、忍者の装束ひと揃い――を購入した。当日の練習は軽めにして、和気藹々とミニゲームに興じたあと、いまからハロウィーンのお楽しみに出かけると告げて子供たちを驚かせた。

ルーマが目的地に選んだのは、フージーズのどのメンバーにも馴染みのない界隈だった。いくつもの袋小路と、ゆるい坂になったせまい路地があり、毎年ハロウィーンには車の通行が遮断されて子供たちの天国となる、ディケーター近くの裕福な住宅地だ。ほぼすべての家がその祝祭に参加していて、外は住民で賑わっていた。大人たちも衣装に身を包み、おどろおどろしい凝った演出——魔女や、クモの巣や、赤いランプで目を光らせた幽霊や骸骨で家を飾りつけたり、ホラー風のサウンドトラックを上階の窓から大音量で鳴らしたり——を競い合っている。どの家のドアの内側にも、マーズ・バーの大箱や、ハーシーのキスチョコ、スニッカーズ、リースのピーナッツバターカップ、ロリポップ・キャンディー、幼虫形の特大グミといった甘いお菓子が大量に用意してある。アトランタ東部の歯医者を軒並み繁盛させそうな砂糖の量だ。

ディケーターへ向かうバスに揺られながら、ルーマは衣装を配り、子供たちは黒いビニールシートの下に姿を消していった。例外はマフォデイで、肉付きのいい身体にフィットして縫い目が裂けそうな忍者の衣装の上に、ピンクの羽の大げさな襟巻きとエルヴィス・プレスリーのゴムマスクを着けた。ドラッグストアでワゴンセールになっていた半端物だ。今晩出くわすディケーターの人たちのだれが見ても、最も突飛でおかしな出で立ちだろう。

ルーマは集めたお菓子を入れるビニールの買い物袋を子供たちに手渡した。ほとんどのメンバーにとってこれが初めてのハロウィーンで、どうすればいいのかわからないようだったので、ルーマは手順を教えた。まず玄関の呼び鈴を鳴らして、「お菓子をくれなきゃいたずらするぞ!」と言う。お菓子を二、三個もらって、最後に「ありがとう」と言う。

バスをおりるフージーズはよく目立った。その界隈に集まった子供たちのうち、バスでやってきたのも、白人でないのも、彼らだけだった。けれども当人たちは眼前の光景に目を奪われていて、自分たちが人目を引いていることに気づいていなかった。一行は順々に通りにおり立ち、ちらちら光る郊外の夢の国に見入った。クラークストンとは似ても似つかなかった。コロニアル様式の家々は、赤煉瓦のファサードと黒い羽目板の鎧戸を備えている。壁付けの燭台や玄関ドアの上の吊りランプにもあかあかと火が灯っている。手のこんだ衣装を着た何百人もの子供たちが通りを歩いていて、親たちは前庭に数人ずつ集まっておしゃべりしている。ひんやりした夕方の空気は楽しげな歓声や笑い声で満たされ、おっかない装飾を施したファサードの下で、まだ小さくてその祝日の楽しさがわからない幼児が時折泣いている。警察は見あたらず、トラブルを求めてたむろする強面の青年たちの姿もない。そこは不思議なほど平和で安全に感じられ、その印象を裏づけるように、ルーマがトレーシーといっしょにバスに残っていると言った。自分たちだけで好きにうろついていいのだ。フージーズのメンバーにとっては、ほとんど夢のような晩だった。

一行は意を決してお菓子をもらいにいってみることにした。グラースとジョサイアとビアンが先頭に立って、最初の家の明るい玄関通路を歩き、煉瓦の階段をのぼった。震える手でジョサイアが呼び鈴を鳴らす。一瞬ののち、ドアが開いた。

「あらまあ！」目の前の光景に驚いて婦人が言った。黒いビニールシートのフードの奥で白目をぎょろつかせた、肌の黒い少年たちの小さな顔がそこに並んでいた。相手の反応にひるんで一行はだまりこんだ。やがて前のほうにいただれかが、勇気をふるって魔法の言葉を口にした。「お菓子をくれなきゃいたずらするぞ！」

婦人は予期せぬものを見た驚きから立ちなおり、お菓子の詰まった箱を戸口から差し出した。

フージーズの面々は一人ひとりその箱に手を入れてお菓子をつかんだ。みな控え目に一つか二つずつ取って、小さなビニールの買い物袋にしまった。そしてお礼を言って、次のチームメイトのために脇へどいた。列の最後尾に並び、辛抱強く自分の番を待っていたのは、エルヴィスのマスクと羽の襟巻きをつけたマフォデイだった。ようやく戸口にたどり着くと、信じられないことに、目の前に箱いっぱいのお菓子があった。マフォデイはそのきらきらした包み紙の山に両手を突っこみ、ごっそりとお宝をすくって袋に入れた。

「ちょっと、嘘でしょ！」婦人は言った。

「ありがとう！」マフォデイはまぶしいほどの豪快な笑顔で言い、ピンクの羽の襟巻きを風になびかせて仲間を追いかけた。

〝お菓子かいたずらか〟の魔法のやりとりにも慣れた一行は、ほかの子供たちが避けるような袋小路の奥や、暗い路地裏の家々まで律儀に訪ね歩いた。もらえるお菓子があるなら、フージーズはどこまでも行くのだ。全員で固まって移動し、ほとんどほかの子供とは交わらなかった。アメリカ人の子供たちとの唯一の接触は、やはり、サッカーがらみの勘ちがいから生じた。十四歳か十五歳ぐらいのアメリカ人の少女の集団が、豚のしっぽやテディベアやパジャマや子供服といった、幼い女の子がするような扮装で歩いていた。一人はサッカーのユニフォーム姿で、母親が入念に身支度させたちびっ子サッカー選手よろしく、ジャージをショーツにきっちりたくしこみ、ソックスを膝まで引っ張りあげて履いていた。グラースはそれが仮装だとは気づかず、フージーズと同じく、その少女も練習帰りなのだと思いこんだ。

「きみのポジションはどこ？」通りですれちがうとき、グラースは大まじめに訊いた。

いていった。

「どこだと思う？」少女は選手気取りで、からかうように言った。

「ディフェンスって感じかな」

「ディフェンス？」少女は素の自分にもどって言った。「失礼なやつ！」

それを聞いて、フージーズの一行と少女たちはわけもわからず笑い合い、それぞれ別の方向へ歩いていった。

しばらくして、フージーズはバスのほうへ引き返した。ビニールの買い物袋は詰めすぎて破れ、裂け目から点々と落ちたアルミ箔の包みが、宝石のような家々の明かりを反射していた。一行は言葉少なだった。いまや歩き疲れ、砂糖の高揚感も覚めていた。バスにたどり着くと、みな、ちくちくする小麦色の芝の斜面にすわりこんだ。そしてもらったお菓子をためつすがめつしつつ、それぞれに顔をあげて目の前の光景を眺めた。

ほのかな光や、切妻屋根の家や、笑いながら自由に駆けまわる子供の集団や、時間をかけて仕立てたにちがいないすばらしい衣装。裕福なアメリカ人だけが享受する、人もうらやむ郊外の暮らし。しかしそれこそが、この国へ来る難民の多くが思い描いていた――そうあってほしいと望んだ――アメリカの情景だった。どの家族も家と車を持ち、安全を気遣うことなく子供を通りで遊ばせられる、豊かな国。知らない家のドアを叩いて甘い物をもらうという〝お菓子かいたずらか〟のお決まりのやりとりさえ、難民の子供たちにはどきどきするほど新鮮な体験だった。グラースが、初めてのハロウィーンの感想と、以前住んでいた国での習慣とくらべてどうだったかを訊かれていた。

「そうだなあ」グラースはじっくり考えたすえに言った。「アフリカでだれかの家のドアを叩いても——お菓子はもらえない」

「だよな」やや物憂げにビアンが同意した。「卵をもらえたらラッキーってとこだよ」

その夜遅く、クラークストンの団地に全員が送り届けられたあと、グラースはベッドに横たわり、その日の興奮を静めるべく眠りにつこうとしていた。すると、二階にあるその寝室の窓のすぐ下で銃声がして、はっと目が覚めた。グラースは外の様子を見たりせず、寝室でおとなしくしていた。恐ろしかった。ほどなく警察が到着した。駐車場と階段の暗い吹き抜けのあたりで無線の鋭い音が響き、パトカーの上で明滅する青色灯の光が威嚇するようにバレガミール家の窓をよぎる。やがて、警官たちは引きあげた。だれも逮捕はしなかったようだ。静寂がもどった。グラースは目をつぶってもう一度眠ろうとした。

29 U－15最後の試合

The Fifteen's Final Game

「きみの父さんが死んでること、なんで話してくれなかったんだよ」ナトナエルがジョゼフに訊いた。

二人は友達だった。U－15のリーダーのナトナエルと、U－17のベテラン選手ジョゼフは、U－15の今シーズン最後の試合へ向かう車の後部座席に並んですわっていた。ジョゼフはこの年少チームの応援に来ているのだ。ほかのチームの子供たちは親の車に乗って試合にやってくる。フージーズはバスで現地へ向かうが、バスが満員のときはボランティアの人の車に乗せてもらう。その移動時間は、サッカーに限らず人生について語り合う、日常を離れたひとときだった。「バスに乗ってるとき、試合のことはそんなに話さないんだ」ジョゼフはあるとき言った。「ふだんはできないような話をしてる」

「父さんのことはだれにも話してないんだ」ジョゼフはナトナエルの質問にそう答えた。「その手のことをあれこれ訊かれたくないから」

それでもナトナエルは話を聞きたかった。友達の人生のそんな重大事を知らずにいたことに愕然としていた。

「泣いたかい？」ナトナエルは訊いた。

「いや」ジョゼフは言った。「泣かなかった」

ナトナエルはどう反応したものかと考えた。

「泣かなかったのはどうして？」考えたすえに言った。

「たとえば、おまえの知ってるだれかで――」ジョゼフはそこで言いよどみ、だれに喩えればいいか考えた。

「故国《くに》におじさんがいるだろ？」

「いない」

ジョゼフはまたしばらく考えた。なんとか説明したかった。

「じゃあ、母さんはいるだろ？」

「ああ」

「で、母さんが死んだら、きっと泣くよな？」

「ああ」

「けど、母さんのことを全然知らなかったとしたら、泣かないんじゃないか？」

ナトナエルはうなずいた。だからジョゼフは父さんが死んでも泣かなかったのか。それで納得がいった。


数分後、ナトナエルとU－15のメンバーたちはフィールドへ出て、シーズン最後の試合に向けてウォームアップをはじめた。ジョゼフはチームを応援するためベンチにすわった。このシーズンは、ルーマと選手たちが望んだようにはいかなかった。秋の初めの彼らの目標はジョージア・ステート・カップ――地域最強のチームが集うトーナメント戦――に出ることだった。それがいまや、誇りを守り、次のシーズンに降格されないために戦う状況になっている。フィールドの外であれほどごたついたにもかかわらず、活動再開直後に大勝したり、地区最強のチームと1－1で引き分けたりと、U－15はそれなりにいい試合もしてきた。ルーマは試合前にチームの順位に関する話はしないと決めていた。選手たちを畏縮させたくないからだ。その作戦でこれまでもうまくいっていた。地区ナンバー1のチームを負かしかけた――最後の最後まで1－0のリードを保っていた――とき、選手たちは自分でも驚いているようだった。

しかし、初期の負け試合や、活動中止中の棄権試合、それ以後の負け試合、さまざまな局面で出されたレッドカードに対する合計8のペナルティーポイントがあるため、この最終試合で圧勝できなければ、フージーズU－15はリーグ最下位でシーズンを終えることになる。物の道理から言って、最下位さえ免れればいいという気構えではだめだ。フージーズの態度は、すでに出た悪い結果を反映していた。選手たちは、互いに笑ったり冗談を言ったりしながら、危機感のうかがえない気の抜けた様子でウォームアップをしていた。緊張を強いられた二カ月半で、彼らは疲弊していた。ルーマは選手たちに集中を促した。

「今日はシーズン最後の試合よ――泣いても笑ってもこれで終わり」ルーマは試合前に話した。「今日のプレーを見て、来年どうするか考えさせてもらう。いいわね？　だからなんとか頑張りましょう」

対戦相手はコッブYMCAストライカーズという、フージーズよりは上位にいるが並みの成績の

チームで、特別に才能ある選手には恵まれていなかった。フージーズは今シーズン、このストライカーズを完敗させたチームに一度勝っていた。今日の試合にも望みが持てる。

ルーマが奮起を促したにもかかわらず、フージーズは最初の数分、うわの空でプレーしていた。動きは平板で、すぐにいらだち、いつもどおり全力でプレーしているカヌー以外は歩いたりして、まるで身が入っていない。対するストライカーズは、冷静で手堅いパスでボールを操っていた。そしてハーフタイムの十分前と直前に得点をあげ、2－0でリードした。ルーマは激怒していた。一つは負けていることに、一つは勝とうとしないことに。〝あんな思いをしてここまできたのに〟。

「それで、何が問題なの？」ルーマは選手たちに言った。「審判がおかしな判定でもした？」

「いいえ」選手たちは答えた。

「相手はきみたちより速い？」

「いいえ」

「相手はきみたちよりうまい？」

「いいえ」

「なら、2－0なのはどういうわけ？」

沈黙。

「教えてあげる」ルーマは声を荒らげて言った。「きみたちが大ばか者の集まりだからよ。きみたちはサッカーのプレーを知らない。知ってるのは町なかでするボール遊びだけ。だから、うちのチームについてみんなが言ってることは——きみたちには自制心も敬意もないから、プレーするに値しないとか、チームプレーを知らないとかいう陰口は——全部当たってる。だってほんとうに

プレーを知らないんだから」

「お遊びがしたいのなら、そう言って」ルーマは最後に言った。「こんなことでわたしの時間を無駄にしたくないから」

　ルーマはその場から歩み去り、残された選手たちはうなだれて、しばらくだまってすわっていた。自分たちのプレーに落胆し、コーチの言葉に傷つき、このあとどうしていいかわからなくなっていた。

「コーチのああいうところがいやなんだよ」ある選手が言った。「あんなふうに突き放して、おれたちに何もかも失わせる気なんだ」

「コーチが怒るのも無理ないよ」コソボ出身のミッドフィルダー、セバイデンが言う。「おれたちが子供みたいなプレーをしてるんだから」

「だれも怒ってなんかないよ」ほかの少年が言った。

「コーチを喜ばせようぜ」セバイデンが言った。

「おれたちならできるって。行くぞ」

　選手たちは最後に互いの手を重ね、声を合わせた。「ワン、ツー、スリー――ゴー、フージーズ！」そしてこの午後を乗り切るべく、フィールドへ駆けもどった。

　カヌーが中心となり、彼らは本気のプレーをはじめた。ナトナエルがフリーキックで、敵キーパーの指先のすぐ上を抜ける華麗なロングシュートを決めた。フージーズは果敢に攻め、フリーのボールを追いかけた。が、またもやU－15はミスを連発した。ぞんざいなスローインでボールの保持権を奪われ、どうにか盛り返したかと思うと、そのたびにオフサイドをとられた。ハムドゥ・ム

ガンガがペナルティーエリア内でファウルをとられ、ストライカーズがPKを成功させた。フージーズは焦って反則をしだした。ゲームの終盤、ペナルティーエリア内で二人のディフェンダーを振り切ろうとしていたカヌーが、シュート体勢に入ったところで、審判がプレーを止め、カヌーがディフェンダーの一人を肘で押しのけたとして反則を言い渡した。カヌーは腹立ちまぎれに怒鳴った。ルーマはすぐにカヌーをベンチにもどした。審判がホイッスルを鳴らしたとき、スコアは3－1だった。U－15のシーズンは終わった。

試合終了後、選手たちは無言でもどってきて、ルーマを囲んですわった。ルーマの語気は変わっていた。もう激しておらず、大声も出さなかったが、ハーフタイムとまったく同じ、断固とした調子だった。

「なぜ負けたのかは、わたしよりきみたちのほうがよくわかってるわね」ルーマは言った。「スローインで片方の足をあげたりラインを踏み越えたりするのをベンチで見てるのは恥ずかしいものよ。フリーのシュートをはずすのを見てるのも、コーチとして恥ずかしい。敵の選手を肘で押しのけたあげくにかっとなる姿を見るのは、もっと恥ずかしい。そんなチームのコーチはしたくない」「このチームでプレーをつづけるつもりなら」ルーマは付け加えた。「わたしのルールと、わたしの訓練と、わたしのやり方に従ってくれないと」

カヌーとナトナエルはコーチの前で頭を垂れてじっとすわっていた。苦労してチームを再結成したのに、結局ばらばらのままシーズンが終わってしまった。来年こそは勝つ方法を見つけなくてはならない。

30　わたしのルール、わたしのやり方

Mt Rules, My Way

フージーズU－13に関しては、だいぶ状況がちがった。本人は認めようとしないが、ルーマとU－13のメンバーとの絆は、ほかの年長チームのメンバーとの絆よりも深かった。最初のシーズンから参加している何人かの選手とは、彼らが十歳にもならないうちからの付き合いだ。U－13はほかの二チームよりも、ルーマの方式――わたしのルール、わたしの訓練、わたしのやり方――に忠実に従っていたし、その結果が成績に表れているとルーマは感じていた。ヴァリアンツ戦のあと、U－13は二試合を引き分け、一試合を落としていたが、どの試合でも決して勝負を投げることなく、最後の最後まで戦い抜いた。U－13は明らかに進歩していた。彼らは自分たちの強み――左ウイングのジョサイアを活かした迅速な攻め方、あるいはもっと組織的な、クィンドラムやビアンやジェレマイアやシャヒルのすばやいパスを駆使した攻め方――を知っていた。最も進歩したのは守備だろう。ディコリ兄弟――スパイクを履いたロケット花火――の速力で、攻めてくるフォワードを追いこめるようになった。シーズンの初めには片言の英語しか話せなかった新入りのムハンマド・ムハンマドは、いまや後陣からさかんに指示を出すまでになっている。ムハンマドはまた、小柄な身体に似合わず、信じがたいほど屈強で肝が据わっていて、はるかに大柄な相手にもひるまず挑み

かかった。守備力が向上したことで、ゴールに立つマフォデイとエルディンの負担は軽くなったが、彼らキーパー自身も、特にヴァリアンツ戦でペナルティーキックを止めてからのマフォデイは、着実に力をつけていた。メンバーはつねに冷静だった——このシーズン中、一枚のレッドカードも出されていないのだ。選手同士の相性もよく、それ以上に互いを思いやっていた。シーズン直前に来米した寡黙なスーダン人選手サンティノが冬服を持っていないと聞いたジョサイアは、クローゼットを引っかきまわして古い冬物のコートを見つけ、それをサンティノに譲った。ジョサイアの考えでは、フージーズのメンバーはだれひとり寒い思いをしてはいけないのだった。

シーズンの終わりに向けて、U-13の士気を高める出来事があった。それはちょっとした奇跡のように、長くて重い段ボール二箱という形で彼らの前に現れた。YMCAから届いた、レギュラーサイズのサッカーゴール二組だ。ルーマとトレーシーは選手たちにも手伝わせて、トレーシーの小型ピックアップ・トラックから箱をおろし、アーミステッド・フィールドまで運んで、芝生の上に中身をあけた。分解された状態の、ナイロン製の蛍光オレンジのネットのついた長い金属管がひと揃い並ぶ。組み立ててみると、いまひとつ頑丈さに欠けていた——クロスバーにライナーシュートが当たろうものなら、崩壊しそうなほどひどくぐらつく。それでも、シーズン最後の数週間、チームはそのゴールのおかげでコーナーキックやフリーキックなどのセットプレーの練習ができ、得点に結びつく、地面とゴール上端のあいだの三次元の感覚をつかむことができた。

U-13のシーズン最後の公式試合は、霧に包まれた薄暗い十一月の午後、ジョージア州ローレンスヴィルでおこなわれた。対戦相手はジョージア・フットボール・クラブで、両チームともその試合に大いに賭けていた。ルーマが逮捕された日にフージーズを下した無敗のアセンズ・ユナイテッド・ヴァリアンツは地区優勝の本命だが、フージーズとローレンスヴィルはどちらも、ランキングの上位に食いこもうと競り合う、成績も合計点も大差ない一群のなかにいた。よい順位で終わりたければ、フージーズはこの試合に勝つ必要がある。特に、レッドカードによる減点を免れることが重要だった。冷静さを失ってはならない。それは簡単にはいかないだろう。ローレンスヴィルのチームはこの秋シーズンに、あるチームを10－0、別のチームを6－0という大差で破っていた。選手を見ても、みな、フージーズの選手たちより身幅も背丈もあった。体力勝負では向こうに分《ぶ》があるだろうし、フージーズをうまくあおって仕返しするよう仕向ければ、レッドカードを引き出すこともできるだろう。

ルーマには作戦があった。敵が身長の高さを活かせないよう、なるべく地面近くでボールをキープすること。可能なかぎりボールを中盤から遠ざけ、サイドへ運ぶこと。その位置ならジョサイアやイドワールが存分に走れるし、小柄なフージーズのメンバーが押し倒される可能性も少ない。ぶつかられたり乱暴されたりしてもやり返さず、ファウルに持ちこむこと。そして何より、かっとならないこと。

「敵に押し倒させてやりなさい」とルーマは言った。「それが怖いならフィールドに出なくていい」

試合前、フージーズには少し時間があった。隣のフィールドでの年長の少女サッカーチームの試合が終わりにさしかかっていた。フージーズの選手たちはサイドラインに散らばって観戦し、すぐにのめりこんだ——シュートのたびに歓声をあげ、ある少女がドリブルで巧みにディフェンダーをかわし、土煙のなかに置き去りにしたときには、ハイファイブを交わして笑い合った。

数分後、フージーズはフィールドへ出てウォームアップをすませた。つづいて、試合前の恒例行事もこなした——何人かの選手の名前をごまかしつつ読みあげた審判が、頭を振って降参し、メンバー表をルーマに渡して点呼を委ねる、というものだ。選手たちはまず審判の発音を笑い、そのあとルーマが舌をもつれさせるとまた笑った。

ほどなく、フィールドでポジションにつく時間が来た。だがその前に、グラースがあることを思いついた。メンバー全員で祈りを捧げよう、と。それにはジレンマがともなった。チームにはキリスト教徒もイスラム教徒もいる。いっしょに祈るにはどうしたらいい？　彼らはルーマやほかの大人の力を借りずに、すぐさま解決策を見つけた。グラースがキリスト教徒の選手を、クィンドラムがイスラム教徒を先導することになった。長々しい話し合いも、連帯云々のひとりよがりな解説も、意見の擦り合わせもなく、みなが一体感を持てる方法を単純かつ実践的に考え出したのだ。選手たちはフィールドの中央で円陣を組み、頭を垂れた。グラースにもクィンドラムにも、親から教わったとおり、母国語で祈るのが自然に思えた。グラースがスワヒリ語で、クィンドラムがアルバニア語で祈りを唱えることにだれも異存はなかった。まずはチームメイトの健康と安全を、そして神が思し召すなら、勝利を。言葉は理解できなくても、その精神はみな理解していた。

「アーメン」グラースが言った。

「アーメン」数人が応じた。

「アーミン」クィンドラムが言った。

「アーミン」数人がつづいた。

フージーズは攻めた。前半の半ばで、ビアンがローレンスヴィルのディフェンスをすり抜け、ジェレマイアにパスを出した。ジェレマイアがジョサイアにすばやくボールをまわす。ジョサイアはためらわず、ゴール前二十ヤードからシュートした。ゴール。フージーズが1－0で先行し、リードを保ったままハーフタイムを迎えた。

「1－0じゃまだ足りない」ルーマは選手たちに言った。「このまま冷静に。自分たちの試合をつづけて。もっと笑顔で。楽しんでやっつけてやりましょう」

後半開始直後、フージーズはルーマの指示どおり、ライン際を攻めあがった。最後に、ジェレマイアがペナルティーエリア先端の右隅でパスを受け、コーナー近くのオープンスペースにボールを運んで、ゴール中央を横切るシュートを放った。ボールはキーパーの指先とファーポストとのあいだに滑りこんだ。2－0。その後フージーズは、ペナルティーエリア内での反則でローレンスヴィルにPKを与え、1ゴールを許したが、敵の最後の猛進撃を寄せつけず、2－1で勝利した。

この勝利で、フージーズは地区三位で終了した少数のチームを抜き、ヴァリアンツと、フージーズがシーズン中2－2で引き分けたダキュラ・デンジャーに次ぐ順位に躍り出た。

選手たちの頑張りと成功のご褒美に、ルーマは州内外の強豪チームが集結するトーナメント戦、トルネード・カップにフージーズをエントリーさせた。U－13に与えられた準備期間は一週間だ。それはそれとして、ルーマはローレンスヴィルを2－1で下したことでチームを図に乗らせたくなかった。

「今日はすごくついてただけ」ルーマは試合のあとに言った。「こんどの週末、こんなプレーをしてたら、最下位で家へ帰ることになるわよ。今週はきつい練習を覚悟して」

31 トルネード・カップ

Tornado Cup

フージーズU－13がトルネード・カップの出場チームに対抗するには、大急ぎで技術を向上させる必要があり、そのためには真剣にその週の練習に打ちこまなくてはならないとルーマは知っていた。シーズンの大半をゴールなしで過ごしたせいもあり、フージーズはいまだにシュートに難を抱えていた。ルーマは、U－13にクロスとコーナーキックとフリーキックを三日間集中して練習させ、木曜日にU－15とミニゲームで対戦させる計画を立てた。しかし、このスケジュール――通常の練習は週二回のところを週四回――でも、じゅうぶんな時間を確保したとは言えなかった。夏時間が終わり、時計は一時間もどされていたので、毎日六時過ぎにはアーミステッド・フィールドは暗くなった。練習開始は五時。グラウンドの周りの電柱には古い照明が取りつけられていたが、それらは作動していなかった――少なくとも、市にはそれを点灯する気がないようだ。練習時間を早めたところで意味はなかった。メンバーのほとんどは、郡のあちこちの学校からクラークストンへもどってくるのにスクールバスを利用していたし、なかにはバスを二本乗り継ぎ、片道一時間半かけて通学している選手もいた。帰宅したらまっすぐグラウンドへ来て準備をはじめるよう、ルーマは選手たちに言った。

結局、ルーマの計画を妨げたのは、暗さでもなくバスの運行時間でもなく、天候だった。週の前半、アトランタへなだれこんだ激しい雷雨がそのまま上空にとどまり、バケツに浸したモップさながらに水をしたたらせて、グラウンドをどろどろの粥状にした。雨は水曜の夜にようやくアトランタから移動し、ミニゲームは流れずにすんだ。木曜の午後、U－13とU－15のメンバーは鉛色の雲の天蓋の下、ミラム公園に集まった。空気は冷たく湿っていて、グラウンドの高い部分から細く流れる雨水が外周にたまり、風に小さく波打っていた。フィールド内でも、濡れた芝が糊のようにボールにまとわりついた。

「このゲームは本戦のつもりでプレーして」ルーマはU－13のメンバーに言った。「ふざけるのはなし。冗談を言うのもなし。気分でポジションを入れ替わるのもなしよ」

ルーマはU－15には何も指示せず、采配をまかせた。カヌーとナトナエルとムアメルがその役目を引き受けた。このゲームにはチームの誇りがかかっていることを彼らは承知していた。シーズンの成績は無惨だったが、年少のチームに負かされたり、脅かされたりするつもりはなかった。一方、U－13は自分たちの実力を証明したかった。ビアンやエルディンのように、U－15に兄のいる選手が何人かいたし、それ以外の選手も、兄のような存在のカヌーやナトナエルを目標にしていた。そういった年上の選手たちの尊敬を勝ちとるのが彼らの望みだった。

ルーマがホイッスルを鳴らし、ゲームがはじまった。のっけからU－13は度胸を見せた。年上の選手たちとこぼれ球を奪い合い、切れのいいパスを出し、U－15のゴールを阻止するべく走りに走った。しかし、U－13はシュートミスを連発した。ジョサイアはフリーのシュートを一度は上に、二度目は横にはずした。ジェレマイアの放ったシュートは、クロスバーの二十フィート上を舞った。

前半終了までに、U－13は8回シュートを打って、すべてはずしていた。U－15は年少チームの猛攻にかなり押されぎみではあったが、1－0のリードを保った。

ルーマはU－13をフィールドの隅に呼び集め、問題を指摘した。みな、見た目のかっこよさを気にしすぎている。アウトサイドから激烈なシュートを決めようなどと考えないこと。冷静に、しっかり狙いをつけてシュートすること。ディフェンスはもっと前へ出てラインを敷き、飛び出した敵がオフサイドをとられるよう仕向けること。そして引きつづき、敵にプレッシャーをかけつづけること。

一方、U－15は向かっ腹を立てていた。1点リードしているとはいえ、ディフェンスに十歳の選手もいる年少チームに手こずらされていた。シーズン最後の試合に負けたうえに、U－13にまで負けるのは耐えがたい屈辱だ。だからルーマが後半開始のホイッスルを吹くや、U－15は攻めに転じた。ムアメルとカヌーとナトナエルが、動きを鈍らせるタッチライン近くの水たまりを避け、ボールをフィールドの中央へ運ぶ。だがU－13はスピードを保っていた。攻めてくる相手をロビンが一人食い止め、俊足のリベリア人選手プリンス・タールーがもう一人を妨害した。しかし、U－15はU－13の体力を徐々に奪い、ディフェンスの綻びを見つけた。ムアメルがゴール前からのダイレクトシュートで得点。U－13はボールをキープしてピッチを攻めあがりはするものの、相変わらずミスを連発した――週末のトーナメントが思いやられる、よくない兆候だ。結局、U－15が3－1でこのミニゲームを制したが、その前にU－13は、U－15のプライドを打ち砕く最後の猛攻を見せた。その局面はゲーム終了間際、タッチラインのすぐ外側のくぼみを流れる灰緑色の水際でムアメルがボールを追っていたときに訪れた。ボールを制御しつつライン際を駆けあがろうとしているムアメルのもとへ、U－13のディフェンダー陣が集まってきた。プリンスが果敢にタックルする。ボールはその場で止まったが、ムアメルはラインの外へ転がり、泥水だまりに顔から突っこんだ。ムアメルはファウル判定を期待して、すがるようにルーマのほうを見た。だがルーマはそれを無視した。ムアメいまや腹を抱えて笑っているU－13には嬉しいことに、いまのはフェアなタックルと判断したのだ。ムアメルは見るからに不服そうだった。

「U－13が今週末の試合で勝てたら、きみたちに感謝しなくちゃね」ルーマはU－15の選手たちに言った。「もう少し積極的になることをきみたちは教えてくれた。このチームにはシーズン中ずっと、積極性が足りなかったから」

こんどはU－13に向かってルーマは言った。

「今日みたいにボールを奪い合って、ボールを持った一人の敵に四人でチャージをかける、それが土曜日にきみたちがすべきことよ。それと、今日は最後まで一人も勝負を投げなかったわね。歩いてる選手も見なかったし」

「なかなかいい試合だった」選手たちを家に送っていく前、ルーマはそう言った。フージーズはそれを最大級の褒め言葉と受けとった。

アメリカの郊外で見られる少年サッカーのふだんの試合に野外コンサートの趣があるとすれば、トーナメント戦は伝説のロックフェスティバル、ウッドストックに喩えられる。その催しは、大勢の選手とコーチ、親兄弟、友人、見物人を集め、数エーカーの広大な芝生で開かれるため、トーナメント主催者たちは音楽プロモーターさながらに、ゴルフカートで会場内を移動することもしばしばだった。すべての少年サッカー・トーナメントに共通するものを一つ挙げるなら、それは駐車場不足ということになるだろう。選手の親たちはミニバンやステーションワゴンやSUVを、芝生の脇道や斜面や排水溝のそばや木立のなかなど、家族向けの車には無理のある不安定な場所に停めざるをえない（その週末のうちにたいてい、少なくとも一台はレッカー車の世話になる）。アメリカ人の家族は、サッカー・トーナメントの会場に立ち寄るというより、一時的に引っ越してくるに近い。装備に関して言うと、一度のサッカー試合と週末両日にわたるトーナメントとでは、持ってくる道具と食糧の量が、日帰りハイキングとK2登山ほどにちがう。だから、この手の催しに参加したことのある人にはお馴染みの光景も存在する。父母たちが運搬用ラバのごとく、折りたたみ椅子やブランケットやクーラーボックスやピクニックバスケットをかついで、どうにか車を停めた場所から、わが子の試合のある遠くのフィールドまで黙々と歩いていく光景だ。トーナメント慣れした人になると、さらにカップ入りのコーヒーを持って、手首や前腕に液体を跳ねかけながら歩く。小さい子供を追いまわしながら荷物を運ぶ気の毒な人も見受けられる。そうした大人たちのそばに、その苦しい遠征を促した、ユニフォーム姿のサッカー少年（あるいは少女）たちはいない。彼らはたいがい、ウォームアップや試合前の大事なミーティングを口実に、先にフィールドへ行ってしまっている。つまるところ、アメリカ人のティーンエイジャーにとって、山のような荷物を運んでいる親ほど恥ずかしいものはほかにあまりないのだ。

土曜日の朝、白いバスとその後ろを走る黄色の古いフォルクスワーゲン・ビートルといういつもの構成でグウィネットYMCAに到着したフージーズの前でも、そんな光景が繰り広げられていた。早く着いたので、バスとビートルをそれぞれ運転するトレーシーとルーマは、駐車場を何周かしただけで、そう遠くない駐車スペースを見つけることができた。選手たちはバスをおりてフィールドのほうへ向かった。一行は身のほど知らずなほど自信満々で、割り当てられたフィールドまで行く途中、揃いのスポーツバッグや背番号を刺繍したジャージで決めた競合チームや、サイドラインで野営するまぬけ面の親たちを物笑いの種にしていた。今日の試合はいただきだ、と言わんばかりに。

初日の土曜日に予定された二試合のうち一試合は、フージーズはよく知る相手と対戦することになっている。以前3－2で逆転勝ちしたチーム、ブルー・スプリングズ・リバティ・ファイアだ。その試合でチームの特色と自信を見出したことが、今シーズンのU－13の転機になったとルーマは見ていた。その勝利のおかげで、フージーズは地区リーグの最終ランキングで、ほかならぬブルー・スプリングズ・リバティ・ファイアよりも一ランク上の三位の座にのしあがった。ファイアは報復を望んでいるはずだ。

不安はあるものの、ルーマには自信もあった。チームはシーズンのどの時点よりもうまくなっている。ただ、正確さを欠くシュートと、攻めあがってもゴールにつなげられないところが気がかりだった。試合前、ルーマはフージーズをゴール前に並ばせ、真正面からの単純なシュートを練習させた。得点する感触をつかみ、フィールド上から見たクロスバーの位置と、角度の感覚を覚えてもらいたかったのだ。ところが、その単純な課題すらもやはり難しいようで、ボールはクロスバーのはるか上を越えたり、ゴールポストを直撃したりした。審判がホイッスルを吹いた。練習終了。プレーの時間だ。

「今日はだれをＭＶＰに選ぼうか悩むようなプレーを見せて」ルーマは選手たちに言った。「最高の試合が観たいし、きみたちが一人残らず本気になった最高の試合がどんなものか知りたい。今日は思いきり派手に勝ちたいし、楽しみたいの。今週ずっと、わくわくしてたんだから」

「ぼくたちも」選手たちがほぼ一斉に答えた。

「さあ行って」ルーマが送り出す。

フージーズは立ちあがりから試合の主導権を握り、最初の十分間、フィールドの敵陣に出ずっぱりだった。まずはジョサイアが、ペナルティーエリアの左先端からシュートを放ったが、高すぎてはずれた。つづいて、ジェレマイアがコーナーからゴール正面を狙ってボールを蹴ったが、それをフィニッシュする選手が中央にいなかった。最初の数分の展開は、二日前のU－15とのミニゲームと気味が悪いほど似ていた。フージーズは敵よりも技でまさっているのに、得点できずにいた。

「もっとがんがん行け！」ブルー・スプリングズの父親の一人がサイドラインから叫んだ。

ブルー・スプリングズの選手たち、特にミッドフィルダーとフォワードは、フージーズのなかでも小柄なクィンドラムやムハンマドやプリンスよりずっと背が高かった。けれどもクィンドラムは怖じ気づいていない。フィールド中央から決然と指令を出し、オフサイドトラップを仕掛けるべくディフェンスラインを押しあげる。タイミングは完璧だった。ブルー・スプリングズのミッドフィルダーがフージーズのディフェンス陣より前の、見たところオフサイドになる位置でボールを蹴った。ところが副審は旗をあげなかった。そのミッドフィルダーはだれにも邪魔されずにドリブルで独走し、避けられないシュートを待ってゴールで固まっているマフォデイに向かっていった。ゴールど真ん中への高めのシュートが放たれたその瞬間、マフォデイは頭上に腕をあげ、ジャンプを試みた。ボールはその指先のすぐ上をすり抜けた。ブルー・スプリングズの先取点で1－0。

さっきまでのフージーズの自信はたちまち損なわれたようだった。何人かの選手の頭が下を向い

た。みな、どんなに頑張っても得点できないんだとあきらめたかのような、平板なプレーをしはじめた。ハーフタイム直前、偶然のチャンスが転がりこみ、グラースが右サイドでボールを制した。センターへみごとなクロスをあげたが、またしてもフィニッシュする選手がいなかった。フージーズは1－0でリードされてハーフタイムを迎え、ルーマは怒り狂っていた。

「それでサッカーチームのつもりなの?」怒りでかすれた声でルーマは言った。「相手はボールの奪い合いでも、動きっぷりでも、シュート数でもうちにまさってる。グラースのクロスを受けてフィニッシュする選手がどうしていないの? ジョサイア、なんなのあれは。ここへはバスでおしゃべりするために来たの? 試合の前もしゃべりっぱなし。フィールドにいる子供たちみんなをばかにして。自分たちのプレーはどうなのよ。ばか! 八歳の子がここにいたら、きっと笑われる。ちゃんと仕事をしてる選手も一人いる――クィンドラムのことよ――でも一人だけ! クィンドラム一人が、ラインをあげろとか、ターンしろとか、さっさと動けとか言ってて、残りはそれを聞いてもいないじゃない! 問題は、きみたちが一度このチームを負かしてるってこと。だから自分たちのほうが上手《うわて》だと思ってプレーしてる。でも実際は、相手のほうが上手よ。だって彼らは、今日負けて帰るつもりはないんだから。それに、うちの選手たちはプレーするよりおしゃべりするほうが得意みたいだし。いま1－0で負けてるけど、このまま終わらせたくないなら、一人残らず自分の役目を果たして、ボールを奪って、シュートしなさい!」

「きみたちの最高のプレーはいつになったら見られるのかな」ルーマは言った。「後半で見せてくれるんでしょうね」

フージーズは無言でフィールドへ出ていき、審判のホイッスルを待ちながら、やましげな視線を交わし合った。プレーがはじまると、選手たちは前半より集中し、声をかけ合うようになっていた。クィンドラムが両ウイングのジョサイアとジェレマイアに満遍なくパスを送った。フージーズは一度、二度と攻めた。後半に入って十分、ジョサイアが軽やかなボールさばきで左サイドのディフェンダーをかわし、いきなり全力疾走して、くだんの選手を後方で棒立ちにさせた。独走状態に入ったジョサイアはドリブルでゴールをめざした。ジョサイアは木曜日のミニゲームでも同じような場面に遭遇していたが、そのときはロングシュートがゴール上方に大きくそれて、チャンスをふいにした。今日はブルー・スプリングズのキーパーの前まで辛抱強くドリブルし、そこから左へボールを蹴りこんだ。穏やかなシュートがゴールをとらえ、1－1の同点に追いつく。

数分後、ビアンも試しに、敵のキーパーが目の前まで出てきたところでシュートを打ってみた。ボールはゴール前面を転がり、大きく横へそれた。フージーズは健闘をつづけ、ペナルティーエリア周辺からのすばやいシュートを連続して放った。後半の半ばまでに、フージーズは7回シュートし、ブルー・スプリングズはまったくシュートを打っていなかったが、それでもスコアは同点のまだった。クィンドラムはディフェンスをさらに前へと駆り立てた。プレッシャーを与えつづけるのが狙いだ。

「なあ、みんな」クィンドラムは言った。「勝ちに行くぞ。もう1点取るんだ」

フージーズはコーナーキックに臨んだ。ビアンがボールをフィールドの中央へ蹴りあげるも、ブルー・スプリングズの選手がそれをボレーし、ボールは場外へ出た。すぐさまビアンがボールを投げ入れる。ジェレマイアがそれを受け、ビアンにパスを返す。ビアンのあげたクロスが、ノーマー

クで中央にいたイドワール・ディコリの目の前に落ちる。イドワールは脚を伸ばしてインステップキックでボールをとらえ、ゴールの奥へ叩きこんだ。2－1。フージーズは逆転した。

数分後、ジェレマイアがゴール前十五ヤードからの砲撃で1点を追加した。チームメイトらがジェレマイアを取り囲み、シュートした足にキスを浴びせる。試合終了のホイッスルが鳴り、フージーズは3－1で勝利した。

「前半のひどいプレーを見て、シーズン中ずっとランニングだけさせていようかと思ったけど」ルーマは試合のあとで言った。「後半あんなふうに立ちなおるなんて……もう、こういうのはやめてくれない？　心臓発作を起こすとこだったわ」

選手たちは拍手喝采で応えた。フージーズは後半だけではあったが、最高のプレーをしたのだ。だが、その盛り返しは犠牲をともなった。クィンドラムは足首をくじいて、ひどく足を引きずっていた。左サイドを攻めあがるジョサイアを頻繁にアシストしていた左ハーフのシャヒルは、スパイクがきつかったせいで両足の親指の爪をはがしてしまっていた。成長が速すぎて、靴を次々と買い換えられずにいたのだ。それに、熱狂的で過酷な後半を終えて、フージーズは疲れきっていた。ルーマはメンバーを日陰に移動させ、バナナとスティック状の栄養食品を手渡して、水を飲むよう促した。回復の時間はあまりなかった。トルネード・カップの次の試合は、あと一時間足らずではじまる。

その日の二試合目、フージーズの対戦チームが得点するのにかかった時間はわずか四十八秒――左サイドからのロングパスにつづいて放たれた速攻のシュートが、マフォデイの不意を衝き、その

両手をすり抜けていった。そのあとまもなく、ジョージア州ワーナー・ロビンズから来た相手チームは、こんどはエルディンを相手にまた得点した。

フージーズは荒っぽい攻撃を受けていた。すでに足を引きずっているシャヒルは、肘を顔面にぶつけられて唇から血を流している。そのあと、グラースもみぞおちを肘で押されてくずおれた。フージーズはあきらめなかった。ジョサイアが後半の序盤、敵キーパーの周りを動きまわってゴールから誘い出し、みごと得点した。しかし残り時間が少なくなっても、フージーズはまだ2ー1で跡を追っていた。最後の瞬間、ジェレマイアがゴール前十ヤードからのシュートを放った。相手チームのキーパーはボールを捕りそこね、よろめいてゴール内に倒れこんだかに見えた。けれども副審は、ボールはゴールラインを完全に越えていなかったと判定した。フージーズにはもう力が残っていなかった。もう一度攻撃を仕掛けたが、阻止された。今シーズン最高のプレーをしてから三時間たたないうちに、フージーズは2ー1で敗れた。

フージーズは日曜日の午前中にも試合に出る予定だった。万に一つ――ほかの何チームかが負けた場合、その午前中の試合がたんなる敗者復活戦以上のものになる可能性はある。だがルーマはあまり希望を持っていなかった。すでに一敗したフージーズは、優勝争いからは脱落しているだろう。とはいえ、午後のほかの試合の結果を見るまではなんとも言えない。

さしあたり、ルーマが気遣うべきことは別にあった。その土曜の夜、ルーマはＹＭＣＡにチームが泊まれるよう手配しており、そこで選手たちに食事をとらせ、休ませなくてはならなかった。メンバーはブランケットや寝袋を持ってきていて、ＹＭＣＡの二階にある一室の、テレビ周辺に敷き

つめたヨガマットの上にめいめい寝床を作った。ルーマは昔のワールドカップのハイライト集や映画〈GOAL!〉のビデオを流した。

めったにない泊まりがけの集いに興奮していたにもかかわらず、昼間の試合で消耗した選手たちは、一人また一人と眠りに落ちていった。そのころルーマは、トルネード・カップの公式サイトにアクセスして順位を確認していた。フージーズはまだトップ争いの圏内にいるようだった。コンコルド・ファイアとの次の試合に勝てば、決勝戦へ進める。

コンコルド・ファイアは、ほとんどあらゆる点でフージーズと正反対だった。郊外の高級住宅地アルファレッタにある、アトランタ地区で最も誉れ高い——かつ費用のかかる——サッカーアカデミーの一つ、コンコルド・フットボールクラブに所属するチームだ。クラブへの登録料は一二〇〇ドルを下らず、ほかにも用具代やトーナメント参加費や何かで年間五〇〇〇ドル以上はサッカーに費やしている、とメンバーの母親でチームのボランティアをするナンシー・ダフナーは言う。

息子のジェイミーをファイアでプレーさせている快活な臨時教師ダフナーは、本人もそう自認する、郊外のサッカー・ママを絵に描いたような人物だ。彼女は〝SOCCER　MOM〟と背中にプリントされたオーダー品のグレーのスウェットシャツを着て、トルネード・カップのトーナメント表が貼ってある大きな掲示板の前に立っていた。

ファイアの選手のほとんどは何年もいっしょにプレーをしてきていた。ハイスクールと大学でサッカーをしていたコーチのジェフ・フランクスは、選手たちが八歳か九歳のころからこのチームを率いてもう五年になる。その間、彼は基本的な技術を辛抱強く叩きこんできた。最初はかならずしも勝利に結びつかないかもしれないが、いずれ成果があがると信じる方法だった。ファイアは週二回、六時半から八時までを練習にあてていて――練習場には照明が備えられていたので、夜の練習にもなんら支障はなかった――それ以外の夜にも、スピードと敏捷性を養うトレーニングを時々おこなう。オフシーズンにも最低五、六回はトーナメントに参加し、勘を鈍らせないようにしている。冬期は屋内施設で練習し、夏には、サウスカロライナのクレムソン大学が毎年開催している人気プログラムをはじめとする、さまざまなサッカーキャンプに参加する。

　試合や合宿でしじゅう顔を合わせるうち、ファイアの選手の親たちは特別親しくなった。週に十五時間はチームのために働いているというダフナーいわく、ファイアは親たちの社交生活の中心となっているそうだ。母親たちが連れ立ってマルガリータを飲みに出かけるあいだ、父親たちが息子の練習を見守り、大人たちは旅行やキャンプなどの遠出でかなり長い時間をともに過ごすという。「ちょっと家に寄ったりランニングをしたりする代わりに、打ち解けた付き合いをするんです」とダフナーは言う。「昨日もみんなで試合の合間に〈ファドラッカーズ〉へハンバーガーを食べに行きました。親たちはいくつかのテーブルに分かれて、子供たちは大きな団体用テーブルにすわって、そのあとアーケード・ゲームで遊んでいました。シーズンの終わりにはいつも打ちあげパーティーをします。写真もたくさん撮りますね」

　サッカーはファイアの選手たちにとって唯一の課外活動というわけではない。メンバーの一人はアトランタ・シンフォニー・オーケストラの少年プログラムでチェロを弾いている。ダフナーの息子は学校のラジオ局でスポーツキャスターをしていて、そのために毎日一時間早く登校している。ファイアの選手の多くはいわゆる〝ＴＡＧチルドレン〟――〝才能ある優秀な子供たち《Talented And Good》〟を意味する、学校組織が生み出した呼称――なのである。

「うちの選手はだいたいが、並はずれた頑張り屋なんです」

ファイアの選手たちはチームの練習に打ちこむかたわら、サッカーに費やす時間の一部を使ってほかの活動をする。

「わたしたちの住んでいる地域では、屋外活動がさかんなんです」とダフナーは言う。「フットボールに、野球に、トランポリンに、自転車。すべて組織的な活動です。だから地域の子供たちは、組織的なサッカー以外は知りません」

これには一つ例外がある。ファイアにはジョルジ・ピンゾン――友達やチームメイトはニニと呼ぶ――というコロンビア移民の選手がいた。ピンゾンはアルファレッタからかなり離れた、ラテン系住民が急増しつつあるアトランタ郊外の町、ローレンスヴィルに住んでいる。両親は離婚している。母親のピラールはあまり英語を話せず、一般家庭の清掃をして生計を立てており、父親はコロンビアにいる。ピンゾンが父親と接触するのは、時折の、たいていは短い電話に限られている。とりわけ試合の日には、父親がいないことを痛感するという。

「親父がここにいて応援してくれたら、ずいぶんちがうだろうなと思う」とピンゾンは言う。「サッカー好きだから」

ほかの子供たちとちがい、ピンゾンはいっさい費用を負担せずにファイアでプレーしている。その代わりに、ほかの選手たちの親が協力して費用を出しあい、わざわざチームへの参加を支援しているのだ。ピンゾンの母親が仕事の都合で息子を試合に連れてこられないときは、ほかの選手の親が車で迎えに行く。ローレンスヴィルの地理に明るい者は少ないので、たいていは見つけやすい場所——ガソリンスタンドやコンビニエンス・ストアの駐車場——で待ち合わせる。

ニニ・ピンゾンはサッカーに情熱を傾けていた。ファイアの練習がない夜にも、家の近所のベセズダ公園のグラウンドで、年上の青年や大人たちとプレーする姿がしばしば見られる。それがうまくなる秘訣だと彼は考えていた。ピンゾンはいとも簡単にファイアの最優秀選手の座についた。あの子はきっと、ベビーベッドにいるうちからサッカーボールで遊んでいたのよ、とダフナーは言う。

「みんなすごくよくしてくれるんだ」とピンゾンは言う。

ピンゾンは町のほかの子供たちからフージーズの噂を聞いていた。メンバーが世界各国出身の、ストリートサッカーで速いパスと軽快なフットワークを身につけた連中だということも知っていた。フージーズはきっと、スピードと実力を具えているはずだ。試合前のウォームアップを観察していて、フージーズの選手たちがどこか自分と似たものを持っているようにピンゾンは感じた。それは、左右不揃いのソックスや、ファイアのチームメイトのような安楽な暮らしには縁のなさそうな顔ぶれを見てもわかる。ピンゾンには、最新の道具で身を固めたほぼ白人ばかりのチームを相手にプレーするフージーズの気持ちがよくわかった。

「うちのチームメイトはみんな、ぼくよりずっといい暮らしをしてる」とピンゾンは言う。「いろんなものに恵まれてて。だからいつも違和感がある。みんな白人で、ラテン系はぼくだけだしね。居づらい感じがするときもあるよ」

ピンゾンはそこで物思いを打ち切った。試合の時間だった。もちろん勝つつもりだ。

ファイアはフージーズに勝っても決勝へ進むにはほど遠い順位にいたが、番狂わせを起こす役まわりでもあった。決勝進出のためには、フージーズは圧勝しなくてはならない。引き分けたり負けたりすれば、そのまま家に帰ることになる。ルーマはウォームアップの前にメンバーを集めて、そのことをよく言い含めた。

「審判の笛には逆らわないで」ルーマは言った。「もしまちがった判定をされても、そのままプレーをつづけるの。いいわね？　ゲームと、どうやって勝つかに心を集中して。そうしないと、シーズン最後の試合に負けて、はやばやと家に帰ることになる。家に帰ってお父さんやお母さんに負けたって言わなきゃならない。兄弟や姉妹にもね」

ルーマは険しい目で言い添えた。

「わたしはだれにも負けた報告をしたくないから」

ルーマは作戦をざっと説明した。ファイアのウォームアップを見て、最大の脅威が26番のジョルジ・ピンゾンだということはすでにわかっていた。ピンゾンをマークして終始張りついているよう、ルーマはグラースに指示した。ディフェンスはファイアのオフサイドを引き出すべく、押しぎみに守ること。クィンドラムはジェレマイアとジョサイアに満遍なくパスを出し、両ウイングの二人は――とにかくたくさん――シュートすること。

試合開始直前、フージーズのメンバー数人がサイドラインの見慣れない光景に気づいた。ジョサイアの学校の先生が彼のプレーを観にきていた。年上の難民の子供たちも、クラークストンの団地から一時間かけて試合に駆けつけていて、難民支援機関のボランティアも数人いた。この一年で初めて、フージーズは応援団を得た。

試合はフージーズのシュート攻勢ではじまった。ミッドフィルダーのシャヒルがまず一撃を放ったが、左のゴールポストに当たって大きくそれた。次のジョサイアのシュートも高すぎた。フージーズはそのあとも何度かチャンス――二回のフリーキックと、数回のコーナーキック――を得たものの、至るところに現れる一人の選手にその都度阻まれた。ピンゾンだ。ピンゾンは敏速で、驚くほど判断力があった。どんなボールにも食らいつき、それが有効と見ればためらわず身体を張る。一度、ピンゾンとグラースが上方からのボールを受けようと同時に空中へ跳び、頭と頭がおぞましい音を立ててぶつかった。グラースは地面に倒れたが、ピンゾンは痛みを振り払ってプレーをつづけた。

　だが、フージーズは攻撃の手を緩めなかった。パスの切れはよく、制御もできていた。0－0のまま前半終了八分前となったとき、ジェレマイアがファイアのディフェンス陣をかいくぐってペナルティーエリアの先端へ出た。すばやくターンし、力の弱いほうの左足でライナーシュートを繰り出す。ボールはカーブして敵キーパーの手の下に落ちた。待望の先制点。フージーズは1－0のリードでハーフタイムを迎えた。

　ルーマは選手たちを急いで集合させ、調整したい事柄をひととおり伝えた。ビアンはドリブルばかりしないこと。ジョサイアはもっとシュートすること、それからボールを地面近くでキープすること――ファイアのディフェンダーはみな長身なので、ヘディングで張り合おうとしても無駄だからだ。今シーズン初めてシュートを打ったシャヒルには、もっとシュートするように言った。ディフェンス陣は、特にゴールキックのときは、できるだけ敵ゴール寄りにいること――ファイアのキーパーは片方の脚を傷めているようだから。ジェレマイアには、コーナーキックでボールをプレースするとき、もっと慎重に、と言い渡した。さらに、1点のリードでは足りないことを選手たちに思い出させた。あと2点はほしい、とルーマは言い、安心は禁物だと思い知らせた。

「あと三十分ちょっと――三十分ちょっとで、これがきみたちの最後の試合になるかどうかが決まるの」ルーマは言った。「わたしにはどうにもできない」

調整事項はもう一つあった。ルーマはジョルジ・ピンゾンをマークするというグラースの役目を、スーダン出身のスピードランナー、ロビン・ディコリに引き渡した。

「ロビン、26番はまかせた」ルーマは言った。「あの選手にボールに触れさせないで」

後半、フージーズはまたもやシュートを――そしてミスを――連発した。ジェレマイアのシュートは上へ、ビアンのシュートは左へそれた。ジョサイアのシュートはクロスバーに当たった。グラースは完璧なクロスでジェレマイアをアシストしたが、ジェレマイアはフィニッシュを焦り、こんどは大きく右へはずした。ファイアのゴール前には、フージーズのシュートをそらす見えない壁があるかのようだった。後半の半ばにさしかかったころ、フージーズのディフェンスの前に出たファイアのフォワードが、ゴールへ向かって猛進した。ゴールに取り残されたエルディンは、どうしていいかわからない様子だ。攻撃者が来る方向に立ちはだかることもなく、クロスバーの下に立ったままシュートを待ち構える。ついにその瞬間が来たとき、エルディンはまったく動けず、ボールはその脇を素通りしてネットに飛びこんだ。ゴール。サイドラインから歓声が轟く。そこにはファイアの選手の親たちのほかに、フージーズが引き分けるか負けた場合に決勝へ進むことになるチームの選手と親たちも集まっていた。にわかに結成されたこの連合は、フージーズの応援にやってきた小集団の声をたちまちかき消した。

それでも、フージーズはそこで終わらなかった。鋭いパスを短くつないでフィールドを攻めあがり、ファイアのディフェンスの中心を突っ切る。ジェレマイアがふたたび開けたコースを見出し、こんどは右足でシュートした。が、わずかに高かった。フージーズは後半だけですでに四回シュートをミスしていた。ファイアはこれに攻勢で応じた。またしても、いつのまにかフージーズのディフェンスの前へ出ていたファイアの左ウイングが、ゴールへ突っ走った。こんどはエルディンも受けて立つべく前へ出た。それで慌てたのか、攻撃者は大きくシュートをはずした。そして、残り十五分となったとき、ジョサイアがファイアのゴールの左横でこぼれ球をとらえた。ペナルティーエリアの先端にいるジェレマイアにパスを送り、ジェレマイアが全力でゴールへ走る。五歩進んだところでシュートを放ち、ボールはキーパーの頭上を越えた。2－1でフージーズがふたたびリード。

試合終了前の数分は、手に汗握るすさまじい戦いとなった。そのころまでに、ほかの午前中の試合はすべて終わっており、フージーズ対ファイアの激戦の噂が競技場じゅうに広まっていたため、ほかのチームの選手や親たちも見物と応援のためにフィールドのそばの小高い斜面に集まっていた。金色のユニフォームの選手たち――ジョージア州ロビンズから来た、フージーズが同点に追いつかれれば決勝に進めるチーム――が、もう1点取ってくれとファイアに訴えていた。けれども、ふらりと試合を観にきた人たちが――特に興味のなかった試合の最終局面をたまたま目にして、瞬時にどちらかを応援することに決めたテレビ観戦者のように――フージーズ側の観覧席のほうへ流れてきた。その人たちは、U－13の応援に来ていた年上の選手たちのおかげで、何人かのメンバーの名前をすぐに覚えた。フージーズの面々は生き残りを賭けて戦いながらも、知らない人たちが自分の名前を叫ぶのを聞いて不思議な感覚にとらわれた。

「行け、ジョサイア！」

「ナイス・パス、ビアン！」

「シュート、ジェレマイア、シュート！」

最後の数分がじわじわと流れていくなか、ファイアはなんとかシュートに漕ぎつけたが、開けたコースを見つけられなかった。プリンスがボールをクリアし、シャヒルもそれにつづいた。ロビンはディフェンスでピンゾンの動きを封じる役目を果たしていた。ボールが場外へ出たわずかな合間に、クィンドラムはディフェンス陣を呼び集め、フージーズのゴール前ですばやく作戦会議をした。エルディンとプリンスとロビンとムハンマドがクィンドラムと額を寄せ、ファイアの得点をどう防ぐかを、小声で早口ながら、手や腕をしきりに振って力説し合う。それは少年サッカーの試合ではよく見られる光景で、実際、フージーズが試合終了間際に獲得した新しいファンにとっては珍しくもないようだった。だがもちろん、その裏には、もっと込み入った、おそらく感嘆に値する事実がある。その選手たちの出身地は、コソボとボスニアとリベリアとスーダンとイラクだ。三カ月前、ムハンマド・ムハンマドはほぼまったく英語が話せなかった。それがいまや、クィンドラムと苦もなくサッカーの戦略を練っている。

最後は大混乱の数分となった。見物人たちが声を張りあげ、ファイアとフージーズのどちらのメンバーも、必死に指示を出し合っている。残り時間がゼロに近づくにつれ、両チームは猛襲を仕掛け合ったが、邪魔されずにシュートする隙と空いたスペースを双方とも見出せずにいた。そのとき、フージーズのゴール前約二十五ヤードのところで、ジョルジ・ピンゾンがロビンのマークを振り切った。ムハンマドとプリンスとクィンドラムが一斉に駆け寄り、ロビンも全力で追いすがる。ピンゾンはためらっている余裕はないと感じとったにちがいない。肩を怒らせ、上体をかがめてシュートを放ち、ボールは美しい弧を描いて選手たちの頭上を越えた。エルディンが空中に跳ぶ。ボールはその手をかすめ、屈折してクロスバーのすぐ下へ吸いこまれ、スコアは2ー2の同点となった。

ほどなく試合終了のホイッスルが鳴り、サイドラインにいた競合チームが歓喜に湧いた。これで決勝進出が決まったのだ。フージーズのシーズンは終わった。

「勝ってたじゃない」ルーマは試合のあと選手たちに言った。「2ー1で勝ってたし、それでも攻めるのをやめなかった」

「負けたのは当然よ」ルーマは付け足した。「最高のプレーをしなかったんだから」

フージーズは無気力に荷物をまとめた。マフォデイ・ジャウネは空っぽのフィールドを見つめていた。

「負けた、というか、引き分けで終わっちゃったよ。ほんとに――」マフォデイはそこで口をつぐみ、地面に目を落とした。

「なんだったんだろう」

クラークストンにもホリデイシーズンが訪れた。フージーズの選手たちは学校が休みになり、ほとんどのメンバーは出かける予定もなかったので、互いのアパートメントを行き来したり、ビデオゲームをしたり、町をぶらついて過ごした。ルーマとトレーシーはクッキーを焼き、フージーズの写真入りのカードを添えて市庁舎のスワニー市長のもとへ置いてきた――アーミステッド・フィールドの使用申請時に力添えしてくれたことへの感謝のしるしだ。クリスマスの数日前、クラークストン市庁舎にヘリコプターでサンタクロースがやってきた。集まった子供たちの一団に囲まれ、スワニー市長が出迎える。近くを通りかかった何人かのフージーズのメンバーも、ヘリに乗ってきた白い顎ひげと赤い服の老夫にしげしげと見入った。

フージーズにはするべき仕事もあった。自分たちで旅費と宿泊費の一〇〇〇ドルを工面するなら、一月にサバナで開かれる大きなトーナメントにU－13とU－15をエントリーさせるとルーマが言ったのだ。ルーマも準備を手伝って、メンバーはＹＭＣＡの駐車場で資金集めの洗車をしたが、目標額に一三〇ドル足りなかった。ルーマは妥協しなかった。費用が足りないのなら、行かなければいい。親に頼んではだめかと一人が訊くと、親にトーナメントのお金をねだった選手はフージーズを脱退してもらうとルーマは言った。

「自分たちのチームのために何をすべきかは自分たちで考えなさい」とルーマは言い渡した。

「自分たちのチームのために何をすべきかは自分たちで考えるんだよ」ジェレマイアはプリンスに電話して、チームのプロジェクトに関するルーマの言葉を伝えた。不足の一三〇ドルを都合するため、選手たちは枯れ葉集めをすることにした。町の家々を訪ねて、掃除を申し出るのだ。じゅうぶんな額が集まらない場合を除いては、コーチに報告する必要はなかった。年長チームの選手も手伝うと言ってくれた。そして予定した日が訪れた。

その夜、ルーマの携帯電話が鳴った。エルディンからだった。グラースと自分を家まで送ってもらえないかという。一日じゅう枯れ葉掃除をしていて、団地まで二マイル歩いて帰る体力を使い果たしてしまったのだ。それともちろん、お金も渡したいから、とエルディンは言った。

「なんのお金？」ルーマは尋ねた。
「一三〇ドル要るって言ったよね」エルディンは言った。「だから一三〇ドル稼いだよ」
ルーマは年末の休息の日々を楽しんだ。クリスマスは選手たちの家に箱入りの食べ物を届けてまわった。クリスマスの翌日、ルーマはクラークストン市のレターヘッドのあるファックスを受けとった。十二月二十六日付のその書面は、〝フージーズ・サッカーチーム〟に宛てられていた。

指導員（ルーマ・マフラとトレーシー・エディガー）各位
この書面をもって、ミラム公園内の野球場及びアーミステッド・フィールドにおける活動を今後は継続していただけないことを、取り急ぎ通知いたします。これは、市の少年レクリエーション・プログラムの再活性化（原文どおり）のためであり、そちらは地区の組織によって管理されることになります。チームの練習に割り当てられていた期間（原文どおり）がコーチと選手のみなさまにとって有意義で実り多いものであったことを心より願っております。

ルーマは愕然とした。市議会は、十月に――ほんの三カ月前に――フージーズに六カ月のグラウンド使用を認めることを満場一致で可決したばかりだった。ルーマは市庁舎のスワニー市長に連絡したが、本人は電話に出ず、かけなおしてもこなかった。
この書面――M・W・シップマンという市の職員が署名しているが、のちに本人も認めたとおり、承認したのは市長のリー・スワニー自身――の内容が、以前スワニーが市民公園でのサッカーを禁じたときの発言と同様、穴だらけであることに気づくのに、それほど時間はかからなかった。まず第一に、フージーズに六カ月間グラウンドを使用させるとした市議会の決定を、一存で反故にする権限は市長にはない――なんと言っても、市議たちがもっと略式の裁定でじゅうぶんなのではないかと意見するなか、票決にこだわったのは市長自身なのだ。ある市議に言わせると、その書面はまちがいなく規定に反している。そればかりか、クラークストンの少年スポーツ・プログラムの〝再活性化〟について、市議たちはまったく知らないようだった。そういう計画を承認するなり資金を投じるなりの採決はとられていなかったし、問いただしても、市長は詳細を語ろうとしない。たとえば、今後管理を担うという〝地区の組織〟の名前を挙げるのを拒み、市議以外が承認しえないプログラムについてだれも聞いたことがない理由も説明しなかった。

そのうち、市長は主張を一変させた。フージーズをグラウンドから追い出さざるをえなくなったのは、少年スポーツ・プログラムの再活性化のためではない、と言い出したのだ。そうではなくて、公園で大人の難民がサッカーをしているのを見かけ、彼らがフージーズの関係者だと思った、と市長は説明した。かくしていまは、フージーズが公園を追い出されたのは市との合意事項に違反したから、ということになっている。しかしその主張もまた、事実に反している。市長もじゅうぶん承知のとおり、フージーズに成人のサッカー選手は一人もいない。ルーマは選手の年齢を記載したメンバー表を市庁舎に提出していた。その点で疑問が生じたなら、電話を一本かけさえすればすべて解消されたはずだ。

けれどもルーマがスワニー市長、あるいはクラークストン市役所から受けた連絡は、クリスマスの翌日にいきなり届いたファックスだけだった。本人にしかわからない理由で、リー・スワニーはミラム公園で難民がサッカーをすることを拒否しているのだ。

この件の詳細と矛盾が明らかになるのにはしばらく時間がかかるだろう。そのあいだにも、ルーマはトーナメントの準備をしなくてはならず、練習場所が必要だった。

その晩、ルーマはふたたびグーグル・アースにアクセスしてクラークストンの衛星画像を探した。すぐに見つかった――州間道路二八五号線のコンクリートの川に寄り添う、鉄道線路に分断された南部の小さな町。〈スリフタウン〉や市庁舎や、団地――半分しか埋まっていないアスファルトの池を囲む、影のある四角形や長方形――も容易に見てとれる。緑の区画もいくつか俯瞰できる。ルーマはそれらをよく知っていた。公民館とミラム公園のグラウンドだ。その二つはもちろん使用できない。インディアン・クリーク小学校裏のグラウンドも一瞬画面に映った――白く光る石灰石のくぼみは、上から見るとどこかの採石場のようだ。グラウンドらしきものはそのくらいだった。ガソリンスタンドや、ショッピングセンターや、ファーストフード店や、交錯する道路やハイウェイのなかに、空き地はほとんどなかった。

画像を引いて見ると、クラークストンの見慣れたランドマーク群がぼやけていく。アトランタに少しずつ浸食され、小さな町は飲みこまれそうだ。アトランタの大きな公園や、クラークストン市外の郊外住宅地には空き地がふんだんにある――そこはフージーズにとって手の届かない場所だった。これはもどかしい事実だ。もっと引いて見ると、アメリカの広大な国土のどこにクラークストンが位置しているかがわかる――ブルー・リッジ山脈の波打つ灰色の尾根の下の、青々とした田園地帯の片隅に、その町はうずもれている。ふたたび引くと、青い海が見えてきて、ほかの大陸や国々――コンゴ、スーダン、アフガニスタン、イラク――の、見かけは平穏な国土が現れる。さらに引くと、地球の湾曲した地平線が姿を現す——ぼんやりしたコロナに包まれ、緑、白、青、茶、灰色で彩られた美しい球体。いつか、この地球のどこかに、フージーズの安住の地は見つかるだろう。

エピローグ

ほぼ二年がたったある秋の午後、ハッサン・アル＝マフラは、クラークストン市外にあるルーマの家のダイニングルームの食卓についていた。娘は午前中の試合を終え、たまの静かな日曜を裏庭で読書をして過ごしている。いま、ハッサンは涙をこらえようとしている。

ルーマがアメリカに残ると言ったとき、父娘《おやこ》のあいだに起こったことについて何か後悔はあるか、とわたしは尋ねた。

「アメリカで娘がどれほど孤独を感じていたか、想像したくもありません」声を詰まらせながらハッサンは言う。「わたしもつらかったが、娘はもっとつらかったでしょう。二十一歳の身空で――」

ハッサンは感きわまった。

「好きにさせてやればよかった」ようやくそう口にする。

ルーマの祖母のムナワールはずっと、両親とのことにはじっと耐えるようルーマに言い聞かせていた。夫婦はいつか、ヨルダンへもどらないという娘の決断を許すようになるとムナワールは信じており、多くの物事についてそうだったように、その冷静な判断は正しかった。何度かの電話でのやりとりを経て、ついにハッサンとサウサンのマフラ夫妻はアメリカを訪れ、ルーマと再会し、娘が築きあげた新しい暮らしを目にした。そうした訪問を重ねるなかで、ハッサンは娘に新しい服を買い与えようとしたが、ルーマはそれを断り、〝お金を使いたいのなら、いっしょに来て〟と父親に言った。二人はフージーズのための学用品リストを持って、ルーマの黄色のビートルでディスカウント・ストア〈ターゲット〉へ行った。ルーマはペンやノートやバインダーを何袋ぶんもまとめ買いし、支払いを喜んで父親にまかせた。ハッサンは娘を理解しはじめていた。

それでも痛みが消えたわけではない。いちばんつらいのは、娘とこれほど離れて暮らしていることだ、とハッサンは言う。

「ルーマがわたしたちから離れていったころは、ほんとうに毎日が苦しかった」自身と妻についてハッサンは言う。「しかし、あきらめることも必要です。いまはそう言えます。わたしも歳をとって、少しはまるくなった。こんな諺があります。世のあらゆる事物は初めは小さく、やがて大きくなる——悪いことは別として。悪いことは初めは大きく、やがて小さくなるんです」

フージーズの二〇〇六年のシーズンが終わって数カ月のあいだに、いくつもの悪いことが小さくなり、手に負えるものとなった。グラースの母、ポーラ・バレガミールは、キンシャサからの携帯電話で、夫のジョゼフがマカラ刑務所での暴動で負傷していなかったことを知らされた。さらに数カ月後、ジョゼフは釈放された。ジョゼフは、最近になってまた内戦に突入したコンゴを即刻離れ、アメリカかヨーロッパで家族と再会することを望んでいる。

マンデラとルーマは和解した。腹を割った真剣な話し合いなどをしたわけではなく、関係の修復はゆっくりと進んだ。マンデラの弟のジェレマイアが、U－15の試合のあとルーマに電話してきてスコアを尋ねるようになった。それまでジェレマイアは年長チームの試合結果をほとんど気にしていなかったので、マンデラに頼まれてかけてきているのだろうと容易に察しがついた。マンデラはかつて自分がいたチームとチームメイトの様子を知りたかったのだ。どれほど厳しかろうと、どれほど頑固に自分のルールを押し通そうと、ルーマは過ぎたことを根に持ちはしなかった。そういうたちではないのだ。ルーマはふたたびマンデラと話し、助言するようになった。クラークストンや、学校を中退してぶらぶらしているプリンスやその仲間から離れてみるのもいいかもしれない、とルーマは話した。そして、職業部隊《ジョブコープ》――十六歳から二十四歳までの青年に職業訓練を施し、高校卒業資格を取得する機会を与える、合衆国政府のプログラム――に申しこんではどうかとマンデラに勧めた。クラークストンの悪い連中から完全に離れられるケンタッキーに、ジョブコープの施設の一つがあった。ルーマはジアティー家に申請書類を置いていき、もし行く気があるなら自分で申込書に記入するようマンデラに言った。数週間たったころ、マンデラから電話があった。書類に記入したという。決心がついたのだ。申請は受理され、彼はすぐにケンタッキーへ旅立った。マンデラは職業訓練で建築を学び、二〇〇八年十一月、ハイスクール卒業資格を得てプログラムを修了した。

二〇〇六年のフージーズのメンバーには、ほかにも学業での成功談があった。シャムスーンとナトナエルとジョゼフは、ノースカロライナのリベラルアーツ・カレッジ、ファイファー大学に合格した。シャムスーンは大学のサッカー奨学金を受け、入学と同時に、ヌバ山地の故郷の村出身の牧師のもとで働きはじめた。いつかモロ族の子供たちの学校を作るためだ。シャムスーンはまた、スーダン人難民の家族や友人を通じて二〇〇〇ドルを超す資金を集め、学生団体とともにバラク・オバマの大統領就任式に参列した。

U－13のシャヒル・アンワルは、アトランタ近郊の裕福な地域にある私立学校、パイデイア・スクールに、特待生としての入学が決まった。フージーズの多くのメンバーに、英語の上達にともなう成績の向上が見られ、補習授業がうまく結実した形となった。サッカーを餌にすれば、難民の少年たちに新天地での成功に不可欠な勤勉さを身につけさせられるかもしれない、というルーマの直感はおおむね正しかったと言える。しかし大きな難題がまだいくつも残っていた。学業で思わしい結果が出ず、プログラムから離れていったり脱落したりする子供は跡を絶たない。地元の公立学校は相変わらず難民の生徒を──アメリカ人の生徒もそうだが──ないがしろにしている。わたしがいつにも増して憤慨しているルーマを見たのは、選手の一人が英語にAのついた成績表を誇らしげに見せていたときだった。その少年がほぼまったく英語の読み書きができないのを、ルーマは補習授業で知っていたのだ。

フージーズやクラークストンから去る者もいた──多くの難民の家族にとって、クラークストンは最初の到着地にすぎず、彼らはそこを足がかりにアメリカでの第二の生活拠点へと踏み出す。たとえば、リベリア人はアイオワへ、ソマリ族はミネアポリスかルイストンかメインへ、スーダン人はオマハかネブラスカへ、家族や友人や同国人の多い地域の心強さを求めて旅立っていく。マンデラがケンタッキーのジョブコープにいた二〇〇七年の夏、ベアトリス・ジアティーはジェレマイアとともにクラークストンを離れてアイオワへ行くことを決めた。ジェネローズは、アレックスとビアンヴニュとイーヴェイの三兄弟と娘のアーリャを連れて、インディアナ州のフォート・ウェインへ移ることにした。アトランタより静かで安全だと聞いたからだ。カヌー・ビアはアトランタの名門サッカークラブ、シルバーバックスのトライアウトを受けてみごと入部を果たし、クィンドラムは、クラークストン市外の自宅から練習に通う手段がなくなったためフージーズをやめた。

最初のころ、ルーマはそうした別れに傷ついていた。サッカー・プログラムにも、選手とその家族の生活向上にも多大なエネルギーを注いできたせいか、引っ越すという親の決断や、サッカーをやめるとか別のチームに入るといった選手の決断が、完全な拒絶のように感じられた。引っ越す理由のあまりの単純さに腹が立つこともあった。ジェネローズが、子供たちのためにルーマと作りあげた安全網を捨て、英語を話せないブルンジ難民には仕事もあまりなく、難民キャンプで昔いっしょだった女性一人しか知り合いのいないインディアナへ移ると決めたときがそうだ。ルーマはできるだけそうした別れを受け入れようとつとめた。難民たちが精いっぱい努力しているのはわかっていたし、よりよい環境を求める母親の本能にけちをつけるのもはばかられた。結局のところ、クラークストンは、どこよりも安心して子供を育てられる場所とは言えなかった。それに、ただ逃げだすのとはちがい、自分たちの意志で引っ越すのは、自立していてこそできる行為とも言えた。

新しい土地で、ルーマがかつて支えたいくつもの家族が、ふたたび新しい暮らしに馴染もうとしている。引越はだれにとっても気の滅入るものだが、アトランタでの生活に慣れたばかりの子供たちにとっては特にそうだ。もっとも、八歳のイーヴェイの場合は、インディアナへの引越は心配したほどたいへんではなかったようだ。

「ねえ、知ってる?」イーヴェイは家族とフォート・ウェインに到着するなり、興奮ぎみに電話をかけてきた。

「ええと——何を?」わたしは言った。

「インディアナって」イーヴェイは言った。「アメリカにあるんだよ」

「知ってる——中西部だね」

「ぼく、全然ちがう国に引っ越すと思ってたんだ！」

ジェネローズがインディアナへ移ると子供たちに話してからの数週間、イーヴェイはずっと、最初にアメリカへ来た時のように、また新しい言葉と新しい習慣を覚えなくてはいけないと思っていたらしい。ところがインディアナでは、だれもが英語を話し、ピザを食べていた。テレビで〈シンプソンズ〉を観ることもできる。イーヴェイはひと安心した。


ジェネローズはフォート・ウェインの病院で清掃係として働いている。子供たちは学校の成績もよく、もちろんサッカーをしている。ビアンヴニュはインディアナへ移ったその年に19ゴールを決め、中学校の得点記録を塗り替えた。フージーズに籍を置いたことのある多くの選手と同じく、彼らもコーチと連絡を取り合っていて、ある夏にはグレイハウンド・バスでジョージアまで来て、ルーマの家に一週間泊まったこともあった。


別れのつらさを乗り越えるため、ルーマはクラークストンで支えを必要としているほかの子供たちに注意を向けることを覚えた。町にやってくる難民——ごく最近では、ブルンジ人や、ミャンマーで迫害を受けたカレン族など——は途絶えることがなく、それはフージーズのトライアウトを受けたがる子供たちには事欠かないことを意味した。

「一人がチームを去ったとたん、五人の子供がその空きに入りたがるんです」とルーマは言う。「その子たちはちょうど、前にいた子のように、優等生だったり、無邪気だったり、問題児だったりします。だからやめるわけにはいきません」

クラークストンはと言うと、いまも変化をつづけ、わずかずつではあるが、順応しつつある。時折、町が依然として直面している難題を浮き彫りにする事件が起こる。たとえば二〇〇七年三月、イラクでの軍務を終え帰国したばかりのクレイグ・パーキンズという州兵が、ガールフレンドに会うために訪れたクリストファー・ウッズ団地の駐車場で、二人の中東の男と口論になった。パーキンズは、兵役についていることでその男たちに侮辱されたと言った。けれども、アラブ首長国連邦出身の二十六歳の移民、タレク・アリ・ブアルサファレドと十七歳のイラク難民サレハ・アリの二人は、パーキンズのほうがアラブ人だろうと言ってちょっかいを出してきたと警察に主張した。口論の原因がなんであれ、それはエスカレートし、ついにはパーキンズが四五口径の自動拳銃を抜いてブアルサファレドの脚を撃った。命に別状のなかったブアルサファレドは、自分と友人がパーキンズを侮辱したとするアトランタ・ジャーナル・コンスティチューション紙の記事を否認した――パーキンズは軍服を着ていなかったのだから、兵士だとわかったはずがないというのがその理由だ。また、パーキンズのほうは、二人がアラブ人だったから撃ったという点を否定した。ガールフレンドは白人で、自分も見かけはアフリカ系アメリカ人だが、白人とアメリカ先住民の血を引いていると言って、人種的偏見がないことを強調した。

クラークストンでは、駐車場でのよくある諍いさえもが〝超多様〟なのだ。

二〇〇八年十一月には、また別の醜悪な事件が起こった。その事件は、フージーズが昔インディアン・クリーク小学校のグラウンドで練習していたころ、隣のバスケットボール・コート周辺でたむろしている若者の集団にルーマが抱いていた不信感を裏づけるものだった。バスケットのピックアップゲームの最中、ほぼアメリカ人ばかりの集団が反則行為に腹を立て、ファウルを犯したと見られるユースフ・ヘリという二十三歳のソマリ族難民を相手に怒りを爆発させた。彼らはヘリに襲いかかり、文字どおり死ぬほど殴った。これを書いている時点で、すべて地元住民の五人の容疑者がその殺傷事件に関与したとして逮捕されている。警察は少なくともあと二人の行方を追っている。

二〇〇八年の秋に起こった悲劇はそれだけにとどまらない。感謝祭の数日前、ルーマのチームの元選手で、十年生になるフローレンというリベリア人が、クラークストンの自宅の寝室で銃をいじっていたとき、その武器が暴発した。銃弾は、フローレンの親友の、ゲラリ・カグワという十七歳のブルンジ難民を直撃し、その命を奪った。フローレンを逮捕し殺人罪で告発した警察は、寝室の壁に貼られた写真から、フローレンはギャングの一員である疑いが濃いと発表した。その若者の運命――あるいはゲラリの人生――が、フージーズに残っていたとしたらどう変わっていたのかは知る由もないが、その事件は、クラークストンが日々どんな危険に晒されているかをすべての市民に痛感させた。

二〇〇七年一月、ニューヨーク・タイムズ紙の第一面に、わたしの手がけたフージーズの記事が掲載された。本書を執筆しながら書いたクラークストンにまつわる三本の記事のうちの一本である。スワニー市長が市民公園でのサッカーを禁じた件を詳述したその記事は、たちまち予想外の、そして少々圧倒されるほどの反響を呼んだ。スワニー市長のもとには、クリスマスのあと彼が公園からフージーズを追い出したことに驚いたタイムズ紙の読者から、怒りの電話や電子メールが殺到したという。市長はその記事のなかの自分の扱いに抗議し、正確には子供ではなく大人が公園でサッカーをするのを禁じただけで、もともとサッカーを許可していない野球場と公園の多目的グラウンドを、筆者のわたしが混同していると主張した。一つ目の主張は、録音してある市長へのインタビューの内容と矛盾している。グラウンドの混同についても、問題にしているのはただ一つ――フージーズとロストボーイズ・サッカーチームが一時期プレーし、その後追放されたグラウンドにほかならない。市長はまた、以後グラウンドを使用しないようフージーズに通知したファックスについても主張を変えた。少年スポーツ・プログラムのためという当初の説明は〝虚偽だった〟と譲ったうえで、ほんとうの理由は、そのグラウンドで成人の難民たちがサッカーをしているのを見てフージーズの関係者だと思ったからだ、と言い出したのだ。市長も当然承知のとおり、フージーズに成人した選手はいない。

世間の抗議を受け、市長が躍起になって苦しい説明を重ねるなか、クラークストン市議会がもう一度その問題を討議し、フージーズに春までそのグラウンドの使用を許可することを再決定した。フージーズに関するタイムズ紙の記事は、ほかの点でもチームに変化をもたらした。読者のかたがたからフージーズへさまざまな額の寄付が寄せられ、フージーズの物語の映画化契約も取り交わされた。その寄付――バス一台も含む――のおかげで、ルーマはＹＭＣＡとの関係を断つことができた。ナイキから用具とユニフォーム提供の申し入れがあった。それ以来、ルーマは最善と思える方法でプログラムを運営し、クラークストンの徒歩圏内に、学習指導とサッカーのための施設を建設するという大望の実現に向けて、資金を集めることができるようになった。

すでに、ルーマは選手たちのために二人の教員を雇った。現在、十二人のチームメンバーがフージーズ・アカデミーで終日の授業を受けている。

メディアの注目がもたらした影響はほかにもある。たとえば、メンバーが枯れ葉掃除をして参加に漕ぎつけたサバナでのトーナメント戦の折には、フージーズの記事を読んだ地元の住民らが応援に駆けつけた。クィンドラムは、フージーズのプレーをわざわざ観にきたという小さな少年に初めてサインを求められ、驚きつつもすっかり相好を崩していた。このプログラムに手を差し伸べてくれるボランティアも増えた。フージーズには現在、実務を支える七人のインターンがいる。そうした助手たちを得て、ルーマはほんとうに好きなコーチの仕事に力を注げるようになった。

クラークストン市とフージーズの関係は、大部分においては改善された。フージーズに対するメディアの注目や、映画化権にまつわる報道にいい顔をしない向きもあった。たとえば、ルーマも出席していた市議会の会議で、市警の予算不足に関する討議の最中に、フージーズが穴埋めをすればいいと提案した者がいた。けれども市議会がチームの味方をしてくれた。ルーマは定期的に会議に出て、ミラム公園のグラウンドの使用延長を申し出る必要があったが、これまでのところ一度も却下されたことはない。ルーマはまた、ヒラリー・クリントンびいきのよしみで、気難しい公民館役員のエマニュエル・ランサムとも親しくなった。スワニー市長はと言えば、二〇〇九年で任期が満了するが、再選を狙うつもりはないことを先ごろ発表した。

二〇〇六年のシーズンから自分は変わっていないとルーマは言い張るが、傍観者の目には、以前より穏やかになり、肩の力が抜けたように見える。自分でプログラムを切りまわしているから、他人に依存することからくる不満に悩まされずにすむし、ボランティアの人たちがプレッシャーを軽減してくれる、とルーマは言う。いまでもハーフタイムには熱弁を振るうし、最近チームの一つが

5－1でリードしていながら後半で追いつかれたときは自分を抑えるのに苦労したそうだ。

タイムズ紙にフージーズの記事が出てから数カ月のあいだ、ルーマは教師や親やコーチやボランティアの面々から、問題を抱えていたり環境の変化に苦しんでいたりする子供たちのさまざまな状況にどう対処すべきか、頻繁に助言を求められたという。ルーマは気が進まなかった。苦しんでいるどんな子供にも有効な一つの対処法などないと思っているし、どんな子供もフージーズに入れさえすれば救えるわけではないことも率直に認めている。失敗や誤りは避けられないというのがルーマの考えだ。

「どの子にも平等になんでもしてあげるなんて無理です」とルーマは言う。「完璧なシステムは存在しません。だめならほかの方法を試したっていいんです」

ルーマの助言にすがろうとする人たちにたがわず、わたしも、彼女のプログラムに倣ったシステムを作りたいと望む人々に枠組みを提示するべく、その人生観を説明し、その行動を言葉や格言で表してくれるよう迫ったものだった。ルーマはいつもそれを拒んだ。クラークストンで数々の望みや結びつきが成就したのに特別な秘訣があったわけではないように、フージーズがうまく機能したのにも特別な秘訣はないからだろう。それらの成就を支えたのは、単純だけれど朽ちることのない概念である。公正感、愛、寛大さ、そして何より、活動に取り組む――たゆまぬ努力で、そうした単純な信念を他者を動かす行動に変えようとする――意欲。

わたしは一度、フージーズのマネージャーで選手と家族の万能ヘルパーであるトレーシー・エディガーに尋ねたことがある。ルーマとフージーズについて大きく誤解されているのはどんな点だと思うか、と。トレーシーは迷わず答えた。自分たちのしている単純な活動は、何か崇高で奥深い行為のようにとらえられがちだ、と。

「ルーマを聖人のように祭りあげるのはまったく無意味です」トレーシーは一度そんな電子メールを送ってきた。「ルーマは、周りの人のために自分ができることをしている、ごく普通の人です。その姿を身近で見て、彼女が聖人でも超人でもないただの人間で、なんでも万能にこなしたり奇跡を起こしたりしている――できる――のではないことを理解すれば、人はこう思うはずです。『わたしも周りに目を向けて、この界隈と五つ先の通りで何が起こっているのか、自分の力と時間を費やして何ができるか見定めなければ。そして、周りの人のために役立ち、変化する地域のために何か貢献をしなければ、と』」

「一人にできることには限りがあるけれど」トレーシーは言う。「何かをする力はだれにでもあるんです」

フージーズはますます強さを増している。二〇〇八年の秋、ルーマは十二歳から十九歳までの四チームを指導していた。十一月初旬のある暖かい土曜の午後、フージーズU－14は、ジョージア州コンヤーズのロックデール少年サッカー協会所属の、地区第二位のチームと対戦した。リーグ首位のチームはほかならぬフージーズで、目下のところ五戦連勝していて、数週間前には不運な競合チームの一つを9－0で大敗させていた。その日のフージーズには応援団がいた。彼らは特に、フォデイやイドワールをはじめとする年長の選手たちだ。ジョサイアやマなかでも幼かったが、いまは年齢に合ったチームでプレーしているロビンとサンティノを激励しにきたのだった。サイドラインにはルーマの父のハッサンの姿もあった。ヨルダンからの長期訪問中、ハッサンはおおかたサッカー観戦をするか、ヨルダンの伝統料理を作るかして過ごしており、湯気の立つ料理をいくつもの皿に山盛りにしてルーマや選手たちにふるまった。トレーシーもサイドラインで写真を撮っており、フージーズを支えるボランティアたちが声援に加勢していた。

フィールドでは、かつてはおとなしくて恥ずかしがり屋だったロビンが、いまや自信と威厳をもってディフェンス陣を率いていた——訛りのない英語でチームメイトらに声をかけ、前へ出てマンマークをするよう急き立てている。U−14の攻撃の星は、学校でたびたび問題を起こしたのちルーマに委ねられた、アショラという小柄で機敏なエリトリア人選手と、長身で筋骨たくましいリベリア人センターフォワードのラッキーだった。ラッキーには、みずからフィールドに立ちつつも、興奮したテレビの実況アナウンサーさながらにゲームについてコメントする癖がある。フージーズに加入して以来、アショラは学校でもすっかり従順になり（ルーマは走らせる作戦で彼を屈服させた）、ラッキーはかつてのカヌーのようにチームメイトの尊敬を集め、練習中のストレッチを監督する、優等生のチームリーダーとして浮上した。

フージーズがラッキーのすばやい攻撃で先取点をあげるのに、数分とかからなかった。ラッキーはおそらくは慎み深さから、自身のゴールについては実況解説せず、チームメイトにたたえられながら、静かに敵陣のほうへ駆けていった。

フージーズはロックデールのディフェンス陣と熱戦を繰り広げ、次々と得点を重ねていった。試合の終盤、小柄なアショラがスキーの滑降を思わせる軽やかさで、腕を振りつつドリブルして、ロックデールのディフェンダーを一人ひとりかわしていった。完全に抜け出たところで、シュートを放つ。上方へ飛んだボールは、ロックデールのキーパーの届かない高さからゴール上端に吸いこまれた。ゴール。サイドラインの年上の選手たちは歓喜の叫び声をあげ、アショラの周りにチームメイトが群がった。フージーズのベンチでは、ルーマが例によって表情も変えず、腕時計で残り時間をチェックしていた。無敗の勢いは衰えず、フージーズは5－1でリードしていた。最後の数分のプレーに備えるべく、選手たちはハーフウェーラインの自陣側に駆けもどった。その穏やかな小休止のあいだ、ラッキーは頭をそらし、空に向かってアショラのゴールへのコメントを発した。「すばらしい！」その叫び声が、緑のフィールドが段々に連なる競技場に響きわたる。「すばらしい！　ほんとうにすばらしい！」

謝辞

多くのかたがたの支援と見識と忍耐なくしては、本書を世に出すことはおろか、書きあげることもできなかっただろう。

コーチのルーマ・マフラとチーム・マネージャーのトレーシー・エディガーにはたいへん感謝している。フージーズという脆弱で複雑な世界へ部外者を迎え入れた二人は、その寛大な行為の見返りに、どこへ行くにもつきまとわれ、無限にありそうな煩わしい質問を浴びせられる羽目になった。にもかかわらず、二人は難民家庭の支援に駆けまわりながら、選手たちの家族――難民の現状についての貴重な情報源となり、着想の源にもなった人たち――との仲介役を果たしてくれた。

わたしの最初の著書とニューヨーク・タイムズ紙の署名記事を読み、クラークストンとフージーズの物語にわたしが興味を持ちそうだと明察し、それを言葉にしてくれたスペンサー・ホールにも感謝している。ルーマと最初に引き合わせ、アトランタにほぼ腰を据えてからもわたしに付き合ってくれた彼は、いまではかけがえのない親友である。

ニューヨーク・タイムズの多くの編集者やスタッフにも助けられた。三回の長期特集記事と本書の執筆にあたり、フージーズを取り巻く概況の把握に必要だった、数カ月に及ぶ密着取材を許してくれた人たちだ。編集長のグレン・クレイモンは、この仕事に深い理解と純粋な興味を示し、原稿をなかなか手放せないといったわたしの数々の悪癖をも容認してくれた。日曜版サンデー・スタイルズの編集長トリップ・ゲイブリエルは、自身や部下が少なからぬ面倒を背負うことになるのを承知で、この取材に快くわたしを送り出してくれた。また、このプロジェクトの後方支援をひそかに呼びかけてくれたスーザン・エジャリーのおかげで、ビル・ケラー、ジル・エイブラムソン、ビル・シュミットという熱心な協力者を得ることができた。彼らの尽力には非常に感謝している。

ニューヨーク・タイムズの特集記事では、幸いにも、才能豊かなフォトグラファー、ニコール・ベンジヴィーノとビデオグラファー、キャシー・ブラッケンと仕事をすることができた。写真編集者のミーガン・ルーラムによって選び出された、美しく、ときに忘れがたい画像は、世界じゅうのタイムズ読者にクラークストンの日常を鮮やかに伝えた。マーティー・ゴットリーブは締切に融通をきかせてくれ、原稿整理担当のモナ・フック、ジャック・カデン、カイル・マッシーは、読者が誤記や誤用だらけの文章を読まされる羽目になるのを防いでくれた。カイルはまた、見出し考案の名手でもあり、彼が考え出した最初の特集記事の標題を、本書のタイトルにありがたく採用させてもらった。タイムズの署名記事には通常一人か二人の名前しか記載されないが、この慣例は、その記事への陰の貢献者たちに正当に報いるものとは言えない。上記のかたがたと仕事ができたことをほんとうに幸運だったと思っている。

精力的に校正やテープ起こしや事実確認をおこなってくれた調査員のリンジー・クルーズにも心からの謝意を表したい。その細やかな眼力は、本書のほぼすべてのページに反映されている。

クラークストン入りしたとき、わたしは南部を——特にアトランタのことは——よく知っているつもりでいた。アラバマ州バーミングハムで育ち、二時間半かけてアトランタを訪れたことも数知れなかったからだ。けれども、クラークストンがアトランタにも、おそらくほかのどんな町にも似ていないことはすぐにわかった。貴重な時間を割いてわたしを方々へ案内し、その町の複雑さや、町を変貌させた再定住の経緯について教えてくれた以下の各位にお礼を申しあげる。スーザンとケヴィンのゴードン夫妻、インターナショナル・コミュニティー・スクールのバーバラ・トンプソンとシスター・パティー・カラハー、国際救助委員会のエレン・ビーティー、ア《R》トランタ《R》難民《I》再定住《S》・移民サー《A》ビスのピーディア・ミクソン、ジョージア・ペリメーター・カレッジ学長のデニス・ハーキンズ、国際聖書教会のフィル・キチン、アル＝モムミニーン・モスクのサラハッディーン・ワジール、〈スリフタウン〉のビル・メーリンガーとホン・ディエップ・ヴォー、ウィリアム・B・G・K・ハリス牧師、デイヴィッド・ファリエン、クリス・ホリデイ、レフジー・ファミリー・サービスのジェレミー・コール、インディアン・クリーク小学校のアーデル・サリーム、クラークストン市警察署長のトニー・J・スキピオ、エマニュエル・ランサム、リー・スワニー市長、レストラン経営者のフン・チュ・チュー、フェジャ・セブハトゥ、ロストボーイズ・サッカーチームのナサニエル・ニョーク。

ジョージア州サッカー協会のリック・スカーヴィン、アセンズ・ユナイテッド・ゴールド・ヴァリアンツのデイヴィッド・アンダーソン、コンコルド・ファイアのナンシー・ダフナー、ファイアの若きスター選手ジョルジ・ピンゾン、そして、試合中の息子を応援しながら少年サッカーにまつわるさまざまな話を聞かせてくれたご両親たちにもお礼を申しあげる。

家族について語ってくれたハッサンとサウサンのアル＝マフラ夫妻、イナム・アル＝マフラにもたいへん感謝している。

スピーゲル＆グローとランダムハウスでは、幸運にもふたたびクリストファー・ジャクソンと仕事をすることができた。思慮深く、好奇心旺盛で、精力的な編集者で友人でもある彼は、わたしのフージーズへの興味をすぐさま理解し、執筆中大いに必要としていた励ましと知恵を与えてくれた。以下の各位の支援と尽力にも感謝している。編集のドリーム・チームと言うべき、シンディ・スピーゲルとジュリー・グロー、グレッチェン・コス、ミーガン・ウォーカー、トッド・ドーティー、アン・ウォーターズ、ミア・シュパルター。チェイニー・リテラリーのエリース・チェイニー、ニコール・スティーン、ハワード・サンダーズ。ロンドンのジュリアン・アレグザンダー、ニッキ・ケネディー、サム・エディンバラ。フォース・エステートのニコラス・ピアソン。

多くの友人や家族もわたしを支え、草稿を読んで意見を聞かせてくれた。友人のロバート・フォックス、デイヴィッド・フォックス、ジェーン・ウェルナ、ナタリー・ロビンズ、スザンナ・ディヴィス、クリス・クヌッセン。精神的支えとなってくれた、イルマ・セント・ジョン、メアリー・クレア・セント・ジョン・バトラー、スコット・デイヴィス、エドワード・バトラー、そして亡き父。もともとサッカーファンではなかったが、わたしが現地に赴いているあいだ、フージーズの最新スコアをたびたび電話で尋ねてくるようになった父は、おそらくだれよりも、エピローグに記したその後の顛末を知りたがっていたことだろう。

また、わたしを支え、励まし、編集上の率直な助言を与えてくれた妻のニコールには、深い感謝の念とともに本書を捧げたいと思う。

記者というのは、言うなれば、事実を捜し求め真実を明らかにしようとする生き物だ。事実は紙面に記録され、真実は心に根をおろす。フージーズとその家族を通して、わたしは寛大さや親切さや忍耐にまつわるいくつかの真実を学んだ。それは本書について書いたり話したりした経験を経たあとも、わたしの心に刻みこまれている。そのお礼をこめて、以下のかたがたの名前をここに記したい。ベアトリス・ジアティーと息子のマンデラ、ジェレマイア、ダーリントン。シャムスーン・ディコリと弟のロビンとイドワール。カヌー・ビア。ジェネローズと息子のアレックス、ビアンヴニュ、イーヴェイ、そして娘のアーリヤ。ポーラ・バレガミールと息子のグラースとジョズ。ジャラル・ブシと息子のクィンドラム、ジアグルとムハンマドのハッサン夫妻。そしてエルディン、アーヴィン、サンプソン、サフィィ、セバイデン、ザッカディン、ハムドゥとジェイラニ、プリンス、ムハンマド、サンティノ、ジョサイア、シャヒル、ターレグ、マフォデイ、フォーナティー、ナトナエル、ムアメル、そしてフージーズ最年長チームのメンバーや、このプログラムの元在籍者たち。

フージーズとその家族は、見知らぬわたしに扉を開いて暮らしぶりを見せ、しばしば食器棚をも開いてくれた。それは、この人なら共感と正確さをもって自分たちの物語を世に伝えてくれるだろうという信頼の証だった。その信頼に応えられたことを願ってやまない。

ウォーレン・セント・ジョン

ニューヨークにて

参考文献

本書の大部分は、クラークストンの難民家庭やジョージア州全域のサッカー場での取材記録によって構成されているが、ありがたくも幸いなことに、フージーズの結成に通じる文化融合に関するさまざまな見識や考察歴を有する多くのジャーナリストや著者の仕事も一部活用させていただくことができた。

特にアトランタ・ジャーナル・コンスティチューション紙の記者たち、なかでもマーク・ビクスラー、メアリー・ルー・ピッケルに謝意を表したい。二人が継続して扱ってきた、アトランタ周辺地域における難民再定住の関連記事は、社会的・経済的騒乱のなかで安心できる共同体を築こうとする新来者と地元住民の苦闘の貴重な記録であった。

難民の体験や、移民や再定住がもたらす文化的多様性に関する考察については、以下の書籍が大いに参考になった。メアリー・パイファーの著書 *The Middle of Everywhere*、リンダ・A・カミノとルース・M・クラルフェルドの共同編集による *Reconstructing Lives, Recapturing Meaning: Refugee Identity, Gender, and Culture Change*（特に、カミノの著した章「難民の若者とその変わりゆく独自性」と、パトリシア・オミディアンの章「切り離された人生――アフガニスタン難民の物語」）、ディヴィッド・W・ヘインズ編集の *Case Studies in Diversity: Refugees in America in the 1990s*。

スティーヴン・ヴァートヴェクの論文「英国における新たな複雑さと団結――超多様性、多国籍主義、市民統合」並びに、オックスフォード大学院生ギャレット・ジョンソンのクラークストンを主題とした修士論文「難民とスポーツ――チーム競技を再評価する」も、クラークストンで生じた変化を読みとり理解するうえでの得がたい視点を与えてくれた。

クラークストンに関する論文を開示し、取材に役立つ助言や案内をしてくれたクラーク・アトランタ大学のアート・ハンセン博士にも感謝している。

難民をクラークストンへ逃避させる原因となったさまざまな紛争の歴史や背景に関しては、以下の書籍や文献を参考にさせていただいた。ビル・バークリーの著書 *The Graves Are Not Yet Full Race, Tribe and Power in the Heart of Africa*、ハワード・W・フレンチの著書 *A Continent for the Taking: The Tragedy and Hope of Africa*、スティーブン・エリスの著書 *The Mask of Anarchy: The Destruction of Liberia and the Religious Dimension of an African Civil War*、ダグラス・H・ジョンソンの著書 *The Root Causes of Sudan's Civil Wars*、マーティン・メレディスの著書 *The Fate of Africa: A History of Fifty Years of Independence*、ジョン・リーダーの著書 *Africa: A Biography of the Continent by John Reader*、ルネ・ルマルシャンの著書 *Burundi:Ethnic Conf ict and Genocide*、ベンソン・デン、アルフォンション・デン、ベンジャミン・アジャックの共著 *They Poured Fire on Us from the Sky: The True Story of Three Lost Boys from Sudan*、ワシントンDCの応用言語学センター発行のダン・ヴァン・リーマンとオマール・イーノによる白書 *The Somali Bantu: Their History and Culture*。

紛争に関しては上記のほかに、ニューヨーク・タイムズ紙、ワシントン・ポスト紙（特にカカニク襲撃に関して）、ウォール・ストリート・ジャーナル紙、BBCの報道記録や、国連難民高等弁務官事務所及びアムネスティ・インターナショナル（特にブラザヴィルで潜伏後キンシャサへ連れもどされた十九人の男たちに関して）の調査報告も参照した。

また、以下に挙げた書籍から、アメリカのサッカー文化についての有益な背景知識を得ることができた。アメリカにおける少年サッカーについては、ジム・ヘイナーの著書 *Soccerhead: An Accidental Journey into the Heart of the American Game*。ノースカロライナのラテン系チームについては、ポール・クアドロスの著書 *A Home on the Field: How One Championship Soccer Team Inspires Hope for The Revival of Small Town America*。アンドレイ・S・マルコヴィッツとスティーブン・L・ヘラーマンの共著 *Offside: Soccer and American Exceptionalism*。ステファン・シマンスキーとアンドリュー・ジンバリストの共著 *National Pastime: How Americans Play Baseball and the Rest of the World Plays Soccer*。

訳者あとがき

ここに、現実に起こった美しい奇跡の物語がある。

主役は、難民の少年たちのサッカーチームと、自身も移民である若き女性コーチ。舞台は、難民の流入にともなう劇的な変化に見舞われた、米国ジョージア州アトランタ郊外の小さな町だ。

ニューヨーク・タイムズ紙の記者であり、スポーツ関連の著書を持つウォーレン・セント・ジョンは、二〇〇六年夏シーズンの数カ月間、アトランタに一時居を移してこの難民サッカーチームの密着取材をおこなった。そして翌年一月、チームの現況を伝える特集記事を発表するや、タイムズ紙の読者をはじめ、多方面で大きな反響を呼ぶ。それから二年近くを費やし、さまざまな考察を加えてまとめあげられたのが本書『フージーズ』である。特殊な状況下にあるコミュニティを立体的にとらえたドキュメンタリーとしてもお読みいただけるが、その中心となるチームとコーチと町について、以下にご紹介したい。

《フージーズ》

故国での内戦や民族紛争や政治的弾圧などから逃れ、国連難民高等弁務官事務所《UNHCR》の支援を得て〝豊かな国〟アメリカの見知らぬ町へやってきた難民たち。フージーズ（難民《レフジーズ》を略した名称）を構成するのは、そんな難民家庭の子弟である。九歳から十七歳まで、年代別の三つのチームで活動するメンバーたちの出身地は、コンゴ、ブルンジ、スーダン、リベリア、アフガニスタン、イラク、ボスニア、コソボとさまざまだ。

生まれ育った国を追われての移住はだれにとってもつらいものだが、ことにティーンエイジャーは特別な試練に晒される。満足に教育を受けていない彼らは学校の授業についていけず、いじめられないようアメリカ人生徒のような服装やふるまいをしようものなら、自国の文化を捨てたと親から責められる。どこにも居場所を見つけられない少年たちに、「属したい」という若者の願望につけ入ろうとするストリートギャングの誘惑が忍び寄る。

アメリカでサッカーといえば、裕福な家庭の子息が会費の高いクラブに所属してプレーするスポーツ（でなければ、移民が町なかの空き地で楽しむラフなゲーム）だが、フージーズの選手たちは高価な道具とも、ファミリーカーでの送り迎えとも無縁だ。メンバーは、肌の色も母国語も一様でないけれど、過去の恐ろしい経験に根ざす心の傷や、幼いころから親しんできたサッカーへの情熱を共有している。人種や文化の壁を越えたその固い結びつきは、恵まれた環境で練習を積んだ強豪チームをも打ち負かす力を生み出す。

著者は、選手たちと交流するなかで見聞きした、ときに考えさせられ、ときに心温まるエピソードを数多く盛りこみ、メンバー一人ひとりの個性と心情をみごとに描き出している。さらに、個々の家族が語る悲痛な体験談からは、非道な権力者たちの罪深さや、愚かな争いを繰り返す世界が垣間見える。

《ルーマ》
フージーズのコーチをつとめるルーマ・マフラは、頑固で気丈な面と繊細さを併せ持つ、ヨルダン出身の三十一歳だ。首都アンマンの上流家庭に育ち、自由な生き方に憧れてアメリカの有名女子大に進んだ彼女は、卒業後も故国へはもどらないことを決断し、激怒した父親から勘当されてしまう。ルーマは二十一歳にして、異国でただひとり、自活の道を歩きはじめた。

一九九九年、ルーマはアトランタ東部の町ディケーターへ移り住む。カフェの経営に乗り出したものの商況が振るわず、気晴らしにドライブをしたある日、近隣の町クラークストンの団地の駐車場でサッカーをしている難民の少年の一団に遭遇する。以来、何度かゲームに加わって少年たちと打ち解けたルーマは、彼らの置かれている現状を知り、なんとか力になりたいと考えるようになった。そして、難民の少年たちに熱中できるものを与え、ハイスクールを無事卒業させるべく、無料のサッカープログラム（前半はサッカー練習、後半は補

習や宿題指導にあてる）を始動することを思い立つ。

その単純な計画は、予想もしていなかった多くの難題に突き当たることになる。難しい年ごろの、共通点に乏しい少年たちをチームとしてまとめるのは容易でなく、自立心を育てるために定めた厳しいルールに反発するメンバーも続出した。また、サッカーが望まない変化の象徴と見なされているその町で、中東出身者であるルーマ自身もしばしば蔑視を受けながら、チームの練習場所を求めて奔走しなくてはならなかった。

けれども、サッカーコーチとしての役割を超えて献身するルーマの信念は、着実に少年たちの意識を変えていき、親たちにも大きな安心をもたらす。完璧であろうとせず、自分のできることに精いっぱい取り組むその姿は、読む者に希望と感銘を与える。

《クラークストン》

ジョージア州クラークストンは、アトランタの十三マイルほど東に位置する、人口七二〇〇人、面積一平方マイル余りの町である。アトランタ周辺の小さな町が次々と併合されていくあいだにも、かろうじて市としての独立を維持してきた。

一九八〇年代の終わりに、難民の再定住を支援する機関が、新来者の受け入れ地としてクラークストンに目をつけた。町には家賃の安い集合住宅があり余っていて、公共交通機関も整備されており、単純労働者の働き口が豊富なアトランタ市街への通勤圏内にあったからだ。

最初のインドシナ難民が到着したときには、住民たちもほとんど気づかないくらいだったが、その後続々と、バルカン諸国やアフリカや中東からの難民が流れこんできた。保守的な南部の町の様相は、わずか十年ほどのあいだに、脅威を感じさせるほどに激変した。いまやハイスクールの生徒らの出身国は五十カ国を下らず、モスクの金曜礼拝には八〇〇人以上の信者が集まる。ショッピングセンターにはエスニック料理店や豚肉を扱わない精肉店が立ち並び、黒衣とベールをまとったイスラム女性や、色鮮やかな民族衣装を着たアフリカの女たちが通りを行き交う。

古くからの住民の多くは町を去っていった。残った者たちも、なんの相談もなく再定住が進められ、生活環境が変わってしまったことに憤慨し、難民を敵視するようになった。フージーズが活動を開始したのは、住民らの不満がピークに達したころだ。在来住民からの批判を恐れた市長は、サッカー目的での市民グラウンドの使用を禁止した。

本書には、町の異変に動揺する住民たちの様子が、社会学に照らした解説も交えて詳細に記されている。難民との見えない壁を乗り越え、建設的共存をなしとげたいくつかの実例は特に興味深い。

二〇〇九年の暮れ、UNHCR駐日事務所による実態調査の結果がニュースで伝えられた。わが国が一九七八年から受け入れてきたインドシナ難民たちが、日本語教育が不十分であっ

ために、現在厳しい生活を強いられているという。難民定住者の数がまだ少ない日本でもこうした問題が生じつつあるいま、多くの人に知っていただきたい〝難民の真実〟――再定住に際してどんな手続きを踏むのか、移住後はどんな問題に直面するのか、目的を持って新天地にやってきた移民とはどんな差異があるのか――が、本書には詰まっている。
美談を綴るにとどめず、難民の現状を真摯に伝えようとした著者の思いが、日本の読者のみなさまの胸にもどうか届きますように。

二〇一〇年一月
北田絵里子

［著者］

ウォーレン・セント・ジョン

Warren St. John

ニューヨーク・タイムズ紙の記者をつとめるかたわら、ニューヨーク・オブザーヴァー紙、ニューヨーカー誌、ワイアード誌、スレート誌などに寄稿している。2004年に上梓した初めての著書 *Rammer Jammer Yellow Hammer: A Journey into the Heart of Fan Mania*（未訳）は、スポーツ・イラストレイテッド誌の年間ベストブックの一冊に選ばれ、クロニクル・オブ・ハイアー・エデュケーション誌の大学スポーツをテーマとした優良図書リストの第1位を獲得した。2冊目の著書となる本書は2009年4月21日に全米で刊行され、日本をはじめ、イギリス、オランダ、ドイツ、イタリア、中国での出版も決定している。アラバマ州バーミングハム生まれ。ニューヨーク市のコロンビア・カレッジ卒。妻のニコールとともにニューヨークに在住。

［訳者］

北田 絵里子

Eriko Kitada

1969年、大阪生まれ。関西学院大学文学部フランス文学科卒。英米文学翻訳家。訳書にブルース・チャトウィン著『ソングライン』（英治出版）、ロバート・ゴダード著『遠き面影』（講談社文庫）がある。雑誌『ミステリマガジン』（早川書房）で洋書紹介のコラムなども手がけている。

※フージーズについてもっと知りたい方は www.FugeesFamily.org をご覧ください。

[英治出版からのお知らせ]
本書に関するご意見・ご感想を E-mail（editor@eijipress.co.jp）で受け付けています。
たくさんのメールをお待ちしています。

フージーズ
難民の少年サッカーチームと小さな町の物語

発行日	2010年 2月15日　第1版　第1刷
著者	ウォーレン・セント・ジョン
訳者	北田絵里子（きただ・えりこ）
発行人	原田英治
発行	英治出版株式会社
	〒150-0022 東京都渋谷区恵比寿南1-9-12 ピトレスクビル4F
	電話　03-5773-0193　　FAX　03-5773-0194
	http://www.eijipress.co.jp/
プロデューサー	高野達成
スタッフ	原田涼子　鬼頭穣　大西美穂　岩田大志　藤竹賢一郎
	デビッド・スターン　山下智也　杉崎真名
	百瀬沙穂　渡邉美紀　仁科絵利子　垣内麻由美
印刷・製本	シナノ書籍印刷
装丁	英治出版デザイン室

ISBN978-4-86276-062-3　C0030　Printed in Japan